Unicorn

独角兽书系

THE KING-MAKER'S DAUGHTER

[英] 菲利帕·格里高利 —— 著
孟汇一 —— 译

拥王者的女儿

P H I L I P P A
G R E G O R Y

重庆出版集团 重庆出版社

· 金雀花与都铎系列 ·

版贸核渝字（2017）第213号

图书在版编目（CIP）数据

拥王者的女儿 /（英）菲利帕·格里高利著；孟汇一译 .—重庆：重庆出版社，2021. 1

书名原文：The Kingmaker’s daughter

ISBN 978-7-229-14350-3

Ⅰ.①拥… Ⅱ.①菲… ②孟… Ⅲ.①长篇小说—英国—现代 Ⅳ.① I561.45

中国版本图书馆 CIP 数据核字（2019）第 177889 号

拥王者的女儿

YONGWANGZHE DE NÜER

[英]菲利帕·格里高利 著 孟汇一 译

责任编辑：邹 禾 肖化化 方 媛

装帧设计：徐 图

责任校对：刘小燕

重庆出版集团 重庆出版社 出版

重庆市南岸区南滨路162号1幢 邮政编码：400061 http://www.cqph.com

重庆出版社艺术设计有限公司 制版

重庆豪森印务有限公司 印刷

重庆出版集团图书发行有限责任公司 发行

E-mail:fxchu@cqph.com 邮购电话：023-61520646

全国新华书店经销

开本：890mm×1230mm 1/32 印张：13 字数：240千

2021年1月第1版 2021年1月第1次印刷

ISBN 978-7-229-14350-3

定价：82.80元

如有印装问题，请向本集团图书发行有限公司调换：023-61520678

菲利帕·格里高利

Philippa Gregory

英国畅销作家，资深记者，媒体制片人。1954年出生于肯尼亚，后随家人移居英格兰，在获得萨塞克斯大学历史学学士、爱丁堡大学18世纪文学博士学位后，她出版了第一部小说《威德克尔庄园》，此书的畅销令她成为一名全职作家。此后她笔耕不辍，以严肃的历史背景为依托，融入女性写作者特有的细腻情感，创作了多部系列小说，其中“金雀花与都铎”系列作为她的代表作被多次改编为影视作品，收获广泛关注，也为她带来“英国王室历史小说女王”的美誉。

“金雀花与都铎”围绕14~16世纪的英国宫廷女性写作。许多女性在历史上并未留下浓墨重彩的痕迹，菲利帕结合想象与考据，丰满了史书间女人们的名字。这是一个相当庞大的系列，且仍在持续更新中。

在小说之外，她还写过童书、短篇集，并与大卫·巴德文及麦克·琼斯合著非虚构类作品《玫瑰战争中的女性》。同时，她还是英国广播公司第四频道《英国问答》的常客，都铎王朝时代频道的专家。

目前她和家人一起住在英格兰北部。她喜爱骑马、散步、滑雪和园艺，另外在冈比亚建立了一所园艺学习慈善机构。

金雀花与都铎 系列

另一个波琳家的女孩

女王的弄臣

处女的情人

永恒的王妃

波琳家的遗产

另一个女王

白王后

红女王

河流之女

拥王者的女儿

白公主

国王的诅咒

驯后记

三姐妹三王后

最后的都铎

献 给 安 东 尼

拥王者的女儿人物关系简表

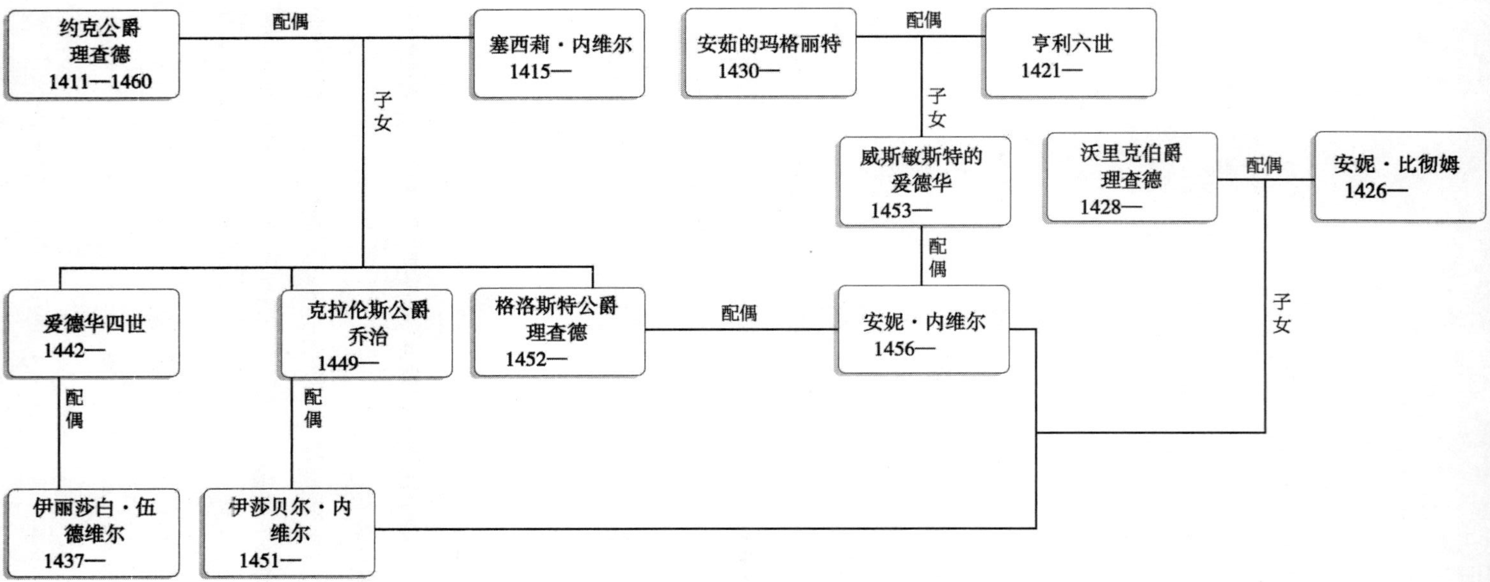

1465年5月

伦敦塔

母亲大人总是走在最前头，因为她本人就是一位伟大的继承人，同时也是王国最伟大臣子的妻子。接着是长女伊莎贝尔。然后才轮到我：我是最小的，总是走在最后。正因为如此，当我们步入伦敦塔的觐见室时，我没能看见什么。母亲领着姐姐向王座屈膝行礼，然后退到了一旁。伊莎贝尔屈膝屈得格外低，正如我们所学的那样——因为国王就是国王，尽管他很年轻，尽管他是被我的父亲捧上宝座的。他的妻子将被加冕为王后，不管我们对她有什么想法。我步上前去，屈膝行礼，第一次看清了我们前来宫廷觐见的这个女人。

她美得令人窒息，是我这辈子见过最美丽的女人。我立刻明白了，为什么国王会在第一眼见到她的瞬间，便停止进军，并在数周内就娶了她。她笑起来会先微微地提起嘴角，闪耀出动人的光芒，像天使一般。雕像在她身旁都会被比下去，绘画中的圣母与她淡雅迷人的美貌比起来，也会显得粗俗。我直起身，目不转睛地盯着她，好像看着一尊精美的雕塑。在我的注视下，她脸红了，露出了温暖的微笑。我不由自主地回应她，眉开眼笑。她大笑了起来，像是觉得我那公然的钦慕很好玩似的。我猛然注意到母亲投来的愤怒眼神和伊莎贝尔皱起的眉头，于是仓促地走到了她们身边。“你像个白痴一样盯着她，”伊莎贝尔嘶声说道，“丢了我们大家的脸。看父亲会怎么说!”

国王走上前，友好地亲了亲母亲的双颊，问道："夫人，我亲爱的朋友还好吗？"

"他正全力为您效劳。"她立刻回答道。父亲错过了今晚的宴请和庆祝，因为他正与法国国王及勃艮第公爵进行和平会谈。他与这些基督教世界的强大君王平起平坐，因为我们已经打败"沉睡王[①]"，成为了英格兰的新统治者。我的父亲是位伟人，他现在代表着新王与整个英格兰。

这位国王，这位新王——我们的国王——向着伊莎贝尔滑稽地鞠躬，又轻轻拍了拍我的脸颊。在我们非常年幼——年幼到还不能参加此类宴席的时候，他就已经认识我们了。那时，他还在我父亲的监护中。于此同时，我们的母亲正看着王后，就好像我们是在加莱城堡的家中，而她正看着我们的仆人想要挑点错。我知道，她希望能看到这位美丽王后无法胜任王位的证据，好报告给父亲听。但母亲一脸失望，我猜她大概没看出些什么。

没人喜欢王后，我也不应该仰慕她。她对伊莎贝尔和我笑得十分友好，还从王座上站起身走向母亲与她握手，但我们都已决定不去喜欢她。父亲原本为国王安排了一场非常好的婚姻，一位非常相配的新娘：法国的公主。父亲为此而努力，准备婚礼地点、起草婚约、劝服那些憎恶法国的人——这件事全是为了国家的利益，这场婚姻可以确保加莱的安全，甚至可能重新取得波尔多的统治权。但是，爱德华，这位新王，这位极为英俊迷人的新王，我们亲爱的爱德华——父亲待他如亲兄弟，我们也视他为叔叔——轻描淡写地宣布已经结婚，而且毫无转圜的余地，就好像只是在点份晚餐。结婚了？是的，同她结婚了。

所有人都明白，他做错了，错在没有听从我父亲的建议。约克家族曾

① 指患有精神疾病的亨利六世。

经必须祈求“沉睡王”与“坏王后[1]”的饶恕，而把他们从这样的屈辱中解救出来，并将他们送上英格兰王座的正是我父亲。这是爱德华第一次没有听父亲的话。父亲总是在爱德华身边，辅佐他、引导他，指导他的每一步行动。父亲总是替他判断什么对他最好。这位国王，虽然他现在是国王，但也是一个对我父亲亏欠良多的年轻人。要不是父亲支持他的继承权、教他怎样领导军队、为他打仗，他根本无法成为国王。我的父亲先后为爱德华的父亲和爱德华赌上了自己的性命，最终，“沉睡王”与“坏王后”逃跑了，爱德华加冕为王。在这个理应完美的时刻，他却擅自秘密地娶了她。

她带领我们进入餐厅，女士们都小心翼翼在她之后就座。就座的顺序很重要，必须确保你在正确的位置上。我快九岁了，已经明白了这些事，还是个小女孩时，我就已经从课堂上学到了这种排序法。因为她明天就将被加冕，当然坐在首席，从此以后，在整个英格兰，她也将永远排在第一位，她的余生都将走在我母亲的前面——我母亲也不怎么喜欢这一点。排在下一位的应该是国王的母亲，但她不在这儿。她已经公开宣布了自己对这位美丽的伊丽莎白·伍德维尔的绝对敌意，并发誓绝不会出席给平民的加冕仪式，所有人都知道这道皇室内部的裂痕。国王的姐妹们在缺少母亲监督的情况之下陆续就座，但没有美丽的塞西莉公爵夫人的领导，公主们显得有点迷茫。当国王看见那个本该属于他母亲的空位时，也一时失去了自信的笑容。我不知道他怎么有这个胆量去反抗公爵夫人。她是父亲的姑姑，就像我母亲一样吓人。没人敢不服从这两个女人。我猜，国王一定非常爱这位新王后，才反抗了他的母亲。他一定非常，非常爱她。

王后的母亲倒是在场，她绝不会错过这样的胜利时刻。她步入自己的位置，身后是儿女组成的大军，身侧是她英俊的丈夫，理查德·伍德维尔

---

① 指安茹的玛格丽特，亨利六世之妻。

爵士。他是里弗斯男爵，所有人都在偷偷开玩笑：**河水涨上来啦**[①]。说实话，他们真是有不少人。伊丽莎白是长女，而她母亲的身后还跟着七位她的妹妹和五位弟弟。我死死盯着那位年轻英俊的约翰·伍德维尔以及他的新婚妻子，他们看上去像是一个男孩护送着自己的祖母。他被胡乱塞进了这桩婚姻，娶了继承亡夫爵位的诺福克公爵夫人，我的姑婆凯瑟琳·内维尔。骇人听闻——父亲是这样说的。我的姑婆凯瑟琳大人已经是个无用的老古董了，将近七十岁，没几个人见过这么老还活着的女人。而约翰·伍德维尔才二十岁。母亲说，这种邪恶的事情从今往后不会稀奇了。这就是一个巫婆的女儿坐上英格兰后位的后果。如果你加冕了一个贪得无厌的人，她就会疯狂地篡夺所有东西。

我把目光从满脸皱纹的姑婆脸上移开，专注于自己的任务：确保自己好好地站在伊莎贝尔旁边，好好地站着母亲后面，不要踩到她的裙裾，绝对不能踩到她的裙裾。我只有八岁，但我必须保证做好这一点。十三岁的伊莎贝尔叹了口气，看着我注视着地面，拖着步子，让脚趾藏在奢华的织锦中，小心翼翼不犯错的样子。而王后的母亲，这只塘鹅的母亲雅格塔则透过身后自己的孩子们偷偷地看我，看我是不是在正确的位置，看我是不是犯了错。她四下张望，好像关心着我，而当她在我母亲身后、伊莎贝尔的身边看见我时，就对我露出了微笑，如她女儿一般美丽，那是仅仅对我一个人的微笑。她转回身，钩住了英俊的丈夫的手臂，跟随女儿迈向了她绝对的胜利时刻。

我们沿着大厅的中心走过，两边有数百人，他们都在为美丽的准王后的出现而欢呼。等每个人都就座后，我终于又能从高桌旁看见那些大人们了。盯着未来王后看的不仅仅是我一个人。她吸引了每个人的目光，弯弯

---

① 原文为Baron Rivers。男爵是英国爵位最低的贵族；里弗斯英文原意正为“河水”。

的灰色眼睛明艳不可方物，微笑时，她会垂下眼，就好像在为一些精彩的秘密独自偷笑似的。爱德华国王将她安置在自己的右手边，当他对着她耳语时，她向他靠得如此的近，就好像他们要接吻一般。这种行为粗鄙不当，但我看见未来王后的母亲却对着自己的女儿微笑，好像她在为这两个坠入爱河的年轻人而喜悦，完全看不出一点点的羞耻之态。

他们真是美丽的一家。没人能否认，他们是那样的美丽，就好像血管中流淌着最高贵的血液。而且人还这么多！六个里弗斯家的孩子再加上未来王后上一段婚姻中的两个儿子与我们坐在同一桌，就好像他们真的出身高贵，有权能与我们——伯爵夫人的女儿们——同坐似的。我注意到，伊莎贝尔正酸酸地打量着里弗斯家的那四位漂亮女孩儿，从最年幼的只有七岁的凯瑟琳·伍德维尔到我们这桌最年长的十五岁的玛莎。这些女孩，这四个女孩，将被赠与丈夫、嫁妆和财富，而如今的英格兰却并没有太多可以拥有的丈夫、嫁妆和财富——这场兰开斯特和约克家族之间的战争已经持续十年，夺去了太多男人的性命。人们将把这些女孩与我们作比较，她们会成为我们的竞争对手。感觉上，宫廷里正充斥着新鲜面孔、如新铸硬币般闪亮的皮肤、欢声笑语和优雅的举止。这就好像我们被某种由年轻美丽的陌生人组成的部落入侵了；就好像雕塑们都有了生命，在我们身边翩翩起舞，如从天空俯冲歌唱的鸟儿，又如从海中一跃而出的鱼儿。我看了看母亲，她正因愤怒而满脸通红，就好像一名面包师的老婆。在她身边，王后光彩夺目，如同一位顽皮的天使，向着她那年轻的丈夫轻轻点头，嘴唇微微张开，就好似她要将他当作冰冷的空气般吸进自己的身体。

对我来说，这盛大的宴会是个激动人心的时刻，因为国王的弟弟乔治坐在我们桌的一头，而他年幼的弟弟理查德坐在桌尾另一头。王后的母亲雅格塔向整桌年轻人露出了热情的微笑。我猜，这样坐是她一手安排的。她一定是觉得，我们这群孩子在一起会开心，还会因为乔治坐在桌首而感到荣幸。因为有两位王室公爵坐在身侧，伊莎贝尔就跟只剪了毛的羊一样别扭，她急于表现自己，却不知道该看向哪一边。更糟糕的是，两位最年长的里弗斯女孩玛莎和埃莉诺，轻松地就把她给比下去了。她们拥有这美丽家族的精致样貌，而且沉着自信，笑容满面。伊莎贝尔努力过头了，而我在母亲挑剔的注视下一如往常地焦虑不安，但里弗斯的女孩们却毫不紧张，落落大方，就好像她们在这里是来享受和庆祝，而不是来被评头论足的。她们是自信的女孩，讨人喜爱。两位王室公爵当然会比较喜欢她们。乔治认识我们很久了，对他来说，我们比不上陌生的美人。而理查德依然在我父亲的监护之下，当我们待在英格兰时，他就是一起同住的那几个男孩之一，一天里会见到我们三次。他当然会去看盛装打扮的宫廷新人玛莎·伍德维尔，一个像她姐姐——那位新王后——那么漂亮的美人。不过，他完全无视我这件事还是有些气人。

十五岁的乔治像他的国王兄长一样英俊，有一头漂亮的头发和高高的个子。他说："这一定是你第一次在伦敦塔中用餐，对吧，安妮？"他竟然注意到了我，这让我又兴奋又害怕，脸都红了。但我还是清楚地回答道："是的。"

坐在桌子另一头的理查德，比伊莎贝尔小一岁，也比她矮，但现在他的兄弟成为了英格兰国王，他看上去就高多了，也英俊多了。他总是有着最欢乐的微笑、最和善的眼睛，但在王嫂的宴会上，他表现得规规矩矩，礼貌而安静。伊莎贝尔正试图和他交谈，把话题转到了骑马上，问他是不是还记得我们在米德尔赫姆城堡的小马驹。她微笑着说起"胡椒"脱缰害他摔倒的事情，还问他是不是也觉得很有趣。一旦涉及他的自尊，理查德向来像只斗鸡一样麻烦，他转向玛莎·伍德维尔，说自己不记得了。伊莎贝尔试图假装我们是朋友，最要好的朋友，但事实上，他只是父亲那堆养子中的一个，以前还没打仗的时候在英格兰和我们一起打猎用餐而已。伊莎贝尔想要让那些里弗斯女孩相信，我们是一个幸福的家庭，而她们则是不受欢迎的打扰者，但事实上，我们是母亲照料下的沃里克女孩，而约克男孩们则与父亲一同骑马征战。

就算伊莎贝尔随意扭曲事实，我也不会因此难堪。我们比任何人都有权利坐在这张桌子旁，比那些美丽的里弗斯女孩有权利多了。我们是英格兰最富有的嗣女，我的父亲则控制着从加莱港到英格兰海岸线的海峡。我们属于伟大的内维尔家族，英格兰北部的守护者。我们的血管里流着王室的血统。父亲是理查德的监护人，更是国王本人的顾问和精神导师。与这大厅里的任何人相比，我们都同样高贵，更加富有；我们甚至比国王还富有，比王后更高贵得多。我可以与任何约克家族的公爵平等对话，因为若是没有我的父亲，他们早已战败，统治者仍会是兰开斯特家族；而乔治，就算他如此英俊高贵，现在也只不过是无名者的兄弟，叛徒的儿子。

宴会持续了很长时间，当然明天的加冕盛宴将会更长。今晚的宴会有三十二道菜肴，王后还给我们这桌添加了几道特别的餐点，以示对我们的关注。乔治起身向她鞠躬，表示答谢，然后就从银食盘中为我们分发食物。他注意到我的视线，便朝我眨了眨眼，多给了我一勺调味酱。母亲时不时瞥我一眼，就像是黑暗大海中一闪一闪的瞭望塔灯火。每一次我察觉到她挑剔的眼光，就抬起头朝她微笑。我很确定，她挑不出什么毛病来。我手中握着崭新的叉子，袖中放着餐巾，就如同法国淑女一般深谙最新的时髦。我已在右手边的杯中倒上了酒，也正按照教导优雅地用餐，不紧不慢。如果乔治——一位王室公爵——对我特别用心，那是理所当然的，任何人也不应该对此感到惊讶。至少，我绝不惊讶。

王后加冕的前一天晚上，我和伊莎贝尔作为国王的客人住进了塔里。我们睡同一张床，跟在加莱的家里一样，跟我出生以来的每一晚一样。我比她早一个小时被送去睡觉，但兴奋得睡不着。我祈祷完，躺在床上，听着楼下大厅飘来的音乐。他们还在跳舞；国王和他的妻子很爱跳舞。当他牵起了她的手时，看上去恨不得能把她拉得更近。她会朝下瞥一眼，然后抬头，迎上他炙热的注视，朝他露出鼓励的小小微笑。

我忍不住想到了“沉睡王”：在北英格兰的某处蛮荒之地，他今晚是不是醒着？想想有些可怕：是否在熟睡中的每一个梦里，他都会知道这些舞蹈，知道有一位新国王在他的宫殿里加冕为王，知道明日就会有一位新王后戴上他妻子的王冠？父亲说我不用害怕，坏王后已经逃去了法国，也得不到任何法国朋友的帮助。父亲正会见法国国王本人，以确保他成为我们的朋友，而不是帮助坏王后。她是我们的敌人，是英格兰和平的敌人，父亲会确保她在法国没有安身之所，在英格兰没有权力之冠。同时，没有他的妻子和儿子，沉睡王将在苏格兰附近的某座小城堡里，像一只被困在窗帘里整个冬天的蜜蜂一般，被包得严严实实的，打着瞌睡度过一生。父亲说，他会沉睡，而她会怒火冲天，直到两人老去，逝去。而我不需要害怕这些。是我的父亲，勇敢地把沉睡王赶下王座，并把他的王冠戴上了爱德华国王的脑袋，所以他说的一定是对的。是我的父亲，直面了恐怖的坏王后——比法国狼还要凶恶的母狼——并打败了她。但我还是不愿想起老王亨利，不愿想起月光笼罩下他那紧闭的眼帘，尤其是在赶走他的人们正在曾经属于他的厅堂中跳舞的时候。我不愿想起远在法国的坏王后，她或许正对天发誓要报复我们，诅咒我们的幸福，说着她会回来——回到这个属于她的地方。

伊莎贝尔终于回来的时候，我正跪在窄窗前，看着月光洒向河流，想着在月光照耀下做着梦的国王。“你早该睡觉了。”她专横地说。

“她找不到我们的，对吧？”

“坏王后？”伊莎贝尔立刻明白了我的恐惧。从童年起，安茹的玛格丽特王后就是我们俩的噩梦，“对，她被打败了，在陶顿，被父亲彻底打败了。她逃跑了，回不来了。”

“你确定吗？”

伊莎贝尔环抱住了我单薄的肩膀：“我很确定，我们也很安全，你知道的。疯王睡着了，而坏王后被打败了。这只是你不想按时睡觉的借口。”

我顺从地转过身，躺上了床，把被子拉到了下巴处。“我就睡。舞会是不是很棒？”

“还行吧。”

“你不觉得她好美吗？”

“谁？”伊莎贝尔问道，就好像她真的不知道这显而易见的事实，真的不知道今晚英格兰最美的女人是谁。

“新王后，伊丽莎白王后。”

“好吧，我觉得她不怎么像位王后，”她说，试图学母亲那种最轻蔑的语气，“我不知道她会在加冕典礼和比武竞赛上怎么表现。她之前不过就是个乡绅的老婆，一个小户人家的女儿。她懂什么规矩？”

“为什么？那你会怎么表现？”我问，想要让这个对话继续。比我大五岁的伊莎贝尔总是比我懂得多。她是父母的最爱，将会有一个超棒的婚姻，在我还不过是个小孩的时候就已经几乎是个女人了。她甚至看不起王后！

“我会表现得比她端庄得多。我不会像她那样跟国王耳语，自贬身价；不会像她那样送出餐点，向人们挥手；不会像她那样让所有的兄弟姐妹跟着进入宫廷。我会更加矜持冷淡，不向任何人微笑或鞠躬。我会做一位真正的王后，冰雪王后，没有家庭也没有朋友。”

我被伊莎贝尔描绘的场景所吸引，从床上半坐起来，拉下床上毛茸茸的床罩，举起递给她。“像什么样？你会是什么样的？做给我看看，伊茜[1]！”

她将床罩当做披风披在肩头，头向后一甩，挺直了六英尺四英寸[2]的身体，大步地在寝室里绕着圈，头抬得非常高，冷淡地向想象中的朝臣们点头。“像这样，”她说，“**就像这样**[3]，优雅而冷漠。”

我跳下了床，一把抓起条披肩，披在自己头上，跟在她后面，学着伊莎贝尔的样子向左右点头，像她一样雍容华贵。“您好。”我对着一张空椅子说，又停顿了一下，就好像是在听一个请求。“不，一点也不。我不能帮助您，非常抱歉。我已经将那个位置给了我的妹妹。”

“给了我的父亲，里弗斯爵士。”伊茜补充道。

“给了我的弟弟安东尼——他太英俊了。”

“给了我的弟弟约翰，也给了我的妹妹们一笔财富。完全没有剩下的可以给您了。我的家庭成员很多。”伊莎贝尔调皮地拖着长音，装作是新王后，“他们全都得被照顾到，很好地照顾到。”

“他们所有人，”我补充道，“许多人。你看见那么多跟在我后面进入大厅的人了吗？我该上哪儿去找那么多爵位和土地给他们所有人啊？”

我们绕着大圈，在经过彼此的时候，以完全漠不关心的方式点头示意。“你又是谁？”我冷冰冰地问道。

“我是英格兰王后。”伊莎贝尔说道，毫无提示地换了游戏，“我是英格兰和法兰西的伊莎贝尔王后，爱德华国王的新婚妻子。他为我的美貌而坠入爱河，为我疯狂。为了我，他已经完全疯了，忘记了他的朋友和责任。我们秘密结婚了，而现在我将被加冕为后。”

“不，不，我才是英格兰王后。”我扔下披肩，冲着她说，“我是英格兰

---

① 原文Izzy，是伊莎贝尔的昵称。

② 约等于1.37米。

③ 原文为法文。

的安妮王后。我是英格兰王后。爱德华国王选了我。"

"他才不会选你呢，你是最小的。"

"他选了！他选了！"我感到怒火冲天，知道自己会毁了这游戏，但还是受不了再次让她领先，即使这只是我们自己寝室里的一场游戏。

"我们不能都是英格兰王后，"她说得挺合理，"你当法国王后，你可以是法国王后。法国也够好了。"

"英格兰！我是英格兰王后。我恨法国！"

"你不能，"她直截了当地说，"我最大，可以先选。我是英格兰王后，爱德华爱上的是我。"

她突然摆出了年长者的姿态，霸占了所有东西，我们开心的游戏也突然变成了一场对抗，我被气得说不出话来，跺着脚，因为怒气而满脸发烫，而且还感觉到了自己眼眶里热热的泪水："英格兰！我是王后！"

"你总会弄砸所有事情，你太幼稚了。"她如此宣布道，转开了身。正在这时，我们身后的门被推开了，玛格丽特走进了房间："这个时间你们都该睡觉了，小姐们。天哪！你们把床罩怎么了？"

"伊莎贝尔不让我……"我回答，"她很小气……"

"别管了，"玛格丽特快速地说道，"上床。有什么事要分享，就留到明天吧。"

"她就是不肯分享！"我吞下咸咸的泪水，"她从来不分享。我们在玩，但是后来……"

伊莎贝尔不耐烦地笑了一声，就好像我的悲伤很滑稽，她又和玛格丽特交换了个眼神，就好像是在说，这小娃娃又突然开始闹脾气了。这太过分了。我大哭了起来，干脆扑在了床上。没人在乎我，没人知道到底发生了什么：我们在一起玩，作为平等的人，作为两姐妹，直到伊莎贝尔将不属于她的东西抢走。她应该懂得分享。最后才轮到我，总是最后才轮到我，这不对。“这不对!”我断断续续地说,“这对我不公平!”

伊莎贝尔转身背对玛格丽特,让她解开自己礼服上的系带并将礼服拉低。她倨傲地跨出礼服,正如她所假扮的王后。玛格丽特将礼服散开放在一把椅子上,以备明天可以撒粉和刷理。然后,伊莎贝尔套上了一件睡袍,让玛格丽特为她梳头盘发。

我从枕头里抬起通红的脸,看着她俩。伊莎贝尔扫过我伤心的大眼睛,不耐烦地说:“不管怎么样,你早该睡觉了。你一累就哭,真是个小娃娃。不应该允许你参加晚宴的。”她看着二十岁的成年女子玛格丽特:“玛格丽特,告诉她。”

“睡吧,安妮小姐。”玛格丽特温柔地说,“没什么好吵的。”我翻身转向一侧,面对着墙壁。玛格丽特不应该这么对我讲话的,她是我母亲的侍女,我们同父异母的姐姐,她应该对我更好一点的。没人尊重我,而我的亲姐姐恨我。伊莎贝尔睡到了我旁边,床上的皮绳嘎吱作响。没人强迫她念睡前祷词,她一定会下地狱的。玛格丽特说:“晚安,好好睡吧,上帝保佑。”然后,她吹熄了蜡烛,离开了房间。

炉火的光芒下,我们又单独在一起了。我感觉到,伊莎贝尔将被子拉到了她那边,但我躺着没动。她尖刻恶毒地低语:“如果你想的话,你可以哭上一整晚,但我还是会成为英格兰王后,而你不会。”

“我也姓内维尔!”我说。

“玛格丽特还不是姓内维尔。”伊莎贝尔强调说,“但是是私生子,父亲承认的杂种。所以她是我们的侍女并会嫁给个体面的男人。而同时,我最起码会嫁给一位富有的公爵。现在想想,你说不定也是私生子,也必须成为我的侍女。”

我感到喉咙口涌起一阵哽咽,用双手捂住了嘴。我才不会哭,让她得意呢。我要忍住眼泪。如果能停止自己的呼吸,我会的。他们会写信给我的父亲，告诉他我冰冷地死去了。姐姐会感到内疚，因为她的刻薄，我才闷死的。然后父亲——现在身处远方的父亲，就会因为他最喜爱的小女儿的死怪罪伊莎贝尔。无论如何，他应该是最喜爱我的。至少，我希望他如此。

1465年7月

伦敦　厄贝尔府邸

我知道父亲身上要发生大事了。他回到了我们在伦敦的府邸，于庭院中召集了护卫和旗手。而他手下的先生们则从马厩里牵出了马，排起了队。我们家守卫森严，就像任何的王室宫殿一样。父亲治下有超过三百名的士兵，除国王以外，我们手下也有着最多的仆人。很多人都说，我们的人比国王的更加训练有素；当然，我们吃得更好，也装备得更好。

我在通往院子的门旁等着，因为父亲会从这里经过，也许他会看见我，告诉我这是怎么回事。伊莎贝尔在楼上上课，我不会上去找她的。这次，她可要错过刺激的大事了。听见父亲的马靴踏在石阶上的声音响起，我转过身，向他行了个深深的屈膝礼，却看见了一幅让我非常气恼的景象。母亲与父亲在一起，身后还跟着她的女伴们和——伊莎贝尔。她朝我吐了吐舌头，咧嘴笑了起来。

“我的小女儿在这儿呢。是不是等着看我骑马呀？”父亲温柔地将手放在我的头上，给我祝福，然后弯下腰看着我的脸。他同往常一样，总是那么宽厚壮硕。当我还是个小女孩的时候，我总觉得他的胸膛是用金属做成的，因为我看见他时，他总是身穿盔甲。现在，他冲我笑着，擦得闪亮的头盔，炯炯有神的深棕色眼睛，精心修剪过的浓密棕色胡子，正如一位英雄、一位战神。

“是的，父亲大人。”我回答道，“您又要出门了吗？”

“今天我有大事要做，”他郑重地说，“你知道是什么事吗？”

我摇摇头。

“谁是我们最大的敌人？”

这问题简单。“坏王后。”

“没错，我希望她在我的掌握之中。那谁又是我们第二位的敌人、她的丈夫呢？”

“沉睡王。”我说。

他笑了。“你就是这样称呼他们的？坏王后和沉睡王？真不错。你真是个聪明的小淑女！”我瞥了眼老叫我蠢货的伊莎贝尔，哼，看她这下怎么说。父亲继续说道，“那你觉得，是谁被出卖了，被我们抓住了——正如我预言的那样——被作为囚犯带来伦敦了呢？”

“是沉睡王吗？”

“就是他。”父亲说，“我正要带着我的人去押送他，通过伦敦的街道一路送进伦敦塔。他会被关押在那里，永远成为我们的囚徒。”

我抬起头看着高高在上的父亲，不敢开口。

“怎么了？”父亲问。

“我能去吗？”

他大笑起来：“真是个勇敢的小侍卫，你该是个男孩的。不，你不能去。但等我把他关在塔里以后，你可以站在门外看看，然后你就会明白，再也不必害怕他了。我已经掌握了国王，没了他，他的王后什么都做不了。”

“但这样，伦敦就会有两位国王了。”伊莎贝尔走上前，摆出一副聪明脸孔想要引起父亲的注意力。

他摇了摇头：“不，就一位。就只有爱德华。就只有我捧上王座的那一位。他有真正合法的王位继承权，不管怎么样，我们赢得了胜利。”

“你会怎么押送他呢?”母亲问,“将会有许多人等着看他的。”

“绑着。”父亲立刻答道,“坐在他的马上,但两只脚的脚踝在马肚子底下绑起来。他是反抗英格兰新王、反抗我的罪犯。人们会看到一个罪犯。”

这待遇太过不敬,母亲略有点吃惊。而她的这种举动却让父亲笑了起来:“他之前都在北边的山里睡觉,不可能看上去还像位国王。生活得不像是位贵族,倒像是个亡命之徒,他的耻辱现在才结束。”

“然后,人们将会看见,你——就像一位国王一样伟大——押送着他。”母亲说。

父亲再次笑了,看向了庭院。在那里,他的手下像王家护卫一样,衣着光鲜,装备精良;他那绘着熊与权杖的旗帜迎风飘扬。他点头赞赏着这一切。我抬头看他,为他的伟岸和无与伦比的力量而头晕目眩。

“是的,就是我,将英格兰国王打入牢狱。”他承认道。他拍了拍我的脸颊,朝母亲笑了笑,便大步走入了院子。他的马夫正牵着他最喜欢的马——因为漆黑油亮的侧腹而得名的“午夜”——站在垫脚台旁。父亲跨上马鞍,转身看向属下们,抬起手,准备下达出发的命令。“午夜”刨着地,好似已经很急切了。父亲勒紧缰绳,用一只手抚摸着它的脖子。“好马儿,”他说,“我们今天要做一件大事,完成我们在陶顿做了一半的事情。这对你我来说,都毫无疑问是一个伟大的日子啊。”

然后他大声下令:“出发!”带领着手下从石拱门下步出了院子,进入了伦敦的街道,向着伊斯灵顿驰去。他们将去会见监禁中的沉睡王的看守,而沉睡王的噩梦将再也不会给这个国家造成麻烦了。

1465年秋

达勒姆郡　巴纳德城堡

我和伊莎贝尔都被召唤到了父亲的私人房间，房间位于我们北方的一处住所：巴纳德城堡内。巴纳德城堡是我最喜欢的家之一，坐落于蒂斯河旁的悬崖上。从我卧室的窗口扔一颗石头到下面冒着泡泡的水里，石头会下落好一会儿。这是一座筑有高墙的城堡，被一条护城河围绕，在河的外围是一圈灰色石头的外墙，而在墙外，便是巴纳德城堡小镇。在那里，每逢我们骑着马经过，人们就会跪下行礼。母亲说，我们家族——内维尔家族——对北方的人们来说就像神一样。这可以追溯到时间之始，那个有着恶魔、海蛇和巨大虫怪的时代，而我们家族自彼时起就立下誓言，要从这些东西和苏格兰人的手中保护北方的人民。

我的父亲就坐在这里的大厅中主持公道，调解争吵，倾听请愿，而我、伊莎贝尔和他的养子们——包括国王的弟弟理查德——就获准每天下午出去骑马。巨大的荒野延绵数英里，直至苏格兰，我们带着猎鹰在其上打猎野鸡和松鸡。每天早晨，理查德和其他男孩必须和老师一起学习，但午餐后，他们就可以与我们一起玩了。这些男孩都出身显赫，比如弗朗西斯·洛弗尔。其中一些是北方权贵的儿子，他们很乐意在父亲的家中有一席之地；还有一些是我们的表亲和同族，他们会与我们同住一到两年，来学习统治和领导的方法。我们的邻居罗伯特·布拉肯伯里是理查德的固定玩伴，就像是骑士的小侍卫。我当然最喜欢理查德了，他现在可是英格兰国王的弟弟。他不比伊莎贝尔高，却非常勇敢，我其实悄悄地钦佩着他。他瘦瘦的个子，一头深色的头发，十足坚定地要成为一位伟大的骑士。他知道所有关于卡米洛特[①]和骑士精神的故事，有时他会读给我听，就好像这些故事讲述的是真人真事。

他对我说："安妮小姐，在这个世界上最重要的就是骑士的荣誉。我宁愿死，也不愿失去荣誉。"他说得这么认真，我没法不信他。

他骑着他的山地小马驹，像是要去骑兵冲锋似的，极度渴望像两位兄长那么成熟强壮，极度渴望成为我父亲最出色的养子。我明白这点，因为我知道在一个好胜的家族里排在最末位是什么感觉。但我从不说出来。他有种暴躁易怒的北方式骄傲，如果我说我懂他，他一定会恨我的。同样，如果他因为我比伊莎贝尔小、因为我没有伊莎贝尔那么漂亮、因为我是个女孩，而所有人都需要一个儿子和继承人这些事情来同情我的话，我也一定会恨他的。有些事，不说出来比较好。理查德和我都志存高远，但也明白，不能让任何人知道我们这些伟大的梦想。

玛格丽特进来传话时，我们正在教室听男孩们上希腊语课。伊莎贝尔和我都有点被吓到了，因为父亲从来不会传唤我们去见他。

"没叫我吗?"理查德问玛格丽特。

"没叫您，殿下。"她回答道。

理查德冲伊莎贝尔咧嘴笑了笑。"那就只有你们了。"他说着，估计和我们猜的一样——我们一定是做了什么错事被发现了，"也许你们会被鞭打。"

一般来说，在北方，没人来管我们，我们只有在晚餐时才能见到父母。父亲有太多事情要忙了。直到一年前，他还在为了仍旧被沉睡王所控制的几个北方城堡而战斗。而母亲回到自己在北方的家时，总是下决心要把那

① 传说中亚瑟王宫殿所在地。

些因为她的离开而乱套的事情拉回正轨。如果父亲大人想要见我们，那我们多半是惹麻烦了。但我就是想不起来，到底做错了什么。

父亲正坐在桌前的椅子上。那把椅子就像个王座那么大。他的书记官正一张接一张地把纸放在他的面前，而父亲则持笔在每一张纸上签一个“W”——代表他最显赫的头衔沃里克。他身旁的另一名书记官俯身向前，一手持蜡烛，一手持封蜡，将封蜡在文件上滴成平滑的一摊，而父亲就会按上他的戒指来完成印章。这就像魔法一样，将他的愿望变成现实。我们等在门口，等着他注意到我们。我觉得这件事情太棒了——一个男人在文件上签上自己的名字，并立刻知道，这条命令搞妥了。就为了这种快乐，我可以整天都下达命令。

书记官拿开纸，父亲抬起头，看见了我们，他做了个召唤的小手势。我们走上前，遵照礼数向他屈膝行礼。父亲抬手示意我们起身，向后推开了自己的椅子，好让我们绕过桌子，站在他的面前。他向我伸出了手，我走近了一些。他轻拍着我的头，就像轻拍他的马“午夜”一样。他的手很重，我又戴了顶硬硬的金制网帽，网帽随着他的手掌一下下压在头上，让我很不好受。但父亲并没有召唤伊莎贝尔近前，她不得不尴尬地站在那里，看着我们俩。虽然我被父亲这些宠爱的举动给吓到了，但我还是转头向伊莎贝尔微笑，靠在父亲椅子扶手上，一副自在的样子。因为父亲的手是在我的头上。

“你们表现好吗？学习跟得上吗？”他突然问道。

我们都点头。毋庸置疑，我们表现很好，每天早晨都和私人教师一起学习。周一学习逻辑，周二学习语法，周三学习修辞，周四学习法文和拉丁文，周五学习音乐和舞蹈。当然，周五是一周中最棒的。男孩们有他们的希腊语老师，还有一位武器师傅教他们在竞赛打斗中如何使用阔剑。理查德是位好学生，在武术训练上非常努力。伊莎贝尔在学习上领先了我许多，她还有一年就15岁，不用再上课了。她说，小女孩的脑袋接受不了修辞，但当她离开教室之后，我会被留在那里，直到念完整本课本。我预想了一下，没了伊莎贝尔的教室会有多无聊。这个念头如此强烈，让我都想向父亲请求和伊莎贝尔一起毕业了。尤其此时，他的手正重重地放在我的肩上，看上去对我特别好。我观察着他那严肃的脸，心想：最好别说。

“我叫你们来，是要告诉你们，王后要求你们两人都去她那里生活。”他说。

伊莎贝尔兴奋地吐了口气，涨红了圆脸，就像颗成熟的木莓似的。

“我们?”我惊讶地问。

“这是项荣誉，因为你们的地位——我的女儿，但也因为王后在宫廷中看过了你们的举止，她说你——安妮——在她的加冕典礼上表现得尤其迷人。”

我听见了“迷人”二字，一瞬间，除了这个词外，我的脑中一片空白。英格兰的王后认为我迷人，而且，她还将此告诉了我的父亲。尽管这位伊丽莎白王后，只不过是伊丽莎白·伍德维尔，只不过比无名之辈稍稍高贵一点点。我的心中充满了自豪，向我那气势惊人的父亲露出了我希望是迷人的微笑。

“她认为，你可以成为她房间中的一道装饰。”他说。

我全神贯注于“装饰”一词，不明白王后究竟是什么意思。她的意思是不是我们可以装扮她的房间，用织锦遮盖那些严重褪色的墙壁，让房间看上去漂亮点？我们是不是必须整日站在同一个地方，一动不动？我是不是得成为某种花瓶？父亲冲着一脸困惑的我大笑，朝伊莎贝尔点点头：“告诉你妹妹，她该做什么。”

“王后的意思是，一名侍女。”她对我发出嘘声。

“哦。”

“你怎么想?”父亲问。

他看得出伊莎贝尔是怎么想的，因为她已经兴奋得喘不过气来，蓝色的双眼放着光。“我会很乐意的。”她口不择言地说，“这是项荣誉，一项我不曾期望的荣誉……我接受。”

他看向我：“那你呢，小不点？我的小老鼠？你也像你姐姐一样那么激动吗？你也等不及要去服侍新王后，绕着那新星跳舞了吗?”

他说话的语气警告我“是”是错误的答案，虽然我印象中的王后，就像个侍僧眼中炫目的盛餐日标志一般。我想不出比作为侍女服侍这位美人更美妙的事了，而且她喜欢我。她的母亲向我微笑，她本人认为我迷人。她喜欢我，而且单独挑出了我，我简直要因为骄傲和快乐而爆炸了，但我很谨慎。“只看您怎么想，父亲。”我说，向下看着自己的脚，然后抬头看向他深色的眼睛，“我们现在喜欢她吗?”

他立刻笑了起来：“上帝保佑！你都听了些什么流言蜚语啊？我们当然爱她尊敬她，她是我们的王后，国王的妻子。想象一下，他有全世界所有的公主可选，但挑选了她！他可以和基督教国家中任何一个贵族女子结婚，但他却选了她!”他的语气带着严厉和嘲讽。他口中明明说着忠心耿耿的语句，但我却听出了别的意味，就像伊莎贝尔欺负我时的意味。“会问这样的问题，你真是个傻孩子。”他说，“我们都向她宣誓过忠诚。在她的加冕典礼上，你自己就宣誓过。”

伊莎贝尔冲我点点头，就像是在肯定父亲的责怪：“她太小了，还不懂。”她越过我的头顶向父亲确认道，“她什么都不懂。”

我一下子发怒了：“我懂的，国王没有照父亲的建议行事！在父亲将他放上王座之后！在父亲为了爱德华冒着生命危险与坏王后和沉睡王战斗之后!”

这番话又让他笑了起来。“真是个小孩子说出来的话!”他耸了耸肩，

“不管怎样，你们不会去的。你们两个都不会去宫廷服侍王后，而会和你们的母亲一起去沃里克城堡，从她那里学习掌管一座伟大宫殿的所有方法。我认为，王后殿下也教不了那些你们母亲从小就知道的事情。王后还在格鲁比厅的果园里摘苹果的时候，我们就已经是王亲贵族了。你们的母亲出身比彻姆家族，嫁入了内维尔家族，所以就如何做一位英格兰贵妇这点，我想她已经没有什么需要学的了——自然不需要向伊丽莎白·伍德维尔学。”他小声地补充。

“但父亲——”伊莎贝尔太难过了，无法自已地大胆说道，“王后要求我们去服侍，难道我们不去吗？或者至少让我去？安妮太小了，但我难道不该去宫廷吗?”

父亲看着她，目露轻视。她渴望成为万物的中心，去王后的宫廷，去王国的心脏，每日见到国王，住在皇宫里，穿着漂亮衣服。在这个新兴得势的宫廷里，满室乐音，墙饰绣帏，人们整日游戏，庆祝着他们的胜利。

“安妮可能年纪小，但她的判断力比你强。”他冷淡地说，“你是在质疑我吗?”

她立刻屈膝行礼，低下了头：“不。父亲大人。绝不是的。当然不是。”

“你们可以退下了。”父亲说，就好像对我们两个都感到厌烦了。我们急急忙忙地跑出了房间，就像两只感觉到了自己毛茸茸的背后有猫在呼气的耗子。我们安全地走出了他的接见厅，门在背后关上。我对伊莎贝尔点头道：“看到了吗！我是对的。我们不喜欢王后。”

1468年春

沃里克城堡

我们不喜欢王后。刚结婚，她就鼓励丈夫对我的父亲——他资格最老也是最好的朋友，让他成为国王、给了他一个王国的男人——采取敌对的态度。他们把地产所有权印章从我叔叔乔治那里拿走，又解除了他大法官的职务。他们让父亲作为使者去法国，却欺骗了他，背着他与对头勃艮第签下了秘密条约。父亲勃然大怒，指责王后和她的家族对国王吹枕边风，并不是为了国王的真正利益考虑，而是为她的勃艮第族人牟利。最糟糕的是，爱德华国王将自己的妹妹玛格丽特送去嫁给勃艮第公爵。因为这种对敌人示好的行为，父亲与强大法国合作的努力毁于一旦。爱德华将成为法国的敌人，而父亲对法国的友善举动将付诸东流。

还有那些婚姻，王后利用它们硬生生地让自己的家族变得高贵显赫。从戴上王冠的那一刻起，她就为自己无数的姐妹们捕获了英格兰几乎每一位有钱的年轻贵族男子。年轻的白金汉公爵亨利·斯塔福德，本来是我父母为我挑选的未来丈夫，却被她胡乱塞给了她的妹妹凯瑟琳——在加冕盛宴那日坐在我们这桌的小女孩。这个在格拉夫顿的乡下宅子里出生长大的孩子成为了一位公爵夫人。尽管他们这两人才跟我差不多年纪，王后还是不管不顾地让他们结婚了，更将他们安置在了自己身边，成为了他们的监护人，将斯塔福德的财富收入了自己囊中。我的母亲说，骄傲的斯塔福德家族绝不会在这件事上原谅王后，我们也不会。小亨利看上去病恹恹的，就像被下了毒。他出身王室，却娶了凯瑟琳·伍德维尔，让一个乡绅级别的男人成为了自己的岳父。

只要是有财富和头衔的人，她就让自己的弟弟们去娶。她英俊的弟弟安东尼就通过他的新婚妻子成为了斯格勒斯男爵。但是，王后并没有给我们安排婚姻，就好像父亲说我们不会去她的宫廷的那一刻起，我们对她来说就不存在了。她没有向伊莎贝尔和我提出任何婚姻安排。母亲对父亲说，我们绝不会屈尊嫁给里弗斯家的人，不管他们爬得有多高。但这就意味着我今年六月就要十二岁，却还没有任何的婚姻安排。对伊莎贝尔来说，这就更糟了，她已经十六岁了，却还是困在母亲身边做一名侍女，无人可嫁。母亲很小就订婚，十四岁就结婚，这让伊莎贝尔感到越来越焦躁，就好像她在通往圣坛的路上被落下了。当伊丽莎白王后将英格兰每一个富有的年轻贵族配给她的姐妹和表姐妹时，我们就这么消失了，像是童话里被下了咒语的女孩们。

“也许你会嫁给一位外国王子。”我试图安慰伊莎贝尔，“等我们回加莱了，父亲会帮你找一位法国王子。他们一定给我们安排了像样的婚事。”

我们正在沃里克城堡的仕女房中绘画，伊莎贝尔画了幅不错的素描，画的正是她面前窗户望出去的风景。我画了一幅涂鸦，画的本该是从埃文河畔新摘下的一串报春花和理查德的鲁特琴。

“你真是个傻瓜。”她夸张地说，“法国王子对我们有什么用？我们需要的是与英格兰王位的联系。现在王位上有了位新王，而他的妻子只为他生下了女儿。我们必须获得继承权，需要更接近王位。你简直蠢得像个放鹅女。”

我都没有因为她的侮辱而生气，只问道：“为什么我们需要与英格兰王位的联系？”

“我们的父亲可不是为了施恩而将约克家族捧上英格兰王位的，”她解释道，“而是为了控制他们。父亲将会是英格兰的无冕之王。爱德华就像是父亲的小弟弟，而父亲则是爱德华的老师。每个人都知道的。”

我不知道。我以前以为父亲为约克家族打仗是因为他们是正统的继承人，是因为安茹的玛格丽特是个坏女人，是因为国王睡着了。

“但现在，爱德华国王只听从他妻子和她家族的意见，那我们就必须加入那个家族来控制他。”她说，“你和我将会嫁给他的弟弟，皇室公爵们，如果母亲能帮我们得到他们的话。”

我感到自己脸红了：“你是说，我会嫁给理查德？”

“你不会是喜欢他吧！”她大笑出声，“他的头发那么深，皮肤那么黑，而且还很奇怪……”

“他很强壮。”我胡乱说着，“他什么都能骑。他很勇敢，而且他……”

“如果你想嫁给个骑手的话，干吗不去嫁给马夫约翰？”

“但你真的可以肯定吗，他们会这样安排？我们什么时候会出嫁？”

“父亲已经决定这么做了。”她放低了声音悄声说，“但她一定会阻止的。除了自己的家人或者朋友，她不想让国王的弟弟们娶任何人。她不希望我们全都出现在宫廷，向所有人展示一个真正高贵的英格兰家族是什么样的，这令她难堪。她全力想要国王和父亲疏远，因为她知道，父亲总是对国王说实话，给他忠告；因为她知道父亲会劝国王反对她。”

“父亲请求国王的允许了吗，我们的婚事？”

“他在宫廷的话，就会去问的。”她说，“他可能现在就在问他，此时此刻。然后我们就会和英格兰国王的弟弟们订婚，我们俩一起！我们将会成为皇室公爵夫人。我们的地位会比王后的母亲雅格塔高，会比国王的母亲塞西莉公爵夫人还高。除了王后之外，我们将成为英格兰最高贵的女人。”

我目瞪口呆地看着她。

“不然怎么样？”她问道，“想想我们的父亲是谁！我们当然应该成为英格兰最高贵的女人!”

“而且如果爱德华国王没有儿子的话,”我慢慢地说着，边想边说，“那他死了以后，他的弟弟乔治就会成为国王。”

伊莎贝尔高兴地抱住我，“是的！没错！克拉伦斯公爵乔治!”她开心地大笑，“他会成为英格兰国王，而我会成为王后!”

我愣了一下，对自己的姐姐成为王后这件事惊奇不已。“伊莎贝尔王后。”我说。

她点了点头：“我一直觉得这听上去不错。”

“伊茜，你会很伟大的!”

“我知道,”她说，“而你会成为一位公爵夫人，常伴我左右。你会成为我宫中最重要的夫人。我们会有那么多那么漂亮的衣服!”

“但如果你活得够长，也没有儿子，那等到乔治死了以后，理查德就会成为继承人，我就会成为下一位王后：安妮王后。”

她的笑容一下子消失了：“不，那根本不可能。”

父亲一言不发地从宫里回来了。数百名我们的属下在沃里克城堡的大厅中用餐，刀叉起落，觥筹交错，热闹的碰擦声充斥着整个大厅。但父亲所在的主桌却一片死寂。母亲坐在他的右手边，注视着侍女们的桌子，注意着一切不当的举止。理查德警惕而安静地坐在父亲的左边。伊莎贝尔坐在母亲旁边，被吓得一言不发。我如往常一样，坐在最下首。我不知道发生了什么。得找个人告诉我。

我逮着了同父异母的姐姐玛格丽特。她也许是个私生子，但父亲已经承认了她的血统，而母亲也出钱培养她，让她做自己的侍女和闺中密友。她现在嫁给了一位父亲的心腹佃户——理查德·赫德尔斯通。玛格丽特虽然是个二十三岁的成年女人，而且通常消息灵通，但并不像其他人那样——她总会把事情告诉我的。

“玛格丽特，发生什么事了?”

我在我们的卧室里截住了她，她正监督着女仆在冰冷的床上滑动暖床器，而为了我们的安全，寝室男仆则正往床垫间塞一把剑。“国王拒绝了我们的父亲。”她阴郁地说，“真可耻。他已经忘记了他拥有的这些都是怎么来的，他是从哪里来的，谁帮他坐上王位的了。他们说，国王当面告诉父亲，他决不允许自己的弟弟娶你们俩。”

“为什么？父亲会很生气的。”

“国王说，他想给他们安排别的婚事，也许是与法国或者那些低地国家联姻，佛兰德斯或者德国。谁知道呢？他想让他们娶公主。但是王后想让他们娶她的勃艮第亲戚，她毫无疑问会这么建议。而我们的父亲则觉得自己受了侮辱。”

“我们受到侮辱了。”我斩钉截铁地说，但随后又有点犹豫了，“是吗?”

她断然点头，挥手让仆人们退下。“是的。他们再也找不到更加漂亮的两个女孩去嫁给王室公爵们了，除非他们去耶路撒冷。国王——上帝保佑他——有欠考虑，居然没有选择内维尔家的女孩，居然怠慢了让他今日能坐在王座上的我们的父亲。”

“谁让他不选我们的?”我问，虽然已经知道了答案，“谁给了他错误的建议?”

玛格丽特转过头，向火里吐了口唾沫：“是她。”而我们都知道“她”是谁。

我走回大厅时，见到了国王的弟弟理查德。他正与自己的家庭教师密切地交谈，我猜他是在打探消息，就像我去问玛格丽特一样。他扫了我一眼，我很确定他们是在谈论我，而他的教师一定已经说了我们不会订婚这件事。王后，她自己虽然嫁给了自己选择的男人，但会为我们其他人安排没有爱情的婚姻。理查德将会娶一位公主或者是外国女公爵。他看上去一点儿也不难过，我却有点激动。不用娶一位深发、矮小、平胸，又瘦得像把刀似的小女孩，他看起来似乎对这件事一点儿也不在意。我甩过头，装作我也不在乎的样子。我才不会嫁给他呢，就算他们全都求我。如果我突然长成了个美人，他一定会后悔的。

“你听说了吗?”他带着羞怯的微笑，向我走来，“我的国王哥哥说我们不会结婚，他对我有别的安排。”

“我从来都没想要嫁给你，”我立刻觉得被冒犯了，“别以为我愿意。”

“你父亲自己提议的。”他回答。

“好吧，国王心里会有合适你的对象的。”我愠恼道，“毫无疑问，王后的一位妹妹或者是表姐妹，又或者是她的一位姑婆，一位长着鹰钩鼻，没牙的老妇人。她让自己的弟弟约翰娶了我的姑婆，你最好小心她把你配给某位干瘪的贵族老太婆。他们管这叫恶魔的婚姻。你大概也会有一个。”

他摇了摇头，“我哥哥会为我挑一位公主。”他自信地说，“他是个好哥哥，他知道我对他一直很忠心。再说了，我已经到了适婚的年纪，但你还只是个小女孩。”

“我十一岁了，”我骄傲地说，“你们这些约克家的男孩子总是自以为是。你们总觉得自己一生下来就是成年人，就和领主们一般高。你最好记得，没我父亲，你们还不知道在哪儿呢。”

“我当然记得。”他说着，将自己的手放在心口，就像是童话里的骑士，然后朝我行了个怪怪的礼，就好像我是位成年淑女一般，“我很遗憾我们不会结婚，小安妮，你肯定会是位很出色的公爵夫人。我愿你能嫁给一位伟大的王子，或者别的地方的国王。”

“好吧，”我突然有点尴尬，“那我也祝你不用娶个老太婆。”

那天晚上，伊莎贝尔兴奋地颤抖着来到了寝室。我听见了她跪在床边的祈祷：“让它发生吧，上帝。哦，上帝，让它成真吧！”我安静地等她脱下外袍，爬进被子，在床上辗转反侧，不能成眠。

“发生什么事了？”我小声问。

“我就要嫁给他了。”

“不！”

“是的。父亲大人告诉我的。我们会去加莱，而公爵会悄悄地在那里和我们会合。”

“国王改主意了吗？”

“国王根本不会知道。”

我倒吸了口冷气：“你要违反国王的意愿嫁给他的弟弟？”

她咯咯笑了笑。然后我们不发一声地躺着。

“我要有那些礼服了，”她说，“还有皮草，还有珠宝。”

“理查德也会来吗？”我非常小声地问，“他觉得他会娶别人。”

黑暗中，她环住了我的肩膀，将我抱紧。“不。”她说，“他不来。他们会为你找到其他人，但不是理查德。”

“我并没有特别喜欢他……”

“我明白。你只是期望嫁给他，这是我的错，我给了你这种想法。我不应该告诉你的。”

“但你要嫁给乔治……”

“我知道，”她体贴地说，“我们应该一起嫁给一对兄弟的。但我不会离开你的。等我成为了公爵夫人，我会请求父亲让你和我们一起住到宫里去的。你可以做我的侍女。”

“只是，我想自己做公爵夫人。”

“是啊，但是你做不到。”她说。

1469年7月11日

加莱城堡

伊莎贝尔穿着一条有着金丝袖子的亮白色丝绸礼服，我穿着白色绣银的衣服走在她身后，捧着她的白貂皮斗篷。她戴着一个高高的头饰，从那上面披下了极其珍贵的蕾丝所制成的白色面纱。这头饰让她看起来有6英尺高①，像是一位女神，一个女巨人。新郎乔治穿着深紫色的天鹅绒，那是帝王的颜色。英格兰宫廷的每一个人都来了。如果国王还不知道这场秘密婚礼，那他大概会在今天早晨一觉醒来时意识到这件事，因为他宫中的一半人都不见了。在桑威奇，他自己的母亲，塞西莉公爵夫人挥送着人们来参加这场婚礼，祝福着她最爱的儿子乔治，而不是她不孝的儿子爱德华。

理查德和他的家庭教师及朋友们一起，被留在了沃里克城堡。父亲没有告诉他我们去哪里，他甚至不知道我们是去庆祝一场盛大的婚礼。我想知道，他会不会因为被排除在外而感到遗憾。我很希望他会觉得自己像个傻瓜一样错过了一个大好机会。伊莎贝尔也许是最年长最漂亮的内维尔女孩，她也许是所有人口中的优雅淑女，但我和伊莎贝尔有着同样出色的遗传，我也很可能会长成个美人。那时候，理查德就会错过一位美丽富有的妻子了。某个低劣的西班牙公主绝不会有我一半那么珍贵。我有点愉快地想着，当我变丰满，拥有王后那般美丽的头发时，我也会有她那种神秘的

---

① 相当于1.8米左右。

微笑；而理查德则会充满悔恨地看着我身披皮草嫁给一位富有的王子，知道自己已经失去了我，就像亚瑟失去了格温薇尔。

这不仅仅是一场婚礼，这是一次我父亲权势的庆典。整个宫廷受我父亲的邀请聚集在此，当父亲在加莱城堡——这个他为英格兰守护了多年的要塞——的美丽走廊中穿行时，向他深深地行礼，就好像他是位国王。任何见此情景的人都绝不会怀疑，他有着相当于英格兰国王的权势，甚至超越了国王。如果爱德华决定不理睬我父亲的建议，那他就得好好考虑一下了，因为我父亲更受人们的爱戴，更有钱，还有一支更强大的军队。此时此地，就算被国王所禁止，但他的弟弟还是自由地执起了我姐姐的手，带着他那一头金发和无穷魅力朝着她微笑，许下了誓言。

婚礼的盛宴持续了整个下午，直至夜晚。在乐师的伴奏中，一盘盘的菜肴从厨房端出，肉、水果、面包、糖果、浓稠的英格兰布丁和法国珍馐。这完全把王后的加冕盛宴给比了下去。父亲通过展示他的财富和权力，完全压过了英格兰国王。爱德华和他的平民妻子在这个对手面前相形见绌。我父亲就像富有的勃艮第公爵那么伟大，比法国国王更伟大。伊莎贝尔坐在主桌的正中，挥手将一盘接一盘菜肴送去需要得到尊重的那几桌。王子般英俊的乔治，将切成小块的肉食放在伊莎贝尔的盘子里，靠近了她，在她耳边低语，也朝我微笑，就好像我也归他管似的。我忍不住微笑回应。穿着结婚礼服的乔治身上有某些特别令人兴奋的地方，他就如一位国王那般英俊自信。

“别担心，小家伙，你也会有一场盛大的婚礼。”我坐在首席侍女的位子上，而父亲则走到我的桌子后面附耳耳语。

“我以为——”

“我知道，”他打断了我，“但是理查德对他的国王哥哥太忠诚了，绝不会做任何违背爱德华意志的事。我根本连问都不用问他。但是这里的乔治，”他看向主桌，乔治正给自己的杯子里倒上又一杯马姆齐甜酒，“乔治最爱的是自己，会为自己选择最好的路，而且我对他有个很伟大的安排。”

我等他继续说下去，但他只是温柔地拍了拍我的肩膀。“你该带你姐去卧室，帮她准备了，”他说，“你母亲会告诉你该怎么做的。”

我抬头看了看母亲，她正盯着大厅，评判着仆人，照看着客人。她朝我点了点头，我站起身，伊莎贝尔的脸色突然变得苍白，她意识到婚宴已经结束，她必须上床去了。

人们欢笑嬉闹着将乔治送去我姐姐崭新的大卧室，出于对母亲的尊重，这些人才不至于太下流。守备队的男人们大吼着起哄，所有婚礼的宾客则将花瓣撒在伊莎贝尔的脚下，大声地说着祝福的话语。在数位神父点燃的焚香烟雾中，一位主教、二十位侍女和五位嘉德骑士将我的姐姐和她的新婚丈夫送上了床。父亲也声音洪亮地高喊着美好的祝愿。母亲和我最后离开房间，我回头扫了眼伊茜，她坐在床上，脸色苍白，看上去很惊恐。乔治靠在她身边的枕头上，裸着上半身，他的金发在胸前闪闪发亮，脸上带着满满的自信微笑。

我犹豫了。这是我们这辈子第一次分开睡。我不想一个人睡，身边少了姐姐安心的暖意，我想我是睡不着的；我怀疑伊茜也不想要乔治那么吵闹，金发又醉醺醺的床伴。伊茜看着我，欲言又止。母亲察觉到了我们之间的交流，将手搭上了我的肩膀，把我往房间外面引。

“安妮，别走。”伊茜轻轻地说。我转身，看见她正害怕得瑟瑟发抖。她向我伸出一只手，就好像是想把我再多留下一会儿。“安妮。”她喃喃低语。她语气中的惊恐，让我无法拒绝。我想转身走回房间，但母亲却强硬地抓住了我的手臂，关上了我们身后的卧室门。

那晚，我一个人睡，拒绝了一位侍女的陪伴。如果不能和姐姐一起睡，那我就不要任何其他的床伴。我躺在冰冷的被窝里，没人和我小声地聊天，没人来戏弄、折磨我。就算我们吵得不可开交，有伊茜能和我争吵也是件令人安心的事情。就像这加莱城堡的墙一样，伊茜是我人生风景的一部分。从出生起，我就被当作是第二个伊茜——象征着家庭的女性——抚养长大。我总是跟在一位野心勃勃、意志坚定、畅所欲言的长姐身后。而现在，我突然独身一人了。有很长一段时间，我只是清醒地躺着，凝望着一片黑暗，想着——现在已经没有一个姐姐来告诉我该做什么了，我的人生会怎么样呢？我想，到了早晨，一切都会完全不同了吧。

1469年7月12日

加莱城堡

到了早晨，事情比我在孤单夜里所梦到的更加不同。破晓时分，整座城堡就全醒了。轮子隆隆作响地从厨房一路响到码头，从军械库传来了叫嚷声，而海湾港口的匆忙混乱，更不是庆祝婚礼时应有的景象。父亲正准备出海。

“是海盗吗？”我一把抓住家庭教师的手问道，他正经过我身边，带着一张写字台往父亲的房间走去，“拜托你告诉我，老师，是海盗的突袭吗？”

“不。”他脸色苍白，一派惊恐地说，“更糟。去你母亲那儿，安妮小姐。我现在不能停下来聊天，我得去你父亲那儿记录他的命令。”

比海盗还糟，那一定是法国人要打过来了。如果是这样，我们身处战争，而半个英格兰宫廷都会被包围在一个城堡里。这是最糟糕的事情了。我跑去了母亲的房间，却发现那儿安静异常。母亲坐在伊莎贝尔身旁，伊莎贝尔身着新衣，却看不出一丝新婚的喜悦，也没有兴奋的唠叨。她看上去很愤怒，其他女人缝着衬衣围坐在一起，一言不发却透露出一种狂热的期待。我向母亲深深地行礼。“母亲大人，请告诉我，”我说，“发生什么了？”

“你告诉她吧。”母亲沉着地对伊莎贝尔说，我急忙跑到姐姐身边，拉了个凳子坐在她的椅子旁。

“你还好吗？”我咕哝道。

“还好。”她回答，“并不是很糟。”

“疼吗?”

她点点头：“非常可怕。而且恶心。先是可怕，然后恶心。”

“那现在发生什么了?”

“父亲和国王开战了。”

“不!”我叫得太大声了，母亲朝我投来了严厉的眼神。我用手遮住了嘴，知道自己的眼睛里一定充满了震惊，“伊莎贝尔，不!”

“这是计划好的。”她激烈低语，“一早就全计划好了，而我是其中的一部分。他说他有个伟大的计划，我以为指的是我的婚礼，却不知道原来是这个。”

我目不转睛地看着母亲板起的面孔，她仅仅是瞪着我，就好像我姐姐每周都会嫁给一个谋反的王室成员，而我只是在少见多怪。

“母亲大人知道吗?”我悄声说，“她什么时候发现的?”

“她一直都知道。”伊莎贝尔苦涩地说，“他们都知道，每个人都知道，除了我们。”

我震惊得说不出话来，向四周看了看。母亲房中的女士们都在为穷人们缝制着衬衫，就好像只不过这是再平常不过的一天，就好像我们并没和那位我们八年前捧上王座的英格兰国王开战似的。

“他正在让舰队做准备。马上就要启航了。”

我发出了一声惊讶的抽噎，然后咬住了手，不让自己再发声。

“行了，我们不能在这里说。”伊莎贝尔边说边起身，简单地向母亲行了个礼。她把我拉进了一间前厅，沿着盘旋而上的石梯走到了城堡的最前方。在那里，可以望见下方码头周围的忙乱景象。船只装载着武器，男人们穿戴着盔甲，拉着马上船。我看见了父亲的大黑马“午夜”，他们在它脑袋上套了个布兜，好让它走上甲板。它一跃而起，被自己金属马蹄铁下的木板回音吓了一跳。我知道如果“午夜”这么焦躁，那就一定有危险。

“他真的在那么干。”我不敢置信地说，“他真的要启航去英格兰。那太后怎么办？塞西莉公爵夫人？她知道的，她是看着我们离开桑威奇的，她不会去警告她的儿子吗？”

“她知道。”伊莎贝尔冷酷地说，“她早就知道了。我应该想到的，每个人都知道，除了国王……和你我。打知道爱德华的秘密婚姻时起，塞西莉公爵夫人就一直对王后怀恨在心。现在，她开始反对国王和王后两个人了。他们计划了好几个月，父亲买通了北方和中部的人去反对国王。我的婚礼是起兵的信号。想想吧——他告诉他们我将要宣誓成婚的日子，好让他们按时起兵。现在他们起兵，伪装成一场叛乱，欺骗了国王，让他以为这不过是一场地方骚乱。他已经离开伦敦北上去平定这场他心目中的小冲突了。父亲登陆时，国王正远离伦敦，他并不知道，我的婚礼不是一场婚礼，而是一场召集。他不知道婚礼宾客会启航攻击他。父亲为这场入侵盖上了我的新娘头纱。”

“国王？国王爱德华？”我愚蠢地问，就好像我们的宿敌沉睡王亨利在伦敦塔中醒来并起身下床了一样。

“当然是爱德华国王。”

“但父亲爱他。”

“爱过他。”伊莎贝尔纠正我，“今早乔治告诉我的，一切都变了。父亲不能原谅国王对里弗斯一家的宠信。没人能赚一分钱，没人能得到一亩地，所有的东西都被他们夺走了。英格兰所有事情的决定权都在他们手上，特别是她的手上。”

“她是王后啊……”我试探着说，“她是位最美丽的王后……”

“她对所有这些都没有权利。”伊莎贝尔说。

“但是，挑战国王？”我压低了声音，“不是叛国吗？”

“父亲不会直接挑战国王的。他会要求国王交出那些佞臣，也就是王后一家，里弗斯一家。他会要求国王再次听取明智的意见，也就是我们的意见。他会让我们的叔叔乔治·内维尔重新成为大法官，让国王凡事都询问他。父亲会重新决定对外的联盟政策，我们会将一切都夺回来，会重回原本的地位——国王背后的顾问和统治者。但有一件事，我不知道……”她的声音在这些坚定的预言中颤抖了起来，似乎是突然失去了勇气，“有一件事我真的不知道……”她深深地吸了口气，“我不知道……”

我看着他们用吊索吊起了一门巨大的火炮，然后降低吊索，将它放入船舱。“什么？你不知道什么？”

她一脸惊骇，正如昨晚我们离开她，将她留在婚床，而她小声地说“安妮，别走”时的样子。

“如果这是一场诡计怎么办？”她的声音太轻了，我只能抵着她的头才能听清，“如果这是他们用在沉睡王和坏王后身上一样的诡计，该怎么办？你那时候太小，或许不记得，爱德华国王的父亲和我们的父亲也从来没有挑战过沉睡王。他们从未公然反叛他，总是声称国王应该有更好的辅佐者，然后他们率领着英格兰的军队攻击他。父亲总是那样说。”

“然后，当他们在战场上打败了他……”

“他们把国王关进了伦敦塔并说会永远关着他。”她接上我的句子，“他们拿走了他的王冠，尽管他们总是说自己只是想辅佐国王。如果父亲和乔治正盘算着拿同一套来对付爱德华国王怎么办？就像父亲和爱德华对付沉睡王那样。如果父亲已经背叛了爱德华，打算把他和亨利一起关在伦敦塔里，怎么办？”

我想起了那位美丽的王后，她在自己的加冕盛宴上笑得那么自信。我想象着她成为伦敦塔的囚犯，而不是从早跳舞至晚上的女主人。“他不能这么做，他们曾宣誓效忠的，”我麻木地说，“我们都宣誓过，都承认爱德华是正统的国王，是受过涂油礼的。我们都吻过王后的手。我们都说爱德华比沉睡王更有权利继承王位，都说他是约克之花，而我们都将在英格兰的甜蜜花园中漫步。我们都在她的加冕宴上跳过舞，她那时看上去是那么美丽，而他们是那么幸福。爱德华是英格兰的国王，独一无二。而她是王后。”

伊莎贝尔不耐烦地摇着头：“你想得太简单了！你觉得所有事情都那么直截了当吗？我们宣誓效忠时，父亲认为自己能通过爱德华国王统治英格兰。如果他现在觉得他要通过乔治来统治了呢？通过乔治和我？”

“他会将你放上英格兰的王位位置？”我怀疑地说，“你会戴上她的王冠？你会坐上她的位子？不等爱德华去世？就这么把所有一切都夺过来？”

她看上去并不像我们玩耍扮成王后时的样子。她看上去惶恐害怕、心惊胆战：“是的。”

1469年夏

加莱城堡

伊莎贝尔的新婚丈夫乔治、我父亲以及所有作为婚礼宾客受召而来的男人，变成了一支集合的军队，向彼此宣誓忠诚，准备好了要入侵英格兰。他们扬帆启航，在肯特登陆，向中部进军。男人们从一座座城堡中涌出，加入他们。这些男人将铁锹丢弃在田野中，奔跑着跟在父亲的军队后面。在英格兰人们的心目中，他还是那位从沉睡王的诅咒中解放了国家的领袖。他是深受爱戴的舰长，守卫着狭海，保护海岸线不受海盗和法国人的侵扰。而所有人都相信他的话，他只是想教导年轻的国王如何治理国家，将国王从他的妻子——另一个强硬的女人，另一个坏王后——的控制中解救出来，防止男人将统治权让给女人而带给英格兰诅咒。

英格兰的人民都学会了去恨坏王后——安茹的玛格丽特，一个强硬的女人，企图以国王妻子的身份统治王国。他们陷入了维护男性尊严的狂热中。爱德华在去与军队会合的路上，被国王和他的妻子剥夺了大法官职位的乔治叔叔截住了他，抓住了他，将他关押在我们的家——沃里克城堡。在王后的父亲与她的兄弟逃往威尔士的途中，父亲抓住了他们。他又派了支精锐小队去北安普敦郡的格拉夫顿，在王后母亲的家中抓获了她。对国王来说，事情一件接一件地越来越糟。在里弗斯一家还没意识到自己已成为猎物时，父亲就将他们捕获了。这是国王权力的终结，国王的谄臣们的末日。毫无疑问，这是里弗斯家族的末日。王后庞大的家族中，父亲已将其中三人捏在了掌心：她的父亲、母亲和弟弟。

慢慢地，我们才心怀恐惧地意识到父亲不是在威胁，也不是在教训他们。这并不是一般情形下，用赎金就能解决的事情。这是对里弗斯家族的宣战。父亲指控王后的父亲和她英俊的弟弟叛国并判处他们以死刑。没有法律的支持，没有正式的审判，他将他们从切普斯托带至了我们的大本营考文垂，在没有上诉机会，没有宽恕机会的情况下，在灰墙外执行了死刑。那位英俊的年轻男子，娶了年纪大得足够做自己祖母的女人，却比他年迈的妻子死得更早——脑袋放置在断头台上，黑色卷发执在刽子手手中。然后里弗斯爵士的头颅也被放在了儿子的血泊中。王后沉浸在悲痛中，为自己担惊受怕，与丈夫分离，害怕自己会从此孤身一人。她带着自己的小女儿躲进了伦敦塔，派人去找她的母亲。

她找不到她。王后的母亲——在加冕晚宴中安排在孩子们那桌，朝我微笑的人——被我父亲关押在沃里克城堡。父亲设了个法庭来审判她，并带来了控诉她的证人。一个接一个的证人作证：在夜晚，她的蒸馏室中会冒出火光；她会对着流经她家的河水窃窃私语；她能听到一些声音；而当她的某位家人即将离世时，她会被歌声——夜晚天空中传来的奇异歌声所警告。

最后，他们去了她在格拉夫顿的府邸，带回了施行巫术的工具：两个用铅制成的小人，被金线以魔鬼的结合方式绑在了一起。显然，一个代表了国王，另一个则代表了雅格塔的女儿伊丽莎白·伍德维尔。他们的秘密婚礼是巫术的结果，自从爱德华国王看见北安普敦郡的寡妇的第一眼起，他就被下了咒，才做出这般疯狂的举动。王后的母亲是个女巫，利用魔法促成了这段婚姻。而王后则是女巫的女儿，是半个女巫。当然，父亲会遵守圣经中的训谕“尔等不可让一个女巫存活”，完成上帝和他自己的工作——处死她。

我们在加莱等待时，他将这一切都写信告诉了母亲，而她则用慎重的口吻读给那些瞠目结舌、忘记了缝纫的侍女们听。我自然希望“午夜”能高高地抬着腿，踏遍整个王国，但只要一想到年轻的约翰将头放上断头台的景象，就开心不起来。我还记得，因为他们让他与年长的新娘结下婚约，所以在加冕宴上他看起来就像只待宰羔羊。现在，这只羔羊真的被宰了，还死在了老夫人前面。父亲逆天行事反叛国王，同时似乎也抛弃了人道之心。王后的母亲雅格塔——在加冕晚宴上对我慈祥微笑的女人——在父亲的手下，成为了寡妇。我记得那天，她挽着丈夫的手臂步入大厅，他们的骄傲和快乐如同烛光那样闪耀。但是我父亲杀了她的儿子和丈夫。王后已失去父亲，她是否又会失去母亲呢？父亲会不会烧死里弗斯夫人雅格塔呢？

“她是我们的敌人，”伊莎贝尔理智地说，“我知道王后很美，看上去讨人喜欢，但她的家族是贪婪的谗臣，父亲必须摧毁他们。他们现在是我们的敌人。你现在必须把他们视为敌人。”

“我当然是这样想的。”我答道，但记起了王后身着白裙、戴着高高头饰和蕾丝面纱的模样，我知道我并不是这样想的。

夏天的大部分时间里，我们身处持续不断的兴奋状态中，从英格兰发来的报告称，一度成为国王的爱德华作为我们被软禁的客人，生活在沃里克城堡，而父亲则通过他统治着王国。里弗斯整个家族的名誉都被摧毁了。父亲向所有人宣称，王后母亲审讯中的证据清楚地表明王室的这场婚姻是巫术的产物，而国王则是中了邪恶的咒语。父亲救了他，保护着他，并将杀死女巫，破除咒语。

我的母亲以前就在加莱等候过。父亲打赢一场场对沉睡王的光辉战役时，我们就等在这里。现在就像是那些光荣岁月的重演，父亲再一次无人可挡。如今，他手上握着第二位国王，正准备在王座上放上一个新的傀儡。加莱城的法国仆人们告诉我们，法国人称呼我父亲为“拥王者”，并且说没有人能不经他的允许就坐上英格兰的王位。

“拥王者。”母亲低语着，体味着这个词语。她冲侍女们微笑，甚至冲我笑了笑。“天啊，人们真会说蠢话啊！”她评论道。

之后，一艘船从英格兰驶来，带给了我们一袋子信件。船长来到城堡，私下见了我的母亲，告诉了她一个全伦敦都在谈论的消息：爱德华国王是一个私生子，不是他父亲的儿子，而是一个英格兰弓箭手的私生子。爱德华从来都不是约克家族的继承人，他出身卑贱，从来就不该坐上王位。

“人们真的说塞西莉公爵夫人和一个弓箭手睡了觉？”一名侍女低声说着流言时，我大声地问道。国王的母亲，我们的姑婆，是王国中最令人畏惧的夫人之一，没有人会蠢到相信这种事的。“塞西莉公爵夫人和一个弓箭手？”

我的母亲快速地走到我身边，怒火冲天，响亮地打了我一个耳光，我的头饰飞到了房间的另一边。

“滚出去！”她狂怒地大吼，“下次胆敢说长辈的坏话前给我好好想一想！别再让我听到这种话。”

我急忙跑过房间去捡我的头饰。“母亲大人……”我开始道歉。

“回房间去！”她命令道，“然后去找牧师，为你妄言的罪行忏悔。”

我跑了出去，攥着我的头饰，在卧室里找到了伊莎贝尔。

“怎么了？”她看见了我脸上的红掌印。

“母亲大人。”我简短地回答。

伊莎贝尔从衣袖中取出了她的婚礼特制手帕，借给我擦眼泪。“拿着，”她温柔地说，“为什么她要打你耳光？过来坐下，我帮你梳头发。”

我止住啜泣，坐在了镀银的小镜子前，伊莎贝尔从我头上取下发夹，用一把象牙梳子帮我梳通头发。在这段婚姻的唯一一晚之后，她的丈夫给了她这把梳子。

“发生什么了？”

“我只是说，我不相信爱德华国王是公爵夫人背叛丈夫生下的私生子。”我防备地说，“打死我，我也不能相信。我们的姑婆？塞西莉公爵夫人？谁敢这么说她？她是位那么伟大的夫人。谁敢说她的这种坏话？他们的舌头不会裂开吗？你觉得呢？”

“我觉得这是个谎言。”她一边冷淡地说着，一边将我的头发扭成辫子，用发夹盘在头上，“而这就是你被打的原因。母亲生气，是因为这是个我们不能质疑的谎言。我们不该重复它，但也不该怀疑它。我们的人会在伦敦散布这个谎言，在加莱也一样，而我们不能去否定它。”

我完全困惑了。“我们的人干吗要散布它？为什么我们不禁止他们说，就像禁止我一样？为什么我们要允许人们说这样的谎话？为什么有人会说塞西莉公爵夫人背叛了她的丈夫？让他蒙羞？”

“你想想。”她建议道。

我坐在那儿，看着自己的投影。我的棕发闪耀着古铜色的亮光，被伊莎贝尔盘成了优雅的发辫。我年轻的脸庞皱眉蹙额，一脸不悦。伊莎贝尔等着我跟上父亲阴谋的曲折思路。“父亲允许人们重复这个谎言？”

“是的。”她说。

“因为如果爱德华是私生子，那么乔治就是正统的继承人了。”我终于说出来了。

“也是英格兰的真正国王。”她说，“这都是为了让乔治坐上王位，而我在他身旁，让父亲能永远地支配我们。他们叫他拥王者。他拥立了爱德华，现在又将他扯了下来。接着，他会拥立乔治为王。”镜中，她神情严肃。

“我本来以为，你会很高兴成为王后的。”我试探地说，“而且还是父亲为你赢来的王冠。”

“小时候扮成王后玩的时候，我们并不知道女人为此付出的代价。现在我们知道了。伊丽莎白之前的王后——坏王后安茹的玛格丽特，像个乞丐一般向法王跪地求助，丈夫被关在伦敦塔里，儿子则是个没有领地的王子；现在的王后躲在伦敦塔里，父亲和弟弟死于断头台，就像普通的罪犯那样被砍了头，母亲因为施行巫术，即将被烧死。”

“伊茜，求你告诉我，父亲不会烧死雅格塔·伍德维尔！”我轻声说。

“他会的。”姐姐一脸冷酷地说，“不然为什么要逮捕和审判她？以前我想当王后，觉得那会成为一个故事，就像那些传说一样。我以为，王后就只意味着漂亮衣服和英俊骑士。现在我明白了，那很残酷。这是一场棋局，而我只是父亲的一枚棋子。如今，他用得上我，接下去，我可能会被晾在一边，被他遗忘，而他就要在游戏里用另一枚棋子了。”

“你害怕吗？”我小声问，“你害怕被晾在一边吗？”

“是的。”她说。

1469年秋

英格兰

父亲将英格兰捏在手心里。他派人来接我们去分享他的胜利。母亲，伊莎贝尔和我乘着他舰队中最好的船从加莱出发，作为新王室的女性成员到达了伦敦。前任王后伊丽莎白躲进了伦敦塔，父亲也将英格兰的前任国王从我们在中部的城堡转移关押至了塔中。因为王室的缺失，我们突然成为了伦敦的中心，王国的中心。母亲和国王的母亲塞西莉公爵夫人去哪儿都一起出席，而伊莎贝尔则跟在她们身后——现在王国中最伟大的两个女人及即将在下次国会会议中被立为王后的新妇。

这是我们的胜利时刻：拥王者废黜了对他生厌的国王，换上另一个——他的女婿。我父亲决定谁才能统治英格兰，我父亲废立英格兰的国王。而伊莎贝尔怀孕了，也遵照父亲的指示成为了一位造王者；她在肚中制造着一位英格兰的国王。母亲每日在圣母像前祈祷，希望伊莎贝尔生下个男孩，生下威尔士亲王——王位的继承人。我们是个胜利且多产的家族，为上帝所庇佑。前任国王爱德华只有三个女儿，没有儿子，没有继承人。他的育儿室里没有王子，没有人能阻碍乔治登上王位。爱德华那美丽的王后，是那么的健康多产，却只和他生下了女儿。但我们来了，给了英格兰一个新的王室，一位已有身孕的未来王后，一个在婚礼之夜怀上的孩子，在他们唯一共度的一夜里怀上的孩子！这真是天赐的恩典！谁能质疑我们？我们命中注定会取得王冠，父亲将会有一位孙子生为王子，长成国王！

父亲命令我们回沃里克城堡，我们便踏上了干燥的归程。鲜艳的树叶在我们周围打着旋儿，路旁的树木则混合着金色、青铜色和红铜色。经过了一个夏天，道路又干又硬，我们身后扬起了一阵烟尘。伊莎贝尔坐在白色骡子拉的骡车中，走在最前头。她并没有和胜利的丈夫一起住在伦敦，因为她已经怀孕，就算现在与他分开也不要紧了。她要休息并准备她的加冕典礼。父亲会召集一次约克议会，并宣告克拉伦斯的乔治公爵将成为国王，她则为王后。在伦敦，将会举行一场盛大的加冕典礼。她将手持权杖，放在自己的大肚子上，而加冕礼服会在身前厚厚地打上皱褶，以凸显出她的身孕。

一箱箱的物品从王室衣橱中运来北方。伊莎贝尔和我就像是过新年的小孩子一样，在城堡最好的房间里打开了这些箱子，把里面的东西摊得满屋都是，看着那些金色蕾丝和宝石饰品在火光中闪耀。“他做到了。”伊莎贝尔屏息看着父亲送给她的一盒盒皮草，“父亲拿了她的东西，这些是她的皮草。”她将脸埋入厚厚的皮毛，惊奇地吸了口气，“你来闻闻！还能闻到她的香水味。他已经拿来了她的皮草，还会拿来她的香水。我也可以用她的香水。他说，王室衣橱里所有的皮草，我都能拿来装饰我的礼服。他会给我送来她的珠宝、锦缎，她饰金的衣服也会重新改成我的尺寸。他做到了。”

“你该不会怀疑过他吧？”我抚摸着带有黑色斑纹的淡黄色貂皮。这样的貂皮只允许国王和王后穿戴。伊莎贝尔会将它装饰在她的每一件披肩上。父亲曾打败亨利王并关押了他，现在，他又打败了爱德华王并关押了他。我一想到父亲，便能想象出他高高地骑在“午夜”背上的模样，铁骑踏遍全国，不可战胜。

“两位国王在押，一位新王登基？”伊莎贝尔将皮毛放在一边，“那又怎么样？为什么第三位国王就会比另外那两位安全呢？如果父亲开始反对乔治，就像他反对爱德华那样，怎么办？如果父亲的计划不再是忽视我，而是开始反对我，那该怎么办？如果拥王者想在乔治之后再拥立一位新王，又怎么办?”

“他不会那么做的。现在他只有你和乔治，没有别人了。而且，你还怀着他的外孙。”我肯定地说，“他做这些都是为了你，伊莎贝尔。他会将你拥上王座，并让你一直坐在上头。那样的话，英格兰的下一位国王就是内维尔家族的人了。如果他为我做了这样的事情，我会很高兴的，如果他是为我做的，我会成为英格兰最快乐的女孩儿。”

但伊莎贝尔不快乐。母亲和我不明白她为什么不兴高采烈。我们觉得，她是因为怀孕而精疲力竭了。她不能在凉爽明亮的早上外出散步，不能享受到生气勃勃的秋日空气。即使我们取得了胜利，庆祝着家族的崛起，伊莎贝尔依然紧张兮兮。之后的一天，晚餐时，父亲的骑士统领、他手下最可信最忠诚的男人，宣告觐见。他走过长厅，越过主桌，将一封信交给了母亲。大厅安静了下来，只余窃窃私语。母亲接过信，讶异地注意到他一身尘土便进入了大厅。不过他的脸色凝重，母亲知道这是紧急的消息。她看着封蜡——父亲的熊与权杖的纹章——一言不发地从高台后的门中走了出去，步入了日光室，离开了沉默的我们。

伊莎贝尔、我和一些母亲的侍女用着餐，假装大厅中的沉寂并没有让我们烦心，但饭后马上找了机会去日光室外的接见室等候，并惊恐地注意到了紧锁的房门和门后的安静。如果我的父亲死了，母亲是不是正在哭泣？她会哭吗？事实上，她能哭吗？我从没有见过母亲哭泣。我发觉自己很好奇母亲是否还有那种能力，又或者她永远都是冷酷无泪的。

如果父亲的骑士统领带给她的信，是叫我们立刻去伦敦进行伊茜的加冕典礼，母亲是否会带着这个好消息冲出房间？我好奇，她是不是会开心地大叫？我有没有见过她兴高采烈地跳舞？红色的午后阳光沿着绣帷装饰的墙壁照亮了一个又一个的景物，而母亲的房间中却依旧沉寂。

终于，到了傍晚时分，天色渐渐暗了下来，仆人们带来了蜡烛；门开了，母亲持信走了出来。“去把城堡的守备队长找来，”她对一位侍女说，“还有私人卫队指挥官、大人的管家、内室男仆和他的骑士统领。”

在绣着她贵族纹章的穹顶之下，母亲端坐在巨大的座椅中，等候着穿过双层大门前来向她鞠躬行礼、听候她命令的男人们。显然，有大事发生了，但从她那张冷漠的脸上，根本看不出我们到底是胜利了还是挫败了。

“你去问问她。”伊莎贝尔冲我咕哝。

“不，你去。”

我们和母亲的侍女们站在一起，而她像位王后般坐着。她没有命人为伊莎贝尔布一张椅子，这很奇怪。就好像伊莎贝尔的孩子突然不再是世上最重要的孩子，而伊莎贝尔不再距离王后宝座仅一步之遥似的。我们等候着男人们前来列队听候她的命令。

“我这里有一条消息，来自我的丈夫、你们的领主。”她的声音强硬而清晰，“他写道，他已经将英格兰的王座归还给了爱德华国王。我的丈夫、你们的领主已经与爱德华国王定下了一个协议——未来，国王将接受王国中世袭贵族们的辅佐，不会有什么新贵了。”

鸦雀无声。这些男人们已经在父亲麾下多年，历经战事起伏，并不会为了不利的消息大惊小怪、议论纷纷。但侍女们却都纷纷摇头，窃窃私语。有些还冲着伊莎贝尔点着头，好像是在表示同情，同情她最终还是不能成为英格兰王后，也再也不能觉得自己是特别的了。母亲看都没看我们一眼，视线只是集中于我们脑袋上方的墙壁上，声音也始终镇定如一。

“我们将会去伦敦，向正统的国王爱德华和他的家族展示我们的友谊和忠诚。”她说，“我的女儿，公爵夫人将与她的丈夫克拉伦斯公爵乔治一起觐见，安妮小姐当然会与我一起去。我的大人给我送来了更多好消息——

我们的侄子约翰将会与国王的女儿、约克的伊丽莎白公主订婚。”

我很快地扫了伊莎贝尔一眼。这根本不是好消息；这是完全的坏消息。正如她担心的那样，父亲已经用上了另一枚棋子，将伊莎贝尔搁置在了一边。他利用与王室继承人——小公主伊丽莎白的联姻，将自己的侄子塞入了王室家族。不管怎样，我父亲总会让一个内维尔登上王座，这是他的新法子。伊莎贝尔是他已经放弃了的旧法子。

伊莎贝尔咬着下唇，我向她伸出手。在她那撑得大大的长袍裙摆后，我们的手握在了一起。

“我的侄子将被授予公爵爵位，”母亲坚定地说，“他将会成为贝德福德公爵。这是国王给予我们的荣誉，也是他对我们的侄儿——我丈夫的继承人——充满好意的象征。这是我们与国王友谊的证明，也是国王对我们感恩的证明。就是这样。天佑吾王，天佑沃里克家族。”

“天佑吾王，天佑沃里克家族！”所有人都重复着这句话，就好像这两个如此矛盾的愿望真能同时实现似的。

母亲站起身，向我和伊莎贝尔点头，示意我们随她去。我走在伊莎贝尔身后，以示对王室公爵夫人的尊敬——王室公爵夫人，并不是王后。一瞬间，伊莎贝尔就失去了她的王位。如果我们的堂弟约翰将要娶国王的女儿、约克的女继承人的话，谁又会在乎一位公爵夫人？约翰堂弟会成为一位公爵，成为国王的女婿。克拉伦斯公爵乔治当然还是王位的继承人，但他的国王哥哥已经向他表明了，他可以轻轻松松地制造出一些其他什么公爵，让他们进入到王室家族。父亲也已经向我们表明了，他还有别的棋子可以放上棋盘。

“我们会去伦敦干什么啊？”我靠上前，拉了拉伊莎贝尔的头纱，小声问道。

“表示我们的友谊吧，我想。”她说，“把皮草还给王后，将加冕礼服归还到王室衣柜。希望父亲能满足于将我们的堂弟联姻进入国王的家族，不要再次举兵反抗国王了。”

“你不会做王后了。”我难过地说，但不可否认心底里却悄悄有了点阴暗的窃喜，我的姐姐不会穿上貂皮了，不会成为王国中最伟大的女人了，不会成为英格兰王后和我父亲的最爱了，不会成为实现了父亲最大野心的那个女儿、制胜的那一枚棋子。

“不，现在不会。”

1469年圣诞节

伦敦　威斯敏斯特宫

伊莎贝尔和我再一次走进王后的房间，心中充满了恐惧。王后坐在她巨大的椅子上，她的母亲雅格塔如同冰雕般站在她身后。我们的母亲走在伊莎贝尔的后面、我的前面。我希望，因为我的年幼，王后会放过我。今天，没人会认为我很迷人了。伊莎贝尔，尽管是一位已婚的女人，这位女王的妯娌，却低着头、垂着眼，像个丢脸的孩子一般盼着这个时刻结束。

正如对待英格兰王后应有的礼仪，母亲深深地行礼，然后起身站在她的面前。她的双手安静地紧握，如同在自己的沃里克城堡中那么沉着。王后上上下下地打量着她，眼神冰冷，一如冰雨中的灰色石板。

“啊，沃里克伯爵夫人。”她的声音如飘雪般冷酷但轻柔。

“殿下。”母亲咬牙切齿地回答。

王后的母亲身着白衣——那是她家族哀悼的颜色——美丽的脸上布满了悲伤，看着我们的眼神就好像想将我们立毙当场。我不敢多看她，一眼瞥过便垂下了眼。她曾在加冕晚宴上冲我微笑，而现在，她看上去像是永远也不会再微笑了。我以前从未见过心碎刻上一个女人的脸庞，但我知道，我现在正在雅格塔·伍德维尔那被摧毁的美丽脸庞上看着它。母亲微微倾过头，平静地说：“殿下，对于您亲人的逝去，我深表哀悼。”

这位寡妇没有说话，什么都没说。在她的冰冷的凝视下，我们三人仿佛被冻结般地僵立着。我想，她总得说些什么吧，说些什么“战场无情”

或者“感谢您的同情”或者“他已追随我主”之类的，就是那些在战争中失去丈夫的寡妇们会说的话。英格兰已经断断续续地内战了十四年，即使知道丈夫互为敌人，许多女人也不得不面对彼此。我们都习惯了新的盟友。但是，里弗斯男爵理查德·伍德维尔的寡妇雅格塔，却似乎不知道这些客套话，她并没有说话以缓解我们的尴尬。她看着我们，如同看着她毕生的敌人，仿佛正在沉默中咒骂着我们，仿佛这是一场永不会化解的世仇的开始。我忍受着她仇视的目光，开始颤抖，觉得自己快要晕倒了。

“他是个勇敢的人。”母亲再次主动开头。在这雅格塔冷酷的悲痛前面，这言语听上去轻佻无力。

终于，寡妇开口了。“他因为一个叛徒而遭受了不光彩的死亡，被考文垂的铁匠出卖，而我心爱的儿子约翰也死了。”王后的母亲回答，“他们两个人一生都没有犯过任何的罪孽。约翰只有二十四岁，对他的父亲和国王顺从忠诚。我的丈夫为捍卫他正统加冕的国王而战，却被指控为叛国，被你的丈夫斩首。这不是战场上光荣的牺牲。他参与过许多战斗，总是能安全地回到我身边。这是他对我的承诺——从战场安全地回家。他没有毁诺，上帝保护他，他没有食言。他死在绞刑架上，而不是战场。我永远也不会忘记这点，我永远也不会原谅这件事。”

真正可怕的沉默。房间里的每一个人都看着我们，聆听王后母亲对我们的仇恨宣言。我抬起头，看着王后冰冷的目光充满了憎恨，停留在我的身上。我再次低下头。

“战场无情。”母亲尴尬地说，仿佛是在为我们找借口。

然后，雅格塔做了一件奇怪而可怕的事情。她噘起嘴唇，吹了个长长的令人毛骨悚然的口哨。房间外面的某处，窗户发出了一声巨响，一股突然的寒意流过房间。房中蜡烛摇摆闪烁，就好像差点被一阵冷风吹灭。伊莎贝尔身旁的一根蜡烛闪了闪，猛地熄灭了。她被吓得小声尖叫起来。雅格塔和她的女儿看着我们，就好像她们能把我们吹走，就像吹走肮脏的灰尘一般。

在这种离奇费解的行为面前，我那令人敬畏的母亲畏缩了。在此之前，我从未见过她从挑战面前逃跑，她低下头，走到了飘窗旁。没人招呼我们，没人打破这诡异哨声后的沉寂，甚至没人微笑。在整个可怕计划实施的时候，这些围观的人曾经在加莱城堡的婚礼中跳舞，但现在看来，他们就好像完全不认识我们三人似的。空中的冷风和雅格塔长长哨声的回音渐渐平息，一片死寂中，我们孤独而羞愧地站立着。

大门打开了，国王走了进来，身旁一侧是我的父亲，另一侧是他的弟弟乔治。最年轻的约克公爵，一头黑发的理查德骄傲地抬着头，跟在国王身后。他很有理由自豪，他是那位没有背叛国王的兄弟，是那位经历了考验仍始终忠诚的兄弟。在我们失宠时，他将获得财富和国王的恩宠。我朝他看去，想看看他是不是注意到了我们，是不是在向我微笑。但看来，我于他是隐形的，正如宫廷中的其他人也当我们是隐形的一般。理查德现在已是个男子汉了，住在我们家的少年时代已离他远去。他忠实于国王，而我们却不是。

乔治慢慢地走到我们孤独的小角落，避开我们的目光，就好像他羞于与我们为伍，父亲则迈着他一贯的大步跟在他身后。父亲的自信不可动摇，他的笑容依旧坚定，目光依然炯炯有神，他浓密的胡子还是修剪得很整齐，他的权威仍旧不可战胜。伊莎贝尔和我跪下向父亲行礼，感觉他轻轻地摸着我们的头。我们起身时，他执起了母亲的手，母亲朝他淡淡一笑。然后我们一起入席，走在国王的身后，就好像我们依然是他最亲密的朋友和最无私的盟友，而不是被击败了的叛徒。

晚餐后的舞会上，国王一如既往地开朗、英俊而且活跃，就像是一出假面剧的英俊男主角，扮演着一位快乐的好君主。他拍了拍父亲的背，用胳膊搂着弟弟乔治的肩膀。至少，他尽职地装作什么事都没有发生的样子。我的父亲也不比他的前盟友差，安心地环顾整个宫廷，与那些朋友们打着招呼。而这些“朋友”都明知道我们是叛徒，能在这里出现只是因为国王的好意，只是因为我们拥有着半个英格兰的土地。他们背地里幸灾乐祸地笑着，我都能听见他们声音中的嘲弄之意。我没有去看那些隐藏着的笑容，只是一直垂着眼。我很羞愧，深深地为我们的所作所为而感到耻辱。

最糟糕的是，我们失败了。我们拿下了国王却不能控制住他。我们赢了一场小小的战役，但却得不到人们的支持。父亲把国王关押在沃里克、关押在米德尔赫姆都没有用；国王只是简单地在那些地方统治着国家，表现得就好像他是位尊贵的客人，来去自由。

“伊莎贝尔必须来王后的宫廷。”我听见国王大声说，而父亲毫不犹豫地回答道：“是的，是的，当然，她会很高兴的。”

伊莎贝尔和王后都听见了这番话，同时抬起了头，视线相交。伊莎贝尔看起来非常震惊和害怕，她双唇微启，似乎是想请求父亲拒绝。但我们自认为去王室服务是种屈尊的日子已经早过去了。伊莎贝尔将不得不生活在王后的房间里，每日服侍她。王后不屑地转过了头，好像她受不了我们俩，好像我们是什么不干净的东西，好像我们是麻风病人。父亲连看都没有看我们。

“跟我一起去。”伊莎贝尔急切地对我低语，“如果我得服侍她的话，你一定得跟我一起去。和我一起住到她的屋子里去，安妮。我发誓我不能自己去。”

“父亲不会让我去的……”我立刻答道，“你不记得了吗？母亲上次拒绝过我们的。你是她的妯娌，所以你必须去，但我不能去。母亲不会让我去的，而且我也受不了……”

“还有安妮小姐。”国王轻快地说道。

“当然。”父亲欣然说道，“只要王后陛下想要。”

1470年1月

伦敦　威斯敏斯特宫

王后对我们并非无礼——而是比无礼糟糕得多，她对我们根本视而不见。她的母亲从不跟我们说话，如果她在走廊或大厅中遇见了我们，她会后退几步贴着墙走过，就好像连裙边都不想让我们碰触到。如果是另一个女人这样做，我会认为她是在表示敬意，给我让道。但当公爵夫人看都不看我一眼，快速地向一旁让开时，我觉得她就像是在将自己的裙摆从污泥处扯开，就仿佛我的鞋子上有什么东西或者我的裙子里散发着臭味。我们只在晚餐时能见到自己的母亲。她坐在王后的侍女们中，当其他人都在愉快地聊天时，她的周围却总是有着一股不友善的安静氛围。其他时候，我们侍奉着王后，早上服侍她更衣，跟随她去育儿室探望她的三个小女儿，在小礼拜堂中跪于她身后，早餐时坐在她的下首，随她一起骑马狩猎。我们一直在她的面前，但她从没有对我们说过话，看我们一眼，甚至承认我们的存在。

尊卑的顺序意味着我们必须紧紧地跟在她身后，而她则是简单地无视了我们，越过我们的头顶与她的其他侍女交谈。如果碰巧只有我们俩跟着她，她表现得就像孤身一人一般。当我们捧着她的裙裾时，她走路的速度也丝毫不会减慢，我们必须看上去很蠢地一路小跑来跟上她。她将手套递给我们时，从来也不看一下我们是否准备好接过它们。当我掉下一只手套时，她也不会屈尊注意。就好像她宁愿让散发着香气、点缀着精美刺绣的贵重皮革躺在烂泥里，也不愿叫我捡起来。当我把东西递给她时，一本故事书或一份请愿书，她就好像是凭空接过来的一样。如果我递给她一束鲜花或一块手帕时，她只拿起那个物品，而不碰触到我的手指。她从不要我将她的祈祷书或者念珠拿给她，我也不敢那么做。我害怕，她会认为我沾满鲜血的双手玷污了它们。

伊莎贝尔变得面容苍白、情绪消沉，只做她必须做的，然后就沉默地坐着，一言不发，任凭其他侍女在她身旁聊天。随着她的肚子越来越大，王后对她的要求也越来越少，但这并不是出自尊重。王后只是轻蔑地转过头，表示伊莎贝尔不能再服侍她了，不是一位称职的侍女，什么用都没有，只不过是一头生产的母猪。伊莎贝尔总是将手叠放在自己的腹上，仿佛是要藏住那弧度，就好像她害怕王后会将目光投到这孩子身上。

然而，我依旧不能将王后视作敌人，因为我无法摆脱自己的感觉——她是对的，我们错了，她对我们的轻蔑是父亲一手造成的。我无法生气，我太惭愧了。当她对着自己的女儿微笑、与自己的丈夫一同大笑时，我总会想到我第一次见到她的情景，我那时觉得她是世界上最美丽的女子。她依然是世界上最美丽的女子，但我已不再是一个惊奇不已的小女孩了；我是她敌人的女儿，是谋杀了她父亲和弟弟之人的女儿。我很抱歉，对于发生的一切感到深深的歉意——但我不能将这些告诉她，她明确地表示，她不想听我说任何话。

这样的生活过了一个月之后，我食不下咽，夜不能寐，总是在她的宫殿中、我的卧房里不寒而栗。必须递东西给她时，我的手会颤抖；而缝制的东西也一塌糊涂，我总是会刺破手指，在亚麻布上滴落上点点鲜血。我问母亲大人，我是不是可以去沃里克，或者甚至回加莱。我告诉她，我觉得自己病了，生活在敌人的宫廷里让我很不舒服。

“你别来向我抱怨，”她立刻回答，“我必须在用餐时坐在她母亲的身边，被那女巫的寒冰所折磨。你父亲赌上一切却失败了。只凭他自己无法控制国王，贵族们都不支持他。没有贵族的支持，一切都不能成事。国王没有处死他，已经是我们的幸运了。相反，我们的处境还不错——身处宫廷，你的姐姐嫁给了国王的弟弟，你的堂弟也与国王的女儿订了婚。我们离王位很近，甚至还可能更加近。好好服侍王后，心存感激，至少你的父亲不像她的父亲那样上断头台。记住这一点，你的父亲将会给你找到一门好的亲事，而她也会准许。”

“我做不到。”我虚弱地说，“真的，母亲大人，我做不到。不是我不想，不是我要违抗您或父亲。只是我真的做不到。跟在她身后，我膝盖都会发软，没法走路。她看着我时，我也吃不下食物。”

她转向我，神色坚定。“你出生于一个伟大的家族，”她提醒我，“你的父亲为了他的家族和你姐姐的福祉冒了一个巨大的风险。伊莎贝尔很幸运，你父亲认为她值得他的努力。我们现在也许有一些不适，但这会改变的。你要让你的父亲知道，轮到你了，你也值得我们为你努力。你必须承担你的使命，安妮。软弱和虚弱没有任何意义。你生来就该成为一个伟大的女人——现在就成为这个女人。”

她看着我的一脸苍白和病容。“嘿，振作起来。”她粗暴地说，“我们会去沃里克城堡让你姐姐在那里分娩，会好起来的，我们至少可以远离宫廷四个月。我们每个人都很不舒服，安妮。我跟你感觉一样糟糕。只要可以，我会尽量让我们待在沃里克的。”

1470年3月

沃里克城堡

我本以为，随着我们离开宫廷越来越远，我们会越来越快乐，但到达城堡仅仅几周后，父亲就派了他的男仆来召唤我们俩去他的房间。我们去了他的私室，伊莎贝尔重重地倚靠在我的手臂上并捧着她那隆起的腹部，好似在提醒所有人不要忘记，她仍然身怀英格兰王位继承人的孩子，而他下月就将出生。

父亲端坐在他雕饰着沃里克纹章的座椅之上，脑袋后闪耀着金叶衬托下的熊与权杖。我们进入房间时，他抬起了头，用他的羽毛笔指指我："啊，我不需要你。"

"父亲?"

"站到后面去。"

伊莎贝尔迅速地放开了我，自己好好地站着。于是我就退到了房间的后方，背起手，用手指画着墙上折布式镶板的轨迹，等着自己被召上前谈话。

"我要告诉你一个秘密，伊莎贝尔，"父亲说，"你的丈夫和我将加入爱德华国王的军队，出兵林肯郡平定一场叛乱。我们跟随他前去以显示出我们的忠诚。"

伊莎贝尔低声地回答。我听不见，但不管她怎么说或者我怎么想都无关紧要。男人们的计划总会实行的，不论我们的意见如何。

“在战场上，当国王与他的人整队时，我们会突然袭击他，”父亲坦率地说，“如果他将我们安排在他后面，我们将从后方进攻；如果他将我安排在一翼，将乔治安排在另一翼，我们将从两翼会合，夹击他。我们的士兵比他的多，而且这一次，我们不再活捉俘虏。我这次不会仁慈地想要和他定下协议了。国王不会活过这场战斗。我们会在战场上结束这一切。他死定了。我会用我的宝剑杀了他，如果必要，我会用我的双手杀死他。”

我闭上眼睛。这是最糟糕的事情。我听见伊莎贝尔轻呼出声：“父亲！”

“他不是英格兰的国王，他是里弗斯家族的国王。”父亲继续说道，“他是被妻子利用的工具。我们赌上生命和财富，并不是为了让里弗斯家族掌权，不是为了让他们的孩子坐上王位。我耗费自己的财富和生命为国王效力，并不是为了让英格兰落入那女人的手中，不是为了让那荡妇穿着借来的天鹅绒，让你的貂皮装饰上她的衣领。”

他站起身，椅子向后发出了刮擦声。他绕过桌子，走向伊莎贝尔。伊莎贝尔不顾自己大腹便便，跪在了他的面前。“我这样做是为了你。”他平静地说，“我会让你成为英格兰王后。而如果你腹中是个男孩，他将会成为王子，继而国王。”

“我会为你祈祷，”伊莎贝尔用小得几近无声的声音说，“也为我的丈夫。”

“你会带着我的名字和血脉登上英格兰的王座，”父亲满意地说，“爱德华已经成为一个傻瓜，一个懒惰的傻瓜。他相信我们，但我们将背叛他，而他将会像他父亲——与他同样愚蠢的父亲——那样死于疆场。行了，孩子，起来吧。”他扶住她的肘部，急切地将她拉了起来。他向我点点头。“保护好你的姐姐。”他微笑着说，“我们家族的未来在她的腹中，她也许正怀着英格兰的下一任国王。”他吻了吻伊莎贝尔的双颊。“下次我们相见时，你就是英格兰的王后，而我将向你下跪。”他大笑了起来，“想想吧，我将向你下跪，伊莎贝尔。”

家中所有人都来到了我们的礼拜堂，为父亲的胜利而祈祷。所有人都以为他是在为国王征讨叛军，并不了解他所处的真正危险，他所冒的巨大风险——在国王自己的王国中挑战英格兰国王。但父亲已准备好了战场，反叛者活跃在林肯郡，我们的一位亲戚激起了整个乡郡对国王统治失当和轻信谗臣的抱怨。乔治自己掌握着一支军队，他们无论如何都会拥护着他，而父亲的人也不论到哪里都会始终追随他。然而，战局多变，爱德华是一位强大的战术家。我们日夜为父亲的胜利而祈祷，等候着消息。

伊莎贝尔和我坐在她的房间里，她在床上休息，抱怨着腹中的疼痛。“像是一阵绞痛，”她说，“就好像是吃得太多了似的。”

“也许你是吃得太多了。”我毫不同情地回答。

她拉长了脸。“已经快八个月了，”她哀怨地说，“如果父亲不是出兵在外的话，我应该这周就禁足准备分娩的。我以为你会对我好一点的，我是你的亲姐姐啊。”

“好吧。”我咬着牙说，“我很抱歉。我该去叫侍女们吗？我该去告诉母亲吗?”

“不。”她说，“我大概是吃得太多了。我的肚子里现在没有空间了，他每次移动或者转身时，我都透不上气。”她转过头，“那是什么声音?”

我走到窗边，看见一群人沿着路向城堡走来，队伍散乱，跌跌撞撞，不像支军队，倒像是群疲惫的平民。在他们的前头，马上的骑士疲累地缓慢行进。我认出了父亲的战马“午夜”，它低垂着头，肩胛处还有个深深的伤口正在流血。“是父亲，他回家了。”我说。

伊莎贝尔一下子从床上坐了起来，我们沿着石阶跑去了大厅，拉开了门。城堡里的仆人们也一窝蜂地拥去了院子，去迎接归来的军队。

父亲骑着他那疲惫的战马走在队伍的最前面，一等他们安全地进入了城墙，铰链就吱嘎作响地将吊桥收起，吊闸放了下去。父亲和他的女婿，俊美的公爵，下了马。伊莎贝尔立刻靠上了我的手臂，将手放在肚子上，使她怀孕的样子更加显眼。不过，我却没有在想我们看上去什么样，我在看着士兵们的脸。只需一眼，我就知道，他们并没有胜利。母亲跟在我们身后，我听见了她小声的感叹，我知道她也看出了这支军队的疲惫和失败。父亲看起来很糟糕，乔治脸色苍白、神情苦恼。母亲挺直了背脊，正如她一贯迎接麻烦时的样子，她轻吻了父亲的两颊来问候他。伊莎贝尔也以同样的方式问候了自己的丈夫。我所能做的便是向他们两人屈膝行礼。接着我们走进了大厅，父亲踏上了高台。

侍女们排成一列站着，在父亲进来的时候鞠躬行礼。家中地位较高的人跟着我们走进屋子听消息。他们后面是仆人们，城堡驻军和军中那些不愿去休息而宁愿来听父亲讲话的士兵。父亲清楚地以每个人都能听见的声音说道："我们出兵去支援我们的亲人理查德爵士和罗伯特·威尔斯爵士。同我一样，他们也认为。国王被王后和她的家族所控制，他违背了与我的协议，他不是英格兰国王。"

一阵窃窃私语声。这里的每一个人都厌恶着里弗斯家族的权力和成功。乔治登上高台，站在我父亲旁边，仿佛是在提醒我们，这里有一个可以替代那位失信君主的选择。"罗伯特·威尔斯爵士死了。"父亲阴郁地说，"那伪王将他从神圣避难所中抓了出来。"他重复了一下这桩违背上帝及人类法律的重罪，"他将他从避难所中抓了出来。威胁要处死他。理查德爵士的儿子罗伯特爵士准备与这伪王战斗，但这伪王在开战前就杀死了他，不经审判，便在战场上杀死了他。"

乔治点点头，神情肃穆。闯入避难所是对教堂安全与力量的破坏，是对上帝本身的否认。一个男人若将其手置于教堂的祭坛之上，就得保障他的安全。就算是罪犯，上帝本人也将其置于自己的保护中。如果国王不承认避难所的权力，那他就将自己置于上帝之上了。他就是个异端、亵渎者。他一定会被上帝打倒的。

“我们被打败了，”父亲严肃地说，“威尔斯集合起来的军队在爱德华的进攻之下溃败了。我们撤退了。”

我感觉到伊莎贝尔冰冷的手抓起了我的手。“我们输了？”她不敢置信地问，“我们输了？”

“我们会撤退到加莱，然后重组军队。”父亲说，“这是一场挫折，但并不是失败。我们今晚休整，明日就整装出发。但所有人听着，现在这是一场战争，一场我与那所谓爱德华国王之间的战争。真正的国王是约克家族的乔治，而我将看着他登上英格兰的王位。”

“乔治！”男人们大吼着，将拳头伸向空中。

“天佑吾王乔治！”父亲提示他们。

“吾王乔治！”他们响应道。事实上，无论父亲要求什么，他们都会宣誓效忠的。

“沃里克！”父亲喊出了他的冲锋口号，而下面的人就异口同声地随着他呼号：“沃里克！”

1470年4月

德文郡　达特茅斯

我们以平稳的速度前进，配合着伊莎贝尔的骡车。父亲派遣了斥候跟在撤退的队伍后面，他们报告说，爱德华并没有追着赶我们离开他的王国。父亲说，他是一个懒惰的傻瓜，已经回到了伦敦，回到了王后那温暖的床榻。我们从容不迫地来到了达特茅斯，父亲的船就在那里等候着。伊莎贝尔和我站在码头附近，而货车和马匹则被运上船。大海是如此平静，甚至就像个湖泊一样。就四月来说，那天挺热的，白色的海鸥在空中盘旋啼鸣；码头附近的气味也很好闻，盐的强烈气味，网中晒干了的海草气味，柏油的气味。今天就好像是夏天的某一天，而父亲则是在为我们计划一场愉快的旅行。

父亲的黑色战马“午夜”是最后一批被牵上跳板的马儿。他们在它头上套了个麻袋，使它看不到脊板和下面的水流。但“午夜”知道，他们是在把它往船上领。它曾多次渡海，两次入侵英格兰，经历过父亲的多次战役，但现在却表现得像一匹紧张兮兮的小马，后退着不肯登上跳板，直立起来不让人们靠近它挥舞着的马蹄，直到他们把它用吊索装上了船，使它无法反抗。

“我很害怕，”伊莎贝尔说，“我不想出海。”

“伊茜，大海就跟池塘一样平静，我们几乎都可以游回家了。”

“‘午夜’知道事情不对劲。”

“不，它不知道。它总是很淘气的。不管怎么说，它都已经上船了，正在自己的畜栏里吃干草呢。来吧，伊茜，我们可不能耽误出航。”

她还是不肯上前。她把我拉到一边，让侍女们和母亲登船。人们正升着帆，大喊着命令与应答。贵宾舱的门还为我们敞开着。乔治从我们身边走过，丝毫没在意伊茜的恐惧。父亲正在给码头上的什么人下达最后的命令，水手们已经开始松开码头大铁环上的绳索了。

“我快生了，不能出海。”

“你不会有事的。”我说，“你可以躺在船上的铺位上，就跟躺在家里的床上一样。”

她仍然犹豫。“如果她吹来一阵风怎么办？”

“什么？”

“王后，还有她的女巫母亲。女巫可以呼唤风的，对吧？如果她已经吹来了一阵风，就在外头等着我们，那该怎么办？”

“她不能做那种事情，伊茜。她只是个普通的女人。”

“她能的，你知道她可以的。因为她的父亲和弟弟，她永远也不会原谅我们的。她母亲说的。”

“她们当然生我们的气，但是她做不了这种事情的，她不是女巫。”

父亲突然出现在我们的身边。“上船去。”他说。

“伊茜吓坏了。”我对他说。

他看向他的长女，他选中的女儿；虽然她将手放在鼓起的腹部，脸色苍白，但他仍用棕色的眼睛给了她一个严厉的眼色，就好像对他来说，她什么都不是，只不过是挡在他与新计划之间的障碍。然后，他回头看向内陆，好像能看到国王军队的滚滚旗帜沿着道路涌向码头。“上船。”他只说了这两个字，便头也不回地带头上了跳板，并下令起航。我们匆匆地跟上了他。

他们解开了绳子，驳船过来排成了一列，水手们身体前倾，随着小鼓手一个稳定的鼓点，用力一拉，将船队缓缓带离了铺着鹅卵石的码头，进入到海里。帆被风吹起，船也开始在巨浪中摇晃。父亲在德文郡深受爱戴，就像在英格兰的所有港口一样，因为他保护着英格兰海峡。许多人挥舞着双手，向他飞吻告别，喊出他们的祝福。乔治立刻走上船尾楼甲板，站在了父亲的身边，以国王的方式抬头致意。父亲将伊茜叫到自己身边，用胳膊搂着她的肩膀，让她转着身，以便每个人都能看见她怀孕的大肚子。我和母亲站在船头。父亲没叫我站到他身边，他不需要我在那儿。是伊莎贝尔即将成为英格兰的新王后，现在虽将流亡，但却一定会凯旋。是伊莎贝尔正怀着——他们希望是男孩——将会成为英格兰国王的孩子。

我们到达了公海，水手们松开驳船的绳子，收起了风帆。一阵微风将船帆吹起，木料嘎吱作响。我们乘风破浪，蓝色的海水在船头吟唱。伊茜和我一直都喜欢航海，她忘记了恐惧，与我一同站在了船的一侧，看着清水中海豚游过的轨迹。地平线处有一串云朵，就像是一串乳白色的珍珠。

傍晚时，我们在南安普顿的港口外停下了船，父亲舰队的其他船只就停泊在那里待命，准备加入我们。父亲派遣了一支小划艇去召唤它们，我们则在索伦特海峡的小漩涡中微微地打着转，期待地望着海岸的方向，等待着那些船只。一片船帆组成的移动森林随时都会出现，那是我们的财富、骄傲和父亲海上霸主实力的源头。但只有两艘船现身。他们靠上了我们的船，父亲向船侧倾过身，那些船员则向他大吼：早就有人在等着我们了，里弗斯的儿子，有着该死的先见之明的安东尼·伍德维尔在我们之前，就像个疯子一般地率军赶来了。他控制了船员，逮捕了其中的一些，杀死了另一些；但无论如何，他已掌握了父亲所有的船，包括我们全新的旗舰

"崔尼蒂"号。安东尼·伍德维尔控制了父亲的舰队，里弗斯夺去了我们的船，正如他们夺去我们的国王，正如他们夺去我们的一切。

"到船舱下面去。"父亲愤怒地朝我吼道，"告诉你母亲，我们明天一早就会到加莱，我会回来，夺回崔尼蒂和所有的船，安东尼·伍德维尔将会为从我这里偷走它们而后悔的！"

我们计划整日整夜地航行，赶着海峡的顺风回到加莱港口。父亲很熟悉这一带水域，这深海中的每一寸都有着他船员们航行战斗过的印记。船是最新交付的，虽然不适合做一艘战舰，但有着适合国王居住的船舱。我们搭着顺风，向东面驶去，天空也很晴朗。伊莎贝尔在主甲板的王室船舱中休息，我也待在她身边。母亲和父亲住在尾楼甲板下的大舱室中。乔治住在大副的舱室里。过不了多久，就会上晚餐，然后我们就可以在随着船体起伏而跳动闪烁的烛光下玩牌了，再之后就会上床睡觉，我会听着木材吱吱作响，闻着咸咸的海水气味，在波浪的阵阵起伏中入睡。我意识到我自由了：服侍王后的日子结束了，彻底结束了。我再也不会见到伊丽莎白·伍德维尔了，再也不用服侍她了。她永远都不会原谅我，但永远不会再听到我的名字了，同样，我也再不用忍受她那种无言的鄙视了。

"起风了。"晚饭前，我和伊茜绕着主甲板散步时，她说。

我抬起头。船帆顶端的旗帜高高扬起，跟着船飞行的海鸥也调转了方向，飞回英格兰去了。地平线处的那一连串珍珠般的云朵，现在已经变得又灰又厚，好似羽毛。

"没关系的，"我说，"来吧，伊茜，我们进去船舱就好了，我们以前从来也没有住过最好的船舱。"

我们走向主甲板上的舱门，伊莎贝尔的手搭上黄铜锁，船突然一沉，她摇摇晃晃地撞在了门上。门一下子就打开了，她一头跌进了船舱，摔到了床上。我连忙跟上前，扶住她："你还好吗？"

又一阵巨浪袭来，我们踉踉跄跄地跌到了小舱房的另一头，伊茜靠在我身上，将我撞上了墙壁。

"到床上去。"我说。

地板又一次升起，我们挣扎着向床边走去，伊莎贝尔抓住了床沿，我则紧靠床侧。我想要笑，笑这突然的海浪让我们跌跌撞撞，就像傻瓜一样，但伊茜却哭了："这是场风暴，就像我之前说的风暴！"在突然变暗的船舱中，她的眼睛睁得很大很大。

"不会的，只不过是几阵大浪而已。"我向窗外望去。地平线处的云朵之前还是那么明亮那么苍白，现在却暗了下来，太阳穿过云层，照得它黑黄相间。虽然还只是下午，天空却已阴沉发红。

"只是阴天罢了。"我试图让自己听上去高兴些，但其实，我以前从来都没见过这样的天空，"你不妨上床休息，好吗？"

我帮助她躺上了摇摇晃晃的床，但突然船又随着波浪沉了一下，波浪对船底的冲击让我跌跪在地。

"你也上来吧，"伊茜坚持道，"和我一起躺上来。天气变冷了，我好冷。"

我脱下鞋，却犹豫了。我等着，似乎周围的一切都在等待。突然之间，世界静止了，就像是突然被暂停，就像是天空深深地吸了一口气。船整个安静了下来，停滞在海面，风平稳地吹向东面，将我们吹向了归途，好似是累了倦了般地叹息着。一片寂静中，我们先是听见了船帆的拍打声，接着连帆都静止了。不祥的死寂笼罩了一切。

我望向窗外。海洋很平静，就像是内陆的沼泽，而我们的船就像是沉在了淤泥里。一丝风也没有。云压在船的桅杆上，压着海面。没有任何东西在动，海鸥都消失了，有个人坐在主桅桅顶的横桁上念叨着“亲爱的耶稣，救救我们”，然后顺着绳索爬到了甲板。他声音的回声非常奇怪，就好像我们是被困在一个玻璃碗里。“亲爱的耶稣，救救我们。”我重复。

“卸帆！”船长的大吼打破了沉默，“下锚！”我们随即听见了船员赤脚奔跑在甲板上收整着船帆的吵闹声响。大海如同玻璃一般，倒映着天空，我看着它由深蓝渐渐变成了黑色，并开始搅动、开始移动。

“她正在吸气。”伊茜说。她的苍白脸上布满了惊恐的神色，眼神黯淡。

“什么?”

“她正在吸气。”

“哦，不是的。”我尽量让自己的声音显得自信，但空气中的凝滞和伊莎贝尔的预感吓到了我，“没什么，只是风停了而已。”

“她正在吸气，然后就会吹口哨了。”伊茜说。她转过身，平躺着，大大的肚子圆滚滚的。她伸手抓住精美雕刻的木床的两边，向床尾伸直了腿，就好像是准备好面对危险，“马上，她就会吹口哨了。”

我想要说些什么让她安心点：“不，不是的，伊茜……”突然一阵风声呼啸而过，打断了我的话语。那声音犹如口哨，好似女鬼的尖叫。黑暗的天空猛烈地刮起了风，惨淡的金色闪电劈开乌云，下方的大海突然弓了起来，船被高高带起，抛向了云层。

“关上门！把她关在外面！”伊茜尖叫的同时，船被海浪卷起，船舱的双层门被大大打开。我去够那两扇门，却惊讶地呆住了。船舱前面是船头，在那之外，本该是海浪。但我的眼前除了船头却什么也没有，并且还在不断地越升越高，就好像整艘船以船尾为足，立起来了，而船头则高耸于天空。然后，我明白了，船头正处于一个巨大的波浪之上，像城堡的城墙那么高，而我们的小船则试图从一边翻越过去。眼看，那黑暗天空映衬下的苍白波峰就将向我们袭来，一阵冰雹噼里啪啦地倾泻而下，把甲板变得像雪地一般洁白，刺疼了我的脸和赤裸的手臂，并像碎玻璃那样被我赤裸的脚踩成粉碎。

“关上门！”伊茜又尖叫了一声。我压在门上，抵住袭来的海浪，一面水墙冲上甲板，让船身整个颤抖摇晃了起来。我们的面前又迎来了另一波海浪，舱门被撞开，齐腰高的水灌了进来。门砰砰作响，伊莎贝尔尖叫着，而船则颤抖着，在水的重压下挣扎。水手们对抗着大海，想要控制住船帆，他们紧紧抱住桅杆，像木偶一般被挂在上面，双腿不受控制地乱晃，就像是在死神手中挣扎。船立起后，船长大声命令着，想要将船头稳在高耸的海浪中。风在攻击着我们，激起层层巨浪，像黑色的玻璃山脉向我们袭来。

船来回晃动着，门又一次被撞开了，随着一股水瀑，父亲走了进来，水从斗篷上流下，他的肩膀上则布满了白色冰雹。他砰地关上身后的门，靠着门框站稳了身子。“好吗?”他看着伊莎贝尔简短地问道。

伊莎贝尔捧着自己的肚子。“我肚子疼，我肚子疼！”她叫道，“父亲，带我们进港口！”

他看向我，我耸了耸肩。“她总是肚子疼，”我简短地回答，“船怎么样?”

“我们会去法国的港口。”他说，“我们会在海岸得到庇护。帮帮她，让她保持温暖。没有火了，等他们再生起火来，我会给你们送点热酒。”

船猛地起伏，我们俩摔倒在了船舱的另一边。伊莎贝尔的尖叫声从床上传来：“父亲！”

我们挣扎着站起身，紧靠在船舱的墙壁上，拖着脚步来到了床边。我俯身向前，眨了眨眼睛，以为自己被窗外的闪电闪瞎了眼，因为伊茜的床单看上去是黑色的。我用湿手揉了揉眼睛，尝到了指关节和脸颊上咸咸的海水。然后，我看见，她的床单不是黑色的，我没有因闪电而目眩。她的床单是红色的。她的羊水破了。

“孩子!”她啜泣道。

“我去把你们的母亲叫来。”父亲匆忙地说，出了舱门并将其紧紧地关上。他立刻消失在了冰雹中。闪电时不时地照亮如白色墙壁一般的冰雹。冰雹击打在我们身上，而天空又暗了。黑色的虚无是最糟糕的。

我握住了伊莎贝尔的手。

“我疼，”她可怜兮兮地说，“安妮，我疼。我真的疼。”她的脸突然一阵扭曲，呻吟着缠着我不放。“我不是在大惊小怪，安妮。我不是在假装，不是想引起注意。我是真的疼，疼得很厉害。安妮，我真的很疼。”

“我想，你快生了。”我说。

“还不行，还不行！还太早，太早了！我不能在一条船上分娩!”

我不断看向舱门。母亲一定会来的吧？玛格丽特也不会让我们失望的吧？侍女们都会来的吧？肯定不可能让我和伊莎贝尔两个人单独在雷雨中，在没有任何帮助的情况下分娩的吧。

“我有一条腰带，”她绝望地说，“一条帮助分娩的祝福腰带。”

我们的行李箱都在货舱里，船舱里没有任何伊莎贝尔的东西，只有装着换洗衣服的小盒子。

“一幅圣像，和一些朝圣者徽章，”她继续说道，“在我的雕花盒子里，我需要他们，安妮。拿给我，他们会保护我……”

另一阵疼痛袭向她，她尖叫着握住了我的手。身后的门打开了，一注海水和一阵冰雹随着母亲进来了。

“母亲大人！母亲大人!”

“我看见了。”母亲冷冰冰地说，她转向我，“去厨房，告诉他们必须生个火，然后我们需要热水和热酒。告诉他们这是我的命令，然后问他们要点能让她咬着的东西，如果没有别的，就拿个木勺。然后让我的侍女把我们所有的床单都拿来。”

一个大浪将船掀了起来，我们惊愕地从船舱的一边被撞到了另一边。母亲扶住床沿。“去，”她对我说，“找个男人扶着你，别被冲走了。”

听了这警告，我发现自己不敢开门了，门外就是风暴与起伏的海水。

“快去。”母亲严厉地说。

无奈，我点点头，走出了船舱。甲板上的积水及膝，冲刷着船体，船上的积水一流尽，又有另一波涌了上来，船头一起一落，就像是要掉进水里一般。显然，船已经承受不了多久这样的冲击了，它会散架的。一个在海水氤氲中的身影，蹒跚地从我身边经过。我抓住他的胳膊。“带我去侍女们的船舱，然后去厨房。”我在狂风的呼啸中尖叫。

“上帝保佑，上帝保佑，我们迷路了。”他把我推开。

“你带我去侍女舱，然后厨房！”我冲他吼着，“我命令你。我母亲命令你。”

“这是女巫的风暴，”他惊恐地说，“女人一登船，它就刮起来了。女人登船，而她们其中一人奄奄一息，她们带来了女巫的风暴。”他推开我，船身突然被海浪顶起，我摔到了绳栏上。我抓紧了它，一堵高耸的水墙出现在船尾，冲向了我们。海水把我卷得双脚离地，我抓着的绳子和被钩子钩住的长袍救了我，而他却被海水卷走了。我看见了惨绿的海水冲刷着他那张苍白的脸，拽着他越过了绳栏，经过了我的身边。他在波涛中打转起伏，扑打着手臂和腿，白色的嘴一张一合，像是条被诅咒了的鱼。接着，在视线中消失了一会儿。船体在海水的击打下战栗着。

“有人落水了！”我大喊道，声音在风暴的击打轰鸣中几不可闻。我看了看周围。船员们都把自己绑在了自己的工作位上，没人会去帮他。水冲刷着甲板，流过我的膝盖。我抓着绳栏，向外望去，但他已经消失在了黑色的海水中。大海吞噬了他，没有留下一丝痕迹。船在波浪的谷底打着转，但另一波大浪又要来了。突然间，一个闪电照亮了厨房的门，我将长袍从救我一命的钩子上扯下，冲向了那扇门。

炉火已经被扑灭了，房间里充斥着烟雾和水蒸气，锅子挂在铁架上，来来回回地互相碰撞着，厨师挤在他的桌子后面。“你必须把火生起来。”我喘着气，“然后给我们热酒和热水。”

他冲我大笑。“我们要沉了！”他的声音带着种歇斯底里的幽默，“我们要沉了，你却进来要热酒！”

“我姐姐正在分娩，我们急需要热水！”

“要来做什么？”他问我，就像这是一场问答游戏，“救了她，好让她生下鱼食？毫无疑问，她的孩子会淹死，她也一样，我们所有人都一样。”

“我命令你帮我！”我咬着牙说，“我，安妮·内维尔，拥王者的女儿，命令你！”

“啊，那她就得在没热水的情况下生孩子了。”他说着，好像已经失去了兴趣。正在这时，船剧烈地摇晃了起来，门突然开了，一股激流冲下了楼梯，闯进了壁炉。

“给我点布，”我坚持道，“碎布，随便什么。还有能给她咬着的勺子。”

他撑起身，伸手去桌子底下扯出了一篮漂白布。“等等。”他说。他从另一个盒子里拿出了一把木勺，又从橱里拿出了一个深色玻璃瓶。“白兰地。”他说，“你可以给她点，自己也喝点，漂亮姑娘，说不定在淹死时能快活些。”

我将篮子挂在胳膊上，爬上了台阶。又一阵颠簸将我抛了出去，抛到了暴风雨中，我双手都是东西，在另一阵大浪袭来前沿甲板飞奔到了我们的舱门。

船舱里，伊莎贝尔呻吟不断，而母亲正弯腰查看她。我跌进舱里，房门在身后重重地关上，母亲直起身。“厨房的火炉熄了？”她问。

我默默点头，船上下起伏摇晃，我们也随之踉跄。“坐下。”她说，“这需要很长时间，会是一个漫长艰难的夜晚。”

整个晚上，我唯一的想法是，如果我们可以离开这片大海，如果我们可以活下来，那么在旅途的尽头，就会是加莱港口城墙伸展开的臂弯与其后的避难所。熟悉的港口会有人寻找着我们，带着热饮与干衣服焦急地等候我们；当我们上岸时，他们会簇拥着我们，带我们尽快赶往城堡；伊莎贝尔会被安置在卧室，接生婆也会过来；她能将她的神圣腰带围在紧绷的腹部，将朝圣者徽章别在她的长袍上。

然后她就能体面合适地分娩了，和我一起关在她的房间里，然后在半打接生婆的服侍下生下孩子，医生也在旁候命，孩子的一切都被安排得好好的：襁褓、摇篮、奶妈、一个牧师——在他出生的那一刻为他焚香祝福。

我睡在椅子上，伊莎贝尔打着瞌睡，母亲躺在她身边。她时不时地哭喊出声，母亲就会起身，查看一下她鼓得方方正正、像个盒子般的肚子。伊莎贝尔哭喊着，她受不了了，太痛了，而母亲就会抓住她握紧的拳头，告诉她，会过去的。然后疼痛过去，她又呜咽着躺下。暴风雨减弱了，但仍围绕在我们的周围，地平线处电闪雷鸣，云层压得很低，导致我们看不见海岸，即使此时已经可以听见海浪拍击法国岩石的声响。

破晓来临，但天空却几乎没有变亮，波浪规律地阵阵打来，把船左右晃动着。船员双手交替着爬到了船首，把一面被扯破的船帆割下，当做废物扔进了海里。厨师燃起了火炉，每人都分到了一杯热热的格罗格酒，然后他给我们和伊莎贝尔送来了甜酒。母亲的三位侍女和我同父异母的姐姐玛格丽特来了，为伊莎贝尔带了干净的替换衣物，拿走了脏床单。伊莎贝尔一直睡着，直到疼痛将她唤醒；她太累了，现在只有最剧烈的宫缩才能唤醒她。她因为疲劳和疼痛变得恍惚。我将手放在她的额头上，她发着高烧，脸色还是苍白，但双颊却有两片红潮。

“她怎么了?”我问玛格丽特。

她什么也没说，只是摇摇头。

“她病了吗?”我小声地问母亲。

“孩子在她肚子里卡住了，”母亲说，“我们一上岸就得找个接生婆来把孩子转个向。”

我看着她，甚至不知道她到底在说什么。“这很糟糕吗?”我问，“把孩子转个向？那很糟糕吗？听起来很糟糕。”

“是的。”她直截了当地说，“很糟糕。我以前见过，非常非常疼。去问问你父亲，我们什么时候到加莱。”

我再次离开船舱。舱外正下着雨，大雨从暗淡的天空倾泻而下，船下的大海波动也很剧烈，推着我们与强风对撞。父亲在甲板上的舵手旁边，与船长在一起。

“母亲大人问，什么时候会到加莱。”我说。

他朝下看着我，我看得出他对我的样子很惊讶。我的头巾掉了，头发散落下来；我的长袍被撕坏了，沾染着血迹；浑身湿透了还赤着脚。同时，我也透着深深的绝望：我目睹了整个夜晚，有人告诉我，姐姐可能会死。我什么都不能为她做，只能蹚水去厨房给她拿一把疼痛时可以咬着的木勺。

“一两个小时，”他说，“不会很久的。伊莎贝尔好吗?”

“她需要一个接生婆。”

“一两个小时内，她就会有的。”他带着温暖的微笑说道，“你告诉她，我说的。我向她保证。她能在我们的城堡、我们的家里用晚餐。会有法国最好的医生来帮她分娩。”

这些话鼓舞了我，我也微笑回应。

“好好收拾一下自己。”他简短地说，“你是英格兰王后的妹妹。穿上鞋，换个头巾。”

我向他鞠躬行礼，低头退回船舱。

我们等着，这几个小时特别漫长。我甩掉长袍，虽然没有替换衣服，但还是编好了头发，戴上了头巾。伊莎贝尔在床上呻吟、沉睡，又在疼痛中醒来；然后，我听见了叫喊声：“啊！陆地！船首右舷方向！加莱！”

我从椅子上跳起来，看向窗外。我能看见镇上高墙的熟悉轮廓，斯德普厅的拱形屋顶，大教堂的尖塔，然后是山顶上的城堡、城垛，我们闪着灯光的窗口。我遮住了落在眼前的雨水，我可以看见我卧室的窗户，为我燃起的蜡烛，大开着欢迎我的遮板。我能看见我的家，知道我们安全了。我们到家了。我极度地安心，感到肩膀变轻了，就好像它们一直蜷曲着以抵抗恐惧的重量。我们到家了，伊莎贝尔安全了。

一阵摩擦的噪声和一个可怕的咔嗒声响起。我看着城堡的城墙，很多人在转动着一个巨大的绞盘，当他们慢慢地转动它时，它的齿轮咔嚓尖叫。在我们的面前，海港的河口，一条锁链从大海深处升起，从蔓生杂草的深处，慢慢地上升堵住了我们的路。

“快点!”我尖叫，好像我们能够继续航行，在锁链升高之前越过它似的。但是，我们不用赶着越过屏障的，一旦他们认出了我们，就会放下锁链，一旦他们看到了带着权杖的沃里克旗帜，他们就会让我们进去。父亲是加莱历史上最受人爱戴的船长。加莱是他的镇子，不是约克或兰开斯特的，只忠于他一人。这是我儿时的家。我抬头看着城堡，就在我卧室窗户的下方，我看见城堡的枪手就位了，大炮也一台接着一台被推出来，就好像城堡进入了战斗模式。

一定是搞错了，我对自己说，他们一定是把我们认作是爱德华国王的船了。但是随后，我再往上看了看。城堡上方不是父亲那绘有权杖的旗帜，而是约克的白玫瑰旗，它和王室的旗帜一同高高飘扬。加莱依旧忠于爱德华和约克家族，即使我们变节了。父亲曾宣布加莱是约克的，而现在它还是对约克效忠。加莱没有随我们变节，它还是忠诚的，正如我们曾经的忠诚一样；但如今，我们成了敌人。

舵手及时看见了升起的锁链带来的危险，高声示警。船长跳下来，冲着水手们大喊。父亲猛地覆上船舵，和舵手一起转舵，以躲开致命的锁链陷阱。因为我们转向了侧风，船帆危险地拍打着，汹涌的海水推搡着船体倒向一侧，看上去好像就要翻了似的。

“再转一点，再转一点，收帆！”父亲大叫着，呻吟着，船转向了。从城堡传来了令人厌恶的爆炸声，一颗炮弹落在船头一侧的海水中。我们在他们的射程范围内。他们看见我们了。如果不走，他们就会击沉我们。

我无法相信，自己的家居然与我们为敌，但父亲立刻调转船头，离开了他们的射程，丝毫没有犹豫。然后他收起了帆，放下了锚。我从来没见过他如此生气。他派出一名军官，坐着一艘小船，带着一条消息，前往他自己的要塞，命令驻军放行。我们必须等待。大海起起伏伏，风吹动着船，船愤怒地拉着锚链，倾斜着打转。我离开船舱，走到船侧，再次看着我的家。我不敢相信他们把我们关在外面了；不敢相信我将不能走上石阶到我的卧室，要求一个热水澡和干净衣服。现在我可以看见一条小船从港口出来，听见它靠上船侧的撞击声和水手们要求放下绳索的叫喊声。绳索运上来了些葡萄酒、饼干和奶酪，这些是给伊莎贝尔的。就这些了。他们没有消息，没有什么要说的。他们离开，驶回加莱。就这样了。他们禁止我们回自己的家，出于同情给伊莎贝尔送了点酒。

“安妮！”母亲迎风呼喊，“过来。”

我摇摇晃晃地回到船舱，听到了锚链抗议般的嘎吱响声，接着它被收起，放我们自由。船呻吟着，再次置于大海的摆布，随着波浪晃动，随着海风移动。我不知道父亲将会驶向哪里。被自己的家所放逐，我不知道我们现在能去哪里。我们不能回英格兰，我们是英格兰国王的叛徒。加莱也不承认我们。我们能去哪里？到哪里去，我们才会安全？

船舱里，伊莎贝尔用手和膝盖撑着起身，像只垂死的动物一般低吟。她透过一缕纠结的头发看向我，脸色煞白，双眼泛红。我几乎认不出她了；她就像一只备受折磨的野兽一般丑陋。母亲从背后掀起了她的长袍，她的衣衫一片血红。我只看了一眼，便移开了视线。

“你得把手伸进去，把婴儿转过来。”母亲说，“我的手太大了，不行。”

我惊恐地看着她：“什么？”

“我们没有接生婆，我们得自己把婴儿转向。”母亲不耐烦地说，“她太小了，而我的手太大了。必须你来做。”

我看着我纤细的手和修长的手指。“我不知道怎么做。”我说。

“我会告诉你的。”

“我不行的。”

“你必须做。”

“妈妈，我是个少女，一个女孩——我都不应该在这里……”

伊莎贝尔发出了一声尖叫，她低头靠上床，打断了我：“安妮，看在上帝的分上，帮帮我。把它拿出去！把它从我身体里拿出去！”

母亲拉着我的胳膊，把我拖到床尾。玛格丽特掀起了伊莎贝尔的衣服，她的下身血流不止。“把你的手伸到那里去，”母亲说，“推进去。你能感觉到什么。”

我将手滑进了伊莎贝尔的身体，她疼得大叫——这温热的血肉只让我觉得反胃，还有恐惧。有什么恶心的东西：像是条腿。

伊莎贝尔的身体像一把钳子般夹着我的手，挤压着我的手指。我大叫了起来：“别这样！你弄痛我了！”

她像一头垂死的牛般喘着气：“我控制不了，安妮，把它拿出去。”

那滑滑的腿在我的碰触下，踢动了一下。“我抓住了，我想是条腿，或者一条胳膊。”

“你能摸到其他的吗?”

我摇头。

“那不管怎样，往外拉。”母亲说。

我看着她，吓呆了。

“我们必须把它弄出来，轻轻地拉。”

我开始拉。伊莎贝尔尖叫。我咬着嘴唇，这事情恶心又可怕，伊莎贝尔也让我觉得恶心又可怕，她就这样，像匹肥胖的母马，像个妓女，逼着我做这种事。我发现自己苦着脸，头转向另一边，就好像不愿看见这画面。我尽可能地站得离床远些，离她远些，离我的姐姐远些，这个怪物。我毫无怜悯地碰触她，遵守这命令，强忍厌恶地紧紧抓住那肢体。

“你能把另一只手放进去吗?”

我看着母亲，觉得她疯了。不可能的。

“看你能不能把另一只手也伸进去，然后捧住那个婴儿。”

被恶臭、恐惧和手中滑溜的小肢体所惊吓，我都已经忘记那是个婴儿了。我尝试轻轻地将另一只手按进去。有什么东西可怕地弯曲了，我能用指尖感觉到，也许是一条手臂，或者肩膀。

“一只手臂?”我说，咬着牙，强忍住恶心。

“推开它，往下摸，抓住另一条腿。”母亲绞着双手，迫不及待地想要干完这个活儿，她拍着伊莎贝尔的背，就好像她是一条生病的狗。

“我找到另一条腿了。”我说。

“我一下指示——你就得拉那两条腿。”她命令道。她走到一边，将伊莎贝尔的头捧在手中。她对她说：“感觉到痛了，就要向外拉。”她说，“使劲拉。”

“我不行。”伊莎贝尔啜泣着说，“我不行，妈妈，我做不到。”

“你必须这么做，一定得去做。如果阵痛的话告诉我。”

突然一阵安静，接着伊莎贝尔的呻吟越来越响，她尖叫着说：“现在，就是现在。”

“用力！”母亲说。侍女们按住伊莎贝尔紧握的拳头，拉住了伊莎贝尔的手臂，就好像我们要把她撕裂一样。玛格丽特将木勺塞进她的嘴里，伊莎贝尔大吼一声，一口咬下去。“你用力把婴儿向外拉，”母亲对我吼道，“现在，准备，拉。”

我遵命向外拉，惊恐地感觉到有什么东西发出了咔嗒一声，被我的手压弯了。“不！它断掉了，断掉了！”

“拉，不管怎么样，拉！”

我用力，一团鲜血涌了出来，液体散发出臭味，两只小小的腿挂在伊莎贝尔的身体上，她尖叫着喘气。

“再来一次。”母亲说。她的声音带着种奇怪的得意，但是我的心中充满了恐惧，“现在就快出来了，阵痛来的同时，再来一次，伊莎贝尔。”

伊莎贝尔呻吟着抬起身子。

“拉，安妮！”母亲命令道。我握住了那两只瘦小滑腻的腿，再次往外拉。有那么一刻，根本什么都没有动；然后一个肩膀出来了，接着是另一个，最后随着伊莎贝尔的一声尖叫，头出来了。我清晰地看见她的血肉被撕裂，红色的血和蓝色的血管就像是一块深红色和蓝色的锦缎，随着头出来而被撕裂，然后出现的是滑溜的脐带。我把孩子扔在被子上，转过头，恶心地倒在了地上。

船又是一阵起伏，我们都随之而踉跄，母亲双手并用地来到了床边，温柔地抱起了孩子，将它用布裹了起来。我颤抖着，擦着沾满鲜血的双手和手臂，擦着嘴里吐出来的呕吐物，但也在等待，等着母亲告诉我们，一个奇迹诞生了。我等待着喜极而泣的那个瞬间。

一片死寂。

伊莎贝尔小声地呻吟。她在流血，却没有人为她的创口止血。母亲将婴儿包裹得很暖和。一位侍女抬头微笑，满脸泪痕。我们都在等着那一声哭泣，我们都等待着母亲的微笑。

母亲疲惫的脸色很暗淡。“是个男孩。”她严厉地说：这是我们都想要听见的一件事。但奇怪的是，她的声音中没有快乐，嘴角也露出残酷的神色。

“一个男孩?”我满怀希望地重复道。

“是的，一个男孩，但是个死去的男孩。他死了。”

1470年

法国　塞纳河

水手卸下船帆，运去修理；也擦洗了皇家舱室中被伊茜的血液和我的呕吐物弄脏的甲板。他们说我们没有在风暴中淹死是个奇迹；他们诉说着，当加莱港口锁链升起时自己有多害怕——要不是父亲全力压在船舵上，舵手根本不可能将船掉头。他们说，再也不想做一次这样的航行了，但若是不得不做，也只有父亲掌舵，他们才肯上。父亲救了他们，但他们绝不会再与女人一起航海了。水手们摇着头。绝对不再与被女巫妖风追着的女人们一起航海了。他们为了这次的幸存而庆幸，都相信船被分娩中的女人和死婴诅咒了，都相信王后召唤来女巫妖风，追着这艘船，要将它送入地狱。只要我一走过，船上的每一处都会突然安静下来。他们觉得，女巫妖风正追捕着我们，会一直跟着我们。水手们将所有事都怪到了我们的头上。

他们把箱子从货舱里运了上来，我们终于可以清洗更衣。伊莎贝尔还在流血，但她还是起身穿上了衣服。然而长袍挂在她身上样子怪怪的。令她骄傲的肚子没有了，看上去只剩臃肿疲惫。伊茜没有把她的祝福腰带和朝圣者徽章拿出来，珠宝也一样，她一言不发地把这些放在床尾的盒子里。我们之间有一种说不出的尴尬气氛。可怕的事情发生了，可怕到我们甚至不知道该怎么提及或谈论它。我对她感到厌恶，她也对自己感到厌恶，但我们都不置一词。我想，母亲大概把死婴放在了一个盒子里，某个人祝福了他并将他扔入了大海。没人告诉我们，我们也不问。我知道，从腿窝处拉他的腿是我经验不足；但我不知道自己是不是杀了他。我不知道伊茜是不是这么想的，也不明白母亲的想法。反正没有人说起，我也永远不会再提这件事。厌恶和恐惧就像晕船一样，盘桓在我腹中。

直到去教堂礼拜为止，她都应该禁足的；我们也都应该与她一起被锁在她的房间里六个星期，然后得到净化。但没有传统是针对这种情况的——航海时在女巫的暴风雨中生下一名死婴；事情不应该是这样的。乔治来看她时，船舱是干净的，床也换上了干净的被单。她休息的时候，他走了进来，靠在床上，吻了吻她苍白的额头，冲着我笑了笑。“对于你的孩子，我很遗憾。”他说。

她几乎没有看他。“我们的孩子，”她纠正他，“一个男孩。”

他英俊的脸上神情冷漠。我猜母亲已经告诉他了。“还会有其他孩子的。”他说。听上去不像是安慰，倒像是个威胁。他走到门口，好像迫不及待地想离开船舱。我很好奇，我们身上是不是有气味，他是不是能在我们身上闻到死亡和恐惧的气味。

“如果我们不是差点在海里沉船，我觉得这个孩子能活下来的。”她突然带着恶意说道，“如果我在沃里克城堡，就会有接生婆帮我分娩，会有我的祝福腰带，也会有牧师为我祈祷。如果你没有和父亲一起去与国王打仗，而且还战败回家，我现在就会在家带着我的孩子，他就会活下来。”她停顿了一下。他英俊的脸还是很冷漠。“这是你的错。”她说。

“我听说伊丽莎白王后又怀孕了。”他说道，好像这是对她指责的回答，“上帝保佑，让她再生个女孩，或者也是个死胎。我们必须在她之前生下男孩。这仅仅是一个挫折，并不是末日。”他试着对她微笑来让她宽心，“这不是末日。”他重复着，走了出去。

伊莎贝尔只是一脸茫然地看着我。“这是我孩子的末日。”她说，“当然，这是他的末日。”

除了父亲，没有人知道发生了什么；虽然我们看起来无家可归、打了败仗，停靠在塞纳河河口，但他却出奇的高兴。他的舰队逃出了南安普顿，与我们会合了，所以他麾下就再一次拥有了战士和那艘伟大的战舰“崔尼蒂”号。他与法王路易频繁通信，但并没有把他的计划告诉我们。他为自己添置了法国式样的新衣，为自己浓密的棕发订购了一顶天鹅绒帽子。我们搬去了瓦洛涅，让舰队能在巴夫勒尔准备入侵英格兰。在这过程中，伊莎贝尔很安静。庄园楼上的美丽房间安排给了她和乔治，但她一直躲着他。一天中的大部分时间，她都与我一起待在母亲的会客室里，我们打开窗户让空气流通，合上百叶窗遮住阳光，整日坐在温暖的黑暗中。天气很热，伊莎贝尔觉得很热。她抱怨着持续的头疼，甚至在一早醒来的时候就很疲倦。她有一次说，她觉得一切都没有意义，而当我问这是什么意思的时候，她只是含着眼泪摇头。我们坐在大房间的石头窗台上，看着窗外的河流和绿色原野，两人都觉得一切没什么意义。我们从不说起那个被母亲装在小盒子里带走并扔下海的孩子也从不说起那场风暴，或者大海。我们几乎什么都不说。大多数时间，我们安静地坐着，不需要说任何话。

“我希望我们还在加莱。”在一个炎热安静的早晨，伊莎贝尔突然说。我知道，她的意思是，她希望这一切都从没发生过——父亲没有反抗沉睡王与坏王后，父亲没有胜利，没有与爱德华国王为敌，还有最重要的：她没有嫁给乔治。她希望我们童年的每一件事都没有发生过，希望每一次对权力的追逐都没有发生过。

“父亲又能怎么做呢？”当然，他不得不挣扎反抗沉睡王和坏王后的统治。他知道，他们名不正言不顺，必须被推下王位。然后，当他们被击败罢免，父亲又不能忍受替代他们的这一对夫妻。他不能生活在里弗斯家族统治下的英格兰；他必须举旗反抗爱德华国王。他试图让王国在明君的统治下，让我们家族来辅佐君王；乔治应该成为那位国王。我能理解，父亲不能停止为此而奋斗。作为他的女儿，我知道我的人生将会被这种无休止的斗争左右：为了成为王座后的第一势力。伊莎贝尔应该意识到这一点。我们生来就是拥王者的女儿，英格兰的统治权将是我们继承下来的遗产。

“如果父亲没有与国王为敌，我就会有自己的孩子了。”她恨恨地继续说，“如果我们那天没有出海，驶向那场风暴，我现在怀里就能抱着个孩子了，而不是空无一物。我什么都没有了，什么都不在乎了。”

“你会有另一个小孩的。”我说——就像母亲告诉我的那样。要提醒伊莎贝尔，她会再有个孩子的，不许她沉浸在绝望中。

“我什么都没有了。”她简单地重复道。

有人敲门。我们都没有什么反应。一名守卫打开了双层门，一个女人安静地走了进来。伊莎贝尔抬起头。“我很抱歉，母亲不在，”她说，“我们不能实现你的请求。”

“伯爵夫人在哪儿?”女人问。

“与父亲在一起。”伊莎贝尔问，“你是谁?”

“你父亲在哪里?”

我们并不知道，但不打算承认这点。“他出去了。你是谁?”

那女人掀开了她的兜帽。我惊讶地认出，她是一名约克侍女，苏利夫小姐。我跳起来，站在伊莎贝尔前面，像是要保护她。“你在这里干什么?你想要什么?你是从王后那里来的吗?”我突如其来地恐慌起来，害怕她是来杀我们俩的。我看向她的手，她的手缩在斗篷里，就好像是拿了把刀。

她微笑着说：“我是来见您的，伊莎贝尔夫人，还有您，安妮小姐。还想与乔治公爵谈谈。”

“谈什么?”伊莎贝尔粗鲁地问。

“两位知道你们的父亲现在对两位的安排吗?”

“什么?”

那女人看向我，好像觉得我太年轻了，不该在场。“在我们交谈的时候，也许安妮小姐应该去她的房间?”

伊莎贝尔抓住我的手：“安妮和我待在一起。你才不应该出现在这里。”

“我一路从伦敦来，以一个朋友的立场警告您，警告两位。国王并不知道我在这里。您的婆婆，塞西莉公爵夫人为了您的利益，派我来与您谈话。她希望我来警告您。您知道的，她很关心您和您的丈夫、她最爱的儿子乔治。她让我告诉您，您的父亲正在与英格兰的敌人——法王路易——打交道。”她无视了我们震惊的神色，“更糟糕的是，他与安茹的玛格丽特结为了盟友。他正在计划一场对抗正统国王爱德华的战争、希望让亨利王重新登上王位。”

我立刻摇头，表示反对。“他永远不会的。”我说。父亲对抗坏王后安茹的玛格丽特和沉睡王亨利六世所取得的胜利，是我的童年睡前故事；父亲对他们的仇恨和蔑视是我的摇篮曲。一场接一场战役，他将他们赶下了王座，用约克家族替代了他们。父亲绝对、绝对不会和他们结盟的。他自己的父亲在与他们的战斗中战死，安茹的玛格丽特将我祖父和伯伯的头颅插在约克的城墙上，把他们当作叛徒。我们绝不会原谅她。即使我们原谅了她的一切腐败与邪恶，在这件事情上也不会原谅她。有这个梁子在，父亲绝对不会和她结盟的。她是我童年的梦魇，是我一生的仇敌。“他永远不会和她结盟的。”我说。

“哦，他会的。”她转向伊莎贝尔，“我出于善意来警告您的丈夫克拉伦斯公爵乔治，并且向他保证，他可以回到英格兰；他的国王哥哥将接受他。他的母亲已经安排妥当了，也同样欢迎您。你们一直都深受约克家族的爱戴。乔治是英格兰王位的第一继承人，他仍然是王储。如果国王和王后没有儿子，那终有一天您会成为王后。但是——想想看吧——如果您父亲将老国王拥回王位，你将什么都不是，你所遭受的一切也将白费。”

“我们不能加入兰开斯特，”我几乎在自言自语，“父亲不可能这么想。”

“不。”她简短地同意道，“你们不能。这个主意很荒谬。我们都知道；除了你们的父亲之外，人人都知道。这就是为什么我来警告您。我过来找您，而不是去找他，而您必须去和您的丈夫商量，明白该怎样保障你们的最大利益。您的婆婆，塞西莉公爵夫人希望您知道，如果您回家，她将会像位母亲那样对您，即使您的父亲是约克家族和整个英格兰的敌人。她说，如果您回家，她保证会好好地照顾您。听闻您在海上的遭遇，她震惊了——我们都震惊了。我们都很惊讶，您的父亲竟然会让您身处如此险境。公爵夫人为您悲伤，也为她孙子的过世而心碎，本来他会成为她的第一个孙子。她在自己的房间整夜为那小小的灵魂祈祷。您必须回家，让我们照顾您。”

伊莎贝尔想到塞西莉公爵夫人对孩子的灵魂祈祷，泪水开始充斥她的眼眶。“我想回家。”她低语道。

“我们不能，”我立刻说，“我们必须和父亲在一起。”

“请转告夫人，我很感激她。”伊莎贝尔结结巴巴地说，“她能祈祷，我很高兴。但当然，我不知道该……我应该遵照父……我应该遵照我丈夫的指示。”

“我们很忧心您的悲伤。”那女人温柔地说，“悲伤和孤独。”

伊莎贝尔眨了眨眼，眨去这段日子里轻易就会泛起的泪花。“没错，我是很失落，”她带着尊严地说，“但我有妹妹的安慰。”

苏利夫小姐鞠躬行礼。“我应该去找您的丈夫，警告他您父亲的计划。公爵必须救自己，将您从兰开斯特的玛格丽特王后手中救出来。别告诉您父亲我来访这件事。他一定会生气的，气您见了我，而且还知道了他的不忠不信。”

我差点就坚决地说，父亲从不失信，而他将来也绝不会失信。我们的秘密也绝对不会瞒着他。然而，接着我就意识到，我不知道他穿着那些法国新衣在哪里——在干什么。

1470年7月

法国　昂热

父亲命令我们去昂热与他会合，并派遣了一名身穿制服的英俊护卫一路护送。他没有解释我们为什么要去，也没有说我们会待在哪里，在尘土飞扬的道路上行进了漫长的五天之后，我们到达了，非常惊讶地发现他在城外等着我们，看上去英俊而骄傲，高高地骑在“午夜”的背上，身边跟着一名骑士护卫。他护送我们穿过了城门，穿过了街道，街上的人们见我们经过都脱帽致敬。我们步入了宽阔主广场旁一所被父亲征用的巨大宅邸的庭院。伊莎贝尔因为疲劳而脸色苍白，但他没有批准她去卧室休息，而是说要直接去用晚餐。

大厅中，母亲坐在一张方形的桌子前等着我们，桌上摆满了食物，像是一场宴会。她亲吻了我和伊莎贝尔，祝福了我们，然后望向了父亲。父亲让伊莎贝尔坐在桌子的一头，乔治走了进来，坐在了她的旁边，低声打了个招呼。我们优雅地低着头，然后父亲冲所有人笑了笑，宣布晚餐开始。他没有向长途跋涉赶来的伊莎贝尔表达谢意，也没有赞赏她对她丈夫的鼓励。

我，他倒是赞扬了，他说我在法国绽放得特别美丽——为什么让我姐姐精疲力竭的经历却能让我变美？他把最好的酒倒进我的杯子，将我的座位安排在他与母亲之间。我看着盘里的食物，都不敢去尝它。这是什么意思，最好的肉不给别人先给我？一辈子都跟在伊莎贝尔和母亲后面走进每一间房间的我，忽然之间成为了最优先的。

“父亲大人？”

他微笑着，脸上满是暖意，我发现自己也微笑回应。“啊，你是我聪明的女儿，”他温柔地说，“你总是最聪明的女孩。你想知道我对你的安排。”

我不敢去看伊莎贝尔，她听见了父亲称我为最聪明的女孩。我不敢去看乔治。我不敢去看我的母亲。我知道乔治私下里见过苏利夫小姐了，我猜他害怕父亲发现这件事。父亲对我突如其来的宠爱很可能是他对乔治的警告，警告他不许背叛我们。我看见伊莎贝尔的双手在颤抖，她将它们藏在了桌子下面，不想让人看见。

“我为你安排了婚事。”父亲平静地说。

“什么？”

我一点也没想到过这种情况。我太惊讶，将视线转向了母亲。她回应了我，一脸平静，显然已经知道这件事了。

“非常好的婚姻。”他接着说。我能听出他声音中暗藏的兴奋，“对你来说，这是最好的婚姻。对现在的你来说，唯一的选择。我敢说你能猜到我说的是谁。”

我震惊得说不出话来，而他则看着我目瞪口呆的面孔，开心地哈哈大笑。“你猜！”他说。

我看向伊莎贝尔。那一刻，我想的是，也许我们要回家了，我们将会和约克家族和解，我将嫁给理查德。然而，我看见了乔治闷闷不乐的脸，肯定不是这么回事。“父亲，我猜不出。”我说。

“我的女儿，你将会嫁给兰开斯特的爱德华王子，成为英格兰的下一位王后。”

乔治手中的餐刀掉落在地，发出了“哐啷”一声。他和伊莎贝尔就像被施了魔法一样，完全呆住了，只会盯着父亲看。我意识到，乔治之前一定希望——绝望地希望——苏利夫小姐所说的只是虚妄的流言。现在看来，她说的只是真相的一部分，而整个真相比我们所有人想的更加糟糕。

“坏王后的儿子?”我幼稚地说。突然之间，我想起了所有以前的故事和恐惧。在我成长的过程中，一直认为安茹的玛格丽特是一只野兽，一匹母狼，骑在野人们的头上，摧毁沿途的一切事物，心怀着巨大的野心，控制着一位昏迷中的一无所知的国王，分裂了英格兰，谋杀了我的祖父和伯伯，并试图在厨房用一把烧烤叉、在法庭上用剑暗杀我的生身父亲；最后被父亲和爱德华——我们的爱德华——打败，在山丘上、在大雪中进行了一场英格兰历史上最惨烈的战役。然后像一阵暴风雪般，她与血迹斑斑的飞雪一同被吹向了寒冷的北方。他们抓住了她的丈夫，让他在伦敦塔中无害地沉睡；但她与那冰雪男孩——一匹母狼和一位沉睡中的父亲不知怎么生下的孩子——就此消失了。

“兰开斯特的爱德华王子，安茹的玛格丽特的儿子。他们现在就住在法国，资助他们的是她父亲——安茹的勒内，匈牙利、马略卡、撒丁岛及耶路撒冷国王。她也是法王路易的亲戚。”父亲无视了我的惊愕，“他会帮助我们入侵英格兰。我们会打败约克家族，从伦敦塔中救出亨利国王，然后你将被加冕为威尔士王妃。亨利王与我将共同统治英格兰，直到他去世——圣徒保佑他——然后我将辅佐你和兰开斯特的爱德华王子成为英格兰国王和王后。你的儿子，我的外孙，将成为英格兰的下一任国王，也许同时还能成为耶路撒冷国王。想想吧。”

乔治被呛到了，就好像快溺死酒中的样子。我们都转向了他。他大声喘息，拍打着胸口，透不上气来了。父亲一直等着他平息下来，毫无怜悯地看着他。“这是你的一次挫折，乔治。”父亲相当坦诚，“但你会成为爱德华王子之后的王位继承人，并成为英格兰国王的连襟。你会一如既往地接近王位，而里弗斯家族将被扔下台。你的前途将一片光明，将会获得巨大的回报。”父亲友善地向他点头，却看也不看伊莎贝尔——一度将成为英格兰王后，现在却将给我让位的女性。“乔治，我会保证你继续保有你的头衔和土地。比起之前，你的处境不会变糟的。”

“我变糟了，”伊莎贝尔静静地说道，“我白白失去了我的孩子。”

没人回应她，就好像她变得那么无足轻重，没人需要回应她似的。

“如果国王继续沉睡呢?”我问，“当你到达伦敦的时候，如果你不能叫醒他呢?”

父亲耸了耸肩。“那无所谓。不管他睡着还是醒着，我都将以他的名义执政，直到爱德华王子和——”他冲我微笑，“——安妮王妃继承王位，成为英格兰的爱德华国王和安妮王后。”

“兰开斯特家族复辟!”乔治一跃而起，嘴边还沾着马姆齐甜酒。他一脸怒气，双手颤抖。伊莎贝尔试探着将手放在了他握紧的拳头上。“我们经历了这一切，难道就是为了复辟兰开斯特王朝?我们在陆上海上面对了这么大的危险，难道就是为了让兰开斯特重新登上王位?我背叛了兄长，抛弃了约克家族，难道就是为了把兰开斯特捧上宝座?”

“兰开斯特继承王位顺理成章。”我的父亲承认道，抛弃了自己家族两代人所维护的与约克家族的联盟，“你兄长没有什么资格继承王位，如果他如你所说，是个私生子的话。”

“我说他是私生子，是为了让我自己成为王位的继承人。”乔治大叫道，“我们战斗，是为了将我捧上王座。我们败坏爱德华的名声，是为了让我成为正统。我们从未质疑我的家族，从未中伤过约克家族!我们从未承认，除了我以外的任何王位继承人!”

“那不可能了。”父亲用温和遗憾的口气说着，仿佛是在谈论一场很久以前在很远的地方输掉的战斗，而不是今年春天在英格兰的那场，“我们试了两次，乔治，你知道的。对我们来说，爱德华太强大了，敌众我寡。但与玛格丽特王后结盟的话，她就会带给我们半个英格兰，所有以前的兰开斯特领主都会聚集到我们麾下，那些是你兄长从未争取到的兰开斯特贵族。她在北部和中部一直很强大。加斯帕·都铎将为她带来威尔士的支持。爱德华将永远无法打败你我及安茹的玛格丽特的同盟。”

听到她的名字不再被诅咒，而是被当作同盟提及，对我来说太奇怪了——我曾经做过关于这个女人的噩梦，而如今她却成为了我们信任的朋友。

“现在，”父亲说，“你，安妮，必须和你母亲一起去见裁缝了。伊莎贝尔，你也可以去。为了出席安妮的订婚仪式，你们都有新礼服。”

“我的订婚仪式？”

他微笑，就好像他想要给我世上最大的快乐。“现在先订婚，一旦我们拿到了教皇的批准，就举行婚礼。”

“我这么快就要订婚了？”

“后天。”

1470年7月25日

昂热大教堂

教堂的高坛上站着两个沉默的人，手拉手，交换着他们的誓言。光线从后方的大窗户射进来，照亮了他们严肃的面孔。他们凑近彼此，就好像正在宣誓爱与至死不渝的忠诚。他们紧紧地拥抱，就像在确认着彼此。从他们炙热的目光和亲密的姿势看来，也许有观者会认为这是一对恋人。

这是我父亲和安茹的玛格丽特，两个仇敌，肩并肩。这是一个伟大的联盟；她的儿子和我只不过是通过自己的身体来实现双方父母的约定。首先，她将手放到了真十字架的碎片上——从耶路撒冷王国带来的真正十字架——即使站在大教堂靠后的位置，我也能听见她清晰地背诵对我父亲的效忠誓词。然后轮到他。他将手放上十字架，她调整了一下位置，好确保他的手掌和手指的每一部分都放在了这神圣的木头上，就好像她并不信任他，即使现在他们正在宣誓结盟。他朗诵了自己的誓言，然后他们面向彼此，交换了一个和解的吻。他们是盟友了，至死都将是盟友，他们立下了一个神圣的誓言，再没有什么能够分开他们。

“我不能这么做。”我对伊莎贝尔低声说，“我不能嫁给她的儿子，我不能做坏王后和沉睡王的儿媳妇。如果他像大家说的是个疯子怎么办？如果他谋杀我，将我砍头怎么办？就像他对那两个守着他父亲的约克贵族所做的那样。他们说他是个怪物，从小时候起双手就沾满鲜血。他们说，他杀人取乐。如果他砍了我的头，就像他们砍掉我祖父的头那样，怎么办？”

“嘘，”她握住我的手，温柔地摸着，“这话就像个孩子。你必须勇敢，你就要成为一位王妃了。”

“我不能嫁进兰开斯特家!”

“你能的，”她说，“你必须嫁。”

“你以前说，害怕父亲把你当成一颗棋子。”

她耸耸肩：“有吗?”

“把你当成一颗棋子，而且还可能弃你不顾。”

“如果你将成为英格兰王后的话，他不会弃你不顾的，”她精明地说，“如果你成为英格兰王后，他会爱你，每一分每一秒都好好照顾你。你将永远是他的爱宠——你现在是他野心的聚焦点了，应该开心的。”

“伊茜，”我轻轻地说，“你曾经是他野心的聚焦点，但他差一点就让你淹死在海里了。”

她的脸色在教堂昏暗的光线中几乎是绿色的。“我知道。”她冷冷地说。

听见这话，我犹豫了。而母亲来了，欢快地说：“现在让我带你去见王后殿下吧。”我跟着她走过教堂长长的过道，耀眼的彩色玻璃窗在脚下映出了一幅彩色的地毯，就仿佛我正走在辉煌的太阳之上。我突然想起，这是母亲第二次领我去参见英格兰王后了。第一次我见到了我所知道的最美的女人。这次则将是最凶猛的。王后看着我走近，转过身等着我，带着一种杀手的耐心，等着我步上圣坛。母亲深深地行了个屈膝礼，我也一样。起身时，我看见了一个矮胖的女人，穿着织锦的华丽长袍，戴着坠下金色花边的高高的头饰，宽宽的臀部挂着一条金色的腰带。

她的圆脸上表情严肃，樱唇紧闭，不苟言笑。“你是安妮小姐。”她用法语说道。

我低下头：“是的，殿下。”

“你将会嫁给我的儿子，成为我的儿媳。”

我再次鞠躬。显然，这并不是个对我意愿的征询。我再次看向她，她的脸庞像金子般闪耀着胜利的光芒。“安妮小姐，你现在只是一个年轻的女人，一个小人物；但是我将会让你成为英格兰的王后，你将会坐在我的王座上，戴着我的王冠。”

“安妮小姐已经准备好坐上这个位置了。”我的母亲说。

王后无视了母亲，她走上前，把我的双手抓在了她的双手中，就好像我是在向她宣誓效忠。“我会教你如何做一位王后，”她平静地说，“我会教你我所知道的勇气和领导力。我的儿子将会成为国王，而你将站在他的身侧，准备着以生命来捍卫王座，你将会成为一位像我一样的王后——一位能够下命令、统治、结盟并忠于盟友的王后。我也曾经只是个女孩，年龄比你大不了多少，当我第一次来到英格兰时，我学得很快，才能保住英格兰的王位。你必须忠于你的丈夫，并日夜为他的王位而战，安妮。日日夜夜。我将会把你铸成英格兰的利剑，正如我自己一样。我会教你成为叛徒喉咙上的一把匕首。”

我想起这位王后与她的宫廷宠臣的野心笼罩在英格兰时的恐怖场景；我想起父亲曾发誓，国王是因为受不了与她在一起的清醒生活，才让自己睡得像死人一样；我想起父亲统治英格兰时，这女人在苏格兰流浪，召集了一支土匪般的军队南下，衣衫褴褛，所过之处无恶不作，偷盗、强奸、谋杀……直到国家宣布，她不再是英格兰的女王，而伦敦市民们冲她关上了门，恳求她最好的朋友雅格塔·伍德维尔告诉她，让她带着军队回去北面。

有一部分想法从我的脸上流露了出来，因为她急促地大笑起来，并对我说：“当你还是个女孩儿时，是很容易反应过度；当你什么都没有时，也很容易遵守原则。但当你成为了一个女人，当你有了位注定要登上王座的儿子，当你经过多年的等待，终于成为了王后，并且想要保住后冠时，你就会随时准备好做任何事了，任何事。你会随时准备为它去杀人，如果必要的话，杀无辜之人。而且你将来会感激我教给你这些事情的。”她冲我微笑：“当你为了保住王座和后冠，为了保住你丈夫的地位，不择手段时，你就会意识到我教给你的东西的意义，你就会真正成为我的女儿。”

她令我感到厌恶，更吓坏了我。我什么都不敢说。

她转向高坛，我看见一个瘦弱的身影站在父亲身边：爱德华王子。有位主教正站在他的面前，弥撒书翻到了婚姻那一页。

“来，”坏王后说，“这是你的第一步，而我会引导你走接下去的路。”她抓起我的手，带我走向他。

我十四岁，一个流亡中的被通缉的叛徒的女儿，将会被许配给一个比我年长近三岁的男孩，英格兰最可怕的女人的儿子。通过这场婚姻，我父亲将把人们口中的母狼带回英格兰，而从此刻起，我将叫这个怪物：妈妈。

我瞥了一眼身后站得远远的伊莎贝尔。她试图冲我微笑，给我鼓励，但她的脸庞在大教堂的黑暗中是那么的紧张苍白。我还记得，在她的新婚之夜，她对我说：“别走。”我用口型无声地向她重复了这句话，然后转身走向父亲，去做他的筹码。

1470年冬

法国　安博瓦兹

我不敢相信未来的人生就这样展现在了我的面前。冬天的寒冷晨光中，我在伊莎贝尔身边醒来，总是得继续躺一会儿，四下看看房间，看看那些晨曦照射下颜色沉闷的石墙和挂毯，以提醒自己身处何处，我们都经历了些什么，以及我耀眼光辉的未来。然后，我再一次告诉自己：我是沃里克的安妮，我还是我。我的未婚夫是兰开斯特的爱德华王子。老国王还活着时，我是威尔士王妃；他死后，我就将是英格兰的安妮女王。

“你又在自言自语了。”伊莎贝尔生气地说，“像个疯狂的老女人那样自言自语，闭嘴，你听起来真可笑。”

我闭上嘴，不再说话。这已经变成了我的仪式，是我首要的固定行为。不回想一遍人生中的变化，我就不能开始一天的生活。如果我不背诵我的未来，这些难以置信的未来，我就不能相信自己居然在这里。首先，我睁开眼，再次看到自己身处美丽的安博瓦兹城堡中最好的房间。在这个童话般的城堡中，我们是曾经最大的敌人、现在最好的朋友——法王路易——的客人。我被许配给了坏王后和沉睡王的儿子，而且现在我得记得叫她母亲大人，叫亨利父王陛下。伊莎贝尔不会成为英格兰的王后，乔治不会成为国王。她将成为我的首席侍女，而我会成为王后。最不可思议的是，父亲已经风暴般地夺取了英格兰，占领了伦敦，将沉睡王亨利从伦敦塔中解救了出来，并将他带到了人们的面前，宣布他重新成为了英格兰国王，重新回到了他的人民中，重新坐回了王座。民众欣然接受了这一事实。难以置信，在法国，我们学会庆祝兰开斯特的胜利，用“我们家族”来指代红玫瑰[1]，反转了我一生的信仰。

伊丽莎白王后身怀六甲，被丈夫抛弃。她害怕与父亲正面对敌，已经逃进了避难所，与她的母亲和女儿们一起躲了起来。不管她腹中是男孩还是女孩，或是如乔治所希望的那样流产，都已经没有关系了。她的儿子永远也不可能坐上英格兰的王位了，因为约克家族被彻底打败了。她蜷缩在避难所，而她的丈夫，那英俊又一度强大的国王爱德华，我们的朋友和以前的英雄，已经像个懦夫一样逃离了英格兰，身边只有他忠实的弟弟理查德和几个其他人，无所事事地躲在勃艮第，担忧着他们的未来。明年，父亲将在那里与他们开战。他们现在只是罪犯，而父亲会追捕并杀死他们。

胜利时如此美艳的王后，讨厌别人时如此严厉的王后，回到了她的起点：一个毫无希望、身无分文的寡妇。我应该高兴的，这是我的报复，报复她曾经对伊莎贝尔和我投下的无数轻视目光，但我却忍不住想起她，想知道在威斯敏斯特教堂避难所的黑暗房间中，她该如何从分娩中幸存下来，她又会怎样离开那里？

父亲已经赢得了英格兰，回到了他那战无不胜的状态。在整个战役中，乔治忠实地在父亲身边，尽管约克家族诱惑着他，想让他背叛父亲。父亲遵守他的承诺。一等我和爱德华王子成婚，我就去与他会合。就只等教皇对我们婚姻的赦免令了。作为年轻的丈夫和妻子，我们将在英格兰与父亲会合，宣布成为威尔士亲王和王妃。我将在安茹的玛格丽特身边；她是我的导师和指引者。他们会再一次从衣橱里拿出伊丽莎白的白貂皮毛，只不过这一次，它们将会装饰在我的礼服上。

“闭嘴！”伊莎贝尔说，“你又在说了。”

---

① 红玫瑰是兰开斯特的族徽。——译者注

“我不敢相信，我不明白。”我告诉她，“我必须一遍遍地重复，才能让自己相信。”

“好吧，过不了多久，你就可以跟你的丈夫絮絮叨叨了，看他是不是喜欢被一个疯女孩的喃喃碎语吵醒。”她残忍地说，“而我，就可以在早晨好好睡觉了。”

这番话让我闭嘴了，她知道这是管用的。我每天都会见到我的未婚夫，下午，他会过来陪他母亲坐一会儿；晚上，我们会一起去用晚餐。他牵着她的手，我走在他们身后。她占据着王后的位置，我只是个未来的王妃。当然，他比我大了三岁，也许这是他不太理睬我的原因。他一定曾经害怕并仇视着我父亲，就好像我们被教导着去仇视他母亲一样，也许这就是他对我冷淡的原因。也许这就是为什么我觉得我们依然是陌生人，几乎是敌人。

他继承了母亲的美丽头发，近乎红铜色。他也有着她的圆脸和小噘嘴。他轻盈而强壮，从小就骑马打仗，我知道他有勇气，因为人们都说他是个很棒的竞技者。孩提时，他就上过战场了，也许已经变得太铁石心肠，以至于不能指望他去喜欢一个女孩子，他前敌人的女儿。有一个关于他的故事，是说他在七岁时，就命令把看管他父亲的约克骑士斩首——虽然在战场中他们保护过他的父亲。没有人告诉我这是真是假。但也许这都是我的错，我从没有问过他母亲宫廷里的人，这么小的男孩是不是真的能做这种事，这事是不是真的发生过，他是不是轻率地下达了谋杀令。我不敢问他的母亲，她是不是真的让她七岁的儿子下令处死两个好人。事实上，我从没问过她任何事。

他的脸上一直保持着警惕，睫毛的阴影盖住眼睛。他几乎不看我，总是看向别处。当有人与他说话时，他会低下头，就好像不相信自己能够与别人视线相交。只有面对他的母亲，他才会交换眼神，只有她才能让他笑。

就好像他除了她之外，什么人都不相信。

“他的一生，人们都否认他的继承权，另一些甚至说他不是他父亲的孩子。”伊莎贝尔理智地告诉我，“人们都说他是最得宠的萨默塞特公爵的儿子。”

“是我们的祖父说的。”我提醒她，“为了败坏她的名誉。她自己告诉我的，她说，这就是为什么她把他的脑袋用长矛插在了约克郡城墙上。她说，当王后一生都得面对这样的流言蜚语，而且除了自己以外，也没有人来保护你。她说……”

“她说！她说！除了她之外没人说话了？你整天都在说她，但以前你还是个小女孩时，还常做关于她的噩梦呢！”伊莎贝尔提醒我，“你以前会惊醒，尖叫着母狼来了，你以为她躲在我们床尾的衣柜里。你曾经叫我把你裹得紧紧的，抱得紧紧的，好让她抓不到你。真好笑，到头来你居然把她的每句话挂在嘴边，还和她的儿子订了婚，倒把我给忘精光了。”

“我觉得，他根本不想娶我。”我绝望地说。

她耸了耸肩。这段日子，伊莎贝尔对什么都没兴趣。“说不定不是那样的。也许他也只是在遵照吩咐行事，就像我们一样。也许到最后，你们俩会比我们其他人都要幸福。”

有时，我在和侍女们跳舞的时候，他会看着，但他并不欣赏我，眼神里并没有暖意。他看着我，好像是在对我评头论足，好像是想理解我。他看着我，就好像我是个谜，而他想要破解。王后的侍女们告诉我，我很美：一位小小的王后。她们夸奖我赤褐色头发的自然卷曲，我的蓝眼睛，我轻盈的少女体态和我红润的皮肤；但他从没说过任何让我觉得他欣赏我的话。

有时，他会过来和我们一起骑马，会与我并驾而行，但一言不发。他骑术很好，像理查德一样好。我朝他看了看，觉得他还算英俊，于是尝试对他微笑，尝试和他聊天。我应该高兴的，父亲为我挑选了一位年龄相仿，在马上又那么高贵帅气的丈夫。而且他会成为英格兰国王。但他的冷漠很让我费解。

我们每天都会说话，但说得不多，我们总是在他母亲的视线内，而如果我对他说了什么他母亲听不到的话，王后就会说："你在悄悄说什么呢，安妮小姐？"然后，我就得重复一些听上去很蠢的话，类似于"我在问殿下，护城河里有没有鱼"或者"我正在告诉殿下，我喜欢烤榅桲[①]"。

当我说着这种话时，她就会对他微笑，就好像她不敢相信，他将不得不余生都忍受着这么一个蠢货。她的神情温柔而幽默，有时他会忍不住笑出来。她总是像人们称呼她的一样，像一匹母狼那样看着她的儿子，看着她的幼崽，凶猛地标志着所有权。对她来说，他就是一切，她会为他做任何事。我，是她买给他的，通过我，她买到了唯一能打败约克家的爱德华国王的指挥官：他的前任守护者，教他如何战斗的男人。狼崽爱德华不得不娶这样一个乏味的女孩，以便夺回王位。她们忍受着我，因为我是让伟大的将军——我的父亲为他们服务的代价。而她致力于将我改造成一位合适他的妻子，一个合适英格兰的王后。

她告诉我，为了保卫她丈夫的王座和儿子的继承权，她所打过的战役。她告诉我，她学会用坚强去对抗苦难，去庆祝敌人的死亡。她教我，作为一位王后，必须要将前途上的任何阻碍视为牺牲品。有时候命运决定了，你和你的敌人之间只能有一名幸存者，又或者要在你的孩子和敌人的孩子间选择。当你必须选择时，你当然会选择你的生命、你的未来和你的孩子——不论要付出什么代价。

有时，她会微笑看着我说："沃里克的安妮，沃里克的小安妮！谁会想到你会成为我的儿媳妇，而你父亲会成为我的盟友？"这话如此接近我自己的疑惑，有一次我就回答："这真是难以置信，是吧？经历了这么些事

①一种小型乔木的果实，带芳香，貌似木瓜，熟食鲜美可口。

之后。”

但是她蓝色的双眼捕捉到了我的无礼，马上说道：“你什么都不知道，你是个孩子，被一个叛徒庇护着，而我却在为自己的生命战斗，试图反抗叛军，保住王位。我见过命运沉浮，也曾经被命运之轮碾为尘土。你什么都没见过，什么都不懂。”

我在她尖厉的语调下低下头，而坐在我身旁的伊莎贝尔则微微向前倾，让我能感觉到她肩膀的支持，缓解一下我在所有侍女——以及我母亲——面前被骂的耻辱。

在其余的时间里，她要求我去她的私人房间，教我一些她觉得我该知道的事情。有一次，我去那里的时候，桌上摊着一张王国的手绘地图。“这个。”她用手抚摸着地图，“这真是件很珍贵的东西。”

我看着它，父亲在沃里克城堡的图书馆里也有地图，其中有一张是英格兰地图，但它比这张要小，而且只显示了我们家周围的中部地区。这张地图是英格兰正对法国的南海岸线。南部的港口一带是精心绘制的，西部和北部就显得模糊粗糙了。港口周围标上了哪里有良田可以养活军队或者给舰队提供食物供给；港口的入口附近显示出了河床和沙床。“这张地图是我的朋友理查德·伍德维尔，里弗斯爵士绘制的。”她用手覆上了他的签名，“他调查南部的港口，是为了保护我，那时我们害怕你父亲会入侵。雅格塔·伍德维尔是我最亲密的朋友和侍女，而她的丈夫是我最重要的守护者。”

我尴尬地低下头，总是这样的。我父亲曾是她最大的敌人，她告诉我的每一个故事，都是对抗他的战斗。

“里弗斯爵士那时是我最亲爱的朋友，而他的妻子雅格塔就像是我的姐妹。”她在这一刻露出了留恋的神情，我什么话都不敢说。在王后被打败后，雅格塔像所有其他人一样倒戈了，而且还从中获利。现在，她成为了王后的母亲，她的外孙女是公主，甚至还有一个外孙是王子。她的女儿伊丽莎白在避难所中生下了一个儿子，并以他父亲——流亡的国王——的名字命名为爱德华。在我父亲为爱德华赢下最后的陶顿战役后，雅格塔和这位王后决裂了。里弗斯家族在战场上投降，转身投靠了约克家。然后爱德华选择了他们寡居的女儿做新娘。那一刻，他没有听我父亲的忠告，这是他犯的第一个错误，这是他走向失败的第一步。

“我会原谅雅格塔。”王后承诺道，“等我们进入伦敦，我会再见到她并原谅她。我会再次让她在我身边，我会为她丈夫那可怕的结局安慰她。”她怨恨地看着我，“被你父亲所杀。”她提醒我，“他还指控她使用巫术。”

“他释放了她。”我咽下后面的话。

“好吧，但愿她会心存感激吧。”她讽刺道，“王国中最伟大的女性之一，我最好的朋友——而你父亲说她是女巫？”她摇头，“真令人难以置信。”

我什么都没说。这件事对我来说也同样难以置信。

“你知道命运之轮的标志吗？”她突然问道。

我摇头。

“雅格塔给我看的。她说，我的生活将大起大伏。现在我就要再次崛起了。”她伸出食指，指了指，又在空气中画了一个圆圈。“有起便有伏。”她说，“我给你的建议是，上升的时候保护自己，下降的时候摧毁你的敌人。”

最终，在申请了几次之后，我们终于收到了教皇的特许，这样一来，虽然我和爱德华是远亲，但也可以结婚了。婚礼很低调，有一个小小的庆祝仪式。然后，我们就被我们俩的母亲送上了床。我太害怕我的婆婆，以至于没有任何反抗就进了房间，没有真正想过我丈夫或者晚上会发生什么事，只是坐在床上等着他。他进来时，我都差点没注意到。他的母亲很热心地帮他脱下了斗篷，对他小声地说了“晚安”，便离开了房间。这使我有些战栗，她看着他的眼神，就仿佛她希望能留下来旁观似的。

所有人都走了，房间变得很安静。我记得伊莎贝尔告诉过我，这很可怕。我等着他来告诉我该做什么。但他什么都没说就上了床。厚厚的羽绒床垫向他那边陷下，床绳也在他的重量下吱吱作响。不过，他还是没有说话。

“我不知道该做什么，”我尴尬地说，“对不起，没人告诉过我。我问了伊莎贝尔，可是她什么都没说。我不能问我母亲……”

他叹了口气，仿佛这是我们父母那重要的联盟加诸他身上的又一个负担。“你什么都不要做，”他说，“你就躺在那里。”

“但我……”

“你躺着，什么也不要说。”他大声重复，“现在，你能为我做的最好的事，就是不要说话。最重要的是不要提醒我你是谁，我不能忍受这想法……”然后，他撑起身子，将全部重量压在了我的身上，接着好像剑一般地捅入了我的身体。

1470年圣诞节

巴黎

对我们的婚礼，法国国王路易本人非常高兴。他吩咐我们在圣诞季前来巴黎，和他一起庆祝。我跳了舞会的开场舞，在晚餐时坐在他的右手边。我是所有人关注的焦点：拥王者的女儿即将成为英格兰王后。

伊莎贝尔跟在我的身后。每一次，我们走进房间时，她会跟着我，有几次我的裙摆被门给夹住或沾上香蒲草，她会弯下腰帮我解开裙摆，掸去杂物。她面无表情地服侍我，怨恨和嫉妒显而易见。玛格丽特王后，我的婆婆，嘲笑着伊莎贝尔阴沉的脸，拍着我的手说："现在你知道了。如果一个女人崛起，变得伟大，她就变成了所有女人的敌人。如果她为了地位而战斗，那么所有人，男人或女人，都会恨她。在你姐姐的绿脸上，你就能看见自己的胜利。"

我瞟了一眼伊莎贝尔阴沉苍白的脸："她不是绿色的。"

"因为嫉妒而发绿。"王后大笑着说，"但不要紧，你明天就能摆脱她了。"

"明天？"我转向坐在我身边窗户旁的伊莎贝尔，"你明天要走吗？"

她看起来和我一样震惊："我不知道。"

"哦，是的。"王后平静地说，"你会去伦敦和你的丈夫会合。我们稍后就会带军队一起跟上。"

"母亲大人没有告诉我。"伊莎贝尔对王后表示怀疑，"我没有准备。"

“你可以今晚收拾打包，”王后轻松地说，“明天走。”

“失陪一下。”我的姐姐无力地说，站起身，向王后深深地行了个屈膝礼，也向我微微一礼。我如法炮制，跟在她后面小跑退下。她一路崩溃地沿着走廊飞奔向我的房间，我在一个美丽的凸肚窗前找到了她。

“伊茜！”

“我受不了又一场海上的暴风雨了，”她突然冲我吼道，“我宁愿在岸边自杀也不愿再出海航行了。”

我一边安慰她，一边把手放在自己的肚子上，就好像害怕自己也怀孕了，而我的宝宝也会像伊莎贝尔的小男孩一样，被放在盒子里，扔入黑暗汹涌的水里。

“别傻了，”伊莎贝尔立刻说道，“你没有怀孕，也没有临产。我从来就不该上船的，我应该拒绝的。你应该帮我的。我的人生从此以后就毁了……而你就这么让它发生了。”

我摇头。“伊茜，我怎么能拒绝父亲呢？我们怎么可能拒绝他呢？”

“那现在呢？现在我得去英格兰和他与乔治会合，却把你留在这里？和她在一起？”

“我们该怎么办？”我问她，“我们能说什么呢？”

“什么都不说。”她生气地说道，转身离开了我。

“你去哪里？”我在她身后喊道。

“告诉她们收拾行李，”她头也不回地扔下这句话，“告诉她们去帮我收拾行李。她们可以放件寿衣进去，我都不在乎。我不在乎这次真的淹死。”

路易国王提供了一艘优雅的小型商船，几位侍女陪伊莎贝尔一起上了船。我的母亲、玛格丽特王后和我去岸边送她。

“真的，我不行。我不能自己去的。”伊莎贝尔恳求道。

“你父亲说，他需要你和你的丈夫在一起，”母亲下了命令，“他说，你必须立刻去。”

“我想，我可以和安妮一起去。我应该和她在一起，告诉她如何举止。我是她的侍女，她需要我。”

“我需要的。”我也确认道。

“现在，安妮置于玛格丽特王后的监护下了，她会让王后忠实于我们的协议。她只要在这里，嫁给爱德华王子就能确保这一点，不需要再做其他事情。她不需要建议，只需要服从王后。但你必须尽职地和乔治在一起。”母亲告诉她，“你的任务是让他忠于我们的事业，让他远离他的家人。拦截他们给他的任何消息，确保他忠诚于你的父亲。提醒他，他已向你父亲和你宣誓忠诚。我们过几天就会跟着你去的，你父亲在英格兰已经胜利了。”

伊莎贝尔抓着我的手。“行了，去吧，”母亲暴躁地说，“别缠着你妹妹了。这不过意味着，你会和父亲一起在伦敦、在宫廷里取乐；而我们和军队一起困在多塞特，慢慢地去伦敦。你将从威斯敏斯特宫的王室衣柜里挑选衣服，而我们还在福斯路行军跋涉。”

他们抬走了她的衣物箱和包裹。

“别走。”我迫切地小声说，“别把我扔给坏王后和她的儿子。”

“我怎么能拒绝呢？”她说，“别惹恼她，遵守她的一切吩咐。我们伦敦见。那时候我们就能在一起了。”她挤出一个微笑，“想想吧，安妮，你会成为威尔士王妃。”

她的笑容消失了，我们阴郁地看着对方。母亲不耐烦地招着手。“我必须走了。”伊莎贝尔说。和我们的同父异母姐姐玛格丽特以及另外两位侍女一起，她走去了小船码头，上跳板时，回头向我举手示意。我想，除了我以外，没人在乎她会晕船。

1471年3月

法国 阿夫勒尔

两周前，我们就该起航了，但风一直把我们困在港口。我的婆婆玛格丽特王后非常不耐烦，每个黎明她都在码头和舰队的船长争吵。他们向她保证，因为我们被这么强烈的风困在了港口不能出航，那么同样，这风也会在佛兰德斯海岸——爱德华国王的侵略舰队的所在地——吹得更加厉害，风会逆向吹打着他的港湾，他将无力地被困在港口，就和我们一样。

原来，爱德华在流放期间并不是无所事事。父亲控制了英格兰，从伦敦塔里释放了亨利，再次拥他为王，让兰开斯特的贵族们重获荣耀并宣布爱德华王子与我成婚；而与此同时，战败的爱德华国王已经找到了钱、组建了一支舰队、招募了一支杂牌军，并等待着顺风——正如我们一样——重回英格兰。因为他的妻子伊丽莎白在避难所中为他生下了一个男孩，他的朋友和支持者都声称这是他们命运的征兆，并敦促他与我父亲开战。所以，我们现在必须在他之前赶去英格兰，支持父亲对抗约克的爱德华的入侵。我们必须在爱德华、他忠诚的弟弟理查德、他的朋友和他的舰队之前赶到英格兰。这是肯定的，不存在选择问题；这是必须做的，但强风却始终固执地朝着反方向吹。它把我们困在这里、困在码头整整十六天。王后对他的船长大发雷霆，对她儿子攥紧的拳头板着一张苍白的脸，她看着我，就好像我是船穿越风急浪高的大海时所要承担的重负。

她现在后悔留在法国进行婚礼了。她认为我们当时应该立刻出兵，和我战无不胜的父亲一起入侵。如果之前那么做了，那我们现在已经在伦敦接受宣誓效忠了。但是她那时不相信我父亲，也不信任我。她为了亲眼见证着我嫁给她儿子推迟了计划；她必须看见父亲把我送出来，像是放进她帽子里的抵押品。我们的婚姻和我的初夜能保证父亲或她都没有使诈。而私底下，她也想要拖延。她希望在宝贵的儿子的婚姻浪费在我身上之前，看见父亲的胜利。现在，因为她的拖延等待，她被困在了海峡的另一边，每一天都吹着莫名的逆风。

1471年4月12日

法国　阿夫勒尔

“我们明天破晓起航。”王后从我和母亲身边走过，如往常一样、如我们每天一样站在码头，眺望着大海。这就是我们在过去的两周内做的全部事情——遥望海平线，等待风平浪静。“他们认为，风会在今天夜里停息。但即使风没停，我们还是必须明天起航。不能耽搁了。”

我等着我的丈夫告诉他母亲，我们不能冒险驶入风暴，但他有着和她同样严厉的眼神和固执的嘴巴，看上去像是宁愿淹死，也不愿继续等待。“等他登陆的时候，我们会等着他。”他说，“伪王爱德华一走下他的船，就会被一剑刺穿，他将贴面倒在鹅卵石上。我们会将他的脑袋用一根长矛插在伦敦桥上。”

“我们不能顶风航船啊。”我说。

他的眼神空洞：“我们会的。”

到了早晨，风停了，但是波涛仍然翻涌着白浪。港口外的大海泛着灰色，汹涌澎湃，就好像是在酝酿着一场风暴。我有一种不祥的预感，但我没有告诉任何人，反正也没有人在乎。

“我们什么时候能见到父亲？”我问母亲。他在大海的另一端取得了胜利，只有这个想法支持着我出航。我太想和他在一起了，我想让他知道，我完成了自己在这场伟大冒险中的使命，我已经和他找给我的王子成婚上床，在圣坛和婚床上都没有畏惧。我的丈夫从不跟我说话，但对我尽着义务，就好像我是头必须产崽的母马。即使如此，我还是完成了父亲的要求，甚至做得比那还多——我喊坏王后“我的母亲大人”，跪下请她赐福。我已经准备好要坐上他为我赢来的王座。我是他的女儿，是他的继承人，我会穿过这可怕的大海，不会让他失望。我会成为一位像安茹的玛格丽特那样有着狼的意志的王后。“我们靠岸时，他会来接我们吗？”

“我们会去伦敦和他会合。”母亲说，“他安排了我们进城的仪式。他们会在你的面前撒下绿枝和鲜花，会有诗人赞美你，你父亲会安排国王在威斯敏斯特宫外的台阶上迎接你。会有游行和庆典来庆祝你的到达，喷泉将喷涌美酒。不要担心，他为你安排好一切了。这是他野心的巅峰。他已经赢得了多年向往的东西，通过战斗为自己赢得了这一切，然后将荣耀赋予他人。当你生下男孩，父亲就将把一个沃里克男孩——一个内维尔家的男孩——放上英格兰的王座。他的确是位拥王者，而你将成为国王的母亲。”

“我的儿子，父亲的外孙，将会成为英格兰国王。”我重复了一遍，还是不敢相信。

“沃里克的盖伊。”母亲为我们家的这位伟大奠基人命名，“你将称呼他为沃里克的盖伊·理查德，而他将成为沃里克和兰开斯特的王子。”

水手长刺耳的汽笛声提醒我们必须启程了。母亲向她的侍女们点点头。“上船吧，”她说，“我们乘那艘船。”她转向我，“你与王后乘一艘船。”

“你不跟我一起吗？”我顿时吓呆了，“你当然会跟我乘一艘船的，是吧，母亲大人？”

母亲大笑了起来。“我倒是觉得，你能单独和她一起航行过海峡。”她说，“她会把全部的时间花在告诉你怎么做王后上，而你则用全部的时间来聆听。你们两个想都不会想到我的。”

“我……”我不能告诉母亲，少了她和伊莎贝尔，我会觉得自己像是被遗弃了。做威尔士王妃或者被一个有着疯狂野心的女人教导，都不能取代母亲对我的照料。我只有十四岁，害怕汹涌的大海，害怕我的丈夫，害怕他凶狠的母亲。“你当然会跟我一起航行的，是吗，母亲大人？”

“你自己去吧，”母亲轻快地说，“去王后身边，像只小狗那样坐在她脚下，就像你平时那样。”她走上她那艘船的甲板，没有回头看我，就像已经快忘记我了一样。她急急忙忙地想要与丈夫会合，渴望着回到我们的伦敦府邸；她想要看着他处于生来便注定的位置，英格兰王座的右手边。我四下望了望，找我的新婚丈夫。他正钩着他母亲的手臂，两人一起大笑。他向我招手，叫我去那艘船上。我握住绳子，走上跳板，感觉到自己的鞋子在潮湿的木材上打滑。船很小，没有什么装饰；这不是我父亲的伟大旗舰。这是路易国王为他的亲戚玛格丽特提供的船，是装备来运送士兵和马匹的，并没有考虑到我们的舒适。王后的侍女们和我走进了主客舱，尴尬地坐在狭小拥挤的凳子上，把最好的椅子留给王后。我们沉默地坐着。我能闻到自己华丽礼服下的恐惧。

我们听见水手们解开绳索时的叫喊声，然后船舱的门“砰”的一声打开，王后走了进来，脸上洋溢着兴奋。“我们开船了。”她说，“我们会在爱德华之前到的。”她紧张地大笑，“我们必须在爱德华之前到那里，好整以暇面对他。他也会赶这阵风，就像我们一样，但我们必须追过他。现在，这是一场赛跑了；我们必须在他之前到。”

1471年4月15日

韦茅斯　瑟尼修道院

王后端坐在瑟尼修道院的大厅中，她的儿子像个贴身护卫似的站在她的椅子后，一手搭在她的肩上，英俊的脸上严峻肃穆。我坐在她身边矮一点的椅子上——其实就是个小凳子——好像是个小小的吉祥物，提醒着每个人沃里克的名字和财富与这场冒险紧密相连。我们在等待兰开斯特的贵族们迎接我们的到访。这样坐着，能向他们展示一幅团结的景象。只是缺了我的母亲，她的船和我们舰队中其他几艘船在南安普顿更远一些的海岸登陆了，现在正骑马过来与我们会合。

大厅尽头的两扇大门被推开了，博福特家的兄弟们一起走了进来。王后站起身，先让萨默塞特公爵埃德蒙吻了吻她的手，又吻了脸颊。传言说他的父亲就是她唯一的挚爱。然后，她招呼了他的兄弟：多塞特侯爵约翰。德文伯爵约翰·考特尼向她跪下致意。当她是王后时，这些是她忠诚的宠臣，而当她被流放时，这些人仍然对她效忠，现在则为了她支持着我父亲。

我原来期待他们会兴奋地进来大声欢迎我们，但他们看起来很糟糕，他们身后的随从与其他贵族也并不愉悦。我看着一张张阴郁的脸，已经知道有什么事情不对劲了。我看了一眼王后，发现血色自她脸上褪去，问候时的兴奋之情已经不见，看起来脸色苍白、神情沉重。所以她也知道了，尽管她还是一个接一个地问候着这些人，叫得出大多数的名字，并时不时地问候对方的家人和朋友。他们却频频地摇头，就好像不忍心说出某个噩耗。我开始猜测，是不是又有人死了，是不是伦敦遭到了什么袭击，一场路边的伏击？他们看上去像是承受着新的恐惧、新的悲伤。当我们等在法国岸边时，到底发生了什么？当我们在海上时，究竟发生了什么样的灾难？

王后终于下定了决心。她转过身，拉过长袍的裙裾，坐上她的宝座。她磨着牙，双手紧紧握着，放在膝上。我看出，她鼓起了勇气。“说吧。”她简短地说，示意了一下她的儿子，甚至还有我，“告诉我们。”

“约克的骗子、伪王爱德华，一个月前在北方登陆了。”爱德蒙·博福特直截了当地说。

“一个月前？这不可能。大海应该把他困在港口……”

“他冒着风暴出航了，很凶险，但没有失事。他的舰队在海上失散了，但很快重逢，并进军约克，继而伦敦。就像以往一样，他拥有女巫的运气：舰队失散了还能会师。”

她的儿子看着她，就像她让他失望了。她又说了一遍：“可是大海应该是把他困在港口了，就像我们一样。”

“他没有。”

她做了个小小的手势，就仿佛推开坏消息。“那沃里克大人呢？”

“仍然忠于您。他召集了军队反抗爱德华，但遭到了背叛。”

“谁？”她像猫一般咕哝，吐出一个词。

萨默塞特很快地用眼角瞟了我一眼。“克拉伦斯公爵乔治调转了枪头，加入了他的哥哥爱德华的阵营。他们的弟弟理查德将两人团结了起来，三个人和好了。约克家族的三个儿子又在一起了，而乔治的军队和资金都转向了爱德华那边，亲友也跟随着他，约克家再次团结起来了。”

她愤怒地看向我，好像一切都是我的错。“你的姐姐伊莎贝尔，我们把她提前送走就是为了让他保持忠诚！她应该让他遵守诺言！”

“殿下……”我耸了耸肩。她能做什么？如果乔治改变了主意，她又能做什么呢?

“他们在巴尼特村附近的北方大道上相遇。”

我们等着。这个缓慢展开的故事中有什么可怕的情绪在蔓延。我握紧放在膝上的双手,以控制住自己不要大叫:“谁赢了?”

“有一片迷雾就像是低空的云朵般一直笼罩着夜晚,他们说是女巫的迷雾。整个晚上,它变得越来越厚,越来越暗,伸手不见五指,到处不见敌人的踪影,至少,我们看不见他们。”

我们等着,就像他们那时一样等着。

“但是,他们能看见我们。黎明时,他们从雾中冲向我们,比我们以为的要近太多了——紧挨着我们,整个晚上都躲在雾里,离我们近在咫尺。他们知道我们在哪里,而我们则像瞎子一样,整晚开炮,却射到了他们身后很远的地方。我们避开了正面交火,他们冲了进来,一天之后,战线转移了。虽然我们一度锁定了爱德华的部队并且控制了他们,但我们忠实的盟友牛津伯爵,突围后穿过迷雾回到战场时,却被我方的士兵误以为是来袭的叛军,另一些人则以为是爱德华的增援从后方发动了攻击——爱德华总是喜欢储备一些增援——总之,我方部队溃逃了。”

“他们溃逃了?”她重复着这句话,就好像不明白它的意思,“溃逃?”

“很多人被杀了,几千人。但是剩下的都逃回了伦敦。爱德华赢了。”

“爱德华赢了?”

他单膝跪下。“殿下,我很遗憾,第一场战斗是他赢了。他击败了您的指挥官沃里克伯爵;但我有信心,我们现在能打败他。我们已经重新召集了军队,他们就快到了。”

我等着,希望她问我父亲在哪里,他什么时候会带着幸存的军队到达。

她转向我。“所以伊莎贝尔毫无作为,即使我们将她与她丈夫一起早早地送了回来。她没有能让乔治忠于我们的联盟。”她恨恨地说,“我会记住这件事，你也最好记住。她没有让他忠于你、忠于我、忠于你的父亲。她是个不孝的女儿，糟糕的妻子，卑鄙的姐姐。我相信，她会为此而后悔的。我保证，她会为她丈夫背叛我们而后悔。”

“我的父亲？”我小声地说，“我的父亲正在来的路上吗？”

我看见萨默塞特公爵退缩了，他看着王后，征询意见。

“我的父亲？”我提高了嗓门，“父亲怎么了？”

“他牺牲在战场上了，”他低声说，“我很遗憾，夫人。”

“死了？”她直截了当地说道，“沃里克死了？”

“是的。”

她开始微笑，就好像这件事很有趣似的。“被爱德华杀了？”

他鞠躬表示默认。

她忍不住大笑起来，用手捂着嘴，试图停下来，但只是徒劳。“谁会想到呢？”她喘着气，“谁会想到这种事呢？天啊！风水轮流转啊——沃里克被他自己心爱的徒弟杀了！沃里克与他自己的养子们交战，而他们杀了他。爱德华的两个兄弟又站到一起——在我们做了这么多事情、发了这么多誓言之后……”她渐渐地平静下来，“那我的丈夫，国王陛下呢？”她继续下一个问题，就好像对我父亲的死失去了兴趣。

“他是怎么死的？”没人回答我的问题。

“国王怎么样？”她不耐烦地重复。

“在伦敦，很安全，重新回到了伦敦塔里。战后，他们抓住了他，把他监禁了起来。”

“他还好吗？”她迅速问道。

萨默塞特不自在地动了一下。“唱歌，”他简短地回答，“在他的帐篷里。”疯王的儿子和妻子迅速交换了一个眼神。

“我的父亲死在战斗中吗？”我问。

“约克兄弟们胜利地回到了伦敦，但他们会休整补给，然后来这里。”博福特警告她，“他们会听说您已经登陆，就像我们一样。他们会尽可能快地朝我们进军的。”

她摇着头：“啊，上帝啊！如果我们早到一点就好了！”

“克拉伦斯公爵乔治还是有可能叛变，沃里克伯爵还是有可能被杀。”公爵坚定地说，“结果说不定还是一样。但您的到来给我们带来了一支刚刚登陆的生力军，人们也会因为您重新聚集起来。爱德华的军队刚经历战斗，那是场硬仗，有折损，士兵很疲劳，现在又要长途行军。他已经穷尽了他的声望，所有支持者都已经加入了他，没有可以招募的新人了。这一切都对我们有利。”

“他会来这里?”

他们都点头；毫无疑问，约克家族会来掷这最后的骰子。

“进攻我们?”

“是的，殿下——我们必须离开。”

那一刻，她深吸了一口气，然后做了个小小的手势，在空中画了个圆圈。“命运之轮，”她几乎陶醉地说，“就像雅格塔说的一样。现在，她的女婿杀死了我的盟友，正要来攻击我；而她的女儿和我的儿子在争夺这王位，她和我相隔得那么远。我想我们是敌人。”

“我父亲……”我说。

“他们把他的遗体带去了伦敦，殿下。”公爵小声地对我说，“爱德华得到了他的遗体，还有他的兄弟，您的叔叔蒙塔古大人的遗体。我很遗憾，夫人。爱德华会把他的尸体在伦敦示众，让所有人知道他的死讯和他的失败。”

我闭上眼睛，想起了用长钉将我祖父的头颅插在约克城墙上的，正是这位王后。而现在，将我父亲的尸体将在伦敦示众的，却是曾经视他如手足的男孩。“我想见我的母亲。”我说。我清了清嗓子，又说了一遍，“我想见我的母亲。”

王后根本不听我说话。“你有什么建议?”她问爱德蒙·博福特。

我转向我的丈夫，年轻的王子。“我想和我的母亲在一起。”我说，“我必须得告诉她，她丈夫的死讯。我必须去找她，必须找到她。”

他专心听着公爵说话，看都没看我一眼。

“我们必须朝西北方向行军，与加斯帕·都铎在威尔士会合。”公爵回答王后，“必须立刻出发，抢在爱德华前面。一旦我们与都铎的军队在威尔士会师，就可以壮大兵力，再回到英格兰，选择合适的地方攻击爱德华。但我们也必须招募新兵。”

“我们应该现在就出发?”

“只等您收拾停当，越快越好。爱德华以速度著称，所以得抢在他之前，并保持领先。必须在他截断我们之前到达威尔士。”

我看着她瞬间转换了身份，从一个收到警告的女人变成一个指挥行军的将领。在此之前，她就曾经一骑当先，率领过军队投入战斗。她回应召唤，毫无畏惧。“我们准备好了！下令吧。他们已经下了船，吃喝完毕，可以行军了。告诉他们立刻出发。”

“我需要见我的母亲，”我重复了一遍，“殿下，我需要见我的母亲，她可能都不知道自己丈夫的死讯。我需要和她在一起。”我的声音像孩子般颤抖了起来，“我必须去见母亲大人！我的父亲死了，我要去找我的母亲。”

终于，她听见了。她看了一眼爱德蒙·博福特。“沃里克伯爵夫人怎么样了?”

他的一个手下上前，对他耳语，然后埃德蒙转向我。“您的母亲已经得知这一消息。她的船在海岸线以南靠岸了，船上的人们刚与我们会合。他们在南安普顿已经知道了战役的结果。她也知道了。”

我站起身。“我必须去见她。请容我告退。”

“她没有和那些人一起来。”

玛格丽特王后咂舌道：“哦，看在上帝的分上，她在哪里啊？”

信使再次向公爵报告。“她退去比尤利修道院了。伯爵夫人传话过来说，她已进了避难所，将不会继续和您一起行军。”

“我的母亲？”我不明白他们在说什么，“比尤利修道院？”我从公爵看向王后，再看向我年轻的丈夫。“我该怎么办？你能带我去比尤利修道院吗？”

爱德华王子摇头：“我不能带你去。没有时间了。”

“你的母亲抛弃了你，”王后直截了当地说，“你还不明白吗？她为了保命躲起来了。显然，她认为爱德华会赢，而我们会被打败。所以她不想和我们在一起。你则必须和我们一起走。”

“我不……”

她突然暴怒，整张脸都气白了：“听着，小姑娘！你父亲被打败了，军队被摧毁了。他死了。你的姐姐不能让她的丈夫站在我们这边，你的母亲远远地躲到了一座修道院里，你已经毫无价值，什么都不是！你的家人不支持你。我让我的儿子娶你，是因为我认为你父亲可以打败爱德华，结果却恰恰相反。我认为你的父亲能摧毁约克家族——他们称他为拥王者!但到头来，他的学徒更厉害。你父亲的承诺成为一纸空谈，他已经死了，你姐姐又是个叛徒，而你母亲在我们为生存而战的时候，躲去了安全的避难所。我不需要你，你对我来说什么也不是。如果你想去比尤利修道院的话，就去吧。去比尤利修道院，然后等着作为叛徒被逮捕吧。等着爱德华的军队杀进去，把你和其他的那些修女们一起强暴。或者你可以选择和我们一起进军，至少还有胜利的机会。”

我在她突然的怒火下颤抖。

“你决定吧。”她的儿子漠然地说，就好像我并不是他的妻子，并不与他绑在一起似的，“我们能派几个人护送你，之后，可以宣布这场婚姻无效。你打算怎么做?”

我想到了父亲，为了将我拥上王座而死，与迷雾中出现的军队作战。我想起了他燃烧不变的野心——内维尔女孩应该坐上英格兰的王位，我们应该造就一位国王。他为了我做了那些事，为了我而死。我可以为他做的也只有这个。“我会去的，”我说，“我会跟你们去的。”

我们开始了一场精疲力竭的急行军。每一次扎营，人们都向我们的旗帜蜂拥而来。王后在西部各郡深受爱戴，她的朋友和盟军在很久之前就获得了承诺，她会在他们的海岸登陆，带领军队对抗约克家族。我们向西北进军。布里斯托尔城供应我们钱财和大炮，而市民们挤入狭窄的街道，帽子里放满了支援我们的金币。在我们身后的爱德华则必须在行军中招募士兵，约克家族已经失去了这个国家的爱戴。我们听说，他行进得很艰难，并缺少所需的补给；他的军队很疲劳，每一天我们和他之间的距离都在拉大。我们的斥候说他正逐渐落后，因为需要召集更多人而耽搁，不可能赶上我们了。每天的行军结束，玛格丽特会大笑着，从马鞍上跳下来，就像一个小女孩。而我则疲倦地下马，浑身酸痛，膝盖和屁股红肿疼痛。

我们每天只休息几个小时，我裹着斗篷睡在地上，梦见了父亲。他走过来，小心翼翼地避开沉睡的护卫们，告诉我可以回家了，回加莱；告诉我坏王后和沉睡王被打败了，我可以再一次安全地待在家里，待在高高的城墙后面，被大海守卫着。我带着微笑醒来，四下寻找他。天下着绵绵细雨，我的长袍湿了，冷得瑟瑟发抖。我必须起床，登上濡湿的马背，坐上湿透的马鞍，空着肚子继续赶路。我们不敢停留，也不敢生火做早餐。

我们沿着塞汶河的宽阔河谷向上游行军，没有树和树荫，太阳升起时，这样子热得令人疲倦。绿色宽广的原野似乎无穷无尽，没有道路，只有干掉的泥印，骑士们的身后扬起一阵烟云，让每个在他们后面的人都呛个半死。马匹都垂着头，在干燥的车辙和石头间蹒跚。每当我们遇到溪流，男人们都急忙伏下身，抢在马蹄弄脏溪水前去喝水。我的护卫给过我一杯水，喝起来很脏。一到下午，苍蝇就出现了，成群结队地在我的脸和眼睛周围飞舞。我的马一直在摇着头，想对抗蚊虫的叮咬；而我则擦着脸揉着鼻子，觉得自己满脸通红，大汗淋漓。我疲倦得都希望自己能掉下去，像一些人那样，倒在路边，眼睁睁看着队伍漠然地从身边经过。

“我们在格洛斯特渡河。”王后说，“那爱德华就会回去了——他不敢在威尔士攻击我们。一旦我们过了河，就安全了。”她兴奋地一笑，“一旦我们过了河，就胜利了一半。加斯帕·都铎会为我们召集人手，我们将会像一支插入咽喉的利剑回到英格兰。”她兴高采烈，笑眯眯地看着我，“这就是王后的战斗。”她告诉我，“记住这次行军。有时，你必须为了自己的权益而战。你必须时刻准备着战斗，准备着做任何事。”

“我太累了。”我说。

她笑了。“记住这种感觉。如果我们赢了，你就再也不用行军了。让这疲累、这痛苦进入你的灵魂。向自己发誓，这是最后一战。赢这一次，你将永远胜利。”

我们从南面进入格洛斯特城，靠近时，可以看见城市的大门是紧闭着的。我想起父亲说过的，伦敦有一次锁上了大门，恳求这位王后带着她那北方人组成的野蛮军队离开。城主从南大门亲自出城向我们表达歉意，但他收到了爱德华的命令——他称呼他为爱德华国王——而且不打算违抗。即使在行军，即使在征兵，即使追赶着我们，在烈日下口干舌燥，爱德华还是想到了派出传令官去前方，在格洛斯特阻碍我们，同时巩固他们对自己的忠诚。不合常理，但我想微笑。是父亲教导爱德华，打仗就像下棋，要抢占先机的。我父亲会告诉爱德华，不只要保障自己过河的通道，更要堵住敌人的道路。

公爵上前理论，但城里的大炮朝下对准了他，而城主再三声明，他只服从国王的命令。跨越塞汶大河的桥就在城市的西门外；要到那里就必须经过城市。除此之外，没有别的办法渡河。我们必须进入城墙才能到达桥。公爵试图用金钱、奉承和一个曾经是，将来也会再次成为王后的女人的感激来打动城主。我们看见城主摇着头。城市控制了过河的通道，如果他们不让我们进去，我们就不能在这里渡过塞汶河。显而易见，他们不会让我们进去的。王后咬着嘴唇。“我们走。”这是她唯一说的话，而我们就奉命行事。

我开始数坐骑的步数。身子在马鞍上尽量前靠，试图减轻大腿和臀部的疼痛。我用手抓着马的鬃毛，咬紧牙关。我看见我前方的王后在马上坐得笔直，不屈不挠。天暗了，我陷入到一种疲倦的恍惚中。星星出来了，马的速度越来越慢。我听见她说：“图克斯伯里，我们在这里渡河。这里有一个浅滩。”

马停下了脚步，我探身出马鞍，靠在了它的脖子上。我太累了，甚至无力思考我们身在何方。我听见一个斥候冲上来，急急忙忙地对她，萨默塞特公爵和王子三人说话。他说爱德华就在后面，很接近了——他那速度有如魔鬼一般的部队已经就在我们身后了。

我抬起头问：“他怎么能这么快呢?”没人回答我。

我们不能休息，没有时间休息。但是也不能摸黑渡河——你必须从一个沙洲走上另一个沙洲，小心翼翼地待在浅水处。没有亮光，我们就不能走进这寒冷的深水中。所以，我们躲不开他了。他将在这一端的河岸上遇上我们，而我们必须在这里和他战斗，明天一早就开战。我们必须记住，他能在一瞬间派出军队，在黑暗中让他们做好准备，征服大雾和暴雪。他有一位可以为他召唤风暴、呼出迷雾、用自己的仇恨制造大雪的妻子。不管多累多渴多饿，男人们必须为清晨迎战做好准备。公爵骑马去部署军队。他们大多数人都太疲劳了，放下行装，就在他们的岗位——老城堡废墟的掩体中直接睡着了。

“走这边。”王后说。一名斥候牵着她的马，领我们走下了山丘，来到镇子外一个小小的女修道院，让我们可以过夜。进了马厩院子，终于有人帮我下了马，我的腿已经直不起来了。施赈人带着我进了客房，那儿有一个铺着干净粗布床单的小脚轮床。

1471年5月4日

格洛斯特郡　图克斯伯里

天一亮，我们就开始接到一小时一次的战报，但仍然很难知道几英里外到底发生了什么。王后在我们驻扎的小修道院的大厅里来来回回地踱步。他们说，爱德华的军队在朝山上冲锋，而我们军队在图克斯伯里老城堡半毁的城墙后占据了有利地形。然后又有消息说，约克的军队推进了，格洛斯特公爵理查德在一翼，爱德华与他的弟弟乔治并肩在中军战斗，而他的好朋友威廉·黑斯廷斯殿后，保护他们不受伏击。

我想知道，伊莎贝尔有没有跟她的丈夫一起来，是不是就在附近等候着消息，就像我一样。她也会想知道我的情况；我几乎可以感觉到她就在附近，像我一样焦急。我从女修道院的窗口望出去，就好像我能看见她沿着路向我骑来似的。我们应该很近，却不能在一起，这似乎是不可能的。听到乔治就在攻击我们的军队的正中心时，王后冷眼看着我。"叛徒。"她小声地说。我没有回应，这毫无意义。我的姐姐现在是叛徒的妻子，是我的敌人，她的丈夫正试图杀掉我的丈夫，她抛弃了父亲为之丧命的事业。对我来说，这所有的一切都说不通。我不能相信父亲死了，不能相信母亲抛弃了我，不能相信姐姐嫁给了我们的敌人，自己也成了叛徒。最重要的是，我不能相信我此刻孤身一人，没有伊茜在身边，尽管她就离我几英里远。

后来，信使不再出现，没人告诉我们到底发生了什么。我们走到女修道院的小种植园，可以听见恐怖的大炮声，听上去就像是夏天的惊雷；但没有任何办法知道，这是不是我们的大炮，或许爱德华带上了自己的炮兵——即使在这样艰难的行军途中，即使在这样的速度下——而他们正在向山上的我们射击。

“公爵是位经验丰富的战士，”王后说，“他会知道怎么做的。”

我们两人都没有提到，我的父亲是位更有经验的战士，拿下了几乎所有的战役，但他的学生爱德华打败了他。突然，我们听到骏马飞驰而来的蹄声，一位身着博福特家服色的骑士冲向了马厩院子。我们跑去打开了门。他没有下马，甚至没有进入院子，在门口就调转了马头，大汗淋漓，气喘吁吁。“我的主人说，如果我觉得输了，就来告诉您。所以我来了。您应该离开。”

玛格丽特跑上前，想要抓住他的缰绳，但他放下了马鞭柄不让她碰他。“我不会留下的。我答应了要来警告您，已经做到了。现在我要走了。”

“公爵呢?”

“逃跑了!”

这震惊的消息让她尖叫：“萨默塞特公爵!”

“就是他。跑得像头鹿似的。”

“爱德华在哪里?”

“正朝这边来!”他大喊了一声，疾驰出了马厩的拱门，马蹄铁火花四溅。

“我们必须走了。”玛格丽特果断地说。

这突如其来的失败让我惊呆了。“您确定吗？我们不应该等等爱德华王子吗？如果是那个人搞错了，怎么办?”

“哦，是的。”她苦涩地说，“我确定。这不是我第一次从战场逃跑，也许也不是最后一次。让他们把马牵来。我去拿我的东西。”

她冲进屋里，而我则跑向马厩，摇着那年迈的马夫，告诉他立即把我和王后的马牵出来。

“出什么事了？”微笑使他布满皱纹的脸裂成了一千块碎片，“战斗对你来说太激烈了，小夫人？想现在就出去吗？我还以为，你在等着胜利地离开呢？”

“把马牵出来。”我只说了这一句。

我敲着干草棚的门，里面有两个护卫，我命令他们立刻准备出发。我跑进房间拿斗篷和骑马手套，在木地板上单脚跳着把脚塞进了骑马靴，然后跑去了院子，一只手套戴在手上，另一只拿在手里。但当我到了院子并叫他们把我的马牵到上马砖时，门外马蹄声雷动，院子里突然多了五十匹马。在他们中间，我看见了格洛斯特公爵理查德那一头黑色卷发——我的童年好友，父亲的养子，约克的爱德华的弟弟。而他身边的那一位，我也立刻认出来了，罗伯特·布拉肯伯里，他依旧忠诚的童年好友。我们的两个护卫都交出了自己的长矛，正脱下外套，就好像他们很高兴能摆脱红色玫瑰族徽以及我丈夫爱德华王子的天鹅徽章。

我呆立着，就像是一个殉道者，站在上马砖上，理查德骑着他那大灰马径直朝我走来，就好像他认为，我会骑上他的马，坐在他身后一样。他年轻的脸上神情严肃。“安妮小姐。”他说。

“王妃，”我无力地说，“我是安妮王妃。”

他向我脱帽致意。“王子遗孀。”他纠正我。

那一刻，我一下子没有明白他的意思。然后，天旋地转。他伸出一只手扶住了我，让我不致摔倒。“我的丈夫死了？”

他点点头。

我四下寻找他的母亲。她还在修道院里，还不知道。这恐惧完全超出了我的承受范围。我觉得她听到这个消息的时候会死的。我不知道该怎么告诉她。

“谁杀了他?”

“他死于战场，死得其所，军人的荣誉的死。按照我哥哥爱德华国王的指示，现在我来带你去安全的地方。”

我走近了他的马，恳求地抓住了马鬃，看向他善良的褐色眼睛。“理查德，看在上帝的分上，看在我父亲对你的宠爱上，让我去我母亲那里，她应该在某个叫比尤利的地方的一个修道院里。我父亲死了。让我去找母亲。我的马还在，让我上马离开。”

他的神情坚定；好像我们是陌生人，好像以前从没见过我似的。“很抱歉，王子遗孀。我收到的命令很明确。我要看管您和安茹的玛格丽特殿下。”

“那我丈夫怎么办?”

“他会被埋葬在这里。和其他成百上千的战士一起。”

“我必须通知他的母亲,”我说，“我能告诉她，他是怎么死的吗?”

他瞥向了旁边，好像不敢直视我的双眼，这证实了我的怀疑。以前在教室时，如果被抓到干了什么坏事，他就是这么看的。“理查德!”我指责着他。

“你杀了他吗？还是爱德华？或者乔治?”

约克家的男孩们又团结在了一起。“他死于战场。”理查德重复道，“战士的荣耀。他的母亲应该为此而自豪，你也是。现在，我必须要求你上马跟我走了。”

修道院的门开了，他抬起头，看见王后在阳光中缓缓沿阶而下。她手臂上覆盖着旅行斗篷，背上背着一个小包；他们正好逮住我们，我们差一点就逃走了。她看了看五十名骑兵和理查德严肃的脸，又看了看我震惊的表情，然后就什么都知道了。她伸出手去扶石门，以稳住自己，然后她抓住了拱门，那地方的高度正是曾经抓住她儿子小手的高度，那时她还是英格兰王后，而他则是她的宝贝独生子。

“我的儿子，威尔士亲王殿下？”她问道，执着于那再也不能与她携手的年轻人的头衔。

“我很遗憾地告诉您，威斯敏斯特的爱德华死在战场上了。”理查德说，“我哥哥英格兰国王爱德华赢了。您的指挥官都死了，或是投降了，或者逃跑了。我来这里，是为了带您回伦敦。”

我跳下上马砖，向她走去，伸出手想要拥抱她；但是她看都不看我一眼。她淡蓝色的眼睛冷漠无情：“我拒绝和你同行，这里是神圣的土地，我在一个避难所里。我是法国公主，英格兰王后，你不能动我。我本人是神圣的，王子遗孀在我的监护下。我们会一直待在这里，直到爱德华来谈判。除了他之外，我不会和任何人对话。”

理查德十八岁，生来不过是位公爵的幼子。她生来是公主，而且作为王后战斗了半生。她在气势上压倒了他，他放低了视线。她转过身，朝我打了个响指，叫我跟她进修道院。我听命地跟在她身后，感觉到他从背后盯着我的视线。我想，我们是不是凭借这威望与力量的华丽赌博逃过一劫呢？

“殿下，请您上马，与我们一起去伦敦，否则，我会把您绑起来、堵住口，扔到一顶轿子里去。”他平静地说。

她愤怒地朝他吼道：“我宣布了避难！你听见了！我在这里很安全！”

他一脸严肃。“我们把他们从图克斯伯里修道院里拖出来，在教堂的院子里割了他们的喉咙。”他的嗓门并没有变大，也没有一丝羞愧的语气，“我们不承认叛徒的避难，规则变了。你应该感到庆幸，爱德华想将你作为他胜利的一部分在伦敦展示，不然的话，你就会和他们一样躺在土里，被一把斧子砍掉脑袋。”

她立刻改变了态度，走下台阶，走到了他身旁，将手放在他的马鞍上，抬起头看着他，脸上满是热情的邀请。“你很年轻，”她温柔地说，“你是个好战士，一位好将军。只要爱德华活着，你就什么也不是，永远是那个最小的弟弟，在爱德华之后，在乔治之后。加入我，我会让你做我的继承人，帮我们逃离这里，你就可以娶王子遗孀安妮殿下，我将封你为威尔士亲王，我的继承人，而且你还能拥有安妮。将我拥回王座，我就给你内维尔家的财富，并且让你成为我丈夫之后的下一任国王。”

他大声笑了起来，温暖而真诚，是今天马厩院子里出现过的唯一健康的声响。他被她的坚持和垂死挣扎逗乐了，摇着自己的一头卷毛。“殿下，我是个约克男孩。我的座右铭是‘忠诚束缚着我①’。我对我的哥哥就像对自己一样忠诚。在这个世界上，我最爱的东西就是荣誉。我怎么会将你这样一匹狼放上英格兰的王位呢？”

那一刻，她愣住了。在他年轻骄傲的声音里，她听见了自己的失败。现在，她知道自己被打败了。她放开他的缰绳，转身走开了，我看见她将手放在心口，知道她在想着自己心爱的儿子，她刚刚绝望的算计把最后一点他的遗产也抛弃了。

理查德越过她的头看着我。“对于王子遗孀，我们也自有安排。”他出人意料地说。

她花了几个钟头收拾行李。我知道她跪在十字架前，为她的儿子无声地哭泣，还央求修女为他做弥撒，如果可以的话，找到他的遗体，为他沐浴、更衣，以一位王子的葬礼礼仪好好埋葬他。她命令我向理查德索要他的遗体，但理查德说，王子将被埋葬在图克斯伯里修道院，士兵们已经把那里圣坛台阶上的血迹刮去了，教堂也被重新祝圣了。约克家族用兰开斯特牺牲者的鲜血玷污了一个圣地，而我年轻的丈夫则将躺在那血迹斑斑的

① 原文为“loyaut é me lie”。

石头下。巧合的是，这是我们家族的一个教堂，内维尔家族资助它已经好几代了，它也是我们的家族墓地。所以，当这一切发生时，我年轻的丈夫将躺在我的祖先旁边，躺在圣坛台阶下那充满荣耀的地方，明亮的阳光将透过我们家族的彩色玻璃窗照耀在他的墓碑上。

王后翻遍了小修道院，好不容易找到了两件白色的长袍——法国皇家哀悼的颜色。她戴着白色的头巾和帽子，饱受摧残的脸庞更加苍白，以至于看上去真的像是人们称呼的那样——冰雪王后。理查德三次派人来她的房门外，要求她立即启程，而她也三次赶走了那人，说自己还在为旅途准备。最终，她不能再拖延了。

“跟我来，”她说，“我们会骑马去的，但如果他们要把我们绑在自己的马上，我们一定要拒绝。照我做的做，所有事都听我的命令。除非我同意，不许说话。”

“我已经问过他了，问他我是不是能去找我的母亲。”我说。

她转向我，脸像石头般冷酷。“别傻了。”她说，“我的儿子死了，他的寡妇必须付出代价。他死了，你是不光彩的。”

“您可以帮我去要求释放我母亲。”

“我为什么要帮你？我的儿子死了，军队被打败了，我此生的斗争已经结束了。最好带着你一起去伦敦。爱德华比较容易原谅两个寡妇。”

我跟着她走到马厩院子里，既不能否认她悲观的逻辑，也因为无处可去。卫兵挺直了身子，理查德在一旁坐在他的灰马上。因为耽搁了太久，他气得满脸通红，手也紧握着剑柄。

她冷漠地看着他，就好像他不过是个喜怒无常的听差，她完全不在意他发不发脾气。“我现在准备好了，你可以带路了。你的卫兵可以跟在我们后面，我不喜欢被挤着。”

他不耐烦地点点头。她骑上马，然后他们把我的马牵到了上马砖前。

我骑了上去，一位年长的修女拉直了我借来的白色长袍，让它从马的两边垂下来，覆盖住我磨损的靴子。她看着我，“祝您好运，王妃。”她说，“愿上帝保佑您的旅途平稳安全地结束。上帝保护您，可怜的孩子——在这个苦难的世界里，你不过就比孩子大一点点。”她的善良是如此突然，如此令人惊讶，以至于我的眼里泛起了泪水，为了看得清晰，我眨去眼泪。

“出发。”格洛斯特的理查德突然大叫。卫兵们前后左右地包围了王后，当她想要抗议时，罗伯特·布拉肯伯里靠上前，从她手中夺去了缰绳，牵引着她的马。他们喧闹着出了拱门。我拉紧了缰绳，夹了夹马腹，想要上前靠近王后，但理查德的高大战马挡在了我与王后的马队之间，他靠了过来，戴着手套的手拉住了我的缰绳。

“干吗?”

“你不要跟她走在一起。”

她转过头向回看。卫兵们包围着她，我不能听见她的声音，但是知道她是在叫我的名字。我把缰绳从理查德手上拉回来：“住手吧，理查德，别闹了，我必须跟她一起走，她命令我了。”

“不，你不必。”他反驳我，“你没有被逮捕，但她被逮捕了。你不会去伦敦塔，但是她会去。你的丈夫死了，你不再是兰开斯特家族的人了，再一次成为一个内维尔了。你能选择的。”

“安妮!”我听见她在叫我，“快过来!”

我向她挥手，打手势示意理查德正抓着我的缰绳。她想要停下马，但卫兵紧紧地围着她，迫使她向前。一阵灰尘从他们的马蹄下扬起，他们赶着她向前，沿路去伦敦，远离了我，就像是在放牧一只天鹅。

“我必须去，我是她的儿媳妇。”我急急忙忙地说，“我向她宣誓忠诚了，我听从她的命令。”

“她要去伦敦塔。”他简明扼要地说，“去和她沉睡的丈夫在一起。她的人生结束了，事业失败了，儿子和继承人也死了。”

我摇头。事情发生得太多太快了：“他是怎么死的？”

“那已经不重要了。重要的是你接下去怎么办。”

我看着他，失去了一切主意。“理查德，我很迷茫。”

他没有回答。今天他看上去太可怕了，我的眼泪一文不值。“你说，我不能和王后一起去？”

“是的。”

“我能去我母亲那里吗？”

“不行。而且不管怎样，她将被判为叛国罪。”

“我能待在这里吗？”

“不行。”

“那我该怎么办？”

他笑了，好像是因为我终于意识到自己不得不和他商量。我不是自由的，是另一名玩家的棋子了。一场新游戏开始了，而他将要走一步。“我会带你去找你的姐姐，伊莎贝尔。”

1471年5月

伍斯特

当然，伊莎贝尔现在是胜利者了。她是约克家族的人，最英俊的约克兄弟忠实的妻子。伊莎贝尔是巴尼特胜利者的妻子，是图克斯伯里胜利者的妻子。伊莎贝尔的丈夫是王位的第二继承人，就排在爱德华的小儿子后面，离王座只有两颗心脏的距离。如果爱德华在扫荡战场时死了，如果爱德华的儿子死了——现在王后和王家育儿室还被兰开斯特的拥护者围困在伦敦塔里——那么乔治就会成为英格兰国王，而伊莎贝尔会完成父亲的野心和她自己的宿命。如果是那样，我想父亲就不算是白白死去了。他会有一位女儿坐上英格兰的王座。不是我，而是伊莎贝尔，但他应该不会介意。他从不介意我们中是哪一个获得这样伟大的成功，只要是沃里克家的女孩就行了。

伊莎贝尔在她的私室中接待了我，与她在一起的还有三名侍女，我一个都不认识。这就像是在尴尬的情况下遇到陌生人。我走进去，向她行屈膝礼；她朝我点点头。

“伊茜。”

伟大让她变聋了。她只是看着我。

“伊茜。”我更加急切地叫她。

“你怎么能这么做?”她说，“你怎么能和她一起侵略我们？你怎么了，安妮？你是注定要失败的，要面对耻辱和死亡。”

有一瞬间，我吓坏了，我盯着她，就像她是在说佛兰芒语。然后，我看了看坐在她周围的那几个兴奋的侍女，意识到我们是在取悦约克家族，我们是一幕悔恨与忠诚的活人剧。她演的是忠诚，我演的是悔恨。

“我的姐姐大人，我没有选择。”我轻轻地说，“我父亲命令我嫁给安茹的玛格丽特的儿子，而她命令我与他们一起。您应该记得的，这桩婚姻并不是出自我的意愿的，都是父亲的命令。我们一在英格兰登陆，我就要求去母亲那里。有证人可以为我作证。”

我以为提起在避难所里哀悼的母亲会让伊莎贝尔心软，但事实上，我错了。她立刻板起了脸。“我们的母亲被控告叛国。她会失去她的土地和财产。她知道反抗爱德华国王的密谋，但却没有警告他。她是个叛徒。”伊莎贝尔判定道。

如果我们的母亲失去了她的土地，那伊莎贝尔和我将失去我们继承的财产。父亲所拥有的一切已经在战场上失去了，我们只剩下母亲名下的财产。伊莎贝尔不能将这些扔掉，这会让她自己成为一个乞丐。我紧张地看了她一眼。“我的母亲唯一犯下的罪就只是服从她的丈夫而已。”我尝试辩解。

伊茜怒视着我。“我们的父亲是个叛徒，背叛了自己的国王和朋友，母亲也与他同罪。我们必须将自己交由爱德华的怜悯与智慧判决。天佑吾王!”

“天佑吾王!”我重复道。

伊莎贝尔挥手让那些女人离开我们，召唤我来坐在她身边。我坐在一个很低的凳子上，等着她告诉我我该做什么，她是什么意思。因为这场战败，我太疲倦，也太不知所措了，我希望能将头靠在她的膝上，就像以前那样，让她摇晃着哄我入眠。

“伊茜，”我可怜巴巴地说，“我太累了。我们现在要做什么啊?”

“我们不能为母亲做什么了。”她平静地说，“她做出了自己的选择。既然她现在把自己关在修道院里，那她就将在那里度过余生。”

“关？”

“别傻了，我并不是指她真的被关押了。我的意思是，她选择了住在那里并宣布避难，就不能等到战争一结束就像个没事人一样跑出来。”

“那我们呢？”

“乔治是国王宠爱的兄弟，约克家族的儿子。在过去的两场战斗中，他站在了正确的一方。我不会有事的。”

“那我呢？”

“你会和我们住在一起。要低调，直到对兰开斯特王子的关注过去，直到战争结束。你会成为我的侍女。”

我注意到，我的期待是如此的低，在约克家服侍姐姐都让我感到松了一口气。“哦，所以现在是我服侍你咯。”我说。

“是，”她说，“当然。”

“他们告诉你关于巴尼特战役的事情了吗？父亲被杀的那场战斗。”

她耸耸肩。“没有，我也没问。他死了，不是吗？怎么死的还重要吗？”

“怎么死的？”

她看着我，脸色温柔，就好像在这个强悍年轻女人的面具之下，还是那个爱我的姐姐。“你知道他做了什么吗？”

我摇头。

“他对士兵们说自己不会骑马逃走，弃他们不顾。士兵们，这些普通人，知道在战线后，有马夫牵着贵族们的马，如果他们败了，这些贵族们就会唤来他们的马逃跑。每个人都知道这个。贵族们总是留下步兵被屠杀而自己骑马逃跑。”

我点点头。

“父亲说他会和他们一起面对死亡。士兵们能信任他，因为他与他们冒着同样的风险。他唤来了他美丽的战马——”

“不是午夜吧？”

“就是午夜，美丽而勇敢的午夜，父亲深爱的午夜，曾经带着他度过如此多战役的午夜。在所有人面前，所有那些如果吃了败仗就逃不了的平民面前，他拔出他那伟大的战剑，刺入了午夜忠诚的心脏。战马跪倒在地上，它死去时父亲捧着它的头。午夜将头靠在父亲的臂弯里死去，父亲摸着它的鼻子，合上了它的眼睛。”

我被吓坏了：“他做了什么？”

“他爱着午夜，他这样做是为了告诉士兵，这是场生死之战——对他们所有人来说。他将午夜的脑袋放在了地上，站起身，对手下们说：‘现在，我就和你们一样了。我不会像一个背信弃义的主人一样逃跑。我会在这里，战至最后一口气。’”

“然后呢？”

“然后，他战至了最后一口气。”伊莎贝尔的脸上淌满了泪水，她没有抹去，“他们知道，他会战斗到死的。他不想让任何人骑马逃跑。他希望这是最后一场战役。他希望这是英格兰表亲之间的最后一场战役。”

我把自己的脸埋入双手中。“伊茜，自从大海上那个可怕的日子之后，对我们来说，所有事情都崩坏了。”

她没有碰我，没有用手臂环抱住我，或是握住我被眼泪浸湿了的手指。“结束了。”她说。她从袖子中拿出一块手帕，擦干了自己的眼泪，叠起来，又放回了袖子里。她已经放弃为我们的失败而悲痛了。“结束了。我们对抗的是约克家族，他们几乎是稳操胜券。他们前有爱德华，后有巫术。他们是不可战胜的。我现在也是约克家族的人了，我会看着他们永永远远地统治着英格兰。你，在我家，也必须忠于约克。”

我用双手放在嘴边，附在她耳畔惊恐地低语："你确定他们是靠巫术赢的吗?"

"就是女巫的风差点淹死了我，杀死了我的宝宝。"她说得非常小声，我只有靠在她脸颊边才能听见她的话，"同样一阵女巫的风把我们困在港口一个春天，却将爱德华吹向了英格兰。在巴尼特战役中，爱德华的军队躲在围绕着他们的迷雾中，只有他们可以行进。父亲的军队本来在山脊上，有着很好的视野。是她的魔法藏起了约克的军队。爱德华是不可战胜的，只要有她在他身边。"

我犹豫了："我们的父亲与他们作战而死。他牺牲了午夜来与他们作战。"

"我现在不能想他，"她说，"我必须忘了他。"

"我不会的。"我几乎是自言自语，"我永远不会忘了他。他或者午夜。"

她耸耸肩，就好像一切都无所谓了，然后站起身，将她瘦弱的臀部周围的长袍拉平，调整了一下金腰带。"你必须去见国王。"她说。

"是吗?"我立刻害怕了起来。

"是的，我会带你去的。确保你不说错话。别做任何蠢事。"她以一种挑剔苛刻的眼光打量着我，"不要哭。不要顶嘴。试着表现得像一位王妃，即使你并不是。"

我还没能说上一句话，她就召唤了侍女，带头走出了她的房间。我跟在她后面，三位侍女跟在我后面。她带领着我们穿过城堡，前往国王的居室，我小心翼翼地注意不踩到她的裙裾。她的裙裾滑过台阶，滑过大厅散发着甜香的香蒲草。我跟在后面，就像是一只小猫跟着一卷毛线：盲目地，像个傻瓜。

国王正等着我们。大门打开，爱德华就在那里，高挑、美好、英俊，坐在一张摊满了纸的桌子后面。他看上去不像是刚刚打完一场血腥战役，杀死了他的导师，然后率领了一次艰难的行军，进行了另一场恶战的男人。他看上去生气勃勃，精力旺盛。门打开的同时，他抬头看见了我们。他仍然敞开胸怀向我们微笑，就好像我们还是朋友，就好像我们还是他最好朋友和导师的小女儿们。就好像我们还崇拜着他，觉得他是一个小女孩所能拥有的最出色的大哥一样。

“啊，安妮小姐。”他站起身，绕过桌子，向我伸出了手。我深深地向他行了屈膝礼，他扶我起身，吻了吻我的双颊，一边接着一边。

“我的妹妹请求您的原谅。”伊莎贝尔说，声音真诚地颤抖着，“她只是太年轻了，她还没满十五岁，陛下。她只是顺从我那判断失当的母亲，她必须服从背叛了您的她的父亲。但我会好好看管她的，她会对您和您的家族忠诚的。”

他看向我。他就像故事书里那些骑士一样英俊。“你知道吗？安茹的玛格丽特已经被打败，再也不会反抗我了。”

我点头。

“而且她对王座也是没有权利的。”

我不用看，都可以感觉到伊莎贝尔在害怕地发抖。

“我现在知道了。”我小心翼翼地说。

他大笑一声。“对我来说，这就够了。”他轻松地说，“你发誓接受我为你的国王与君主，并支持我的儿子及继承人爱德华王子的继承权吗？”

当这个与我丈夫相同的名字出现时，我短暂地闭起了眼睛。“我发誓。”我说道，不知道除了这个，我还能说什么。

“宣誓效忠。”他平静地说。

伊莎贝尔推了推我的肩膀，我向他跪了下去，他曾经像是我的哥哥，然后成为了我的国王，我的敌人。我看着他，看他会不会做手势让我吻他的靴子，想着自己到底该跪到多低。我合起双手，做祈祷状，爱德华从两边握住了它们。他的手很温暖。“我原谅你，我赦免你。”爱德华欢快地说，“你会和你的姐姐住在一起，然后等你的守寡期结束，我们就会给你安排婚姻。”

“我的母亲……”我开头。

伊莎贝尔动了一下，似乎是想阻止我。但爱德华举起了手，满脸严肃。“你的母亲背叛了她的地位和她对国王的誓言。”他说，“对我来说，她和死人无异。”

“对我来说也一样。”伊莎贝尔连忙说道。叛徒。

1471年5月21日

伦敦塔

这是另一出戏，由约克家族演给伦敦的市民们看。英格兰王后伊丽莎白·伍德维尔站在白塔门前搭建起来的宏伟木台阶上，身边站着她的三个女儿，她的儿子穿着金布礼服，由他的外祖母——被称为女巫的雅格塔——宠爱地抱着。伊莎贝尔站在王后身边，我站在伊莎贝尔身边。王后的弟弟安东尼·伍德维尔领着自己的私人卫队，在台阶下列队。他现在继承了他父亲的爵位，已经是里弗斯爵士了。也是他从重重包围的伦敦塔中救出了他的姐姐，并打败了兰开斯特的残余部队。王后自己的卫队在另一侧列队。在涂成绿色和白色——约克家族的颜色——的栏杆后面，伦敦的人们等待着这场表演，就好像他们正兴高采烈、迫不及待地等待一场竞技赛开始。

伦敦塔的大门吱呀打开，护城河上的吊桥被放下，发出“砰”的一声。爱德华骑马行来，身着彩饰的华丽盔甲，头盔上还有一圈金环，胯下是一匹美丽的栗色战马。他率领着贵族们，两位兄弟分别站在他的两侧，卫兵跟在他的身后。号角响起，旗帜高高地飘扬在河的上方，展示着约克的白玫瑰和他们辉煌的太阳纹章：共有三个太阳，这意味着约克家重聚的三兄弟。在胜利的约克兄弟的身后，一辆装饰着银布的小车，被一匹白色的骡子拉着，缓缓驶来，车帘被拉起来了，好让每个人都看见坐在里面的人。那是前王后，我的婆婆，安茹的玛格丽特。她身着白色长袍，面无表情。

我看着自己的脚，看着闪耀阳光下飘扬的旗帜，看向任何地方，除了她。我害怕与她茫然愤怒的眼神相遇。爱德华下了马，将战马交给他的侍从，步上了伦敦塔的阶梯。王后伊丽莎白走上前，他握住了她的双手，吻了吻她微笑的嘴。国王从雅格塔手中接过他的小儿子和继承人，转向了民众并将他展示给了人们，人群中响起了一阵热烈的掌声。这是爱德华，威尔士亲王，英格兰的下一位国王。威尔士亲王爱德华，这个小婴儿将取代那位被无声无息埋葬的死去的兰开斯特王子。这个小婴儿会成为国王，他的妻子会成为王后。我不会，伊莎贝尔也不会。

“微笑。”伊莎贝尔温柔地提醒我。我立刻露出笑容，鼓起了掌，就好像我为约克家族的胜利而开心，开心得都说不出话来了。

爱德华将婴儿递给他的妻子，走下了台阶，走到了停下的骡车前。我看见最大的公主，只有五岁的小伊丽莎白，紧紧地靠着妈妈，害怕地抓着她的衣裙。王后温柔地搭着女儿的肩膀。这个小女孩和我一样，从摇篮里听着安茹的玛格丽特的可怕故事长大。而现在这个我们如此害怕的女人被抓住了，被奴役了。胜利者爱德华牵着她的手，帮她下了车，领着她走向木头台阶，领着她走上那个舞台——在台上，他将把她变成一头被捕获的动物，把她带去，加入伦敦塔里的野生动物收藏品。她转身面向人群，人们大喊欢呼，庆祝着母狼终被抓获的胜利。

她一脸冷漠，越过人们的脑袋，看着五月的蓝色天空，好像她听不见他们，好像他们不管喊叫什么，对她来说都没有区别。在他们面前，她从头到脚都是位王后。我情不自禁地佩服她。她教我，为王位而战可能会失去一切，也可能让你的敌人失去一切；她永远不会后悔去战斗。她面对失败，一笑而过。她的手，牢牢地抓在爱德华的手里，没有颤抖；甚至她的面纱都没有在风中颤抖。她是位用冰雕刻而成的王后。

他让她待在那里，确保每个人都能看见他抓住她了，人群中每个被父亲高高举起的小男孩都能看到，兰开斯特家族就只剩下这个了：一个站在伦敦塔台阶上的无力女人，和像只老蝙蝠似的藏在塔内的沉睡着的国王。然后，爱德华微微点头，像位骑士般的，让安茹的玛格丽特转过身，面向白塔的入口，示意她将与她的丈夫相聚于牢狱。

她向入口走了一步，然后停下了，抬头看我们，然后就像是灵光一闪，她从我们面前慢慢经过，看着每一个人：王后、公主和侍女们，就好像我们是她的仪仗队。这是由一名战败者给予胜利者的巨大漫长的侮辱。小公主伊丽莎白在母亲的裙摆后瑟瑟发抖，想要把自己的脸藏起来，逃避这苍白的囚犯坚定不移的目光。玛格丽特从我看向伊莎贝尔，微微点了点头，就好像她明白我在这场新玩家操纵的新游戏中的角色。她眯起眼，明白我又再一次被易手了。她几乎微笑了，因为她意识到自己的失败也夺去了我全部的价值；我是个废物了，已损毁的货物。她完全藏不起因为这个念头而带来的愉悦。

然后，慢慢地，恐怖地，她将目光投向了王后的母亲雅格塔。这个女巫吹出了妖风，把我们困在港口那么长时间，以至于摧毁了我们的希望，这个魔法师在巴尼特用迷雾藏起了约克的军队，这个智慧的女人在避难所中接生了自己的外孙，最后赢得了胜利。

我屏住呼吸，使劲地想听玛格丽特会和雅格塔说什么，这个女人曾是她最好的朋友，却在陶顿抛弃了她，并再也没有见面——直到现在，这个她彻底失败的日子。这个女人的女儿嫁给了敌人，自己也改变了立场，现在是玛格丽特的敌人，更是她羞耻的见证人。

这两个女人对望着，两个人脸上都可以窥见一丝当年小女孩的模样。玛格丽特的脸上露出了一个小小的善意的微笑，而雅格塔的眼中充满了爱意。就好像这么多年的时光如巴尼特的雾或陶顿的雪一样逝去了，很难相信它们曾经存在过。玛格丽特伸出手，并不是为了碰触她的朋友，而是做了一个手势，一个秘密的手势，而在我们的注目下，雅格塔复制了这个动作。她们两人对望着，一起举起了食指，在空中画了一个圆。这就是她们做的全部动作。然后她们对彼此笑了笑，就好像人生是一个笑话，是一场戏，什么意义都没有，而一个睿智的女人可以嘲笑它。玛格丽特一言不发，默默地走入了白塔的黑暗中。

“那是什么?”伊莎贝尔惊叫。

“那是命运之轮的标志。”我低语，“命运之轮将安茹的玛格丽特放上了英格兰的王座，成为了欧洲各国的继承人，然后将她抛了下来。雅格塔很早之前就警告过她了，她们早就知道。她们两人很早就知道，命运能将你高高捧起，万众瞩目，也必将把你踩在脚下，凄凉悲惨。而你能做的，只有承受。”

那天晚上，约克兄弟们像黑暗中的刺客一般，去了沉睡王的寝室，将一个枕头压在了他的脸上，结束了兰开斯特的血脉，也将他们曾在战场上面对的危险死亡带入了自己的家。就在他的妻子和无辜的儿子沉睡着的同一个屋檐下，在离得不远的一个房间中，爱德华杀死了一位英格兰的国王。没人知道这件事，直到第二天早上醒来时，听见可怜的亨利国王的死讯——郁郁而终，爱德华是这样说的。

在那晚后，我不需要是一个预言家就可以预测，没有人再能够安全地睡在国王的屋檐下。这是争夺英格兰王位的新战斗方式。这是一场不死不休的战役，就像午夜跪倒在巴尼特战场上时，父亲明白的一样。约克家族无情而致命，不管何时何地、对何人来说；伊莎贝尔和我将会好好地记住这一点。

1471年秋

厄贝尔府邸

我成为了姐姐的侍女，住在曾经属于父亲的房子里。现在，她已经连同父亲所有的财富一起，归我的姐夫乔治所有了。因为我和她是姐妹，我在她家得到了一切与我地位相符的对待。我还在服丧，所以不能去服侍英格兰王后，但过了这个阴冷的秋天，到圣诞节或者春天的时候，我就必须去宫廷，服侍王后和我的姐姐，而国王会安排我的婚事。我已故丈夫的头衔已经给了那个王后躲在避难所时生下的孩子。他是威尔士亲王爱德华，就像我的威尔士亲王爱德华。我失去了丈夫和我的头衔。

我记得还是个小女孩的时候，父亲告诉我王后让我和伊莎贝尔去做她的侍女，而他拒绝了她，因为我们比她的宫廷要高贵。我怀抱着他对我的骄傲，就像抱着火盆里燃烧的煤炭。

现在，我没有任何理由骄傲了。我觉得我已经跌落谷底，而且没有人能保护我。我既没有财产，又没有亲和力，也没有伟大的头衔。我的父亲作为一名叛徒而死，母亲被关押。没有人会想要娶我，来延续家族血脉。没有人能保证我会为他生个男孩，因为我的母亲只有两个女孩，而我在与王子的短暂婚姻中也没有怀孕。我觉得，等我一结束服丧期，爱德华国王就会给某位低等骑士一点点父亲的土地，然后把我一起丢出去，作为战场上某些可耻行为的奖励。而我将被送到乡下去养鸡、牧羊、生孩子——如果生得出的话。

我知道，父亲不喜欢我这样生活。他和母亲为我们——他们的宝贝女儿——攒下了一大笔财富。伊莎贝尔和我曾是英格兰最富有的继承人，而现在我不名一文。父亲的财富给了乔治，而母亲的财富则被不容异议地夺走了。伊莎贝尔放任他们称母亲是叛徒并没收了她的财富，所以我们都变成了穷光蛋。

最后，我问她为什么。

她当面嘲笑我。她正站在一幅紧绑在织布机上的巨幅织锦前，亲自绣上最后的金线，而她的侍女们则正在欣赏她的设计。等一会儿，织工会来完成工作、切断线。伊莎贝尔在她的梭子上拿无价的金线来玩。如今，作为具有家底深厚的约克公爵夫人，她也被培养成为了一位鉴赏家。

“这还用说吗?”她说，“不是明摆着的吗?”

“我不懂。”我坚定地回答，“我不明白。”

她小心翼翼地将梭子穿过织锦，一位侍女帮她固定。她们全后退了一步，欣赏成果。我生气地开始磨牙。

“对我来说，一点都不明摆着。为什么你将母亲留在比尤利修道院，让她的财富被国王夺走？既然必须把财富从她那边拿走，为什么你不要求他，让我们两个人平分？为什么你不请求国王归还至少一点父亲的土地给我们?为什么我们都不能待在沃里克城堡，我们的家？沃里克城堡从建成起就一直是内维尔的。为什么你让乔治拿走了所有东西？如果你不去求国王，我去。不能什么都不留给我们。”

她将梭子和线交给一位侍女，抓着我的手臂，领我走开。这样就没有人能听见她的轻声细语。“你不能去求国王任何事；都已经安排好了。母亲一直写信给他，也写给所有的贵族夫人，但毫无用处。一切都已经安排好了。”

“什么被安排好了?”

她犹豫了一下。“父亲的财富在他被宣判为叛徒的时候，就属于国王了。”

我抬头抗议：“但他并没有被宣判……”

伊莎贝尔掐了掐我的手臂。“本来会的。他作为叛徒而死，这没有任何不同。国王已经把财产全部都授予了乔治。母亲的财产也被没收了。”

“为什么？她没有被判处为叛国啊，她甚至都没被起诉。”

“她的财产将会传给她的继承人，我。”

我花了一点时间来理解她的话。“那我呢？我和你是共同继承人。我们必须分享所有的东西啊。”

“你结婚时，我会从我的财产里拿一份给你做嫁妆。”

我看着伊莎贝尔，而她则将目光从窗户转向我，看起来有点紧张：“你必须记住你是个冒牌王子的妻子。你必须受到惩罚。”

“但其实是你在惩罚我!”

她摇头。“这里是约克家族，我只是家族中的一位公爵夫人。”她狡猾的微笑提醒了我，她是获胜的那一方，而我嫁给了失败者。

“你不能拿走所有，一点都不留给我!”

她耸了耸肩。显然，她能。

我把她推开。“伊莎贝尔，如果你这么做，你就不再是我姐姐!”

她再次抓住了我的手臂：“我是的，我会保证你嫁得很好。”

“我不想嫁得好，我想要自己的应得的遗产。我想要父亲打算给我的那些土地，我想要母亲为我准备的财产!”

“如果你不愿意嫁人，那么还有别的办法……”她犹豫地说。

我等待着。

“乔治说，他可以帮你争取到加入修道院的许可。如果你愿意的话，可以去比尤利修道院，去和我们的母亲在一起。”

我盯着她：“你想要把我们的母亲关一辈子，还想让我和她一起?”

"乔治说……"

"我不想知道乔治说了什么。国王叫乔治说什么，他就说什么，而伊丽莎白·伍德维尔叫国王说什么，国王就说什么！约克家族是我们的敌人，而你站在他们那边，你跟他们一样坏！"

她瞬间把我拉紧，用力地捂住了我的嘴："住口！别这样说他们！永远也别！"

我不假思索地咬了她的手，她疼得叫了一声，然后猛地重重扇了我一个耳光。我尖叫着推打她。她撞到了墙壁上，我们两个人怒目而视。突然，我意识到了房间里死一样的沉默，还有围观侍女们兴奋的注视。伊莎贝尔气红了脸，死死盯着我。我感觉到自己的怒火消散了。我怯怯地从地上捡起她华丽的头饰，递给她。伊莎贝尔抚平了她的长裙，拿回了头饰，看都不看我一眼。"回你的房间去。"她哑声道。

"伊茜——"

"回房间，然后向圣母祈祷，请求指引。我觉得你一定是疯了，像条疯狗一样咬人。你不适合陪伴我，也不适合与侍女们在一起，你是个愚蠢的孩子，一个恶劣的孩子，不要再出现在我身边。"

我回到了自己的房间，但并没有祈祷。我把衣服拿了出来，捆成了一包，又从钱柜里清点我的财产。我要从伊莎贝尔和她那愚蠢的丈夫那里逃跑，然后他们两个人就再也不能对我指手画脚了。我疯狂快速地打着包。我曾经是一位王妃，曾经是狼后的儿媳。我怎么能让我的姐姐把我变成一个可怜的女孩——只能依靠她和她丈夫给我嫁妆，只能依靠我的新丈夫替我提供栖身之所？我是沃里克家族的一个内维尔——我怎么能变得如此无足轻重？

我收拾完行装，将旅行斗篷披在了肩上，蹑手蹑脚地走到门口，听着动静。他们正在准备晚餐，大厅中一如往常地喧闹忙乱。我能听见负责生火的小男仆添柴生火、移除炉灰；人们“砰”的一声放下支架，并把桌面放上去；他们从房间的两侧拖出凳子，木脚在地板上划出了吱吱声。在任何人发现我不见之前，我可以悄悄穿过所有人，到大门外去。

那一刻，我站在门槛上，心跳加速，准备逃跑。然后我停下来了，决定哪里也不去。决心和兴奋劲过去了。我关上门，回到了自己的房间，坐在床边。我没有任何地方可以去。如果要去找我母亲，那将会是一场长途跋涉，要穿过大半个英格兰，我不认识路，也没有护卫，而旅途的尽头也不过就是一个修道院和一场无可避免的监禁。爱德华国王将带着他那英俊的笑容和仁慈的赦免，把我与母亲一起关起来，然后认为一个小问题就此解决。如果我去沃里克城堡，我有可能会被父亲的老仆人们热情欢迎，但我知道，乔治已经在父亲的城堡安排了一位新的租客，而他只会将我绑了送还给乔治和伊莎贝尔，或者更糟糕，在我睡觉时在我的脸上按上一个枕头。

我意识到，尽管我不像婆婆安茹的玛格丽特一样被关在塔里，或者像母亲一样被困在比尤利修道院中，但我同样不是自由的。没有钱雇护卫，没有头衔去要求别人尊重，我不能到外面的世界去。如果我想出去，必须找到个人，愿意给我护卫，为我的财产而战。我需要一个同盟，有钱并有战士的同盟。

我扔下包裹，盘腿坐在床上，双手支着下巴。我恨伊莎贝尔，她放任这一切，甚至与敌人勾结。她已经把我贬得很低了，比图克斯伯里的败仗更糟糕。那是一场公开的战役，我与其他很多人一样被打败了。而如今，我孤身一人，亲姐姐反对我，只有我一个人在忍受痛苦。她任由他们夺走了我的一切，我永远也不会原谅她。

1471年圣诞节

伦敦　威斯敏斯特宫

伊莎贝尔和乔治去参加国王和王后庆祝胜利的圣诞宴席，他们重回了美丽的宫殿，在朋友和同盟之间如鱼得水，成为美丽、绅士、王室风范的代言人。这个国家以前从没经历过这种事情。这个回归的宫廷的优雅与奢华成了伦敦市民们唯一的话题。国王将他新近赢得的财富花在了王后和她美丽公主们的华服上；勃艮第最新的时尚将这个王室家族从头到脚地包裹了起来，连他们的斗篷都有着华丽而丰富的色彩。在每一场盛大的晚宴中，王后伊丽莎白都是一枚闪耀的宝石，从纯金的餐盘中饮食。每天都有新的庆典见证着他们的权力，有音乐、舞蹈、竞技赛和冰凉河水上的泛舟；更有假面剧和各种娱乐款待。

王后的弟弟，里弗斯爵士安东尼·伍德维尔，组织了一场学者们的辩论赛，圣经神学家们与阿拉伯文圣经文本的译者们在这活动中争辩讨论。国王乔装打扮溜进了女士寝室，假装尖叫来吓唬她们，像个海盗似的抓住她们，从她们的手臂和脖子上偷去珠宝，然后又用更好的礼物来替代。圣诞宴会的每一天，王后都抱着她的儿子，放心地笑着。

我并没有目睹这些。我住在威斯敏斯特宫里，并没有被请去参加宴席，不像一位伟大公爵的女儿，也不像一位王子遗孀。我作为一位失败的篡位者的寡妇，被远远地关在视线之外。我在宫里，有一间靠近花园，可以俯瞰河水的房间，靠近花园；中午时，食物会私下送过来。我一天去两次王家礼拜堂，坐在伊莎贝尔身边，低头忏悔，决不和王后及国王说话。当他们经过我时，我朝他们行屈膝礼，但他们谁都不会看我。

母亲仍然被关在比尤利修道院，再也不假装她是在避难，是在追寻一种隐居生活了。每个人都很清楚，她是名囚犯，而国王永远也不会释放她。我的婆婆被关在塔里，就在她死去丈夫的房间。他们说，她每天为他祈祷，也为她儿子的灵魂祈祷。我能体会她的失落，即使我根本就不爱他。然后我——在企图推翻爱德华国王后唯一还算站得住脚的女人——被自己的亲姐姐关在灰暗的世界中，成为她的囚犯和被监护人。令人愉快的故事版本是，乔治和伊莎贝尔关心着我，将我从战场救了出来，并成为了我的监护人，而我与家人一起平静舒适地生活在一起。他们正帮助我从战争的恐惧中，从强迫婚姻和寡居的痛苦经历中恢复过来。而真相是——每个人都私下明白——他们是我的监狱看守，就像那些在塔中看管着我婆婆的守卫，就像那些在比尤利修道院监视着我母亲的僧侣。我们是三个女囚犯，都失去了朋友、金钱和希望。我母亲写信给我，命令我去和姐姐、乔治、国王理论。我简短地回复她，没有人跟我说话，除非是对我下命令，她得自己想办法获得自由，而且她也从来就不该把自己关在那么远的地方。

但我只有十五岁——我忍不住怀抱希望。某些下午，我会躺在自己的床上，想象着我的丈夫没有被杀，而是从战场逃了出来，而且正过来找我——从窗户爬进来，取笑着我惊讶的脸，并告诉我，他有一个很棒的计划，一支军队正在外头等着推翻爱德华，而我会成为英格兰王后，正如我父亲希望的那样。有时，我想象父亲的死是误报，他还活着。然后他们两人会在我们的北方土地上召集军队，前来营救我。父亲高高地骑在午夜的背上，双眼在头盔下炯炯有神。

有时候，我会假装所有这一切都没发生过，当早晨醒来时，我不睁眼，这样就看不见狭小的卧室和睡在身边的侍女，就可以假装我和伊茜还在加莱，而父亲不久就会回到家，告诉我们他打败了坏王后和沉睡王，叫我们和他一起去英格兰，嫁给约克的公爵们，成为这片土地上最高贵的女人。

我是个女孩子，我忍不住怀抱希望。我的心会为炉火的爆裂声而跳动。我打开百叶窗，看着清晨乳白色的云朵，闻闻空气，猜想着会不会下雪。我不能相信我的人生已经结束，我已经完成了我的大冒险并收获失败。我的母亲也许跪在比尤利，我的婆婆也许在为她的儿子祈祷，但我只有十五岁，我每天都忍不住要想，也许今天有某事会改变的。也许今天我身上会发生些变化。我当然不会悄无声息地被关在这里一辈子吧？

我和伊莎贝尔的侍女们一起从教堂回来时，突然意识到自己跪着时把念珠落在地上了。我对同伴简短地说了一声，就向回走去。这是一个错误，我要进教堂时，国王正出来，他与他的好朋友威廉·黑斯廷斯互挽着手臂，身后跟着他的弟弟理查德，再后面还有一长串朋友和随从。

我按照要求退下，屈膝，看着地板。我用这一切的举动表示着我的忏悔，显示着我的无足轻重，不能与国王一同行走。而这位国王，之所以能这样高调出行，就只因为他在战场上杀了我的父亲和丈夫，且不名誉地杀了我的公公。他从我身边经过，带着愉快的笑容：“日安，安妮小姐。”

“王子遗孀。”我一边说一边快速地行礼，但确保了没人能听见我的话。

我一直低着头，直到许多双精美刺绣的鞋子从眼前走过，然后我直了身。国王十九岁的弟弟理查德却没有走。他靠在石头门框上，冲着我微笑，就像他终于想起来我们曾经是朋友，他曾是我父亲的养子，曾经每天晚上跪下请求我母亲的吻，就像是她的儿子一样。

“安妮。”他简单地说。

“理查德。”我也同样没有加上他的头衔，虽然他现在是格洛斯特公爵，一位王室公爵，而我只是一个没有头衔的女孩。

“长话短说。”他看了眼走廊，他的兄长和朋友正漫步聊天，谈着狩猎和某人从艾诺买回来的一条新狗。“虽然你的财产被剥夺、母亲被囚禁，但如果你与你姐姐还是生活得很开心的话，我就不会再说一个字了。”

“我不开心。”我立刻回答。

“如果你觉得他们是你的监狱看守的话，我能帮你摆脱他们。”

“我觉得他们是我的监狱看守，是我的敌人，我恨他们。”

“你恨你的姐姐？”

“我恨她多于恨乔治。”

他点点头，就好像这件事不奇怪，完全合情合理：“你能出你自己的房间吗？”

“我大多数下午都会在私人花园里散步。”

“一个人？”

“因为我没有朋友。”

“今天下午午饭后，来紫杉木凉亭。我会等你的。”

他再不发一言，转身跑向了他哥哥的宫廷诸人。我则快步走回姐姐的房间。

下午，姐姐和她的侍女们在准备一出假面剧，她们会去衣帽间试穿她们的服装。我没有舞步要学，也没有华丽的服饰要试穿。因为礼服，她们兴奋得完全忘记了我。而我抓住了机会，偷溜了出去。沿着一条直通花园的弯曲石头阶梯，走向了紫杉木凉亭。

我看见了他瘦瘦的身影坐在石凳上，旁边是他的猎犬。狗听到我踩在碎石上的声音，抬起头，竖起了耳朵。理查德看见了我，站起身。

“有人知道你在这里吗？”

听见这句话，这个同谋者的问题，我觉得心脏“怦”的一跳。“没有。”

他笑了：“你有多长时间？”

“也许一个小时。”

他把我拉进凉亭的阴影中，那里寒冷阴暗，但厚厚的绿色枝叶却能挡住我们，不让人发现。任何人都必须到树圈的入口，向里望，才能看见我们，我们就像是躲在一间小小的绿色房间里。我把斗篷拉紧，坐在石凳上，期待地看着他。

他嘲笑我兴奋的脸："我必须知道你想要什么，才能提出建议。"

"为什么你会想要给我建议呢？"

他耸了耸肩："你父亲是个好人，在我还是他养子的时候，他就是个好导师。我从小就很喜欢你。我以前待在你家很开心。"

"就因为这个，你要救我？"

"我认为你应该自由地做出自己的选择。"

我怀疑地看着他。他一定认为我是个傻瓜。当他引着我的马走向伍斯特，把我交给乔治和伊莎贝尔的时候，倒是没有考虑到我的自由嘛。"那你来抓安茹的玛格丽特的时候，为什么不让我去找我母亲？"

"我当时不知道他们会把你当成一个囚犯。我以为我带你去的是你的家，是安全的地方。"

"是因为钱，"我告诉他，"当他们关着我时，伊莎贝尔就可以继承我母亲的所有遗产。"

"而如果你的姐姐不反对，他们就可以一直关押你的母亲。乔治得到你父亲的土地，而如果伊莎贝尔得到你母亲的土地，那这份产业又会合在一起了，只不过只被一个沃里克家族的女孩——伊莎贝尔——继承了，而她的财产也就是乔治的。"

"他们不许我跟国王说话，那我又怎么能够陈述我的情况呢？"

"我可以做你的骑士，"理查德慢慢地建议道，"如果你愿意的话，我会为你服务。为了你，我会去和他说的。"

"为什么你要这么做？"

他向我微笑，深色的眼眸里充满了邀请的意味。“你觉得呢？”他小声地说。

“你觉得呢？”我从寒冷的花园跑回伊莎贝尔的房间时，这个问题就像一首情歌般萦绕在我的心里。我的双手冰凉，鼻子因受寒而泛红，但没有人注意到。我脱下斗篷，坐在火旁，假装在听她们聊假面剧的礼服，但我的脑中听见的只有他问的问题——“你觉得呢？”

是时候穿衣打扮去用晚餐了。我必须等伊莎贝尔的女仆为她的礼服系上带子。我必须把她那一小瓶香水递给她，并打开她的珠宝盒。这是第一次，我毫无怨意地服侍她。她先是要一串珍珠，接着改了主意，然后又改了回来；这些我几乎都没有注意到。我只是把东西从盒子里拿出来，放回去，再拿出来。如果她要戴着丈夫从别人那里偷来的珍珠，那也无所谓。她再也不能从我这里偷走任何东西了，因为已经有人站在我这边了。

现在，有人站在我这边了，他是国王的弟弟，就像乔治一样。他是约克家族的人，而且我的父亲爱他如子。而且，如果有意外的话，他对王位的继承权就排在乔治的后面，但他比乔治受宠得多，比乔治更坚定更忠诚。如果分别说出每个约克男孩的一个优点，乔治是长相，爱德华是魅力，理查德一定是忠诚。

“你觉得呢？”当他问我时，嘴角带着顽皮的微笑，深色的眼睛是那么明亮；他几乎对我眨了眨眼，就好像这是我们两个人的笑话，就好像这是一个可爱的小秘密。我以为自己问他理由时足够聪明谨慎，而他看着我，就好像我已经知道了答案。这个答案、他的笑容里有些什么，让我想要咯咯地笑；即使到了现在，当我的姐姐看着手工的银质镜子，朝我点头，要我把珍珠系在她的头颈时，我还是忍不住要脸红。

“你怎么了?”她冷冷地说。在镀银的镜子里，我们的目光相遇了。

我立刻让自己镇定下来：“没事。”

伊莎贝尔从桌前起身，朝门口走去。侍女们围绕在她的身边，门打开了，乔治和他的同伴正等着与她会合。这是我该回自己房间的信号。大家达成了默识，我太哀痛了，以至于不能出现在男女混合的场合。只有乔治、伊莎贝尔和我知道，是他们定下了这样的规矩：他们不允许我见任何人、和任何人说话，把我像只猎鹰般关在笼子里，而我却本该自由飞翔。只有乔治、伊莎贝尔和我知道这点，但现在理查德也知道了。理查德猜出来了，因为他知道我是怎样的人，伊莎贝尔是怎样的人。他就像是我父亲的儿子，很了解沃里克家族。而且理查德关心我，能想到我，他想知道我在伊莎贝尔的家中究竟怎么样，他能看穿监护这层外表下的真相：我是他们的囚犯。

我向乔治屈膝行礼，眼睛看着地板，不让他看出我在微笑。脑海中又响起了我的问题：“为什么你这么做?”和他的答案：“你觉得呢?”

有人在王室寝室外敲门，我亲自去开门，以为是男仆带着我的晚饭，却发现接待室中只有理查德一个人。他穿着华丽的红色天鹅绒上衣和裤子，肩上松松垮垮地挂着黑貂皮镶边的斗篷，一脸满不在乎地站在那里。

我大喘了一口气：“是你?”

“他们正在上菜，我想我可以过来看看你。”他踱进了王室寝室，在炉边伊莎贝尔的椅子上坐下。

“仆人随时都会来给我送晚餐。”我警告他。

他挥了挥手，满不在乎：“你有没有想过我们的谈话?”

这个下午的每时每刻：“是的。”

“在这件事上，你愿意让我成为你的骑士吗?”他又冲我微笑，就好像他在提议一个有趣的游戏，就好像叫我密谋反抗我的监护人和姐姐就跟邀请我跳舞一样。

“我们该做什么?”我试着要严肃点，却忍不住微笑回应。

“哦，”他小声说，“我们得常常见面，这点我确信。”

“是吗?”

“至少一天一次。为了好好策划这个阴谋，我得每天见你一次，可能两次。我不知道，会不会一直都得见你。”

“那我们得做什么呢?”

他用脚尖把一把凳子钩到椅子边，示意我该坐到他身边。我服从了，他就像驯养一只猎鹰一样对待我，轻轻靠近，就好像是在窃窃私语，温暖的呼吸吹在我赤裸的脖子上。“我们谈话，安妮小姐，还能做什么呢?”

如果我转一点点头，他的嘴唇就会落在我的脸颊上了。我一动不动地坐着，控制着自己不要转向他。

“怎么了? 你想做什么呢?”他问我。

我想做这个，这个有趣的游戏。我想让他整天看着我，我想知道他是不是可以从我的童年旧友变成一位爱人。“但这怎么能将我的财产拿回来呢?”

“哦，是的，财产。有一刻，我完全忘记了这回事。好吧，首先我必须与你交谈，确保我明白你想要什么。”他又靠近了些，“你想要什么，我就做什么。你必须命令我。我会成为你的骑士，你的仆人。女孩们不都想要这些吗? 就像故事里一样。”

他的嘴唇抵上了我的头发，我能感觉到他的温度。

“女孩们很傻的。”我努力摆出成年人的样子。

“想要一个男人专心为你服务，这并不傻。”他指出，“如果我能找到一位小姐，她能接受我的服务，赐予我她的偏爱，一位我选择的小姐，我会立誓守护她的安全和幸福。”他后退了一点点，想要看清我的表情。

我禁不住看向他那深色的眼睛，能感觉自己的脸颊上开始泛红，但我移不开视线。

“然后，我会为你和我的哥哥谈谈，”他说，“不能违背你的意愿，把你这样关着，还有你的母亲。”

“国王会听你的吗？”

“当然了，毫无疑问。自从我强壮到能握剑参战时起，我就一直在他身边。我是他忠实的弟弟。他爱我，我也爱他。我们是血亲，更是战友。”

敲门声响起，理查德动作流畅地躲到了门后。两个仆人开门进来，带着几盘菜肴和一小瓶啤酒。他们没有看见他。他们布置餐桌，放下餐具，倒出啤酒，然后就等在一旁准备服侍我用餐。

“你们退下吧。”我说，“出去的时候关上门。”

他们鞠躬行礼，退出了房间。理查德步出阴影，把一个凳子拉到餐桌旁。“我可以坐这吗？”

这顿晚餐非常愉快，就我们两个人。他和我从一个杯子里分享啤酒，从一个餐盘中用餐。我孤单用餐的日子被遗忘了，在那些日子里，我吃东西只是为了果腹，完全不曾享受。他把小块的炖肉从菜里挑出来给我，自己则拿块面包刮着肉酱吃。他说鹿肉很好吃，硬要我尝一点，又和我一起分享糕点。我们之间没有尴尬，我们能时不时地大笑，再次做回孩子。而在这些下面，也还有着另一样东西——欲望。

“我最好得走了，”他说，“大厅里的晚餐快结束了，他们该找我了。”

“他们会觉得我胃口变大了。”我看着桌上空空的盘子说。

我们站起身，突然觉得有点尴尬。我想问何时才能再见面，我们该怎样见面。但我觉得自己不能问。

“明天见。”他轻巧地说，“你明早去做弥撒吗？”

“是。”

“伊莎贝尔走了以后，留下来。我会来找你的。”

我有些喘不过气：“好的。”

他的手放在门上，已准备离开。我将手搭上他的袖子，情不自禁想要触碰他。他回过头，笑了笑，温柔地弯腰吻了吻我的手。就只是这样，就只是这样。那一触，并不是吻在我的嘴唇上，并没有爱抚，不过只是他嘴唇的一触，我的手指就被烫伤了。然后他离开了房间。

我身穿深蓝色的寡妇长袍，跟随伊莎贝尔步入教堂，往旁边扫了一眼。那里本该是国王和他的弟弟们端坐倾听弥撒的王室房间，但现在却是空的。我有点失望，觉得他食言了。他说今天早上他会在这里的，却不在。我在伊莎贝尔身后跪下，想要集中注意力在仪式上，但那些拉丁词语听在耳朵里却像毫无意义似的，只有一个声音在我的脑海中不停打转：“明天见。你明早去做弥撒吗?”

仪式结束了，伊莎贝尔起身，我却没有和她一起站起来。我低下头，装成在祈祷的样子。她不耐烦地看了我一眼，丢下我一个人走了。她的侍女们跟着她，我听见门在她们身后关上的声音。牧师背对着我，在屏风后的祭坛上收拾东西。我虔诚地跪着，双手合十，双眼紧闭，没有看见理查德溜了进来，跪在我身边。诱人的是，我在睁开眼睛前，就感受到了他——皮肤透出的淡淡肥皂味，靴子新皮的气味，他跪下时发出的小小噪声，他的膝头压碎的一朵小小薰衣草，以及他将手搭上我紧握双手时的温暖。

我慢慢睁开眼，就好像刚刚醒来，他正冲着我微笑：“你在祈祷什么?”

祈祷着这一刻，我想，你以及希望。“没什么，真的。”

“那我告诉你，你应该为你的自由、你母亲的自由而祈祷。要我去为你求爱德华吗？”

“你会求他放了我的母亲吗？”

“我可以那么做，你希望我那么做吗？”

“当然。但你觉得，她能去沃里克城堡吗？在那里，她会怎么样？或者她可以去我们其他的某个住所？她获得自由以后，会不会还是要待在比尤利？你觉得呢？”

“如果她决定待在修道院，光荣地退隐，那就可以保有她的财富，而你还是不名一文，还是必须和姐姐住在一起。”他小声地说，“如果爱德华赦免她，还她自由，那么她将成为一名富有的夫人，但宫廷永远也不会欢迎她：一位富有的隐士。你必须和她住在一起，自己一无所有，直到她去世。”

牧师清洗了杯子，小心地将它放进一个盒子，翻开了圣经，将一枚丝绸书签放在页间，然后向十字架虔诚地鞠躬，离开了房间。

“如果伊茜得不到母亲的财产，她会冲我大发雷霆。”

“那如果你什么都没有，该怎么生活呢？”他问。

“我能和母亲住在一起。”

“你真的想隐居吗？而且如果你将来想结婚的话，也没有嫁妆，除非是她愿意给你。”他停顿了一下，就好像他突然想到了这点，“你想要结婚吗？”

我静静地看着他。“我见不到任何人，”我说，“他们不许我见任何人。我是个寡妇，正在守寡的第一年。我连一个人都见不到，还能嫁给谁？”

他盯着我的嘴：“你见得到我。”

我看着他的微笑。“没错，”我低语，“但我们又没有谈婚论嫁。”

教堂后方的门打开了，有人进来祈祷。

“也许，你需要属于你的财富和自由。”理查德附在我耳上，极小声地说，“也许你的母亲可以维持现状，让她的财产平均地分给你和你的姐姐。然后你就能自由了，过上自己的生活，自己来作决定。”

“我不能独自生活，”我反对道，“不会被允许的，我只有十五岁。”

他又朝我笑了笑，靠近了一点，好让我们肩并肩。我想要靠在他身上，我想要他搂住我。

“如果你有自己的财产，你可以嫁给任何自己想嫁的人，”他温柔地说，“你能带给丈夫一大笔财产和土地。任何英格兰男人都会愿意娶你。他们中的大多数人会不顾一切地想要娶你。”他停顿了一下，好让我想一想。

他面向我，棕色的眼睛里满是诚意。“你应该确信这一点，安妮小姐。如果我将你的财富夺回到你的手中，那任何英格兰男人都会想要娶你。通过你的财富以及与王室的血缘关系，他会成为王国中最大的地主之一。你能随意在他们中挑选最好的。”

我等着。

“但一个好男人不会为了财产娶你，或者你不应该选一个为了钱财与你结婚的男人。”

“是吗？”

“一个好男人会为了爱而娶你。”他简单地说。

圣诞盛宴结束了，我的姐夫，克拉伦斯公爵乔治，以最热情的态度向他的国王兄长和弟弟理查德告别。伊茜吻了王后，吻了国王，吻了理查德，吻了所有看上去重要又肯接受她亲吻的人。她做这些的时候，一直看着她的丈夫，看他点头给自己下命令。我看着她就像是一只训练有素的猎犬，不用哨子，只用得着主人点头示意或者动一动手就会遵命。乔治把她训练得很好。她已经学会像对待父亲那样，全身心地对待乔治：他是她的主人。她已经被约克家族在战场上、海上、神秘的隐藏世界中的力量给吓坏了，紧抓着乔治这个唯一的安全所在。当她在法国离开我们去与乔治会合时，她已选择了跟乔治去任何地方，而不是为留住他对我们的忠诚而努力。

她的侍女们上了马，我也在其中。爱德华国王向我抬了抬手。他并没有忘记我是谁，虽然他的整个宫廷都努力地想要忘记在这之前还有过一位国王和一位王后；忘记在这个与王后形影不离的小婴儿之前还有过一位爱德华王子，忘记曾经有过侵略、行军和战斗。伊丽莎白王后用她那冰冷美丽的灰色眼睛直直地看着我，她没有忘记我的父亲杀了她的父亲、她的弟弟。这些血债总有一天必须偿还。

我骑上马，抖了抖长袍，抓住了缰绳。我忙着拿好马鞭，忙着把马的鬃毛刷向一侧。我让自己停留片刻，好有时间去找理查德。

他在他的兄长身旁，他总是在他的兄长身旁——我已经懂得，有一种爱和忠诚是永远也不会改变的。我看到他时，他正盯着我看，黝黑的脸上充满了感情。他这样很失礼，如果谁看他一眼，就会看出来的。他将手放在心口，就好像他是在向我宣誓忠诚。我左右张望，感谢上帝没有人在看，他们都在忙着上马，乔治公爵正冲着卫兵大吼。理查德不顾一切地站在那里，手在胸前，就这样看着我，似乎他想让全世界都知道他爱我。

他爱我。

我摇摇头，就仿佛是在责备他，低下头看着自己手中的缰绳。当我再次抬起头来时，他依旧死死地盯着我，手放在心口。我知道我应该移开视线，知道自己应该装成鄙视的样子——吟游诗人的诗歌中，淑女们都是这样的。但我是个女孩，孤单寂寞，而这是一个曾经问过该如何为我效力的英俊年轻男子。现在他就站在我面前，眼中带着笑意，手放在心口。

一个卫兵上马时踉跄了一下，他的坐骑人立而起，撞到了旁边的骑士。

所有人都朝那里看去，国王用胳膊搂住了他的妻子。我脱下一只手套，迅速地扔向理查德。他在空中接住了它，藏进了上衣的胸口。没人看见。没人知道。卫兵稳住了他的马，骑了上去，向他的队长点头道歉，然后王室成员们转了回来，向我们挥手告别。

理查德看着我，扣上了上衣的纽扣，自信温暖地向我微笑。他有了我的手套，我的爱。这是一个承诺，证明我已经充分了解我在做什么了。我已经不想再成为任何人的棋子，下一步怎么走将由我自己决定。我会选择自己的自由和自己的丈夫。

1472年2月

伦敦　厄贝尔府邸

乔治公爵和他的公爵夫人伊莎贝尔在伦敦有着巨大的庄园。他们的房子就像座宫殿那么大，有数以百计的仆人和乔治自己的警卫。他以自己的慷慨而骄傲，复制了我父亲的规矩：任何人在晚餐时间来厨房，都可以用匕首割下肉来吃。有一群固定的上访者和要求帮助的佃户，乔治觐见室的大门总是敞开着，他从不拒绝任何人，即使对方是他土地上最穷的佃户。每个人都知道，如果对乔治效忠，那他就会回以善意。所以，本来可能是中立的人们，现在渐渐都觉得乔治是一位好领主，是一位真正的好盟友，是一位值得拥有的朋友。乔治的权力和影响力就像洪水般不断扩大。

伊莎贝尔则展现出自己是一位伟大的贵妇人，照料她的教堂，施舍救济穷人，替人向乔治求情，何时何地都让人感受到她的善良。我跟在她身后，作为她可以用来炫耀的诸多善举之一，时不时地会有人称赞我的姐姐和姐夫对我有多好——当我名誉扫地的时候，他们收留了我；虽然我一文不名，但他们还是让我待在他们的家中。

我等待机会，想要和乔治谈谈，因为我觉得伊莎贝尔已经变成了他的传话筒。一天下午，我碰巧经过马厩，他刚好骑马进来，并下了马，这是第一次他周围没有围绕着许多人。

“哥哥，我能跟您谈谈吗?”

我站在门旁的阴影处，他本以为自己是独自一人。

“啊？当然，妹妹，当然可以。见到你很高兴。”他冲我微笑，笑容自信而迷人。他用熟练的手势理了理浓密的金发，说，“有什么我能为你效劳的吗？”

“是关于我的遗产，”我大胆地说，“我明白，我的母亲将会待在修道院里。我想知道，她的土地和财产会被怎么处理？”

他瞥了一眼房子的窗户，就好像希望伊莎贝尔能看见马厩里的我们，并快点赶过来。“你的母亲选择了避难，”他说，“而她的丈夫是叛徒。他们的土地将会被宫廷没收。”

“他的土地会被没收，前提是他被判决为叛徒。”我纠正他，“但他没经过审判，他的土地也不是依法没收的。我相信，国王只是将它们全都给了你，是吗？你占有了我父亲的土地，作为国王的一个礼物，却不合法律。”

他眨了眨眼，他之前不知道我明白这些。他再次四下张望，虽然有下人们过来牵马、拿马鞭和手套，却没有人来打断我。

“还有，不管怎么样，我母亲的土地还是她的。她没有被宣布是一名叛徒。”

“是的。”

“我明白，你准备把她的土地拿走，然后替伊莎贝尔和我保管，是吗？”

“这是生意，”他开口，“没有必要……”

“所以，我什么时候能拿到我那份土地？”

他朝我微笑，抓起我的手，让我钩着他的手臂，领着我从马厩院子，穿过拱形门进入屋子。“现在，你不应该操心这些事，”他拍着我的手说，“我是你的兄长和监护人，会替你照料这些事情的。”

“我是一个寡妇，”我说，“我没有监护人。我有权拥有自己的土地：作为一个寡妇。”

“一个叛徒的寡妇。”他温柔地纠正我，就好像他觉得说这句话很不好意思似的，“被打败了的叛徒。”

“王子，一位王子不可能是自己国家的叛徒。”我纠正他，“而我，虽然嫁给了他，但并不能被视为叛徒。所以我有权拥有自己的土地。”

我们一起走进大厅，他松了口气，因为伊莎贝尔和她的侍女们也在。她看见我们两个在一起，就走上前来：“这是怎么回事？”

“安妮小姐在马厩中遇见了我，恐怕她很伤心，”他温柔地说，“而且在担心一些她不应该操心的事情。”

“回你的房间去。”伊莎贝尔唐突地对我说。

“除非我知道何时能收到自己的遗产。”我坚持道，依旧站着不动。显然，我没打算优雅地屈膝行礼，然后退下。

伊莎贝尔看着她的丈夫，不知道可以做什么来让我离开。她害怕我会开始闹事，又不能叫仆人们抓着我，把我拖走。

“哈，孩子。”乔治温柔地说，“就像我刚刚说的，把这些都交给我吧。”

“什么时候？什么时候我能收到我的遗产？”我故意大声地说。人们盯着我们，乔治和伊莎贝尔府邸里的上百号人都能听见。

“告诉她，”她低声对他说，“如果你不告诉她，她会搞出一场闹剧的。她的人生一直都是关注的焦点，她会大发脾气……”

“我是你的监护人，”他平静地说，“由国王任命的。你知道吗？你是个寡妇，但也是个孩子，你需要有人庇护你照顾你。”

我点头：“我知道说是这么说的，但……”

“我会保管你的财产，”他打断我，“你母亲的产业将会传给你和伊莎贝尔。我会为你们两个打理这些产业，直到你结婚，然后我就会把你的份额交给你的丈夫。”

“那如果我不结婚呢？”

“那你将永远在我们这里拥有一个家。”

“那你就会一直保管着我的土地?”

他英俊的脸上流露出一瞬间的内疚，我知道，这就是他的打算。

“那你就肯定不会允许我结婚的，是吗?”我精明地问，而他只是向我深深地鞠躬，让他的妻子吻了吻他的手，然后就离开了大厅。他走过时，人们向他脱帽致意，女人们则屈膝行礼。他是最英俊最受爱戴的领主。我再次大声开口说话时，他已经好像聋子一般了，“我不要这样！我不会……”

伊莎贝尔态度冷淡。“这是最后一次，”她说，“否则的话，我就会把你锁在你的房间里。”

“你没有权力这样对待我，伊莎贝尔!”

“我是你监护人的妻子，”她说，“而如果我告诉他你诽谤我们，他就会把你锁在房间里的。你在图克斯伯里输了，安妮，习惯做一名失败者吧。”

厄贝尔府邸的大厅中，总有着川流不息的客人。公爵命令，向着街道的大门在白天永远敞开，而晚上也有火盘在门前熊熊燃烧。我走到大厅，寻找一个孩子，任何孩子——不是乞丐，不是小偷，而是一个肯为一枚银币干个差事的孩子。这儿有不少这样的孩子，白天来干活，打扫马厩或是运走炉灰，从市场带来些小东西卖给女仆。我朝其中的一个勾了勾手指，一个头发蓬乱，穿着皮背心的小捣蛋，等着他过来向我鞠躬。

“你知道威斯敏斯特宫吗?”

“当然知道。”

“带着这个，然后把它给格洛斯特公爵手下的人，让他们带给公爵。你能记住吗?”

“当然能。”

“千万不要把它给别人，不要告诉任何人这件事。”

我给了他一张折起来的纸，里面写着：

我想要见你。A.

“如果你直接拿给公爵，他会再给你一枚银币。”我给了他一枚银币。他拿了，用黑黑的牙齿咬了咬，看看是不是真货，然后用指关节点了点额头，做出一副鞠躬的样子。

“是情书吗?”他不客气地问。

“是一个秘密，”我说，“如果你能保守这个秘密，就能从公爵那里再拿一枚银币。”

然后，我就只能等待了。

伊莎贝尔尽力善待我。她允许我和她的侍女一起在大厅用餐并让我坐在她的右手边，称呼我“妹妹”，某天还带我去她的衣帽间，说我可以挑她的衣服来穿。她已经厌倦看我天天穿着蓝色了。

她用手臂环住我的肩膀。“你应该和我们一起去宫里，”她说，“等你服丧期结束了。今年夏天，我们可以一起旅行，也许能去沃里克。再次回到家一定会很棒的，不是吗？你喜欢那样吗？我们也可以去米德尔赫姆或是巴纳德城堡。你一定会喜欢去我们的老房子的。”

我一言不发。

“我们是姐妹，”她说，“我没有忘记这点，安妮。别这样对我，别这样对自己。我们已经失去很多了，但还是姐妹。让我们重新做朋友吧。我想和你维持姐妹情谊。”

我不知道理查德会怎么样来找我，但是我相信他会来的。随着日子一天天过去，我开始想如果他不来我该怎么办。我觉得自己掉进了陷阱。

寒冷黑暗的二月里，我几乎没有离开过房子。乔治差不多每天都去威斯敏斯特宫或城里。有时，男人们会从侧门进来见他，就好像他们是在秘密集会。他继续维持着如国王般的豪华排场。他积累了如此辽阔的土地和如此广泛的爱戴，我不知道他是否打算以英格兰的亲王的身份，创立一个宫廷去与他哥哥相争。伊莎贝尔总是在他身边，穿着精致，像王后一般亲切高贵。当威斯敏斯特有宴席或者聚会时，她都会和他一起去，或者还能和王后及她的侍女们一起用餐。但我既没有被邀请也没有被允许去。

有一天，他们被命令去参加一场特别的王室晚宴。伊莎贝尔穿着一身祖母绿，绿色的礼服、绿色的面纱、一条绿宝石金项链。我帮她穿戴，用绿丝带穿过她袖子上金色的孔眼。我知道，在烛光下的镜子里，我的脸色看起来很阴沉。她所有的侍女都纷纷准备前往威斯敏斯特宫；只有我一个人被留在了厄贝尔。

我透过卧室的窗户，看着他们在大门前的院子里上马。伊莎贝尔有一匹白马和一副饰有绿色天鹅绒的绿皮革崭新马鞍。她身边的乔治没有戴帽子，金发在阳光中闪耀，就好像一顶金色的王冠。人们聚集到门前小路的两边，大声祝福，他微笑着朝他们挥手致意。这就像一场王家仪式，伊莎贝尔表现得就像是父亲曾希望她成为的一位王后那样。我从狭窄的窗户退回到空荡荡的房间。一个男仆在我身后走进房间，带着一篮木柴。“要把火生起来吗，安妮夫人?”

“别管它。”我头也不回地说。他们穿过了大门，马儿开始沿着埃尔博路小跑，冬日的阳光在乔治的旗帜上闪耀。他从左到右点了点头，高举着戴着手套的手回应了人们的欢呼。

“但是火快灭了，”那男人说，“我帮您添一些柴吧。”

“别管它。”我不耐烦地说。我从窗户转过身，第一次看清了这个人。他已经取下了帽子，脱下了绒布斗篷，露出了华丽的上衣和漂亮的装饰，他的马裤和柔软的皮靴。是理查德，正冲着惊讶的我微笑。

我扑向他，不顾一切。自圣诞节以后，这是我第一次看见友善的面孔。下一瞬间，我已经在他的怀中了。他紧紧地抱着我，吻着我的脸、我紧闭的双眼和微笑的嘴，吻着我，直到我喘不过气来，不得不推开他。“理查德！哦，理查德!”

“我是来带你走的。”

“带我走?”

“救你。他们会把你看管得越来越严，直到得到你母亲的财产，然后他们就会把你送去个女修道院。”

“我就知道！他说他是我的监护人，还说等我结婚就会把我的那部分财产给我，但我不相信他。”

“他们永远也不会让你结婚的。爱德华已经把你委托给乔治了，而他们会永远关着你。如果你想摆脱这一切，必须逃跑。”

“我走，”我突然下决心，“我准备好走了。”

他犹豫了一下，就好像是在怀疑我：“就这样?”

“我已经不是你认识的那个小女孩了，”我说，“我长大了。安茹的玛格丽特教我不要犹豫，当我看准时机，就要去把握住它们，不要害怕、不要考虑其他人。我已经失去了我的父亲，没人能命令我了。我绝不会再接受伊莎贝尔和乔治的命令。”

“好，”他说，“我会带你去避难所——这是我们唯一能做的。”

“我在那里安全吗?”我走出起居室，走进小小的卧房，他很自然地跟着我，在门口停下。我打开箱子，拿出了我的首饰盒。

“他们不会在伦敦闯进避难所的。我在圣马丁大学院为你准备了一个地方。在那里，他们会保护你。”他从我手里接过盒子，“还有别的东西吗?”

“我的冬季斗篷，”我说，“还有，我要穿马靴。”

我坐在床上，踢掉了鞋子。他跪在我面前，拿着马靴，撑开了一只，好让我赤裸的脚钻进去。我犹豫了；在一个年轻女子和一个男子之间，这是一个多么亲密的举动。他微笑着朝上看了我一眼，我知道，他明白了我的犹豫但决定无视。我绷起了脚趾，将脚滑进了他手捧的靴子，接着，他将靴子拉过了我的小腿。他在我的膝盖、小腿、脚踝处，分别拉紧了柔软的皮革并系上了靴带。他抬头看着我，手温柔地放在我的脚趾处。透过柔软的皮革，我能感觉到他手指的温暖。我想象着自己的脚趾在他的触碰下愉悦地曲起。

“安妮，嫁给我好吗？”他跪在我的面前，简简单单地问。

“嫁给你？”

他点头：“我会带你去避难所，然后找一位牧师。我们可以秘密结婚。然后我就可以照顾你保护你。你会成为我的妻子，而爱德华将把你作为弟妹来欢迎。如果你是我的，爱德华就会将你应得的那份母亲的财产还给你。他不会拒绝我的妻子。”

他递上另一只靴子，甚至没有等我的答复。我绷直了脚尖，将脚滑进了靴子。他再一次温柔地在脚踝、小腿和膝盖处系上了带子。他小心翼翼地系鞋带，慢慢帮我穿鞋的样子很性感。我渴望着他用手指轻划过我大腿内侧的感觉。然后他将我的裙摆拉下，遮住了我的脚踝，就好像是在表示他会捍卫我的名誉，就好像是在告诉我，我可以信任他。他的双手撑在我身体两侧的床上，依旧跪在我面前，抬头看着我，眼里满是渴望。

“答应我，”他低声说，“嫁给我。”

我犹豫了，睁开了眼睛。“你会得到我的财产。”我说，“如果我嫁给你，所有的一切就会成为你的。就像乔治得到了伊莎贝尔的一切财产。”

“这就是你可以相信我会帮你把财产赢回来的原因。”他轻松地说，“如果我们两人的利益一致，你就可以肯定，我会像在乎自己的东西一样在乎你。你会成为我的，我一定会为自己的东西而努力。”

“你会对我忠诚吗？”

“忠诚是我的座右铭。我给了你保证，你就可以相信我。”

我犹豫了一会儿。“哦，理查德，自从我父亲开始与你哥哥为敌，一切都乱套了。自从他死去，我没有一天不悲痛。”

他将我的双手包覆在他温暖的手掌里：“我知道，我不能让你父亲重生，但我可以将你带回他的世界：宫廷、宫殿、王位继承人，这些他想让你拥有的。我能为你赢回他的土地，你能成为他佃户的主人，你能实现他的计划。”

我摇头微笑，眼中含泪：“我们实现不了，他有非常宏大的计划，他答应我，我将成为英格兰王后。”

“谁知道呢？”他说，“如果爱德华、他的儿子和乔治发生了什么意外——上帝保佑，不要发生——那么我就会成为国王。”

“那不太可能。”父亲的野心提醒着我，如同耳边的窃窃私语。

“是，”他说，“是不太可能。你和我，所有人中我们应该是最清楚的，人不能预见未来；没有人知道将来会发生什么。但是现在想想你的未来吧。我可以让你成为一位公爵夫人，你能让我成为一个富有的男人。我能让你和你的姐姐平起平坐，从她丈夫的手下保护你。我会成为你忠实的丈夫。还有——我觉得你应该知道的，不是吗——我爱你，安妮。”

我觉得自己在一个无情的世界里生活得太长了。我看见的最后一张温柔的脸，就是父亲驶去英格兰前的面容：“你爱我？真的吗？”

“真的。”他站起身，把我拉起来，站到他的身边。我的下巴靠在他的肩膀上，我们都很讲究、手腿修长、不受拘束：很般配。我将脸埋进了他的上衣。“你愿意嫁给我吗？”他低声说。

“我愿意。”我说。

我把随身物品放进了一个包裹，他为我准备了厨房女佣的带帽斗篷，我可以把帽子拉起来，藏起自己的脸。

他将斗篷披上来的时候，我抗议道："这上面都是脂肪的臭味！"

他大笑起来："这样更好。我们就像一个男仆和一个厨房女佣那样走出去，没人会看我们第二眼的。"

大门开了，人们像往常一样进进出出，我们混在一群赶着奶牛的挤奶女工中溜了出去。没人看见我们离开，没人会注意到我已经不见了。房里的仆人会以为，我和姐姐及她的侍女们一起去了宫里，只有等她几天后回来，他们才会意识到我已经逃跑了。我为这个想法大笑了起来，而理查德牵着我的手，一路走过繁忙的街道。他回头看着我，朝我微笑，也突然大笑了起来，就好像我们正开始一场冒险，就像我们儿时总是奔跑大笑一样。

我们到学院时，天色已渐渐暗下来了。学院位于圣保罗大教堂中，边门朝着圣坛的方向敞开，许多人正从那里挤进挤出。里面有一个市场，有一些摊位供人们出售各种货物、兑换货币和在角落进行一些秘密的买卖。人们戴着兜帽，躲在河面上翻涌而来的冰冷迷雾中，他们低着头，查看着四周。

我犹豫了；这里感觉不安全。理查德朝下看了我一眼。

"我为你准备了一间房间，你不会和这些普通人待在一起的。"他安慰我说，"他们让各种各样的人进来避难：罪犯、假币制造商、骗子和一般的盗贼。但你很安全。学院为自己的避难所而自豪，他们从不放弃任何想要在教堂中获得安全的人。即使乔治找到了这里，要求他们交出你，他们也不会这样做的。这所学院以'不配合'闻名。"他笑了，"如果必要的话，他们甚至会无视我的国王兄长。"

他将我冰冷的手收进他的胳膊，带我穿过门。宵禁的钟声开始在上方的塔里响起，一个僧侣走上前，认出了理查德，一言不发地领着我们向修道院的客房走去。

我握紧了理查德的手。“你在这里很安全。”他重复道。

僧侣站在门边，理查德带着我进入一个像囚室般的小房间。在这个房间之后是一间更加小的房间，小得简直像个壁龛。房间里，有一张狭窄的床，床头的墙壁上钉着一个十字架。一个女仆从火炉旁的凳子上站起身，向我快速地行了个屈膝礼。

“我叫梅根。”她的北方口音很重，我几乎听不明白她说的话，“我的主人吩咐我，要保证您在这里感到舒适。”

“梅根会和你待在一起，如果有任何麻烦，她就会派人来找我，或者自己来找我。”理查德说。他握着我下巴下方斗篷的系带，将斗篷从我的肩膀脱下，手指轻轻地拂过我的下巴，“你在这里很安全，而我明天就会来的。”

“等他们回到厄贝尔时，他们会想我的。”我提醒他。

他被逗乐了。“他们会发疯的，像疯狗一样。”他说，“但是他们什么都做不了；鸟儿已经飞走了，而她很快就会找到另一个巢。”

他低下头，轻轻地吻我。感觉着他的碰触，我想要更多。我想要他像我之前跑向他时那样吻我。他乔装打扮来见我，就像故事里骑士去见被囚禁的公主一样。怀着这样脱离现实的想法，我深吸了一口气，向他靠近了一点。他用手臂环绕着我，抱了我一会儿。

“我明天中午来。”他说，然后就离开了房间，留下我享受我第一天自由之日。我透过小拱窗看着外面圣保罗阴影下的繁忙街道。我自由了，但被禁止离开教堂区域，也不可以和任何人说话。梅根是我的仆人，但也是我的看守。我是自由的，但被囚禁在了避难所里，就像母亲一样。如果理查德明天不来的话，我就会成为一名囚犯，如同关在塔里的玛格丽特，如同身处比尤利的母亲。

1472年2月

伦敦　圣马丁

他依照承诺来了，年轻的脸上表情严肃。他吻了吻我的手，但没有拥我入怀，即使我站在他身旁，渴望着他的触碰。这渴望就有如饥饿一般难耐。我以前从不知道，这就是欲望，这就是爱情对一个女孩的影响。

“出什么事了？”我的声音带着哀伤。

他给了我一个短暂但可靠的笑容，坐在了窗旁的小桌子上，示意我坐在对面的椅子上。“麻烦，”他简短地说，“乔治发现你逃跑了，他去向爱德华说了，并要求你回去。作为让步，他说我可以娶你，但是我们不能拥有你继承的产业。”

我倒吸了口气。“他已经知道我跑了？伊莎贝尔怎么说？国王怎么说？”

“爱德华会公平地对待我们，但他必须与乔治保持友谊，保持亲密。乔治权力太大，也太有影响力了，他的敌意将会是巨大的威胁。他越来越强大，甚至有可能和你的亲戚内维尔家族一同密谋，再次尝试夺取王位。他有很多朋友在厄贝尔进出。爱德华不信任他，但他必须向乔治示宠，以将他留在宫中。”

有那么一小会儿，我担心他会放弃我：“我们怎么做？我们该怎么办？”

他牵起我的手吻了吻：“你会安全地留在这里，不要担心。我会将我英格兰宫务大臣的职位让给乔治。”

“宫务大臣？”

他扮了个鬼脸。“我知道，这对我来说是很高的代价。我对这个职位很自豪，这是英格兰最高的职位，而且是最有利可图的职位，但这对我来说更重要。”他纠正自己，“你对我来说更重要。”他停顿了一下，“你比任何东西都要重要。而且我们还有另一个难题：你的母亲正给每个人写信，说自己是被冤枉了，自己的土地也被人偷走了。她要求被释放。这看起来很糟。爱德华承诺做一名公正的国王。他不能让人觉得他抢劫了一名避难所里的寡妇。”

我眼前的这个年轻人，答应救我，却发现自己对上了王国中最强大的两个人，他自己的两个哥哥。为了支持我，他会付出很大的代价。“我不会回去的，”我说，“你说什么，我就会做什么；但我不会回去乔治和伊莎贝尔那里。我不能。如果必要的话，我就自己上路离开，但我不会回去那监狱的。”

他很快摇头，“不，不会的。”他安慰我，“我们最好立刻结婚。这样至少没人能把你带回去了。如果我们结婚了，他们就不能对你做什么了，而我也可以作为你的丈夫，为你的继承权斗争。”

“我们需要教皇的赦免，”我提醒他，“为了乔治和伊莎贝尔，父亲不得不申请两次。他们和我们的血缘关系是一样的，但现在，因为他们的婚姻，我们的亲戚关系更近了，既是姻亲又是表兄妹。”

他皱着眉头，用手指敲击着桌子。“我知道，我知道，我也一直在想这件事，我会派一名使者去罗马。但这要花上几个月的时间。”他看着我，好像是在计算着解决方法，“你会等我吗？在这里等我，安全但局促？直到我们听到教皇大人的回应，拿到赦免？”

“我会等你的。”我向他保证。我就像个第一次恋爱的年轻女人那样说话，但心底深处明白自己已经无处可去，没有别人有足够的权力或财富能保护我不受乔治和伊莎贝尔的支配。

1472年4月

伦敦　圣马丁

天色越亮越早，气候也越来越暖和了，但我却不得不等在避难所里，越发焦躁地想要获得自由。我参加圣马丁的教会仪式，早晨在他们的图书馆中看书。理查德借给了我他的弹诗琴，我会在下午演奏，或者做针线活。我觉得自己像一名囚犯，极度无聊，同时也极度焦虑。我完全依赖理查德来保障我的安全，依赖他的来访，甚至依赖他保障我的生计。我就像是魔法城堡中一个中了咒语的女孩，他就像是来营救我的骑士；而现在我发现，这是最不舒服的位置，完全无能为力，甚至都不能抱怨。

他每天都来看我，有时会带来长着新芽的树枝，或是一把四旬斋百合，告诉我求爱的季节，春天即将到来，到时我就会再次成为新娘。他派来了一名裁缝，好做一些婚礼穿的衣物。我花了一个早晨，试穿一件浅金色天鹅绒的礼服和一条黄色的丝绸衬裙。侍女也来了，为我戴上了缀有金色蕾丝面纱的高高尖顶女帽。我看着裁缝的镜子中自己的投影，一个又瘦又高、一脸严肃的女孩，有着一双深蓝色的眼睛。我冲着自己的投影微笑，但看上去永远也不会像王后那么快乐，我将永远不会像她的母亲雅格塔以及那个家族中的所有女人那样温暖、亲切、可爱。她们与我不同，不是在战争中长大的，她们对自己的权力永远有着自信，我却一直害怕着它，害怕着她们。侍女抓起一把我的红褐色头发，在我的头顶盘起。“你会是个美丽的新娘。”她向我保证。

一天早上，理查德满脸严峻地来了。“我去见爱德华，想告诉他，等赦免一来，我们就结婚。但是，王后早产了。”他说，“我见不到他，他去温莎陪她了。”

我的脑海中立刻浮现出伊莎贝尔分娩的那场痛苦经历。王后的巫风将船扔来扔去，就像是河上的一枚豆荚。那场噩梦中，我们失去了那个婴儿，一个男孩，父亲的外孙。我对王后一点同情也没有，但是我不能表现出来，因为理查德对他的兄长很忠诚，对他的嫂子和侄子也很温柔。“哦，那太遗憾了。”我言不由衷地说，“但她不是和她的母亲在一起吗？”

“公爵遗孀病了。”他说，“他们说，是她的心脏。”他尴尬地看了我一眼，“他们说，她的心碎了。”

他不用多说了。在我父亲处死雅格塔的丈夫和她心爱的小儿子时，她的心就已经碎了。但她慢慢地死去，用了超过两年的时间。而她也不是唯一一个痛失所爱的女人。我的丈夫和父亲也在这些战争中死去了，谁来在乎我的悲痛呢？

“我很遗憾。”我说。

“战争无情。”理查德重复着那句常用的安慰，“但这就意味着，在爱德华离开那里之前我都见不到他了。现在他全部心神都放在王后和她的新生儿上。”

“我们怎么办？”这一次，似乎没有王后的知会与允许，我什么事情都做不了，而她几乎不可能祝福我嫁给她的姻亲，毕竟大家都相信她的母亲奄奄一息正是由我父亲一手造成，“理查德，我不能等着王后劝国王支持我们，我觉得她永远不会原谅我父亲。”

他突然下了决定，重重地拍了下桌子：“我知道了！我知道我们该怎么办了。我们现在就结婚，然后再告诉他们，然后再去请求教皇的赦免。”

我吸了口气：“我们能那么做吗？”

"为什么不能?"

"因为这样的婚姻是不合法的?"

"在上帝的眼中，它是合法的，然后教皇的赦免就会来，那样它在人们的眼睛里，也就合法了。"

"但我的父亲——"

"如果你父亲把你直接嫁给爱德华王子，而不是等赦免的话，你们就会一起出航，他说不定就会赢下巴尼特战役了。"

悔意像一把利剑刺向我:"真的吗?"

他点头:"你知道的。赦免总会来的，你们在法国等，也不会让它来得快一些。但如果安茹的玛格丽特、王子、你和你的父亲一起出航的话，在巴尼特时，他就会拥有全部的战力。他可能会用她统率的兰开斯特军队打败我们。等待赦免是一个重大错误，推迟总是致命的。我们先结婚，然后赦免会来，保证这桩婚姻受到法律的保护。不管怎样，只要我们在牧师面前宣誓，这桩婚姻就会受到上帝的保护。"

我犹豫了。

"你还是想嫁给我的，是吧?"他看着我，一副了然的微笑。他很清楚，我想嫁给他，我们双手相触时，我的心脏都会跳得特别快，就像现在这样。就像现在这样，他靠上前，凑近我的脸，吻着我。

"是的。"这是实话，我迫不及待地想要嫁给他，迫不及待地想要摆脱这避难所中半死不活的生活。另外，除此之外我也没有其他事可做了。

1472年5月

伦敦　圣马丁

人生中第二次，我成为了新娘，沿着走道步上祭坛，圣坛的台阶上又一位年轻英俊的丈夫在等着我。我忍不住想起了爱德华王子，在那里等着我，我不知道我们的结盟会导致他的死亡，不知道我们结婚圆房后仅仅二十周，他就会为王位而出征，却再也没有回来。

我告诉自己，这次不一样。这次婚姻是我自己的选择，我没有被一个恐怖的婆婆支配，也没有盲目地服从父亲。这次，我决定着自己的命运，生平第一次，我能够掌握自己的事情。我十五岁，结过婚，守过寡，做过英格兰王后的儿媳，也做过王家公爵的被监护人。我当过一名又一名玩家的棋子；但现在我为自己做决定，自己下棋了。

理查德在圣坛的台阶上等待；他和我共同的亲戚，鲍彻大主教站在他的面前，弥撒书翻到了婚礼仪式那一页。我环顾教堂，空空荡荡，就像个穷人的葬礼。谁会想到，这是一位王子遗孀与一位王室公爵的婚礼？姐姐不在——现在是我的敌人；母亲不在——她还在囚禁中；父亲不在——我永远也见不到他了。他因尝试将我捧上英格兰王位而死，他的希望已经终结。走过过道时，我觉得很孤单；皮鞋在脚下的纪念石上发出“嗒、嗒”的响声，仿佛是在提醒我，就在这里，也有一些其他人，以为自己操纵了棋局，而现在却躺在了这无边的黑暗中。

我们无处可去。这对我们的地位来说，真是莫大的讽刺。我是英格兰最富有的继承人，如果我们能赢得这笔财产，我就会带给丈夫数百栋府邸和好几座城堡，而他自己本身就是一位富有的年轻人，拥有英格兰最富有的几个郡的税收——而我们却无处可去。他不能带我回他在伦敦的家，巴纳德城堡，因为他的母亲住在那里，一想到令人敬畏的塞西莉公爵夫人是我姐姐难对付的婆婆就让我感到害怕；更不要提她还是我的婆婆。我秘密地嫁给她的一个儿子，还与其他两个为敌，我绝对不敢在这时候来面对她。

自然，我们也不能去乔治和伊莎贝尔那里，如果他们知道今天发生的事，一定会暴怒的。而我也拒绝穿着厨房女佣的斗篷回到圣马丁的客房。最后，我们的亲戚，大主教托马斯·鲍彻邀请我们去了他的官邸，想待多久就可以待多久。这将他与我们的秘密婚礼的关系又拉近了不少，但理查德偷偷地告诉我，如果没有爱德华的私下授意，大主教绝对不会为我们公开主持婚礼。英格兰现在没有事情是不经过约克国王的知会与他王后的允许的。我之前觉得我们是叛逆的恋人，偷偷行动，为了爱情而结婚，在蜜月期间躲躲藏藏，但其实根本不是这样。从来就不是。我本以为我计划了自己的人生，旁人无从知晓；但其实国王和他的灰眸王后，我的敌人，一直以来都知道。

1472年夏

伦敦　兰贝斯宫

这是我们的夏天，这是我们的季节。每天早上醒来时，我都会看着金色的阳光透过眺望河面的凸肚窗照进来，而温暖的理查德会在我的床上翻着身，睡得像个孩子。纠结凌乱的床单是我们激情的成果，精美的绣花床罩一半挂在床上，一半落到了地上，壁炉里的木炭已经化为灰烬，但他不让任何人进房间，直到我们去召唤他们：这是我的夏天。

现在，我明白伊莎贝尔对乔治奴性的忠诚了。现在我明白国王与王后之间激情的纽带了。现在我甚至明白王后的母亲雅格塔会为失去了她爱的丈夫心碎而死的原因了。一个志同道合的男人，一个自由开放地为我燃烧热情的男人教会了我这一切。每天晚上，他年轻轻盈、在战场磨炼过的身体都会躺在我的身边，而他唯一的乐趣，就是彻底改变我的生活。我以前结过婚，但从没有被动摇、被感动、被迷惑、被崇拜过；我以前是一位妻子但不是位爱人。和理查德在一起，我成为了妻子和爱人，顾问和朋友，所有事情上的合作伙伴，战场上的同志，旅途中的伴侣。和理查德在一起，我成为一个女人，不再是女孩，我成为了一位妻子。

“赦免怎么样了？”一天早上，我懒懒地问他，他正小心翼翼地吻着我，一边数着数，他的伟大志向是要吻到五百个。

“你打断我了。”他抱怨道，“什么赦免？”

“我们婚礼的赦免，教皇的。”

"哦，那个啊——已经在路上了。这些东西要花上几个月，你知道的。我已经写信去申请了，他们会回应的。等他们回应了，我就会告诉你的。我数到几了？"

"三百零二个。"我主动回答。

他的嘴唇轻柔地落在我的胸口。"三百零三个。"他说。

我们每晚都待在一起。有时，他不得不去宫里。他们现在在肯特的夏季行宫里。他会在清晨和一群朋友一起骑马出发，包括布拉肯伯里、洛弗尔、提利尔和其他几个人，他在黄昏时就会回来，这样就可以保证在一天之内去看国王，并回到我身边。他发誓我们绝不分开，连一晚都不行。我在兰贝斯宫的巨大客房中等着他，准备好晚餐。他会风尘仆仆地进来，一边吃喝，一边说话。他告诉我，王后的新生儿死了，王后伤心欲绝。她的母亲雅格塔在婴儿死去的同一个下午过世；有人听到城堡塔楼中传来一曲挽歌。他说到这些谣言时，在胸前画了个十字架，随即又嘲笑自己是个迷信的傻瓜。在桌下，我握紧了拳头以对抗巫术。

"里弗斯夫人是个了不起的女人，"他承认，"当我第一次见到她的时候，我还只是个小男孩。我那时觉得她是我见过的最可怕也最美丽的女人。但当她和我做了亲戚，当伊丽莎白嫁给了爱德华之后，我就开始爱戴和敬仰她了。她对她的孩子们总是那么热情，而且不光是她自己的孩子，她对王室的所有孩子都是这样。她对爱德华也始终忠实；她会为了他做任何事情。"

"她最后成为了我的敌人。"我说，"但我记得第一次看见她时，我觉得她太美好了，她的女儿也是。"

"你现在会同情王后的，"他说，"没有了母亲，她现在很迷茫；失去了孩子，她也非常失落。”

“是，但她已经有四个孩子了，”我硬着心肠说，“而且其中还有一个是儿子。”

“我们约克人喜欢大家庭。”他对我微笑着说。

“所以？”

“所以，我觉得我们现在应该去床上，看看能不能造一个小侯爵出来。”

我觉得自己脸红了，微笑回应，承认了自己的渴望。“也许吧。”我说。他知道我的意思是“好的”。

1472年9月

温莎城堡

再一次，我等待着去觐见英格兰的国王与王后；再一次，我又害怕又兴奋。这一次没人会走在我前面，没人会准备着要责骂我。我不用害怕踩到母亲的裙裾，因为她依旧被关在比尤利，而即使她重获自由，也不能走在我前面，因为我的地位已经高过她了。我是一位王室公爵夫人。我几乎不会再跟在任何女人的裙裾后面了。

我不必害怕伊莎贝尔刻薄的言语了，因为我现在同她平起平坐。我也是约克家族的一位王室公爵夫人。我们必须分享所继承的财产，各自的丈夫现在平均分享着这笔财富。我们自己则分享了约克家族的男孩——她得到了乔治，英俊的哥哥；但我有理查德，忠诚受宠的弟弟。理查德正在我身旁，他给了我一个温暖的微笑。他知道我很紧张，知道我下了决心要走进伟大的王室宫廷，让他们承认我的身份：约克的王室公爵夫人，王国中最高贵的女人之一。

我穿着深红色的礼服。我买通了管理衣帽的一个侍女，想知道伊莎贝尔今晚穿什么。她告诉我，我的姐姐定制了一条浅紫罗兰的礼服，差不多是淡紫色，今晚她会穿这件礼服搭配紫水晶。我选择的颜色会让她黯然失色。我戴着红宝石项链和耳环，深红的衣服和闪闪发亮的宝石衬托出了我奶油般的肤色。我的发饰高高耸起，就像是我和我丈夫头顶上的教堂尖顶，而面纱则是鲜红色的。我礼服的下摆用深红色丝线绣着花边，袖子的剪裁大胆地展示出我的手腕。我知道我看上去很美。我十六岁，皮肤正如绽放的玫瑰。英格兰王后，爱德华深爱的妻子，在我身边也会看上去苍老疲累。我正在我美丽的巅峰、胜利的时刻。

我们面前的大门打开了，理查德牵起我的手，用余光扫了我一眼，说："齐步走!"就好像是在战场集合，然后我们就踏入了温莎城堡里王后觐见室的火光与温暖中。

伊丽莎白王后总是这样，她的房间里有最好的蜡烛，闪耀着明亮的光芒，侍女们也都衣着精美。她正在玩滚球，而从笑声和掌声来看，我猜她正在游戏里领先。乐手们在房间的尽头，女士们正手拉手，排着队，跳着圆圈舞，并四处张望，朝她们喜欢的朝臣们微笑。他们靠在墙上，观察着这些女人，就好像他们是高等猎人，招摇过市。国王坐在大厅正中，正与格鲁修斯的路易聊天，在父亲将他赶下王座期间，路易是爱德华唯一的朋友，即使那时父亲看上去已经胜券在握。路易那时将爱德华带去了自己在佛兰德斯的宫廷，保护他，支持他招募军队、征集舰队和资金，像风暴一般地回到了英格兰。现在路易被封为温彻斯特伯爵，而为了庆祝他的封爵，会举办多天的庆祝典礼。国王有债必还，有恩必报。对我来说，幸运的是，他有时也会宽恕自己的敌人。

爱德华国王抬头看见我们步入房间，最亲爱的弟弟和他美丽的新婚妻子，愉快地大声招呼，并亲自上前迎接我们。对待他爱的人和逗他开心的人，他总是随意而迷人的，而现在他牵起我的手，放在嘴边吻了吻，就好像已经忘记了上次我们见面时的情景。那时，我身处如此大的耻辱中，甚至都不被允许同他说话，只能在他经过的时候，默默地屈膝行礼。

"看看谁来了!"他欣然招呼王后。她过来，接受我们的鞠躬，并让理查德吻了吻她的脸颊，然后转向我。显然，她和国王决定，应该把我当作一位亲戚和姐妹来问候。她的灰色眼睛中闪烁着极小的恶意，似乎觉得，我出现在今年这个为了迎接她丈夫的盟友而举行的最盛大的宴会上，是一件很滑稽的事情。我曾经跌得那么重，而现在居然又站起来了。“啊，安妮夫人，”她冷淡地说，“恭喜你。真是个惊喜！真爱的胜利！”

她转身，向身后的女士们做了个手势。我的姐姐伊莎贝尔高视阔步地走上前，我的勇气一下子消失了，忍不住想要缩回身边理查德宽阔的肩膀背后。伊莎贝尔脸色苍白、神情轻蔑，向我们行了个最浅的屈膝礼。

“然后，你们都在这儿了，沃里克的女儿们，都成为了王室公爵夫人和我的妹妹。”王后的声音带着轻快的笑声，“谁会想得到呢？你们的父亲死了以后居然得到了自己想要的女婿。你们一定感到非常高兴吧！”

她的弟弟安东尼看了她一眼，就好像他们是在分享一个关于我们的笑话。“当然，一场内维尔姐妹的欢乐重聚。”他说。

伊莎贝尔上前几步，作出要拥抱我的样子，把我拉近，愤怒地对我耳语：“你羞辱了自己，还让我难堪。我们都不知道你在哪里。像个厨房荡妇那样逃跑！我不能想象父亲会说什么！”

我挣脱了她的手，面对她说：“你把我关起来，还偷我的财产。”我激动地说：“父亲又会怎么想呢？你觉得我会怎么做？弯腰膜拜乔治，就像你一样？或者你希望我死，就像你希望我们的亲生母亲死一样？”

她一瞬间抬起了手，但又立即把它放下了。但所有人都已经看见，她想要给我一巴掌。王后大笑起来，伊莎贝尔转过身，理查德耸了耸肩，向女王鞠躬，然后拉着我走开了。

房间的另一头，有人告诉乔治这里发生了争吵，他很快过来站在了伊莎贝尔身边，怒视着理查德和我。那一刻，伊莎贝尔和我公开为敌，越过大厅瞪着彼此，没人肯让步，伊莎贝尔和她的丈夫站在一起，我和我的丈夫也一样。然后理查德碰了碰我的手臂，我们就去被介绍给新伯爵认识了。我愉快地问候了他，聊了一会儿天，然后事情就平息了。我转过身，情不自禁地往后看，就好像我希望她能叫我过去，又或者我希望我们还能成为朋友。她正与王后的一位侍女谈笑。“伊茜……”我小声地说。但是她没有听见。只有理查德带我离开时，我觉得自己好像听见了一个很轻很轻的低语，是她在叫我：“安妮。”

这不是这个秋天最后的一次家庭见面，因为我必须去见理查德那可怕的母亲，塞西莉公爵夫人。一个明媚的晴天，我们骑马沿着北方大道去了她的家：福瑟临黑。她还拥有一切，就只是被逐出了宫廷。她憎恨着她的王后儿媳，不出席大多数的宫廷庆典，而且她还曾参加了乔治对抗他兄长的叛乱，这样就失去了她的儿子爱德华对她残余的爱。如果可能，他们表面上还是会装装样子：她还拥有一栋伦敦的房子，而且时不时地造访一下宫廷，但王后的影响依然明显，塞西莉公爵夫人是一个不受欢迎的客人，福瑟临黑城堡只有部分的修复和装潢，却作为她的家赐给她。我骑在理查德旁，心情愉快，直到他用眼角瞥了我一眼，说：“你知道我们会经过巴尼特吗？这场战斗是沿路进行的。”

我当然知道。但我从没想到我会确确实实地经过父亲死去的那条路。在那里，理查德和他的哥哥并肩作战，冲出迷雾，突袭了我父亲的军队并杀了他。在这个战场上，“午夜”为它的主人完成了最后一个伟大的任务：低下了它的头，让一把剑刺进自己的心脏，以告诉士兵们，只战不退，绝不允许逃跑或投降。

“我们会回避。”理查德看着我的脸说。

他命令卫队为我们开路，我们离开了大路，穿过牧场和燕麦作物残茬绕开了战场，然后重新在小镇的北面回到了北方大道上。我的马带我向前每走一步，我都不由退缩畏惧，觉得它像是踩在骨头上，我想到了自己的背叛，我身边的这个人是我的丈夫，也是杀了我父亲的敌人。

“有个小教堂，”理查德主动开口，“这场战斗没有被遗忘，他也没有被遗忘。爱德华和我付钱让人为他的灵魂做弥撒。”

“是吗？”我说，“我不知道。”我几乎说不出话，内疚快把我的心撕裂了。我嫁进了与父亲为敌的家族。

“我也爱他，你知道的，”理查德小声说，“他抚养我长大，就像他抚养的所有养子一样，就像我们对他来说不只是获利的工具。对我们所有人来说，他都是一位好监护人。爱德华和我认为他是我们的领袖，我们的长兄。没有他，我们绝不可能有今天。”

我点头，没有说父亲反抗爱德华只是因为他的王后，因为她贪婪的家族和她邪恶的建议。如果爱德华没有娶她……如果爱德华从没遇见她……如果爱德华没有被她和她母亲那些淫荡咒语迷惑……但这些想法只让我更加遗憾。“他爱你，”我只说了，“和爱德华。”

理查德摇摇头，和我一样知道问题所在，它依旧存在——爱德华的妻子。“这是一场悲剧。”他说。

我点头，然后我们就沉默地骑向了福瑟临黑。

1472年秋

北安普敦　福瑟临黑城堡

这个城堡是理查德出生的地方，也是他们的家族城堡。但年久失修。因为自从战争开始以来，约克家族只花钱修缮可以作为对抗沉睡王和坏王后的据点的城堡。看到这城堡的景象，理查德皱了皱眉；外墙向着护城河方向危险地倾斜，白嘴鸦在城堡的屋顶上衔枝筑巢。

公爵夫人热情地招呼我，虽然我已经是她家的第三位秘密新娘了。“我一直希望理查德娶你，”她向我保证，“我跟你母亲至少说过有几十次了。所以理查德成为你父亲养子的时候，我很高兴，因为这样你们就可以遇见彼此了。我一直希望你能做我的儿媳妇。”

她在城堡的小厅中欢迎我们。小厅装饰着木镶板，两头分别有两个大火炉，厅中还有三张晚宴用的巨大桌子，一张给仆人，一张给侍女，一张给贵族。公爵夫人、理查德、我和几个她的亲戚坐在上桌，可以看清整个大厅。“我们生活得很简单。”她说道，尽管她有着上百位仆人和十几名客人。“我们不想与她和她的宫廷竞争。勃艮第的时尚，”她阴郁地说，“和那种奢侈放荡的生活。”

“王兄陛下向您表示良好的祝愿。”理查德正式地说，跪在她的面前，她将手放在他的头顶祝福。“乔治怎么样?”她立刻问起了她的最爱。理查德朝我眨了眨眼睛。公爵夫人公开的偏爱在家族里是个笑话，这导致了她赞成乔治去争夺王位。这太过分了，即使国王宽容的胸怀都不能原谅。

“他很好，但是我们还在解决妻子们的财产继承问题。”理查德说。

“这不是一桩好生意。”她摇头，“一份好家产就不该被拆开。你应该和他达成个协议，理查德。你毕竟是弟弟，应该让给你哥哥乔治。”

这偏爱不好笑了。“我遵照自己的意志，”理查德生硬地说，“乔治和我会同意分享沃里克的财富。如果就这样抛弃安妮的财产，我将是个糟糕的丈夫。”

“宁愿做个糟糕的丈夫，也不要做个糟糕的兄弟。”她巧妙地说，“看看你的哥哥爱德华，每时每刻都在做别人的操线木偶，背叛了自己的家族。”

“爱德华在这件事上是我的支持者，”理查德提醒她，“他一直是我的好兄弟。”

“我不担心他的判断，”她阴郁地说，“我担心的是那女人。你等着，等哪一天你的野心与她背道而驰，然后再来看看爱德华会接受谁的意见。她会毁了他的。”

“的确，我祈祷那不要发生。”理查德说，“我们可以入席了吗，母亲大人？”

在我们造访的日子里，她不断谈论的主题就是伊丽莎白·伍德维尔的诡计毁掉了她的整个家族。即使理查德经常尽可能礼貌地请她住口，她所举的一些例子还是让人无法否认。显而易见，每个人都可以看出，王后用尽了方法让她的朋友和家人坐上一些本该属于别人的位置，比之前的任何一位王后花费都多，袒护她的弟弟妹妹，而国王只一味纵容。理查德绝不允许别人说他的王兄的坏话，但在福瑟临黑，没有人爱伊丽莎白·伍德维尔，在公爵夫人的描述中，王后已经成为了一个贪婪的投机者，我在她的胜利之夜看到的那个容光焕发的女人已经被遗忘了。

“她本就不该被加冕为后的。”有一天公爵夫人小声地对我说。我们正坐在她的日光室中，小心翼翼地绣着一件衬衫的袖口。这是公爵夫人要寄给她最爱的乔治的圣诞礼物。

“是吗?”我问，“我一直记得她的加冕典礼，我那时候是个小女孩，觉得她是我一生中见过的最美丽的女人。”

一个轻蔑的耸肩，就是这位迟暮美人对美丽外表现在的态度。“她不该被加冕，因为她的婚姻是无效的。”她用手挡着嘴，悄悄地说，“我们都知道，爱德华在遇见她以前就偷偷结过婚了。他不是自由身，不能娶她。我们都没有说什么，因为你父亲正在为爱德华安排与萨伏依的玻娜公主的联姻。在这种大好机会面前，这样的秘密婚姻是可以被否认的，必须被否认的。但爱德华和伊丽莎白之前的誓言，是另一场秘密婚姻，事实上是一场重婚，现在也不应该被承认。”

“她的母亲是见证人……”

“那女巫会为了自己的孩子，发任何誓的。”

“但爱德华立她为后，”我指出，“而他们的孩子属于王室。”

她摇了摇头，用她那尖尖的牙齿咬断了线头。“爱德华没资格做国王。”她的声音很温柔。

我放下了针线活。“殿下……”我害怕她接下去要说的话。难道是当年我父亲想要将爱德华赶下王位时散布的那个丑闻吗？难道公爵夫人要坦言自己犯了奸淫罪吗？而如果我知道了这个可怕的天大秘密，该有多少麻烦?

她冲着我吓呆了的脸笑了起来。“哦，你真是个孩子！”她刻薄地说，“谁会信任你能保密？谁会告诉你任何事情啊？提醒我，你几岁了?”

“我十六岁。”我努力收拾自己的尊严。

“一个孩子，”她嘲笑道，“我就不多说了。但你记住，乔治是我的最爱，并不是因为我是个溺爱的傻瓜。乔治有值得的理由，非常好的理由。他注定是位国王，那个男孩，而不是其他人。”

1472年圣诞节

温莎城堡

对爱德华来说，圣诞盛宴季一直是很重要的，而今年更是他庆祝伟大胜利的一年。理查德和我回到宫里，发现等待着我们的是激动人心的十二天。每天都有新的活动主题和新的假面剧。每一顿晚宴上，都有新的歌曲，或者是演员、杂耍和各种各样的表演者。每天，冰冷的河边沼泽附近，都会举行猎熊大会。他们带着猎鹰去狩猎，还有一场三天的竞技赛，每一位贵族都会带着自己的旗帜来参加。王后的弟弟安东尼·伍德维尔，举办了一场诗会，所有人站成一圈，必须一个接一个地对句，第一个对不上韵的人鞠躬退出，直到最后剩下了两个人，其中一个就是安东尼·伍德维尔，然后他赢了。我看见他向他姐姐露出了明媚一笑；他总是赢。在一个院子里，举行了一场模拟海战，水流得到处都是；而另一天夜里，树林里举行了火把舞会。

我的丈夫理查德，总是在他兄长的身边。他属于他们内部的一个小圈子：与爱德华一同逃离英格兰并凯旋的战友。他、威廉·黑斯廷斯和王后的弟弟安东尼·伍德维尔是国王的朋友和歃血为盟的兄弟，同生共死。他们永远也不会忘记为了逃离我父亲的追捕时那疯狂的骑行，他们永远也不会忘记乘着小渔船，紧张地回望后方我父亲舰队的灯火时的那次航行。他们聊着那些经历；骑马穿过阴暗的小巷，绝望地寻找林恩，又不知道是不是能雇或偷到船。他们大声回忆着那些琐事；口袋空空，一文不名，国王不得不用自己的皮毛大衣来付船资，然后他们又穿着马靴身无分文地走去最近的城镇。他们说着这些时，乔治就会放慢脚步，四下张望，希望能快点换一个话题。因为那天晚上，乔治是敌人，而他们现在应该是朋友。我觉得，那天晚上，在黑暗中连夜奔走，流着恐惧的汗水，听着身后追赶的马蹄声的这些男人，永远都不会忘记那晚乔治是他们的敌人，他背叛了自己的哥哥和家人，背叛自己的家族，就为了让自己坐上王位。虽然他们现在在微笑，表现得很友善，似乎已经忘记了以前的战斗，但他们知道，如果那晚乔治抓住了他们，就会杀死他们。他们知道这就是这个世界的法则：要么杀人要么被杀，即使对方是你的兄弟，你的国王，或你的朋友。

对我来说，每次他们提起这个，我都会记起我的父亲是他们的敌人，他们的友谊都是基于对他的恐惧；他们的好监护人和导师，突然一夜之间，变成了致命的敌人。他完全击败了他们，将他们赶出了王国，而他们必须从他的手里赢回王位。有时，我想起父亲的胜利和战败，觉得自己在这个宫廷中也是个外人，就像他们关在伦敦塔中的囚犯，我的第一位婆婆，安茹的玛格丽特。

我知道，王后肯定不会原谅她的敌人。事实上，我怀疑她现在觉得我们所有人都是她的敌人。在她丈夫的要求下，她态度冰冷地问候我和伊莎贝尔，也在她的宫中为我们提供了一席之地。但每当我们两个沉默地端坐时，或者爱德华让乔治为某场战斗当证人，却想起那场战斗时他是敌人的时候，王后都会露出一丝笑意。这样的笑意告诉了我，这位王后不会忘记她的敌人，也永远不会原谅他们。

因为理查德告诉我，我们大多数时间都会住在北方，所以我能拒绝王后给我提供的宫中位置。终于，他得到了我继承的那部分财产，乔治拿了另外一半。理查德只要北方的土地，那些土地是他自己打下并统治着的。他将要取代父亲在北方的地位，与内维尔势力成为朋友。因为我的名字和对父亲的爱，他们会偏向他。如果理查德如他们所愿，公开诚实地善待他们，他在英格兰北部就会像国王一样伟大。我们会在哈顿有一座宫殿，然后住进我们约克郡的家，米德尔赫姆城堡。我还带给他一座位于达勒姆郡的美丽的巴纳德城堡，他说我们可以住在雄伟的城墙后，俯瞰蒂斯河，眺望奔宁山脉。约克城，这个曾经爱着这个家族并以此冠名的城市，将成为我们的首府。我们会将荣光和财富带去北英格兰，那儿的人们将拥护约克家族的理查德，当然，我早已获得他们的爱戴，因为我姓内维尔。

爱德华鼓励这个决定。他需要有人维系北方的和平，对抗苏格兰人，保卫英格兰边界，而他的幼弟正是他最信任的人。

但我还有另一个拒绝留在宫中的原因，一个比这更好的原因，我向王后屈膝行礼道："殿下，请原谅我，我……"

她冷冷地点头："当然，我知道。"

"是吗？"我瞬间以为她以女巫之眼预见了这场对话，我无法抑制住自己的颤抖。

"安妮夫人，我不是个傻瓜，"她说，"我自己有七个孩子，我能看出，一个女人吃不下早饭却还是依旧长胖是什么原因。我想知道你打算什么时候告诉我们大家。你告诉你的丈夫了吗？"

我觉得自己还是害怕得喘不上气来，她知道一切："是的。"

"他高兴吗？"

"是的，殿下。"

"他会希望是个男孩，以便继承这么大一笔家产的伯爵，"她满意地说，"这是对你们俩的祝福。"

"如果是一个女孩，能请您做她的教母吗？"我必须问她；她是王后，是我的妯娌，她必须同意。我并不觉得对她有任何好感，也决没有认为这意味着她会真的祝福我和我的孩子。但我还是惊讶于她点头时脸上的慈祥：

“我很乐意。”

我转过身，好让她的侍女们听见我的话。我的姐姐也在其中，正弯腰缝纫。伊莎贝尔装作她好像没有听见我们的谈话；但我相信，她是想和我说话的。我相信伊莎贝尔不会对我漠不关心，尤其我现在正怀着我的第一个孩子。“如果我生下一个女儿，我会叫她伊丽莎白·伊莎贝尔。”我掷地有声地将这话送入她的耳朵。

我的姐姐转着头，望着窗外纷飞的雪花，假装冷漠。但当听见了自己的名字之后，她四处看了看。“伊丽莎白·伊莎贝尔?”她重复。这是我作为一个逃跑的新娘来到宫中，她骂了我之后，第一次对我说话。

“是的。”我大胆地说。

她从椅子上半站起来，又坐了回去：“你会叫你的女儿：伊莎贝尔?”

“是的。”

我看见她激动了起来，最后站起身朝我走来，远远地离开了王后和她的侍女们：“你会以我命名她?”

“是的。”我说，“你会成为她的姨妈，我希望你会爱她关心她。而且……”我犹豫了，在这个世界上，最了解我害怕分娩这件事的人就是伊莎贝尔，“如果我发生了什么事，我希望你能把她当成自己的孩子一样抚养长大……然后告诉她我们父亲的事，伊茜……告诉她发生过的一切。我们的事……以及事情怎么会变成这样……”

伊莎贝尔的脸扭曲了一会儿，她在努力地忍住眼泪，然后她张开手臂，我们依偎在了一起，同时又哭又笑。“哦，伊茜，”我小声说，“我讨厌和你为敌。”

“我很抱歉，真的很抱歉，安妮。我不应该那么做的，我不知道该怎么做，所有事情都发生得太快了。我们不得不把那笔财产……乔治说……然后你又逃跑了……”

"我也很抱歉。"我说,"我知道你不能违抗你的丈夫。我现在明白了。"

她点头,不想再说什么关于乔治的话了。一个妻子必须服从她的丈夫,在婚礼那天,她就在上帝面前发过誓了;而丈夫们可以要求妻子们尽一切义务,这些是被牧师和这个世界所支持的。伊莎贝尔就像乔治的仆人和马一样,归他所有。我也宣誓效忠于理查德,就好像他是主人,而我真是个厨房女佣一样。一个女人必须服从她的丈夫,就好像一个奴隶必须服从他的主人,这是世界的规则和上帝的法律。即使她觉得他是错的,即使她知道他是错的。

伊茜试着将手放在我裙褶下坚硬肿胀的肚子上。我握住了她的手,让她感觉我变宽的腰围。"安妮,你的肚子已经这么大了。你还好吗?"

"一开始有点恶心,但现在已经好了。"

"我不敢相信,你居然没有立刻告诉我!"

"我想的,"我承认,"我真的想。但我不知道该怎么开口。"

我们一起退出了宫廷。"你害怕吗?"她小声地问。

"有一点,"我看见了她视线中的阴郁,"很害怕。"我承认。我们都安静了下来,都想起了风暴中颠簸的那个船舱,母亲冲我大喊,而我不得不把婴儿从她身体里拉出来,那小小的身体是那么的恐怖。这影像是如此鲜明,我几乎站立不稳,就好像大海再一次将我们扔向空中。她握住我的手,就好像我们刚刚登陆,而我告诉她,母亲将一个小小的棺材扔进了海里。

"安妮,这次一定会顺利的,"她认真地说,"不可能像我那次一样。我那么疼是因为我们在海上,是因为暴风雨和危险。你会安全的,而且你的丈夫……"

"他爱我,"我理所当然地说,"他说他会带我去米德尔赫姆城堡,然后请最好的接生婆和医生。"我犹豫了,"你能……我知道也许你……"

她等着,她一定知道我希望她能在我分娩时陪着我。"我没有别人了,"

我仅仅是说，“你也一样。无论我们之间发生过什么，伊茜，我们现在除了彼此没有别人了。”

我们都没有提起仍旧关押在比尤利修道院中的母亲，而我们的丈夫一起抢劫了她，夺走了她的土地，然后又试图抢劫彼此。她给我们俩写的信里充满了威胁和埋怨，发誓如果我们不服从她并帮她获得自由，她就再也不写信给我们了。她知道，我也知道，是我们两人让这一切发生的，让我们的丈夫为所欲为。“我们是孤儿。”我失落地说，“我们让自己成为了孤儿。除了彼此，没有别人可以依靠了。”

“我会来的。”她说。

1473年春

约克郡　米德尔赫姆城堡

为了待产，我和伊莎贝尔在米德尔赫姆城堡的女士塔楼中生活了六周，就像是回到了小时候。分娩室是不允许男人进入的，所以我们生活需要的一切——生火用的柴、吃饭用的盘子——都要在塔下转交给一位照顾我的女人。牧师会穿过城堡主要塞的木桥，站在门旁一块屏风后面念弥撒，不会看我，但通过一面金属格栅给我圣饼。我们几乎听不到任何消息。伊莎贝尔有时会穿过大厅，去和理查德一起用餐，她回来时告诉我们威尔士亲王已经获得了他在勒德罗的府邸。那一瞬间，我想到了我的第一任丈夫：威尔士亲王的头衔本是他的，勒德罗的美丽城堡也本该是我们的，安茹的玛格丽特本来计划我们胜利后会住在那里一段时间，以增加在威尔士人中的影响力。然后，我又想到，那一切现在都已不复存在，我是约克家族的人了，我应该为小王子感到高兴，他终于够上了拥有自己威尔士府邸的年纪，即使现在由他的舅舅安东尼·伍德维尔代为管理。这个新近崛起的鳏夫，自己什么也没有，但继承了他亡妻的头衔。

“这就意味着，里弗斯成为威尔士的无冕之王，”伊莎贝尔小声对我说，“国王将自己唯一的继承人交到他们手上了，安东尼·伍德维尔是王子的顾问长，而王后统管所有事情。这不是约克家族，这是里弗斯家族。你觉得威尔士人会起来反抗吗？他们一直都是支持兰开斯特和都铎家族的。”

我耸耸肩。我正沉浸在怀孕最后几周的宁静平和中。我望着窗外的绿色原野和其上起伏的牧场，田凫在沼泽地中冷漠地打转鸣啭。伦敦似乎很远，勒德罗更是远在天边。“除了王后，还有谁能管教她的儿子？”我说，“而且他舅舅安东尼也是他能得到的最好的代理者了。不管你觉得王后怎么样，安东尼·伍德维尔是全欧洲最出色的男人之一。他们是个很亲密的家族。安东尼·伍德维尔会用生命来守卫自己的外甥。”

“你等着，”伊莎贝尔预言道，“将会有许多人害怕看到里弗斯变得过于强大。将会有很多人警告国王不要偏信专宠。乔治就反对他们，即使你的丈夫理查德也不会喜欢里弗斯掌握住整个威尔士的。”她停顿了一下，“父亲说过，他们是佞臣。”她提醒我。

我点点头。“他说过，”我承认，“国王听信他们而不是父亲，这是一个很大的错误。”

“而且她还是恨我们。”伊莎贝尔直截了当地说。

我点点头。“是的，我想她会一直恨下去的；但她什么事也做不了。乔治和理查德正得宠，她所能做的也只不过就是像她家族旗帜上的渔女那么冷冰冰罢了。她甚至不能改变尊卑顺序，不能像以前那样无视我们。而且不管怎么，等我的孩子生下来，我也不打算回宫里去。”我满意地摸着窗户旁的厚墙，“在这里，没人能伤害我。”

“我也会离宫廷远远的。”她冲我微笑，“我有很好的理由不回去。你有没有注意到我有什么不同？”

我抬起头，仔细地打量着她。“你看上去——”我在找一个比较礼貌的词语，“很丰满。”

她笑了起来。“你的意思是我胖了，”她快乐地说，“我变胖了，也变美了。我将会在八月叫你过来陪我。”她对我说，“我会叫你报答我现在的恩惠。”

“伊茜——”我立刻明白了她的意思，抓起了她的手，“伊茜——你怀孕了?"

她笑了:"是的，总算。我都开始害怕……"

"当然了，当然了，但是你现在必须休息。"我立即把她拉到了火炉旁，让她在椅子上坐下，又给她拿了个凳子搁脚。我微笑地看着她，"太好了!你不能再帮我捡东西了。还有，你走的时候，一定得乘马车，不能骑马。"

"我很好，"她说，"比上次好多了。我不害怕。至少不是很害怕……还有——哦，想想吧，安妮！他们会是堂兄弟，我的孩子和你的孩子，他们会是同年的堂兄弟。"

突然一阵沉默，因为我们都想到了孩子的外公已经见不到他们了，而他一直把他们作为自己计划的关键；一等他们的小脑袋出现在摇篮里，他就会立刻开始为他们制订雄心勃勃的新计划。

"父亲在的话，一定已经给他们安排好婚姻、绘制好纹章了。"伊莎贝尔笑着说。

"他会申请一个赦免，然后让他们跟彼此结婚。"我说，"肥水不流外人田。"我停顿了一下，"你会写信告诉母亲吗?"我试探性地问。

她耸耸肩，表情冷淡排斥。"有什么用?"她说，"她永远也见不到她的外孙，也永远不会被释放，而她已经对我说了，如果我不把她弄出去，我就不是她的女儿。想她有什么用?"

阵痛在午夜开始，那时我刚和伊莎贝尔一起躺上床准备睡觉。我叫了一声，伊莎贝尔就立刻起身了。她在肩头披了件长袍，点燃了蜡烛，派女仆去找接生婆。

我看得出来，她在为我害怕。她满脸苍白地下令准备啤酒，对接生婆说话时那尖锐的声音让我也开始害怕了。她们在一个圣体匣里放上了圣饼，在房间的角落放置成了一个小小的圣坛。伊莎贝尔头胎时特别祝圣过的腰带，现在正绑在我变形的肚子上。接生婆加热了啤酒，给我和所有人喝。她们又下令厨房准备一顿丰盛的晚餐，因为这将会是一个漫长的夜晚，而我们都会需要维持体力。

她们给我带来炖肉，随后又上了一些烤鸡和煮鱼。食物的气味让我恶心，我命令把那些都撤出寝室，自己则从床头到窗户间不停地走来走去。我可以听见，她们在外面的接见室中大吃特吃，还要求再上点啤酒。只有伊茜和几个女仆陪着我，伊茜也没有食欲。

“疼得厉害吗?”她紧张地问。

我摇摇头。“一阵一阵的，”我说，“但我觉得越来越厉害了。”

凌晨两点左右，疼得厉害多了。接生婆们吃饱喝足，心情舒畅，进入了寝室。两个接生婆搀着我走路，我一停下，她们就强迫我继续走。我想要躺下休息时，她们就边叫唤边推我。疼痛来得渐渐频繁，然后她们才准许我靠在其中一个人的身上喘口气。

凌晨三点左右，我听见从大厅走廊处传来的脚步声，有人敲响了寝室的门，我听见理查德叫道：“我是公爵！我的妻子怎么样?”

“很愉快，”接生婆倒是回答得挺幽默，“她挺开心的，大人。”

“还要多久?”

“好几个小时。”她高高兴兴地说，无视我在一旁抗议的呻吟。“也许还有好几个小时。您去睡一会儿吧，殿下。她睡到床上的时候，我们会派人去叫您的。”

“为什么，她现在不在床上？她在干什么?”他迷惑地问道。他不能进门，也不知道任何接生婆的技术。

“我们正在让她走路，”年纪大的那个回答，“让她走来走去，好减轻疼痛。”

这样子根本没有减轻任何疼痛，告诉她们也没有意义。因为不管怎么，她们都会这么做的，她们一直是这样做的。而我将服从她们，因为我现在完全没有办法自己思考。

“让她走路?”紧闭的门后传来了我年轻丈夫的问题，“有帮助吗?”

“如果婴儿出来得太慢，我们会让她坐在一条毯子上，前后摇晃她。”年轻的一个回答道，带着硬邦邦的笑声，“她很高兴，我们只是让她走路。这是女人的活儿，殿下。我们知道我们在做什么。”

我听见了理查德的含混不清的咒骂，但接着，他的脚步声就远去了。伊茜和我匆匆交换了一个眼神。那女人又抓住我的手臂，领着我在火炉和门口之后来回走动。

她们将我留在房间里，就去大厅用早餐了。我又发现自己没有了胃口。我躺在床上，伊茜坐在我身边，抚摸着我的额头，就像以前我生病时那样。疼痛是如此频繁，如此剧烈，我觉得自己已经受不了了。然后门开了，两个接生婆回来了，这次她们带来了一个奶妈。奶妈把摇篮固定好，把床单摊开铺在了分娩床上。

“时间差不多了。”一个接生婆欢快地说，“拿着。”她给了我一个木楔。木楔经过了许多人使用，表面非常光滑，但也刻着条条的齿痕。“咬住它。”她说，“看见这些牙印了吗?很多贵妇人曾经咬过，这块木块保住了她们的舌头。你疼的时候就咬着它，然后紧紧地抓住这个。”

她们在大床的两个床柱之间绑上了一根绳子，我躺在床上时一伸手就可以够到，还可以用脚踩在大床的床脚借力。“你拉这根绳子，我们会和你一起用力。如果疼痛变得更加剧烈的话，就咬木楔，我们会和你一起吼叫。”

“可不可以给她点什么来缓解一下疼痛?”伊莎贝尔问。

那年轻女人打开了一个小石瓶。“你喝一滴这个，”她建议道，并在我的银杯中倒了一点，“想一想，不如我们都喝一滴这个吧。”

那液体在喉咙中燃烧，让我的眼眶含泪，但也让我变得更勇敢更坚强。我看到，伊茜呛了一口，然后她朝我咧开嘴笑了。她靠上前，对我耳语：“这是两个贪婪的醉鬼老女人。天知道理查德从哪里找到她们的。”

“她们是全国最好的。”我回答，“老天保护那些在最差的接生婆看顾下分娩的女人。”

她笑了，我也笑了，但大笑就像在我的肚子里刺上了一把剑，我又立刻大叫了起来。瞬间，那两个女人变得认真高效了，她们让我坐在分娩床上，将索套放在我手里，告诉女仆把火炉上水壶里的热水倒出来。后面有很长一段时间，我只注意到了疼痛、水壶边上映出的火光、房间的热度和伊莎贝尔抚摸着我脸颊的冰凉的手，搞不太明白发生了什么其他事情。我觉得，自己在和肠子里的疼痛作战，挣扎着才能呼吸。我想到了远方的母亲，她本应该在这里陪着我的；我想到了我的父亲，他的一生都在战斗，清楚失败与死亡的极度恐惧。更奇怪的是，我想到了“午夜”，心脏中插着一把刀，重重地倒在了地上。父亲冒着生命危险步行上了巴尼特战场，就是为了让我成为英格兰的王后。想到这点，我使了一下劲，突然听见了一声哭声。有谁在紧张地说：“轻点，现在轻点。”然后我看见了伊莎贝尔流着泪的脸，她对我说：“安妮！安妮！你生了个男孩！”我知道，我终于做了一件父亲想要我做的、理查德需要我做的事。我给了父亲一个外孙，给了理查德一位继承人，上帝保佑我生下了男孩。

但他并不强壮。接生婆乐观地说，许多虚弱的男孩子都长成了勇敢的男人，奶妈说，她的奶水会很快让他长得健壮结实。他出生已经六周了，我还在禁足，还没有举行安产感谢礼。每当夜里听见他哭泣或白天看见他的小手掌时，我总忍不住为他担心。他的哭声尖细单薄，手掌就像是小小的苍白的树叶。

婴儿的洗礼和我的安产感谢礼之后，伊莎贝尔就要回去伦敦，回到乔治的身边了。我们用国王的名字来命名这个孩子，爱德华。理查德说，他能预见到这孩子伟大的未来。洗礼简单安静，就像我的安产感谢礼一样，国王和王后不能来，而且，虽然人们嘴上不说，但这孩子看上去不太可能茁壮长大。他不太值得让人们为他举行一场盛大的洗礼、三天的城堡庆祝活动和全部仆人参加的晚宴。

“他会强壮起来的。”伊莎贝尔一边小声地安慰我，一边在马厩院子里爬进了马车。她不能骑马了，她的肚子已经大起来了，“今天早上，我就觉得他看上去强壮多了。”

他并没有，但是我们两个都没有承认这点。

“而且不管怎么样，你现在至少知道你能生孩子，你能生下一个活着的小生命。”她说。小男孩死在海上，没能发出一声啼哭的噩梦依旧缠绕着我们俩。

“你也可以生下活着的孩子。”我坚定地说，“这一次，一定可以。我也一定会来陪你分娩的。这次一定会顺利的。你会为爱德华生下一个小堂弟，上帝保佑他们都能茁壮成长。”

她看了看我，眼神空洞，充满恐惧。“约克男孩都很健壮，但我不会忘记，我们的母亲只生下了我和你。而我已经生过孩子并失去他了。”

“现在，勇敢点。”我命令她，就好像我是姐姐，“打起精神，这次你会像我一样顺利的。我会及时来找你。”

她点点头：“上帝保佑你，妹妹，保佑你一切平安。”

“上帝保佑，”我说，“上帝保佑你，伊茜。”

伊莎贝尔离开之后，我想到了母亲。她可能永远也看不到这个了，她的第一个外孙，我们都如此渴望的这个男孩。我给她写了封短信，告诉她孩子生下来了，到目前为止都还算健康。然后我等待着回信。她的回信充斥着愤怒的长篇大论。对她来说，我的孩子，我亲爱的儿子，是私生子。她说他是“理查德的小杂种”，因为这婚姻没有经过她的准许。他出生的城堡不是理查德的家，而是她的，所以他是篡夺者，就像他的父母一样。我必须立刻离开孩子和丈夫，去比尤利找她；或者去伦敦请求国王释放她；或者要求我的丈夫释放她。乔治和理查德必须将财产还给她，而且他们应该被指控为小偷。如果我不照着这样做，那我就会尝到一位母亲冰冷的诅咒，她会与我断绝关系，再也不写信给我。

慢慢地，我把信越折越小，然后走到了总是燃着炉火的大厅，将这一小团纸扔进了火中，看着它闷闷燃烧。理查德走了进来，脚边跟着他的猎鹿犬，停下看着我严肃的脸，又看了看壁炉里的火苗。

“那是什么?”

“没什么，”我悲哀地说，“对我来说，已经什么都不是了。”

1473年6月

约克郡　米德尔赫姆城堡

这是一天中我最喜欢的时间。傍晚，在晚餐前，理查德和我绕着城墙散步，走很长的距离，绕一个圆圈，起点和终点都是王子塔，我的宝贝小爱德华的育儿室。我们的右手边是深深的护城河。我朝下望去，看见他们正把一张渔网从护城河里拖上来，里面的鱼闪耀着银色的光芒。我轻推理查德："今晚吃鲤鱼。"

护城河外是杂乱的石板建筑，那是米德尔赫姆的小镇。小镇外，围绕着长势茂盛的牧草，一路长到沼泽。我能看见，挤奶女工们将她们的轭和桶扛在宽肩上，带着她们的三角板凳，去田野里挤奶。奶牛们听到了"小美牛！小美牛！"的呼喊，从草中抬起了头，缓缓地向她们走来。在田野的远方是山丘的斜坡，那里生长着深绿色的蕨类；在那之上，小山越来越高，紫色的石楠花在一片薄雾中盛开。这里一直是我的家乡，永远都是我家族的家乡。那些村舍中的大部分男孩都以我父亲和他的父亲命名——理查德；大多数的女孩以我和姐姐命名——安妮和伊莎贝尔。几乎每个人都发誓效忠于我和新来的理查德——我的丈夫。我们沿着城堡的走廊在转角转弯，离镇子远了一些，这时，我看见了一只早起的仓鸮，像云朵般雪白，默默地飞行，就好像从茂密的树篱上飘落的一片叶子。太阳慢慢下沉，躲进了玫瑰色和金色的云朵中。我钩着理查德的手臂，然后靠上了他的肩膀。

“你现在开心吗？”我问。

他以微笑回答，真挚诚恳：“在这里我很开心。”

“你的意思是，不在宫廷？”

我希望他会说一些类似于，喜欢我陪着他，喜欢和我和孩子一起在这里，在我们美丽的家里之类的话。我们还是新婚，还很年轻，我还是有一种在扮家家酒的感觉，扮演着庄园主和他的夫人，就好像我的年纪还不够大，或还没重要到可以取代母亲的位置。对理查德来说则不同。这样的生活来之不易，他肩负着成为英格兰北方领主的责任。对我来说，做他的妻子，住在这里，我家族的家里，就是一个女孩的梦想。我时常会不敢相信这样的美梦竟能成真。

但是，理查德只是说：“这些天，宫廷就像是竞技比赛中的混战一样。里弗斯家族不断地夺权逐利，乔治和其他领主则一直反击。暗地里这场斗争一直持续。没有一码我的土地或者一个我口袋里的硬币是安全的。总有王后的亲戚觉得这些应该属于他们。”

“国王……”

“爱德华同意最后和他谈话的人，总是大笑着答应每个人每件事。他白天都在骑马、跳舞、赌博，晚上则与威廉·黑斯廷斯在街头狂欢，甚至和他的继子们在一起游玩。我敢发誓，他们绝不是爱德华真正的伙伴，他们只是为他们的母亲服务。他们和继父一起，是为了做她的眼睛和耳朵，他们带他去各种淫秽的场所，我敢保证他们回去一定会向她报告所有的事。他没有朋友，身边只有间谍和马屁精。”

“那是错的。”我以一个年轻人严格的道德观评论道。

“是非常错的，”理查德同意道，“一个国王应该为他的人民树立一个榜样。爱德华深受爱戴，伦敦的人们也喜欢看见他；但当他在街头烂醉，追逐女人时——”他突然停口，“不管怎样，这些不应该说给你听的。”

我调整脚步适应他的节奏，没有提醒他我的大部分少女时代都居住在一个有驻军的镇子上。

“而乔治则每时每刻都在寻找机会。”理查德说，“他无法阻止自己，除了输给爱德华的王冠和输给我的财产之外，他什么都不想要。他的贪念非常惊人，安妮。他就那么一直不断地想要更多的土地，更多的权力。他在宫廷各处走动，就像只张开了嘴的大鲤鱼一样，狼吞虎咽地吞食金钱。而且他生活得也像一位王子。天知道他花了多少在他的伦敦府邸，呼朋引伴，扩大自己的影响力。”

一只云雀从城堡下的草地飞起，边向上边唱着歌，然后停顿一下再继续往上，一直不断地向上向上，就好像不达天堂誓不罢休。我想起了父亲对我说过的话，去观察，去仔细地观察，因为在某一刻，它会突然合上翅膀，安静地俯冲，就像块石头一样坠向地面。而它降落的地方就是它小小的巢和四颗带着斑点的蛋。鸟蛋朝着中心整齐排列着，因为云雀是种整洁的小鸟，就像其他天堂的候选者一样。

我们从门房塔的楼梯盘旋而下，到了城堡的主广场，这时，门突然开了，一辆带有门帘的马车和二十名骑马护卫进入了大门。

“这是谁？”我问，“一位女士？拜访我们？”

理查德走上前，向护卫的首领致意，就好像是在等着他。“一切都好吗？”

那人脱下了帽子，擦了擦额头的汗水。我认出来他是詹姆斯·提利尔，理查德最信任的下属，他的身后还跟着罗伯特·布拉肯伯里。“都好。”他确认道，“就我所知，没人跟着我们，也没有人在路上阻碍我们。”

我使劲拉了拉理查德的胳膊：“这位访客是谁？”

“你干得很好。”理查德无视了我。

一只手拉开了马车的门帘，詹姆斯爵士转身帮助里面的那位女士下车。

她将一路护她温暖的毯子抛下，拉住了他的手。他站在她的面前，挡住了她的脸。

“不是你母亲吗？”我小声对理查德说，有点害怕一场正式的拜访。

“不。”他看着那位女士走出了马车，站直，发出了一声不适的咕哝。詹姆斯爵士站到了一边。我突然有一种晕眩的感觉，我认出了我的母亲，两年未见的母亲，从坟墓中回来，带着一脸得意洋洋的恐怖微笑，对着我这个把她抛弃在监狱里、任她自生自灭的女儿。

“她为什么在这里？”我问。

我们正在私人房间中，完全隐秘，没有别人。紧闭的门外是大房间，其他人都在那里等着我们领他们去用晚餐。厨房里的厨子正抱怨着肉煮老了，点心也烤过头了。

“我救了她，”他平静地说，“我以为你会开心的。”

我停下来看着他。他不可能真的以为我会开心的。他温和的表情告诉我，他知道，将我的母亲带来会挑起一场家庭战争，这场战争已经在狂暴的信件、痛苦的道歉和借口中酝酿了两年。在她最后一封信中，她称呼我的儿子、她自己的外孙为一个杂种，称呼我的丈夫为小偷。自那以后，她再也没有给我写过信了。她告诉我，我让父亲丢脸，更背叛了她。她告诉我，我不再是她的女儿了。她以一位母亲的名义咒骂我，说我将得不到她的祝福，而她将至死都不再提及我的名字。我没有回信，一个字都没回。决定嫁给理查德的时候，我就已经无父无母了。一位已经死于战场，另一位抛弃了我，将我独自一人送向战场。伊莎贝尔和我称自己是孤儿。

直到现在。“理查德，看在上帝的分上，为什么你把她带来这里？”

最后，他决定说实话："乔治打算去抓她，"他说，"我确信这件事。乔治打算绑架她，以反抗国王让我们两人分享她的财产的决定，替她申诉，替她收回一切，就好像他是她的游侠骑士，然后，等她拿回了所有沃里克的土地，他就会从她那里将一切夺走。他打算把她关在自己的家中，就像他关你一样，然后他就会得到我们现在所有的一切，安妮。我必须在他之前得到她。"

"所以，为了阻止乔治抓她，你抓了她。"我冷冷地说，"犯下了你怀疑他将要犯的罪行。"

他冷酷地看着我："当我娶你的时候，我说过我会保护你。我现在正在保护你的利益。"

听他提到我们的爱情，我沉默了："我没想到，那意味着这个。"

"我也没想到，"他说，"但我发誓要保护你，而这就是要付出的代价。"

"她住在哪里？"我有点头晕，"她不能再去避难所了，是吗？"

"这里。"

"这里？"我几乎冲他尖叫。

"是的。"

"理查德，我害怕见她。她说过，我已经不是她的女儿了。她说，我永远都得不到母亲的祝福。她说我不应该嫁给你。她对你的称呼，你肯定不会原谅的！她说我们的儿子是——"我说不下去了，"我不会重复的，我连想都不愿想到。"

"我不需要听到，"他愉快地说，"而且我也不需要原谅她。你也不需要她的祝福。她会作为客人住在这里。如果你不想见她，你可以永远都不见她。她可以在自己的房间里用餐，可以在自己的教堂里祈祷。她不会打扰到你的。"

“她怎么不会打扰我？她是我的母亲！她是极力反对我的母亲。她说，自己至死都不会提及我！”

“把她当成你的犯人。”

我跌坐在椅子上，盯着他看：“我的母亲是我的犯人？”

“她在比尤利修道院是一名犯人。现在，她在这里还是一名犯人。她永远也不会恢复她的财产，在她听见你父亲的死讯、宣布避难的那一刻起，就失去了它们。她选择抛下你独自面对危险的战争。现在她过着的是她选择的生活，要承受自己选择的后果。她是个穷光蛋，是个犯人，只不过现在不是比尤利的犯人，而是这里的犯人。她也许喜欢这样，也许更喜欢待在这里。这里毕竟曾是她的家。”

“她作为一名新娘来到这里，这是她家族的府邸，”我轻轻地说，“墙上的每一块石头都会向她述说她的权利。”

“那么……”

“这里还是她的。”我看着他年轻坚定的脸，意识到无论我说什么都没用了，“我们像小偷一样住在这里，而现在真正的主人会看着我们收她的租金、用着她的东西、由她的墙庇护、生活在她的屋檐下。”

他耸了耸肩，我不说话了。我知道他是个果决的人，像他的哥哥一样，能够强大、快速地行动。约克男孩们在反抗国王的起义中度过童年，看着他们的父亲和哥哥不惜一切地战斗。所有的约克男孩都有着无畏的勇气和顽强的耐力。我知道他是一个会毫无顾忌地追逐自身利益的男人。但是我不知道他是一个这样的男人，抓住自己的岳母，不顾她的意志监禁她，与她同在一个屋檐下，却偷走她的土地。我知道我的丈夫是一个强硬的男人，但我不知道他竟如此冷酷无情。

“她会住多久？”

“住到她死。”他温柔地说。

我想到了伦敦塔中的亨利国王，在约克兄弟们从图克斯伯里凯旋的当天去世，结束了他的血统；约克三兄弟在他睡着的时候，安静地走进黑暗的房间，他沉睡在他们的保护中却再也没有醒过来。我张开嘴想要问我的丈夫一个问题，但马上又合上了，一句话也没有说。我发现，自己在害怕，不敢问我这位年轻的丈夫觉得我的母亲能活多久。

那天晚餐后，我不情愿地去了分配给母亲的房间，心中怀着厌恶。他们给她送去了晚饭中最好的菜肴，单膝跪地呈给她，显示出了对一位伯爵夫人应有的尊重。她的胃口很好，我进去的时候，他们正把空碟子拿走。理查德下令将她安置在西北塔楼，离我们尽可能远。那塔楼没有廊桥可以通向主塔，即使允许她离开自己的房间，也必须下楼出门到院子，穿过院子，走上主塔的楼梯，才能进入大厅。每一门口都有卫兵。没有邀请的话，她永远也不能来见我们。不经允许，她也不能擅离塔楼。她的余生，就只能看见同样的风景了。从她的窗口向外望，只能看见小塔的屋顶、辽阔的灰色天空、空荡荡的景色和黑色的护城河。

我走进房间，向她行屈膝礼。她是我的母亲，我必须表示尊敬。然后，我就在她面前站着，高高地抬着下巴。我担心自己看上去像是个目中无人的小孩。但我只有十七岁，仍害怕着母亲的权威。

“你的丈夫打算把我像个犯人一样关起来，”她冷冷地说，“你，我的亲生女儿，难道要做他的看守吗？”

“你知道我不能违抗他的。”

“你不能违抗我。”

“你抛弃了我，”我被逼得说出了口，“你把我留给了安茹的玛格丽特，她把我领上了一场可怕的战斗，而且还战败了，我的丈夫也死了。我不过是个孩子，而你把我遗弃在了战场上。”

“你为过度的野心付出了代价，”她说，“你父亲的野心摧毁了我们。现在你又跟了另一个有野心的男人，像条狗，像你跟随你父亲时一样。你想成为英格兰王后。你不能摆正自己的位置。”

“我的野心并没有让我走上不归路。”我抗议道，“伊莎贝尔囚禁了我，我自己的姐姐！”我感觉到自己的愤怒和眼泪一起涌了上来，“没有人保护我。你放任伊莎贝尔和乔治违背我的意愿，把我关起来。你自己安全地躲在避难所里，你留我在战场任人摆布！任何人都可能抓住我，任何事都可能发生在我身上。”

“你放任你的丈夫和伊莎贝尔的丈夫偷了我的财产。”

“我怎么阻止他们?”

“你尽力了吗?”

我沉默了。我没有尽力。

“把我的土地还给我，释放我，”我的母亲说，“告诉你的丈夫，他必须这么做。告诉国王。”

“母亲大人——我不能。”我无力地说。

“那就去告诉伊莎贝尔。”

“她也不能的。她怀孕了，都不在宫里。而且不管怎样，国王不会听从我和伊莎贝尔的请愿。为了他的弟弟们，他永远也不会听我们的。”

“我必须获得自由。”母亲的声音有一瞬间的颤抖，“我不能死在牢狱里。你必须让我自由。”

我摇了摇头。“我做不到。”我说，“问我是没有用的，母亲大人。我无能为力，不能为你做任何事情。”

那一刻，她的眼睛死死地盯着我；她仍然可以吓到我。但是这次，我迎上了她的目光，耸了耸肩。“我们输掉了那场战役。”我说，“我嫁给了我的救世主。我没有权力，伊莎贝尔也一样，你也一样。我不能为你做任何违背我丈夫意志的事。你必须让自己适应失败，就像我一样，就像伊莎贝尔一样。”

1473年8月14日

萨默塞特　法雷·汉格弗德城堡

离开家中西北塔楼中那默默沉思的母亲，是一种巨大的解脱。我去了萨默塞特的诺顿圣菲利普，去陪伴临盆的伊莎贝尔。我到达时她已经快分娩了，我进了暗房与她待在一起。婴儿早产了，分娩足足持续了两天，她并不太痛，但到最后已经很累了。接生婆将婴儿递给我。“一个女孩。”她说。

“一个女孩！”我惊呼，“看啊，伊茜，多漂亮的女孩啊！”

她几乎没有看一眼那婴儿完美的脸蛋。这孩子的脸庞光滑白皙犹如珍珠，眼睫毛深黑。“哦，一个女孩。”她没精打采地说。

“祝你下次好运。”接生婆冷冷地说。她把血迹斑斑的床单捆成了一团，在自己肮脏的围裙上擦了擦手，开始四处找酒喝了。

“但这已经是最好的运气了！”我抗议，“看她多漂亮啊！伊茜，看看她，她连哭都不哭！”

小婴儿张开嘴打哈欠，就像只小猫那么可爱。伊茜没有伸手抱她。“乔治希望生一个男孩，”她说，“他不会为此感谢我的。他会认为这是一次失败，我的失败。”

“也许下次就会是个男孩了？”

“而王后却不停地生孩子，”伊莎贝尔暴躁地说，“乔治说，她的健康很快就会被毁了的。他们几乎每年都生一个孩子。总有一天，某一个会让她死于难产的，是吗?”

我不去理会她的恶意。“几乎全是女孩。”我安慰她。

“她只需要一个男孩成为威尔士亲王就够了，而且已经有一个了，而且这个月又会再生一个孩子。如果她又生下了一个儿子呢？那她就会有两个儿子来继承他们父亲篡夺来的王位。如果她有更多的儿子，那乔治该怎么才能坐上王位呢?”

“嘘。”我立刻说。接生婆背对着我们，奶妈正走进分娩室，女仆正收拾着床具，把床单铺上大床，但我还是害怕我们的交谈会被听见。“嘘，伊莎贝尔。别说这种话。特别是不要当着人们的面说。”

“为什么不？乔治是爱德华的继承人。那是他们的协议。她一直不断地生孩子，好像她不能停下来，就好像只生仔母猪。为什么上帝给她一个男孩？为什么她能生育？为什么上帝不在她身上降下瘟疫，让她和她的孩子们都下地狱?”

她居然生产后这么快就有了这么突然的恶意，我太惊讶了，什么话都说不出来。我转过了身，将孩子递给了奶妈。奶妈在一张摇椅上坐稳，将孩子靠近了自己的胸口，爱怜地摸着她黑黑的毛茸茸的脑袋。

我神情严肃地帮着伊莎贝尔上了大床。“这些不是你的想法，也不是乔治的，我知道的。”我坚定地说，“因为说这种话是叛国，是对国王和他的家庭的不忠。你太累了，而且醉了。伊茜，你一定不能再说这种话，即使对我也不行。”

她示意我靠近，好对我耳语。“你不觉得父亲想要乔治挑战他哥哥吗?你不觉得如果乔治坐上王座、我成为王后，父亲会认为是天堂之门打开了吗？而且你的丈夫就会成为王位的下一位继承人。这个孩子是个女孩，她什么都不是。如果乔治登上王位，那理查德就会是下一位王储。难道你忘记了？父亲这生最大的愿望，就是看到我们其中一个成为英格兰王后，而他的外孙成为威尔士亲王！如果他看到我成为王后、你在我之后成为王后、你的儿子在我们之后成为国王，他会有多骄傲、有多自豪啊，你能想象吗?”

我推开她。“这让他付出了生命的代价。”我严厉地说，“他步向了死亡，而我的母亲成为囚犯，我们成了孤儿。”

“如果乔治赢了，这一切牺牲才有价值。”她固执地说，“如果乔治登上了王位，父亲才能死得瞑目。”

想到父亲死不瞑目，我害怕了。“啊，别这样，伊茜，”我急忙说，“我付了足够的钱让我们家每一座教堂为父亲的灵魂做弥撒。不要说这种话。看，我先走了，你好好休息。分娩酒让你神志不清了。你不应该说这种事，我也不应该听的。我嫁给了国王的弟弟，你也是。那才是事实。所有多余的想法只会引我们步向危险和失败。所有其他的想法都是插在心口的剑。”

我们再也没有提起这个话题。离开时，乔治帮我上马，感谢我对伊莎贝尔的照顾。我祝愿他幸福，他的孩子健康成长。

“也许她下次会生一个男孩的。”他说。英俊的脸上带着不满，他的魅力被这个打击给掩盖了，微笑的嘴角下垂，就像个被宠坏的孩子那样绷着脸。

有那么一刻，我想要提醒他，她有过一个男孩，一个漂亮的小男孩，一个本可以成为他渴望的儿子和继承人的男孩，一个本该在这个大厅中奔跑的男孩，一个有保姆匆匆跟在后头的结实的三岁男孩；但父亲的船太颠簸了，伊茜没能生下他，除了我之外没有接生婆，而那孩子的小棺材就这样被滑进了波涛汹涌的灰色海面。

“也许下次会的，”我安慰他，“但她是个非常漂亮的女孩，吃得好，长得强壮。”

“比你的男孩强壮?”他恶毒地说，“你叫他什么，爱德华？是在纪念你死去的丈夫吗？真是有趣的悼念。”

“是以爱德华国王命名的。”我咬着嘴唇。

“那我的孩子比你的强壮吗?”

“是的，我觉得是。”说出事实让我很受伤，但小玛格丽特是个结实好胃口的孩子，而且长得很健康。而我的孩子安静柔弱。

他耸了耸肩。“好吧，这没有什么差别，女孩没有用的。女孩不能继承王位。”他转过身。我几乎听不见，但我知道他说了什么。有一刻，我想要质问他，问他敢不敢再说一遍，并警告他这是叛国。但我用冰冷的双手执起了缰绳，觉得自己最好还是当他没说过，自己也没听见。我最好还是回家。

1473年夏

伦敦　巴纳德城堡

我和理查德在他伦敦的住所巴纳德城堡会合，宫廷的人都离开伦敦了，这城市非常和平，令我松了口气。伊丽莎白王后去什鲁斯伯里，她又生下了一个男孩，伊莎贝尔害怕的第二个儿子。溺爱她的国王也一起去了。毫无疑问，他们正在庆祝又一个儿子的诞生，他将确保他们血统对王位的继承。不管她生了一个儿子还是二十个，对我来说都没有什么不同。理查德本来是王位的第三继承人，变成第四继承人也没什么大的改变。但她居然这么能生育，还是让我禁不住有点懊恼和生气。

他们给他起名理查德，为了向他的教父和叔叔、我的丈夫致敬。理查德为此很高兴，他对兄长的爱意味着会为国王的成功而高兴。我高兴的则是，他们远在什鲁斯伯里，我不会和其他女士一起被传召去站在婴儿床边，恭喜她生下又一个强壮的儿子。我祝愿她和她的新生儿，就像我祝愿每一位产床上的女人。但我真的不想看见她的胜利。

剩下的贵族和朝臣们都去自己的领地度夏了，没人愿意在炎热的瘟疫季节留在伦敦，所以理查德和我也不会待很长时间。我们马上就会一路北行，去米德尔赫姆看我们的宝宝。

我们要离开的那天，我去告诉理查德，自己会在一小时内准备好，却发现他的会见厅大门紧闭。这是理查德听取请愿和申请、做判断和慷慨解囊的房间，为了显示出他是一位好领主，大门总是敞开。这是他的办公室，总是一目了然，以便人们能看见这位约克家最年轻的儿子恪尽职守地在管理着王国。我打开门走了进去。里面私室的门也关着。我正要转动门把，突然因为一个熟悉的声音而停下了。

他的哥哥，克拉伦斯公爵乔治和我的丈夫一起在里面。他正非常小声但又非常强势地说着话。我的手从门把上落了下来，静静地站立聆听。

“因为他不是我们父亲真正的儿子，因为他们的婚姻无疑是魔法的产物……”

“这件事啊？又来了？”理查德轻蔑地打断了他的哥哥，“又来了？他有了两个英俊的儿子，其中一个这个月刚刚出生，还有三个健康的女儿，而你只有个死婴和可怜的女儿；你却说他的婚姻得不到神的祝福？乔治，即使是你也可以发现所有证据都对你不利吧？”

“要我说，他们都是私生子。他和伊丽莎白·伍德维尔在上帝的眼中根本没有结婚，他们的孩子都是杂种。”

“伦敦就你一个蠢货会说这种话。”

“很多人都这么说的。你妻子的父亲就这么说过。”

“他疯了。如果说这话的人没疯，就一定是蠢货。”

椅子在木头地板上刮擦的声音响起：“你叫我蠢货？”

“天啊，是的。”理查德轻蔑地说，“我不介意当面说。一个奸诈的蠢货，你觉得如何？一个恶毒的蠢货——如果你还觉得不够的话。你以为我们不知道你和牛津的会面吗？与所有那些心怀怨恨的蠢货会面？爱德华已经尽可能地去安置那些失去地位怨声载道的蛀虫了。你还去与反对爱德华的兰开斯特人会面？与所有那些你能找到的剩下的兰开斯特追随者会面？与每一个心怀不满的乡绅会面？递送秘密信件去法国？你以为我们不知道你做的这些事吗？我们知道得更多。”

“爱德华知道？”乔治的声音失去了力度，就好像他正身处在狂风中，

“你说‘我们知道’？爱德华知道什么？你告诉了他什么？”

“他当然知道。假设他知道一切，他会做什么吗？不会。我会吗？或许。因为我对隐藏的敌意没有耐心，我喜欢抢先出击。但是爱德华爱你，正如一个善良的兄长，而且他比我更有耐心。但是，我的哥哥，你要说的不是新消息，早在你成为一个叛徒之前，我就已经知道你是个叛徒。那些我都知道了，我们都知道了。”

“我不是为了那些来的，只是来说……”

我再次听到了椅子的刮擦声，某人站了起来，然后我听见了理查德的声音变响了：“这上面写了什么？大声读出来！它写了什么？”

不用打开门看，我就知道，理查德正指着他刻在巨大的木制烟囱管道上的座右铭。

“看在上帝的分上！”

“*Loyauté me lie*，”理查德念道，“忠诚束缚着我。你不会明白这种事的，但我全身心地宣誓效忠我的哥哥和国王——爱德华。我相信骑士的秩序。我相信上帝和国王，并相信两者一体，而我的荣誉则系于这两者身上。你绝对不能质疑我。我的信仰超越你的想象。”

“我只是想说，”现在乔治的声音劝诱中带了点哀求，“我只是想说，国王有一些问题，王后也有一些问题，如果我们是合法的王子而他不是，那么我们也许应该平分这个王国，就像你我平分内维尔的财产一样，然后共同统治。他给了你北方，允许你像公国一样统治那里。为什么他不同样把中部交给我统治，自己保留南边？爱德华王子也拥有威尔士。这难道不是很公平吗？”

有片刻的沉默。我知道理查德会被成为一个北方王国的统治者这样的想法诱惑。我向门口迈了一小步，祈祷他能抵制诱惑，对他的哥哥说不，忠于国王。上帝保佑他不要做什么会让王后仇视我们的事情。

“这是要瓜分他在一场公平的战斗中赢来的王国。”理查德坦率地说，“他凭借武力、靠着我们的支持在光荣的战斗中赢得了整个王国。他不可能分割它的。那会毁了他儿子的继承权。”

“我很惊讶，你居然维护伊丽莎白·伍德维尔的儿子，”乔治温和地说，“在所有人里，是你被她的家族夺去了你兄长的爱；在所有人里，你是他最好的朋友和最爱的人；但现在你只能排在她后面了，排在她那圣徒般的弟弟安东尼后面，排在她那些平民儿子后面，托马斯和理查德，他们不过是国王在伦敦一起逛妓院的同伴。在我看来，你倒是伍德维尔男孩们的拥护者。事实证明，你还真是个好叔叔。”

“我维护我的兄长。”理查德回答，“我对里弗斯家族没什么意见。我的哥哥选择了他娶的那个女人。她不是我的选择，但我还是一如既往地维护我的哥哥。”

“你不可能对她效忠。”乔治断然说，“不可能的。”

我听到我年轻的丈夫再次犹豫了；这是真的，他不可能对她效忠。

“我们会谈的，”乔治最后说，“但不是现在，以后。等到伍德维尔男孩想要坐上王座。我们到那时再谈。等那个来自格拉夫顿下贱血统的私生子想要坐上英格兰的王位、戴上我们的哥哥的王冠，我们到那时再谈。那王冠是我们为兄长、为我们的家族赢来的，不是为了伍德维尔们。我知道你忠于爱德华，我也是。但我只忠于兄长，家族和国王的血脉。而不是那些血统下贱的私生子。”

我听见他的脚步声穿过房间，便退到了一个窗台边。他们打开了门，我回头看了一眼，就好像看到他们在那里很惊讶。乔治走去大门时，勉强朝我点了点头，理查德站在原地，目送他离开。

1474年6月

约克郡　米德尔赫姆城堡

理查德遵守了他的诺言，虽然母亲与我同住一个屋檐下，但我几乎看不到她。她的房间在西北塔楼，靠近门楼，以便于卫兵防守。从塔楼只能看见米德尔赫姆那些小房子的茅草屋顶和石头墙壁，而我们的房间则高高位于中央堡垒，像一个鹰巢一般，可以俯瞰所有景物。我们在卫兵和亲友的陪伴下去伦敦、去约克、去谢里夫哈顿、去巴纳德城堡，而她待在同一个房间中，每天早晨从同一扇窗户看着太阳升起，照射进来，在她的房间里投下相同的阴影。

我下令，绝不允许带我们的儿子爱德华沿外墙的走道走路，以免他看见他的外祖母。我不希望她和他有任何瓜葛。他有一个高贵的名字，他是父亲渴望的外孙。他对王位的继承权很小，但我以一个国王的标准来教导他鼓励他，就像我父亲希望的那样，就像我母亲应该做的那样。但是她诅咒我，诅咒我的婚姻，所以我绝不会让她看一眼我漂亮的儿子。对他来说，她是个死人；正如她宣称的，我对她也是个死人一样。

仲夏时，她要求同时见理查德和我。她的首席侍女带来了这个消息，理查德看了我一眼，就好像是在问我要不要拒绝。

“我们必须见她。”我不舒服地说，“如果她病了呢？”

“那她就应该找医生，而不是你。”他说，“她知道自己可以请医生的，甚至可以请伦敦的医生，只要她想要。她知道我对她不会吝啬的。”

我看着沃斯女士："她想要什么？"

她摇了摇头。"她只告诉我想见你们，"她说，"你们两个。"

"把她带来吧。"理查德决定了。

我们端坐在米德尔赫姆城堡的大厅中，坐在几乎像王座一样的配套椅子上。母亲进房间时，我没有起身，虽然她停了停，好像期待我跪下来请求她的祝福。她四下环视，就好像是在观察我们对她的家做了什么样的改变，并且扬了扬眉毛，似乎不满意我们装饰的挂毯。

理查德朝一个男仆打了个响指。"为伯爵夫人拿把椅子。"他说。

母亲在我们面前坐下，我看出了她动作中的僵硬。她老了——也许是病了。也许她想去和伊莎贝尔一起住在沃里克城堡，我们可以让她走的。我等着她开口说话，渴望母亲说为了健康她得去伦敦，和伊莎贝尔住在一起。

"是关于那文件。"她对理查德说。

他点点头："我想也是。"

"你知道，我早晚会听说的。"

"我想会有人告诉你的。"

"什么？"我转向理查德，插嘴道，"什么文件？"

"看来，你没告诉妻子自己做了什么，"母亲厌恶地说，"你害怕她会阻止你做这种坏事么？我很惊讶，她又不是我的帮手。看来你担心，即使对她来说，这一切都太过分了是吗？"

"不，"他冷冷地说，"我不担心她的判断力。"他对我简略地说道："乔治和我最终同意了解决你母亲土地问题的一个方法。爱德华也批准了，它已作为一项议会法案通过了。律师们花了很长的时间讨论，这是唯一满足我们所有人的解决方法——我们已经宣布她死了。"

"死了！"我盯着母亲，而她也傲慢地回望着我，"你怎么能说她死了？"

他用靴子轻敲着地面。“这是个法律术语，解决了她的土地问题。没有别的办法能得到那些土地。只要她还活着，你和伊莎贝尔就都不可以继承它们。所以，我们宣布她死了，而你们作为她的后嗣便能继承土地了。我们没有从任何人那里偷任何东西。她死了，你们继承。作为你们的丈夫，那些土地转到了乔治和我名下。”

“那她呢？”

他指了指她，几乎大笑出声。“你看，她在这里啊，一个阴谋失败的女人。这会让人们再也不相信魔法。我们宣布她死了，而她在这里，精神矍铄，在我家吃喝。应该有人为此布道一场。”

“如果你觉得我花费大，我很抱歉。”母亲刻薄地说，“但我记得你拿了我所有的钱来支付我的开销。”

“只有一半的钱。”理查德纠正她，“你的另一个女儿和女婿拿走了另外那半。你不必责怪安妮，伊莎贝尔也抛弃了你。但我们供你生活，负责守卫你。我就不求感谢了。”

“我不会感谢你的。”

“你更愿意被关在修道院吗？”他问，“我能安排的。如果你想要，我可以把你送回比尤利关押起来。”

“我更愿意自由地生活在我自己的土地上。我更希望你没有滥用法律，夺去它们。我现在的生活算是什么？如果我已经被宣告死亡，那这又算是什么？我是在炼狱，还是地狱？”

他耸了耸肩。“你提出了一个尴尬的问题。现在一切已经解决了。我不想被看作是偷岳母东西的人，也不想危害到国王的荣誉。你是个在避难所里的无助女人，不能让别人觉得他在抢劫你。我们已经很好地解决了这个问题。议会的法案现在宣布，你已死去，所以你没有土地、没有房子，我想也没有自由。要么在这里，要么是女修道院，要么是坟墓。你可以选择。”

“我要待在这里。”母亲口气沉重，“但我绝不会忘记你对我所做的事情，理查德。就在这同一个城堡里，我照顾过你，我丈夫教导你战争和生意诸事。我们是你的监护人，善良温和地照顾着你和你的朋友弗朗西斯·洛弗尔。而你们就是这样报答我们。”

“你的丈夫教我，进军要快，杀人不悔，为达目的不择手段，战争也好、法律也好。如果他处在我的位置上，会和我做一模一样的事情。事实上，他的野心更大，我只拿了你一半的土地，但他会拿走全英格兰的土地。”

她不能反驳。“我厌倦了，”她说着，低下了头，“安妮，重新支持我吧。”

“不要以为你可以收买她，”理查德警告她，“安妮知道自己的忠诚应该归谁所有。你在失败时抛弃了她，我代替你救出了她，让她成为了一位伟大的继承人和伯爵夫人。”

我扶住母亲的手臂，她靠在我身上。我不情愿地带着她走出了觐见室，走下楼梯，穿过大厅。仆人们正从那里拉出桌子，准备晚餐。我带着她走向了通往外墙和她房间的走廊。

她在通向塔楼的拱门前停下。“你知道他会背叛你的，总有一天，你会像我一样。”她突然说，“你会孤单寂寞，你会身处炼狱，想着是否这就是地狱。”

我害怕得想要离开，但她抓着我的手，牢牢地靠着我。“他不会背叛我的。”我说，“他是我的丈夫，我们的利益是一致的。我爱他，我们为爱结婚，现在也依然相爱。”

“啊，原来你不知道。”她心满意足地说。她叹了口气，就好像有人送了她一件贵重的礼物，“我就觉得你是不知道的。”

显然，她一时半会是不肯再走一步了，我也陪她站着。突然我意识到，她正是为了这一刻，为了和我单独在一起，才抓着我的手臂。她并不是想和女儿单独待一会儿，也不是希望和解。不，她想要告诉我一些我不知道的可怕的事情，我也不想知道。“走吧。”我说。但她还是动也不动。

“那条宣布我已成为死人的法律也让你成为了他的娼妓。”

我太震惊了，完全愣住了，看着她说：“你说什么？你现在在说胡话？”

“就是这块土地的法律，”她刻薄地笑了，像一个女巫般咯咯笑着，“一条新的法律，而你不知道。”

“知道什么？”

“这条法律说，我死了财产由你继承，接着还说，如果你和你的丈夫离婚，那这些土地就归他了。”

“离婚？”我重复了这个奇怪的词语。

“土地、城堡、房子、海上的船只、宝库里的宝物、矿山、采石场、粮仓，所有的一切都归他了。”

“他假定我们会离婚？”我在这陌生的词语中挣扎。

“这样的事情怎么可能发生？你们为什么要离婚？”她咋呼着，“婚姻是完整的，你被证明是能够生育的，已经给了他一个男孩。所以没有理由离婚，不是吗？但是在这个国会法案里，理查德为离婚做出了这样的规定。他为什么要这么做，如果不会离婚的话，为什么会为这种不可能的事提前准备？”

我被绕晕了：“母亲大人，如果您一定要跟我说的话，请说清楚。”

她的样子就好像是告诉我了一个好消息。她明白这件事而我不明白，因而她高兴了起来。“他要否认你们的婚姻，”她说，“他准备让你们的婚姻无效。如果这是一场真正的婚姻，那就不能失效，所以我猜，你们并没有得到教皇完整的赦免就结婚了。我说对了吗？我说对了吗，我的叛徒女儿？

你们是表兄妹，你们是姻亲，我是他的教母。理查德甚至是你第一任丈夫的亲戚。你们的婚姻必须得涉及许多问题，但是我不认为你们有时间能从教皇那里得到这样的一个完整的书面赦免。我猜，理查德催着你结婚，说你们可以稍后再拿赦免。我说对了吗？我觉得我说中了，他之所以娶你就是为了你的财产，他也得到了裁决，如果抛弃了你，他还能持有你的土地。他露出尾巴了，他有可能抛弃你。这一切再清楚不过了！”

“法律条款一定就是这样设计的，”我固执地说，“乔治和伊莎贝尔也是一样的，对他们来说，这规定也是一样的。”

“不，不一样。”她说，“你是对的。如果乔治和伊莎贝尔和你们的条款一样，你就可以放心了。但他们不一样。没有关于他们婚姻失效的条款。乔治知道他不能废除他与伊莎贝尔的婚姻，所以他没有为那种情况定下条款。乔治他们有亲戚关系的赦免，他们的婚姻是有效的，不能被废除。但是理查德知道他并没有得到完全赦免，他的婚姻并不是全然有效的，可以被废除。他有权力能做到。我非常认真地读了这些条款，任何女人都会认真地读她自己的死亡证明书的。我猜，如果我派人去问教皇，让他出示你们婚姻的合法赦免，他会回答说没有，从来没有人去申请过完整的赦免。所以你并没有结婚，你的儿子是个私生子，而你是个娼妇。”

我太震惊了，只能盯着她看。一开始，我觉得她疯了，但她说的每一句话渐渐地拼凑了起来：我们的确匆匆忙忙地结婚了，理查德告诉我可以不等赦免先结婚，回头再去申请。然后，我就傻傻地以为，这个婚姻是有效的。我就像个傻瓜一样忘记了这件事，像个傻瓜一样去度蜜月，忘记了就算主教主持、国土祝福，这场婚姻还是需要教皇的赦免。当我被他的母亲招待，当我被宫廷接纳，当我们生下儿子、继承了土地，我就以为一切顺利，完全忘记了去询问这件事。而现在我知道我的丈夫没有忘记，没有自以为是，他已经保证了自己即使抛弃了我之后，还能拥有他的财产。如果他想摆脱我，只需要说这场婚姻从来就是无效的。我们的婚姻是基于我们在上帝面前的誓言，至少那些是不能否认的，但是还不够。我们的婚姻就在他一念之间。只要他愿意，我们仍是丈夫和妻子，他可以随时将这场的婚姻贬为一场假象，他将获得自由，而我将彻底蒙受羞辱。

我惊讶地摇了摇头。我一直以为自己掌握了这场游戏，既是玩家又是棋子，而现在我才是真正的无能为力，真正地成为了别人手中的棋子。

“理查德。”我叫着他的名字，就好像是想再呼唤他来救我一次。

母亲默默地看着我，心满意足。

“我该怎么做?”我自言自语，“我能怎么做?”

“离开他。”母亲的声音就像一个耳光，“立刻离开他，和我一起去伦敦，然后我们就可以推翻这条法令，否认这场假婚姻，将我的土地夺回来。”

我生气地反驳她：“你不明白吗？你永远都拿不回你的土地了。你觉得你可以对抗英格兰国王本人吗？你能想象自己挑战齐心协力的三个约克的儿子吗？你忘记了吗？那些是父亲的敌人，也是安茹的玛格丽特的敌人，但他们的联盟难道不是彻底地失败了吗？你忘记了吗？我们战败了。你只会让自己被关进伦敦塔，我也和你一起。”

“做他的妻子，你永远也不会安全的。”她预言道，“他随时都可以离开你。如果你的儿子死了，你又不能再生一个，他就会带着你的财产去找一个更能生育的女人。”

“他爱我。”

“也许是，”她坦言，“但他最想要的还是这些土地、这座城堡和一个继承人。你不安全。”

“做你的女儿不安全，”我反击，“至少我知道这点。你把我嫁给了一个英格兰王位的争夺者，又在上战场之际抛弃了我。现在你又让我叛国。”

“离开他!”她小声说，“这次我会和你一起的。”

“那我的儿子呢?”

她耸了耸肩。“你再也看不见他了，但他不过是个私生子……所以又有什么关系呢?”

我猛地抓住了她的手臂，将她推向她的房间。卫兵让开一条道，好让我们进去，等她进去以后就会挡住门不让她出来。

“不要那么叫他，”我说，“你怎么敢这么叫他。我站在我儿子和我丈夫这边，而你就烂在这里吧。”

她从我的手中挣脱。“我警告你，我会告诉世界，你不是个妻子，是个妓女，你会被毁掉的。”她吐了口口水。

我把她推进门。“不，你不会的!”我说，“因为你不会有笔和纸，再也无法传送信件。没有信使，不许见客。你只教会了我，你是我的敌人，我会紧紧地看住你。进去，母亲大人。你再也不能出来，你说的任何话都不会在这些墙以外被重复。进去然后死吧，对这个世界，对我而言，你已经死了！进去然后死吧!”

我当着她的面，摔上了门，冲着卫兵吼道：“除了她的仆人，不许任何人看见她，”我说，“不许传递消息，即使是商贩和工匠都不能到她门前来。每个进出的人都要搜身。不许她见任何人，不许她与任何人说话。你明白了吗?”

“是的，殿下。”他说。

“她是个敌人，”我说，“她是个叛徒，是个骗子。她是我们的敌人。她是公爵、我和我们宝贝儿子的敌人。公爵对他的敌人很无情。你也得对她无情。”

1475年春

约克郡　米德尔赫姆城堡

我觉得我正在变成一个冷酷的女人。曾经的那个女孩，害怕着母亲的批评，黏着自己的姐姐，像爱着主人一般爱着父亲，现在已经变成了一个十八岁的公爵夫人，命令她的手下像对待敌人一般看管自己的母亲，小心翼翼地给自己的姐姐写信。理查德警告我，他的哥哥乔治已经变得很危险并公开批评国王，而伊莎贝尔则被视为同伙；我们不能让别人看到我们与他们有来往。

他不必说服我。如果他们正步入危险之中，我也不想与他们来往。伊莎贝尔写信给我，说她又将临盆，叫我去陪她。我拒绝了。另外，母亲被囚禁在塔楼里，她恐怖的威胁每日每夜在我的耳中梦中回荡，这种情况下，我没有办法再去面对伊莎贝尔。伊莎贝尔现在知道了，就像我一样，我们宣布自己的母亲死了，以夺取她的土地给我们的丈夫。我觉得我们是杀人犯，手上沾满鲜血。如果伊莎贝尔问我母亲怎么样，我该如何回答？她是不是在耐心地忍受着监禁呢？如果她叫我放了母亲，我该说什么？

我可以永远不承认母亲被关在塔中，这样她就不能对我的婚姻评头论足。我不能告诉伊莎贝尔，不仅仅是我们的丈夫宣告了母亲的死亡，现在连我都希望她死。当然，我希望她能永远闭嘴。

而且我现在害怕伊莎贝尔的想法。我不知道她是不是像母亲那样认真地读了那些条款，不知道她是不是也在怀疑我的婚姻，是不是有一天，乔治会告诉所有人，我是公爵的情妇，正如伊丽莎白·伍德维尔是国王的情妇；约克家的儿子只有一个有着真正的妻子。这些想法盘旋在脑中，我不敢这样去见伊莎贝尔，所以我写信说不能去，时间上不方便。

伊莎贝尔在五月回信说，她很遗憾我不能去陪她，但她有好消息。她终于生下了一个男孩，一个儿子和继承人。他也叫爱德华，但会以他出生地和他外祖父的领地命名，成为沃里克的爱德华，她希望我为她高兴。我试了，但我能想到的只有，如果乔治想要夺取王位，那些有可能加入他的叛徒们就会看到一个可供选择的王室家族：一个王位争夺者和一个继承人。我写信给伊莎贝尔说，我为她和她的儿子高兴，并祝愿她一切都好。但我没有寄礼物，没有要求做孩子的教母。我害怕乔治对这个小男孩有什么计划，这个新的沃里克，拥王者沃里克的外孙。

另外，当我在为母亲的话而烦恼，为儿子而担忧时，这个国家与法国的战争已一触即发，和平时期的一切已经被遗忘了。税收提高了，各地都在招募士兵、锻造武器、修补鞋子、缝制制服。理查德一心一意地在我们的领地上召集军队，他征集了佃户、家臣、家中下人以及所有对他宣誓过效忠的人。乡绅们必须从自己的农场里带来佃户，城镇必须筹集资金、送去学徒。理查德急急忙忙地召集好军队，加入了他的兄弟，他的两个兄弟。他们动用了整个王国的力量去侵略法国，就像这王国是他们面前摆出的盛宴。

约克家的三个儿子即将再次光荣出征。爱德华宣布他志在复兴亨利五世的荣耀。他将再次成为法国国王，而坏王后与沉睡王带来的英格兰的耻辱将被遗忘。理查德准备离开的时候，对我态度比较冷淡。他还记得，法国的路易国王提议并筹划了我的第一场婚礼，称我为他的漂亮表妹，而在我有望成为英格兰王后之时承诺做我的朋友。理查德再三检查了装载着全部物品的货车，让他的军械师带上了两套盔甲，在马厩院中上了马，身后是一千名左右的士兵。在他向南行军的过程中，更多的人会加入进来。

我上前告别。“注意安全，我的丈夫。”我眨了眨眼，想要挤掉眼里的泪水。

“我要去打仗了，”他的笑容很疏远，全副心神都已经放到了手头工作上，“我很怀疑自己能不能注意安全。”

我摇摇头。我多想告诉他，自己是多么为他担心，我禁不住想起父亲都没怎么好好告别就匆匆上船出征。我禁不住想起第一任丈夫那被战场夺去的短暂生命，如此残忍，即使到现在都没人提及。“我的意思只是，我希望你能回家，回到我和你儿子爱德华的身边。”我小声地说，走到他坐骑的侧边，将手放在他的膝盖上，“我是你的妻子，我给你一位妻子的祝福。你的每一步都会有我心相随，我会每日都为你祈祷。”

“我会安全地回家。”他安慰我说，“我在兄长爱德华身侧作战，而他从未在战场尝过败绩，只被背叛过。如果我们征服了法国的英格兰属地，那将是几代人以来最光荣的胜利。”

“是的。”我说。

他在马鞍上伏下身，吻了吻我的嘴唇。“要勇敢，”他说，“你是一位英格兰指挥官的妻子。也许我会带着法国的城堡和土地回家。看管好我的土地，照顾好我的儿子，我会回到你身边的。”

我后退了一步，他调转了马头。他的旗手举着他的旗帜，它在微风中迎风招展。野猪图案，理查德的徽章，引起了人群中的一阵欢呼，他示意他们跟随，接着松开了缰绳，他的马急切地开始向前走了，手下人也走了。宽阔的石拱门之下，踏步声回响在横跨护城河的吊桥上。就像鸭子在恐惧中疾走一般，他们踏上了穿越米德尔赫姆的道路，南去法国，去恢复英格兰国王统治着法国和英格兰、农民种植橄榄和酿造葡萄酒的岁月。

1475年夏

伦敦

我从米德尔赫姆城堡搬去了伦敦的巴纳德城堡，这样就可以离宫廷近一点，便于知道我丈夫和他兄弟们在法国作战的情况。

伊丽莎白王后将她的宫廷设在了威斯敏斯特。她的儿子，小王子爱德华，在父亲缺席的情况下被任命为英格兰守护者，她作为出征中国王的妻子和王子的母亲沐浴在荣耀与显赫中。她的弟弟安东尼·伍德维尔，王子的守护者，也与国王一起去了法国，所以她的儿子已经完全落入她的掌控之中了。王后是他议会的领导人，而他的顾问和导师都由她挑选。国王的权力本应该由议会授予，但现在转由新近任命的鲍彻红衣主教领导，而因为他的红帽完全是国王给的，所以他对她唯命是从。在其他人都缺席的情况下，伊丽莎白·伍德维尔成为了约克家族的首领。她就只差了摄政王的头衔和统治者的名号。她是个白手起家、赢得真正的权力的女人：从一个乡绅的老婆成为了执政的王后。

就像很多英格兰人一样，我不能想象如果国王死在法国将会引发的灾难，王位会被这个小男孩继承。就像很多国人一样，我突然意识到这个北安普敦郡来的家族被授予了多么大的权力。如果国王在这场征战中死了，就像亨利五世死在对法国的征战中一样，那整个英格兰就永远落入了里弗斯家族的手中。他们将完全主宰威尔士亲王，将自己的权力逐步渗透到这个国家，他们将在每一个空缺的职位上任命自己的朋友和亲戚。王子的导师和守护者是王后心爱的弟弟里弗斯爵士安东尼·伍德维尔，王子的议会将以她为首，由安东尼掌管，王子身边将围绕着伍德维尔家的兄弟姐妹和叔叔阿姨，因为伊丽莎白·伍德维尔和她的母亲，女巫雅格塔都不合常理地可疑地多产。我们这些国王的亲族几乎不认识小王子，他总是被里弗斯家的人、他们的朋友和仆人所包围。那小男孩是我丈夫的至亲侄子，但我们都还没有见过他。他单独和里弗斯爵士安东尼一起住在勒德罗，而当他在圣诞节或是复活节来宫里时，也被他的母亲和姐姐们愉快地霸占着，在整个探访中都不会离开她们的视线。

我们摧毁了兰开斯特家族，但是我现在明白了，我们又让一个新的竞争对手崛起了，里弗斯家族。伍德维尔让他们的朋友、宠臣或是他们自己占据了王国中每一个有权力的位置，而继承人也是他们制造出的男孩。

如果国王死在了法国，那里弗斯家族就会成为英格兰新的王室家族。乔治或理查德都不会在宫里受到欢迎。然后，几乎可以肯定，又将会发生战争。我毫不怀疑，乔治将反抗里弗斯们的篡位，而他这么做也是正确的。他们没有王室血统，没有被选中成为统治者。理查德会做什么，我猜不出。他对兄长爱德华的爱与忠诚深深地刻在血脉之中，但就像每一个看着王后谋夺权位的人那样，他也不能忍受兄长的妻子和她家族的权力。我几乎可以肯定，约克家的两兄弟会与里弗斯为敌，而英格兰将再度被内战撕裂。

她邀请我共进晚餐，一同庆祝他们安全登陆并进军法国的好消息。我步入王后觐见室的嘈杂和明亮中时，惊喜地发现我的姐姐伊莎贝尔在她的身边。

我向王后行屈膝礼，她向我露出冰冷的脸颊，我作为她的妯娌吻了吻她，吻了三个约克家的女孩，向五岁的王子和他襁褓中的弟弟屈膝行礼。然后，对付完了这一大家子，才能转向我的姐姐。我本来担心，她会因为我没去陪她生产而生气，但她立刻拥抱了我。“安妮！我很高兴你在这里，我才刚到，不然就去你家了。”

“我不能来，理查德不让我来陪你生产，”我急急忙忙地说，充满了喜悦，先是抱住了她，又靠后了一点看着她微笑的脸，“我想来的，但是理查德不许。”

“我知道，”她说，“乔治也不想我叫你。他们吵架了吗？”

我摇头。“别在这里说。”我只说了这一句，微微点头提醒伊莎贝尔，伊丽莎白王后在一旁弯腰与她的儿子说话，几乎可以肯定听见了我们的每一句话。

她搂着我的腰走开，我们装作是在欣赏一个新近加入王室的小女孩，保姆向我们展示了她，然后就带她去了育儿室。

“我觉得我的爱德华是个强壮的孩子，”伊莎贝尔评论道，“不过她总是生下这么漂亮的孩子，不是吗？你觉得，她是怎么做到的？”

我摇头，不想讨论关于王后那令人惊异的生育能力和成功抚养孩子的能力这种危险的话题。

伊莎贝尔跟着我。“所以——你知道我们的丈夫之间发生什么了吗？他们吵架了吗？”

“我偷听到他们的谈话，”我承认，“在门外偷听的。不是钱，伊茜，不是母亲的财产。更糟。”我压低了声音，“我很担心乔治会向国王起兵。”

她立刻向后看了一眼，但在嘈杂的宫中，我们单独在一起，没人能听到我们：“他这么对理查德说了吗？你肯定吗？”

“你不知道吗？”

“总是有人来找他，他在建立自己的威望，从占星师那里听取建议。但是我以为这些都是为了进攻法国。他带了超过一千人去战场。他和理查德拥有最强大的军队，人数比国王的军队还多。但是我以为乔治是为了他的兄长爱德华在召集士兵，为了入侵法国。他刚刚才组建了一支军队支持爱德华，怎么可能想着要自己称王呢?”

“他真的认为爱德华不是真正的王位所有者吗?”我好奇地问，“那是他对理查德说的话。”

伊莎贝尔耸了耸肩。“我们都知道那些，”她简单地回答，“爱德华看上去一点都不像他的父亲，而且他出生在国外，与此同时，他的父亲在外与法国人作战。一直有关于他的谣言。”她瞥了一眼王室家族，一堆美丽孩子中的王后正为她的女儿伊丽莎白所讲的什么话开怀大笑，“说到这个，也没人见证他们的婚礼。我们怎么知道那婚礼是合法的，有一个合法的牧师?”

我不能忍受和伊莎贝尔讨论婚礼无效这种话题。“我丈夫一个字都不会听的，”我说，“我不能说这种话。”

“你的姐姐是在告诉你她的新生儿的事吗?”王后从房间的另一端高声打断了我们的谈话，“我们有好多爱德华了呢，不是吗？我们现在都各有一个爱德华了。”

“很多爱德华，但只有一位王子。”我的姐姐优雅地回答，“而且上帝保佑殿下您和国王陛下拥有许多孩子。”

伊丽莎白王后得意洋洋地看着和她们的弟弟威尔士亲王一起玩耍的女孩们。“哦，上帝保佑他们，”她笑着说，“我希望像母亲一样有那么多的孩子，她给了她的丈夫十四个孩子。但愿我们都能像各自的母亲一样多产!”

伊莎贝尔愣住了，笑容从她的脸上消失，王后转过身对别人说话，我急切地说：“怎么了？怎么了，伊茜?”

“她诅咒我们，”她小声地对我说，声音尖细单薄，“你听见她说的了吗？她诅咒我们像我们的母亲一样生两个女孩。”

“她没有，”我说，“她只是在说她母亲的十四个小孩。”

伊莎贝尔摇头。“她知道，如果她的儿子死了，乔治就会继承王位，”她说，“而她不希望我的儿子紧随其后。我觉得她刚刚诅咒了我们，诅咒了我的儿子，在所有人面前。她希望我和我的母亲一样，只有两个女儿。她也诅咒了你，两个女儿。她对我们的儿子心怀恶意，希望他们死。”

伊莎贝尔颤抖得太过厉害，我带她离开了王后的视线，躲到了正在学着新舞步的人群后面。他们正弄出很多噪声，反复练习着舞步。没人注意到我们。

我们站在一扇打开的窗户前，直到她的脸色恢复正常。“伊茜，你不能这么害怕王后，”我紧张地说，“你不能在她的每一句话里都听出诅咒和巫术来。你不能总是怀疑她，口无遮拦。我们现在安定下来了，国王原谅了乔治，和他一起出征。你和我有我们自己的财产，理查德和乔治会为未来而争吵，而我们应该拥有和平。”

她摇头，还是害怕。“你知道，我们并没有和平。我现在想知道法国正发生着什么。我本以为我丈夫是为了支持他的兄长国王去和外国人打仗才召集的军队。但他现在手下有一千个人，听从他的任何命令。如果乔治计划与国王为敌怎么办？如果他一直都在计划这个怎么办？如果他在法国杀了爱德华，然后回来从里弗斯手中夺走王位怎么办？”

伊莎贝尔和我焦急地等待了几周，不知道在远方与法国人作战的英格兰军队，是不是因内战而失败了。我们的担忧是，乔治会继承我父亲的计划，佯装冲锋，实则包围袭击。然后，理查德给我寄来了一封信，说他们的计划都出错了。他们的盟友，勃艮第公爵，正远征进行一场包围战，无法协助我们进攻。他的公爵夫人，约克的玛格丽特，理查德的亲姐姐，没有能力把他叫回来支持她的兄弟。他们在加莱登陆，并进军兰斯，意图加冕爱德华为法国国王。玛格丽特，这个土生土长的忠诚的约克女孩，因为不能让她的丈夫支持她的三个兄弟而绝望，公爵似乎有意引诱他们与法国作战，来谋求自己的利益。同盟似乎各怀鬼胎。只有我的丈夫尽量坚持着原定计划。他写给了我一封苦涩的信：

勃艮第自有打算。王后的亲戚，我们著名的盟友圣波尔也一样。现在我们已经准备好了上战场，却发现兄长失去了战斗的欲望，因为路易国王向他提出了很好的条款，让他放弃法国。路易国王提出用黄金还有他女儿伊丽莎白公主的婚约，作为我们退兵的价码，她会成为法国的下一任王后。他们买通了我的兄长。

安妮，只有你知道，我为此是多么的羞愧和痛苦。我希望能将法国名下的英格兰土地再次赢回来，我希望看见我们的军队在皮卡第平原上取得胜利。相反，我们成为了商人，讨价还价。我已经无法阻止爱德华和乔治急不可耐地同意这条约了，也无法把属下们从路易国王在亚眠举行的酒肉盛宴中拖出来，我知道他们会像狗一样大吃大喝，我为他们衣领上的家徽感到耻辱。我的人被他们自己的贪欲毒害了，而我则为此而恶心。

我发誓我再也不会信任爱德华了。这不是一位国王该有的表现，这不是卡米洛特的亚瑟王。这种行为就像是个弓箭手的私生子那么低贱，当他在路易国王的餐桌上装腔作势，并将黄金叉子放进自己的口袋里时，我简直不敢直视他的眼睛。

1475年9月

伦敦　巴纳德城堡

九月，他们都回家了，满载着银盘、珠宝、金币，变得做梦都想不到的富有，而且远不止如此。国王自己的金库增加了七万五千枚金币，作为之后七年和约的酬劳，而法王路易还会每年支付五万英镑，只要爱德华不去夺回法国的英格兰属地。讨价还价之时，克拉伦斯公爵乔治总在他的兄长身边，随时准备着轻松捞一笔。他被任命为这次不光彩的和约的仲裁者，也收到了一大笔钱。唯一的反对声来自我丈夫。在所有出征法国并富裕归来的人中，只有我的丈夫理查德提醒爱德华这不是打败法国国王的胜仗，警告他英格兰的平民会认为他们交的税被浪费了，并发誓说伦敦的市民和议会的议员会因这种耻辱而反对他，求他不要为了抚恤金而出卖英格兰的主权。我觉得，理查德是整个英格兰军队中唯一的反对者。其他人都忙着计算着自己能收到的贿款。

“法国国王知道我反对这个，他知道我想要打仗，但还是给了我数条猎犬和价值不菲的银盘!”理查德在我们的私室里说道，为了防止偷听，大门紧闭。他的母亲，谢天谢地，在福瑟临黑，不会加入到反对国王的抱怨中。

“你接受了吗?”

“当然，其他每个人都拿到了一笔财产。威廉·黑斯廷斯每年能拿二千金币。而且这还没完——爱德华已经同意释放安茹的玛格丽特!”

“释放王后?”

“她不能再被称为王后了，她将放弃她的头衔和对英格兰王冠的权力。但她将会被释放。”

一阵恐惧向我袭来：“她不会来找我们吧？理查德，我真的不能让她待在我们的某栋房子里。”

自从回家以来，他第一次大笑出声。“天啊，不。她会去法国。如果路易那么想要她，那就让路易去照顾她吧。他们很合适。同样不光彩，同样贪婪，同样是骗子，同样羞辱了他们的王座。如果我是爱德华，我会处决她，击败她。”他停顿了一下，“如果我是爱德华，我绝不会堕落到做这种不光彩的休战。”

我扶上他的肩膀：“你尽责了。你召集你的人去战斗了。”

“我觉得我哥哥是该隐。”他凄惨地说，“两个都是，为了一点蝇头小利，这两个该隐出卖了自己与生俱来的权力。我是唯一在乎荣誉的人。他们嘲笑我，说我是个傻瓜骑士，说我梦想中的更美好的世界永远不会实现，然后就把鼻子拱进饲料槽。”他转过头，吻了吻我的手腕。“安妮。”他低声说。

我低头吻他的脖子、发际线，然后他将我拉入怀中，我坐在他的腿上，吻着他紧闭的双眼、紧锁的眉毛和嘴唇。他将我放在床上，我向他伸出手，祈祷我们正在创造另一个男孩。

1476年夏

约克郡　米德尔赫姆城堡

我的儿子爱德华三岁了，离开了育儿室，脱去了睡袍，穿上了合适的服装，我让理查德的裁缝依照他父亲深色帅气的制服做了缩小版，每天早上亲自为儿子穿衣，将绳子穿过衣袖上的小孔，在他的小脚丫上穿上骑马靴，然后叫他往下踩。过不了多久，他就必须剪头发了，但这个夏天的每天早晨，我都会梳理他那落在白色花边上的金棕色的卷发，让它们在我的手指中打转。我每月都祈祷能再怀上一个孩子，做他的弟弟，如果是天意的话，我甚至都祈祷能有个女孩。但一月接着一月流逝，我的经期还是到来，也再没有晨吐，我再也没有体验到那种女人怀孕时的美妙虚弱。

我去见了一名药剂师，请了一位医生。药剂师让我喝一种最恶心的药水，又让我在脖子上戴一小袋草药，医生告诉我，即使周五也要吃肉，并说我的体质偏冷偏干，需要变得温暖湿润起来。我的侍女悄悄告诉我，她们知道一个聪明的女人，一个有着不属于这个世界的力量的女人；她能制造孩子，能让一个婴儿溶解消失，能召唤风暴，吹出一阵风——说到这里，我阻止了她们。“我不相信这种事，”我坚决地说，“我不觉得这种事有可能发生。而且如果这些是真的，那就是违背了上帝的意愿，超出了人类的知识。我不想和任何这些事扯上关系。”

理查德从不抱怨我们的下一个孩子怎么还没来。但他知道他是个多产的男人，据我所知，在我们婚前，他就有了两个孩子，还可能更多。他的国王兄长的私生子遍布三国，而且与王后生了七个孩子。但是理查德和我只有一个，我们珍贵的爱德华。我忍不住想知道，王后是怎么得到这么多孩子的，而我只有一个；难道她知道什么违背上帝意愿和人类智慧的方法吗？

每天早晨，我沿着外墙走去爱德华的育儿室时，总能听见自己的心跳快了一些，担心他可能会生病。他经历了童年的疾病，已经开始长出小小的乳牙，成长着，然而我还是经常担心他。他永远都长不成一个像他国王伯父那样大块头的男人了。他会像他的父亲，轻巧、矮小、缺少肌肉。他的父亲通过持续不断的锻炼和艰难的生活让自己变得强壮有力。我全身心地爱着他，如果我们是一个贫穷的家庭，没有任何东西可以留给儿子，我还是一样爱着他。但我们不是。我们是一个伟大的家庭，北方最伟大的家庭，我无法忘记他是我们唯一的继承人。如果我们失去了他，那就不仅仅是失去了儿子，更失去了未来，理查德与兄长征战而收集的巨大财富和我继承得来的财产都会被浪费，被我们的亲戚瓜分。

伊莎贝尔比我幸运得多。我不能否认我对她轻易就能怀上孩子这件事的嫉妒，而且她的孩子都还很健康。我不能忍受她比我擅长这件事。她写信给我，说她担心我们的血脉很孱弱，我们的母亲只生了两个女儿，而且还等了很久。她提醒我，王后诅咒过我们，希望我们也像母亲那么脆弱。但那诅咒在伊莎贝尔的身上并没有体现出来，她已经拥有了两个孩子，漂亮女孩玛格丽特和儿子爱德华，而她又欣喜地来信，说她又怀孕了。这次她很确定会又是一个男孩。

她的信因为浮胀的手而字迹潦草，又因为快乐而沾到了过多的墨水，这些告诉我她正怀着一个活泼的孩子，这是怀着男孩的某种确实迹象，而他正像一位小领主那样，踢得很重。她让我把好消息告诉母亲，我冷冷地回复说我为她高兴，希望能见到她的新宝宝，我从不去母亲居住的城堡一角看她，所以如果伊莎贝尔想让她知道好消息，就得自己去告诉她，也可以写封信给我，我会把信转交给母亲大人。伊莎贝尔知道得很清楚，母亲收到的信件都必须先由我们过目，而且也不允许被回复。伊莎贝尔很清楚地明白，在法律的眼睛里，我们的母亲已经死了。难道现在她想挑战这点？

这让她安静下来了，我知道会的。她很惭愧，正如我一样，我们关押了自己的母亲，从她那里偷走了遗产。我从来没向母亲提起过伊莎贝尔，我永远也不会和她说话了。我无法让自己承认，她作为囚犯一个人孤零零地被关在塔楼里的房间里，而我从不去看她，她也没派人找我。

我将不得不一直严加看管她，没有其他选择。她不能被放出去，过上一种寡居的伯爵夫人该有的生活——这会是对宣布她已死的法令，理查德和乔治都同意的法令的嘲笑。不能允许她与别人会面，她会向人们抱怨说自己被抢劫了。也不能允许她像在比尤利修道院时那样，一直给那些宫中的夫人们写信，称呼她们为同伴，请她们看在姐妹情谊上保护她。我们不能冒险让她生活在外面的世界，质疑我的继承权和我们每一分财富的基础，我们对城堡、对广阔土地的所有权，以及我丈夫巨大财产的合法性。另外，乔治和理查德拿走了所有资产之后，她还能靠什么生活呢？她还能住在哪里呢？但是，她跟我说的话，那么可怕，那么令人不安，自从她告诉我她相信我的婚姻无效，自从她把我——她的亲生女儿，叫做娼妓之后，自从那天起，我连看她一眼都不能忍受。

我再没有去过她的房间，每周一次向她的侍女询问她的身体情况，确保她能得到厨房中最好的餐点，酒窖里最好的酒。她能在塔前的院子里散步，院子四面都有围墙，而且我让一名守卫看在门口。她可以召唤音乐家，但我要知道他们是谁，并且在进出时搜身。她去小教堂做弥撒，只能去和我的牧师忏悔，而如果她有任何的指责，他都会告诉我。她没有任何理由抱怨自己的处境，也不会有人听见她的抱怨。我从不和她同时进教堂，也不会去她的花园中散步，如果从卧室的高窗朝下望见她呆呆地在石子路上绕圈，我就会转过头。她真的是一个死人了，几乎活活被埋葬。她被关起来了，正如我一度担心的那样。

我没有告诉理查德她说的那些关于他的话，我没有问他我们的婚姻是否有效，我们的儿子是否合法。我也没有再问母亲，她是不是确定，还是只是为了吓唬我说的这些话。我再也不会去听她说话，说我的婚姻无效，我的丈夫骗了我，我和他的生活完全取决于他的善意，而他只是为了我的财产才娶我，并为了摆脱我、留下财产做了冷酷的准备。为了避免她重复这些话，我准备再也不听她说任何话了。我不会让她和我，或任何人说那种话，只要她还活着。

我希望她从没有说过，或是我从没有听过，或是我听过了但又全忘了。她的这些话，让我觉得恶心，但又无法忘记。我觉得恶心，但在内心最深处，我知道那是真的。它吞噬了我对理查德的爱。并不是因为他没有等到书面的赦免就娶我这件事——我还记得我们是那么相爱，如此沉迷于欲望，急不可耐。而是因为他在我们婚后也没有申请赦免，他没有让我知道这个决定，最令我毛骨悚然、最糟糕的是，他确保了自己对我财产的所有权，不管将来是不是要抛弃我、会不会否认我们的婚姻。

我被绑在了他身上，被我的爱，被我对他意志的服从，被我第一次的激情束缚，更因为他是我儿子的父亲，是我的主人。但我对他算是什么？这是我现在想知道的，而多亏我的母亲，我再没有这个自信去问他了。

五月，理查德来跟我说，他希望我们把爱德华留在米德尔赫姆，交给他的导师和侍女照顾。我们一起去约克，开始向福瑟临黑行进，去进行一个庄严的仪式：安葬他的父亲。

“安茹的玛格丽特的军队砍了他的头，还有我的哥哥爱德蒙，将他们的头插在了约克的米克盖特门上，”理查德冷冷地说，“她就是那种女人，你的第一任婆婆。”

“你知道，我无法选择自己的婚姻，”我坚定地说，虽然还是为他不能忘记或原谅我生活中的那个部分而感到心烦意乱，“而那一切发生的时候，我只是一个在加莱的孩子，而我的父亲那时同你的兄长一起在为约克作战。”

他甩了甩手。“是的，好吧，现在这无关紧要了。重要的是，我要将我的父亲和兄长体面安葬。你怎么想？”

“我觉得这是件好事。”我说，“他们现在葬在庞特佛雷特，是吗？”

“是的，我的母亲会希望他们一起被葬在福瑟临黑城堡的家族墓穴中。我希望他能体面下葬。爱德华信任我能安排这一切，比起乔治，他更希望我能做这件事。”

“没人能比你做得好了。”我温柔地说。

他笑了。“谢谢，我知道你是对的。爱德华太粗心了，而乔治不懂得爱与荣誉。妥善处理此事是我的骄傲。能看着父亲和兄长体面安葬，我会很高兴的。”

那一刻，我只想到了我父亲被拖离巴尼特战场的尸体，鲜血从他的胸膛涌出，他耷拉着脑袋，他的大黑马躺倒在战场，就好像是睡着了。但是爱德华是个好敌人，他从不会作践敌人的尸体。他将他们示众，让人们知道死讯，然后就准许他们被埋葬。我父亲的尸体躺在毕沙修道院的家族墓穴中，体面地埋葬但没有举行仪式。伊莎贝尔和我一次也没去祭拜过。母亲也没有探视过他的坟墓，而她现在也永远不能去了。她将不会见到毕沙修道院，直到我将她埋葬在他的身边，她不是一位好母亲，但是一位好妻子。“我能帮什么忙吗？”我只说了这一句。

他想了想："你可以帮我安排路线和每个地方的仪式。你也可以就人们的服装和预定的仪式给我建议。以前从没举行过这样的仪式。我希望它是完美的。"

理查德、他的骑士统领和我一起计划了这趟行程，我们在米德尔赫姆的牧师对守灵提出了建议，每一站停留时都要做祈祷。理查德命人做了一个他父亲的雕像，躺在他的棺材上，让每个人都能看见他曾是个多么伟大的男人，并在雕像的头部用纯银锻造了一位手捧金王冠的天使。这象征着公爵曾是位合法的君主，为了自己的王位而战死。这也体现出了爱德华的明智，他只信任理查德来进行这个仪式，而不是他的兄弟乔治。当乔治加入我父亲那边时，他曾经否认公爵是位合法的君王，否认爱德华是位合法的儿子。只有理查德和我知道，乔治还是说着这种话，只不过现在是在暗地里说。

理查德举行了一场出色的护灵旅程，将他父亲与哥哥的尸体从庞特佛雷特带回了家。队列从约克出发行进了七天，每一次停留都会去一个伟大的教堂。成千上万的民众默默地经过灵柩，向这位从未被加冕的国王致敬，并追忆着约克家族的光荣历史。

六匹身披黑布的骏马拉着马车，走在它们前面的是一位骑士，独自一人，手执着公爵的旗帜，就好像他是要上战场，在他身后，理查德骑马跟随，低着头。紧接着，是王国中的要员，都来向我们的家族致敬，向我们殒命的父亲致敬。

对理查德来说，这不仅仅是他父亲的体面葬礼，更是在重申他父亲对英格兰及法兰西王座的继承权。他的父亲是一位为了荣誉而战的伟大战士，一位比他的儿子爱德华更加伟大的指挥官和战略家。在这个漫长的过程中，理查德向他的父亲致敬，申明了他的王权，将约克家族的伟大和尊贵再次展现给这个国家看。里弗斯不能和我们相提并论，而理查德在这个纪念仪式的奢华和优雅中展示了这一点。

一路上，理查德每晚都在灵柩边守夜，每一天，他都降下自己的旗帜，骑着用天蓝色装饰的黑马走在人们之前。就好像这是他人生中第一次为失去的父亲以及和他一并随之而去的尊贵与荣誉而哀悼。

我在福瑟临黑与他会合，发现他对我关怀备至、体贴温柔。他想起了他与我的亡父曾是盟友、亲族。他的父亲在我父亲和坏王后灾难性的联盟之前就死去了，甚至在儿子登上王位之前就死去了，在理查德第一次上战场之前就死去了。那一晚，在理查德去为父亲最后一次守夜之前，我们在美丽的家族教堂中肩并肩，跪在一起祈祷。“他会很高兴我们俩结婚了，”理查德起身时小声地说，“尽管发生了这么多事，他如果知道我们结婚了，一定会高兴的。”

那一刻，我仰头看着站起身的他，一个问题已到了嘴边，我们的婚姻有效吗？但是我看见了他脸上的悲痛伤感。他转身，站在了他应该站立的位置。他是四名守夜人其中的一个，会整晚站在灵柩周围，直到黎明将他们解放。

乔治和伊莎贝尔来福瑟临黑参加了葬礼，她和我站在一起，都穿着美丽的深蓝色王室丧服。国王、王后和他们的家族在福瑟临黑教堂接受了这两副灵柩。爱德华亲吻了雕像的手，乔治和理查德也跟着做了。乔治在这个场景中显得特别敏感虔诚，但没人能比小公主们能吸引人们的目光。十岁的公主伊丽莎白尤其美丽，她领头走着，拉着自己的妹妹玛丽公主的手。她们身后是各个基督教国家的大使，他们都是来向约克王室的领袖致意的。

这是一场话剧，一场象征意味十足、充满了哀悼的表演。在每个人的眼中，王室家族埋葬他们的祖先时，爱德华和他的兄弟们是那么的深具王者风范，小王子是如此虔诚，而伊丽莎白和她的女儿们是那么的迷人高贵。我忍不住觉得他们与其说是真正的国王和王后，还更像是演员。

伊丽莎白王后是那么的泰然美丽，而她的女儿们，尤其是伊丽莎白公主，充分认识到了自己在这场仪式中的地位。在她那个年纪，我害怕着踩到母亲的裙裾；但小公主伊丽莎白则抬首阔步，目不斜视，像是一位成长中的王后。

我应该佩服她的，看起来每个人都喜爱她，如果我有个女儿，我会指着公主，告诉我的小宝贝，她应该学着点表姐的风度。但我没有女儿，虽然祈祷想要生一个。看着伊丽莎白公主就让我深受打击，觉得她是个被宠坏的做作早熟的宠物，更应该被关在教室里，而不是在这个庄严的典礼上好像踩着舞步般行走，让所有目光集中在她身上。

“小骚货。”姐姐在我耳边简短地说，我不得不低下头，忍住不笑。

像往常一样，像爱德华一贯的那样，必须要有宴会和一场精彩的表演。理查德坐在他的兄长身边，不怎么吃喝，不像城堡中那一千多个宾客，而外面的帐篷里还有几千身着华服的客人。整个宴会上，乐音飘扬，美酒畅饮，每一道菜之间，都有一个合唱团演唱庄严优美的赞美诗，并呈上水果。伊丽莎白王后坐在她丈夫的右手边，就好像她是王国共同的统治者，而不仅仅是一个妻子。她戴着王冠，头发上披着深蓝色的蕾丝，看上去有一种宁静的美丽，那属于一个地位稳固的女人，她知道已经无人能挑战她。

她发现了我在盯着她看，于是给了我一个冰冷的微笑，她一直是这样对我和伊莎贝尔的。我想知道，在她公公的迁葬仪式上，她是不是想到了自己的父亲匆匆忙忙像个罪犯一般死在我父亲手上：我的父亲将她的父亲推出了切普斯托的城市广场，指控他叛国，并当众将他斩首，没有审判，没有法律。他心爱的儿子约翰死在他身边，他最后一眼看到的是儿子落下的人头。

伊莎贝尔坐在我身边，颤抖着，就好像有人踩了她自己的坟墓。“你看到她是怎么看我们的吗?"她小声说。

"哦,伊茜,"我责备她,"现在她能做什么来伤害我们呢?国王现在是这么地喜爱乔治,又是那么的尊重理查德!我们现在是王室的公爵夫人!他们作为盟友一同去了法国,回到家也依旧是好朋友。我不觉得她会在我们身上浪费感情,但她也不能对我们做什么。"

"她能给我们下咒,"她轻轻地说,"她能吹出差点让我们淹死的风暴,你知道的。而我的小爱德华每一次发烧,或者长牙时睡不着,我都在想是不是她正在邪恶地盯着我们,在烧他的画像,或者向上面钉钉子。"她用手盖住自己长袍下的肚子,"我正戴着一条特别祝圣过的腰带。"她说,"乔治从他的顾问那里拿来的,专门用来抵御邪恶的注视的,保护我不受她的伤害。"

自然而然,我的脑中一下子就想起了在米德尔赫姆的儿子,他可能会从小马上跌下,或是在练习比武时割伤自己,或是感冒发烧,吃坏了肚子,呼进了瘴气,喝下了脏水。我摇了摇头,赶走这些担忧。"我觉得她甚至不会想起我们,"我坚定地说,"我敢打赌,她想的只有她自己的家庭,她的两个宝贝儿子和她的兄弟姐妹。我们对她来说微不足道。"

伊莎贝尔摇头。"她在这片土地上的每一栋房子里都有一名间谍,"她说,"她想得到我们的,相信我。我的侍女听闻,她每晚祈祷说希望再不用逃进避难所,她的丈夫能安稳地坐在王位上。她祈求她的敌人遭到毁灭。而且她还不仅仅只是祈祷。不管乔治到哪里,都有人跟着他。我在自己的房子里被监视了,我知道她安插了一个间谍。她也会安排人监视你的。"

"哦,不是吧,伊茜,这话听上去像是乔治!"

"因为他是对的,"她认真地说,"他是对的,注意国王、害怕王后。你会明白的。有一天,你会听到我暴毙的消息,毫无缘由,那会发生的,因为她在诅咒我。”

我画了个十字。“别这么说!”我瞥了一眼主桌。王后正将手指浸入一只盛满了玫瑰水的金碗中，然后用跪在面前的男仆手中的亚麻毛巾擦干。她看起来不像是靠在自己的妯娌家中安插间谍、在画像上钉钉子来保护自己的女人。她看上去根本没有令人害怕的地方。

“伊茜，”我温柔地说，“我们害怕她是因为父亲对她的父亲做过的事情，他的罪孽让我们良心不安，因此害怕着他的受害者。我们害怕她是因为，她知道我们都曾希望偷去后冠，一个接着一个，我们都嫁给了举旗反对她的男人；她知道乔治和王子，我的第一任丈夫，都可能杀死爱德华，将她关进伦敦塔。但我们被打败后，她接纳了我们。没有把我们锁起来，没有指控我们叛国并将我们投入监狱。她对我们就只表现出了礼貌。”

“没错，”她说，“她只是以礼相待。没有怒火、没有报复、没有仁慈、没有热情、没有任何的人类感情。她有没有跟你说过，她忘不了我们父亲对她的所作所为？那一次之后？就是她的女巫母亲吹出冷风，吹熄了所有蜡烛的那天。”

“一支蜡烛。”我纠正她。

“她有没有说过她还在生气？她有没有说过她原谅你了？她有没有作为一位嫂嫂，作为一个女人对另一个女人，对你说过任何话？任何话？”

我不情愿地摇了摇头。

“对我也是。没有提过一句怨言，没有提过一句她的复仇。你难道不觉得，这证明了她的恶意正在体内冰冷地积存着，就像冰屋中的冰块？她看着我们，就好像她是梅露西娜，她家族的象征，半人半鱼。她对我就像鱼一样冰冷，我发誓，她一定正在计划着我的死亡。”

仆人为我们上菜，我摇头拒绝。

“吃，”伊莎贝尔焦急地说，“这是她从主桌送下来的菜，别拒绝她。”

我舀了一勺兔肉。“你就不怕里面下毒了吗?”我试着用笑话赶走她的恐惧。

“你可以随便笑。但她的一个侍女告诉我，她有一个秘密的漆盒，在盒子里有一张纸片，上面写着两个名字。用鲜血写下的两个名字，而她发誓要让这两个被写上名字的人去死。”

“谁的名字?”我小声地问，将勺子放下，没了胃口。我不能假装自己不相信伊莎贝尔，不害怕王后了，“她偷偷地写了谁的名字?”

“我不知道。”她说，“那侍女也不知道。她只看见了纸，没看到字。但如果它们是我们的名字呢？你和我？如果她那片纸上用鲜血写着安妮和伊莎贝尔呢?”

伊莎贝尔和我还可以一起待在福瑟临黑一周，接着就要和王室成员们一起回伦敦。伊莎贝尔会在他们伦敦的家中生孩子，而这次我获准陪伴。理查德不反对我和伊莎贝尔一起待在伦敦，只要我时不时和他一起去拜访宫廷，与王后保持良好互动，并确保自己不要说一个反对王室的词。

“真好，这次我们又可以一起待很长时间了，”伊莎贝尔说，“你和我在一起最好了。”

“理查德叫我在你临产的最后几周过去，”我警告她，“他不希望我长时间在乔治的保护下。他说乔治又要反对国王了，他不想让我受到怀疑。”

“国王怀疑什么？他怀疑什么?”

我耸了耸肩。“我不知道。但是乔治公开对她无礼。自从葬礼之后，变得更糟了。”

“应该让他来组织他父亲的迁葬，但国王不信任他。”她愤愤地说，“他应该站在国王的身侧，但没被邀请。你认为他不会注意到自己被冷落了吗?

每天都被冷落?”

“他们不应该冷落他的。”我同意，“但是情况越来越尴尬了。他藐视王后，还用手挡着嘴小声议论她。他对国王是那么不敬，对国王的朋友也漠不关心。”

“因为她总是在国王的身边，挡着别人；要不就是和前夫格雷生的儿子们或者威廉·黑斯廷斯同国王待在一起!”伊莎贝尔突然发怒，“国王应该和他的兄弟在一起，他的两个兄弟。他说他已经忘记并且原谅乔治跟随父亲的事了，但真相是他从来没有忘记和原谅。而如果他真的忘记了，即使只有一分钟，她也会提醒他。”

我没说话。王后虽然对伊莎贝尔和我特别冷淡，但对乔治更冷酷。而她的最好的密友，她的弟弟里弗斯爵士安东尼，每每在乔治经过的时候都会笑，就好像他觉得我的姐夫的火药桶脾气很有趣、很不值得尊重似的。

“好吧，无论如何，我能在临产最后三周过去。”我说，“但是如果你不舒服了就派人来找我，我会立刻赶过来的，不管别人说什么，至少他出生的时候我会在那里。”

“你叫这孩子‘他’。”她兴奋地说，“你认为这会是一个男孩。”

“我怎么能不这样认为，你一直说是男孩，他会叫什么名字?”

她笑了。“我们会以他的教父来命名他为理查德，当然。”她说，“而我们希望你的丈夫可以作为他的教父一直支持他。”

我笑了。“那你就会有一个爱德华和一个理查德，就像那两位王子。”我说。

“乔治就是这么说的!”她叫道，“他说如果国王和王后还有她的家庭从世界上消失的话，那还是会有一个金雀花家族的爱德华王子坐上王位，一位金雀花家族的理查德王子紧随其后。”

“是，但很难想象会有什么灾难让国王和王后从世界上消失。”我小心翼翼地降低了音量。

伊莎贝尔咯咯笑了起来："我觉得我丈夫每天都在想象这情形。"

"那到底是谁在诅咒谁啊？"我想扳回一城，"这次可不是她！"

她立刻板起了脸，转过了身。"乔治没有诅咒国王，"她平静地说，"那是叛国。我只是在开玩笑。"

1476年秋

伦敦　米德尔赫姆城堡

我应该从那次谈话中得到警告。当我们回到伦敦后，我惊讶于乔治在宫廷里的表现，而伊莎贝尔足不出户，也几乎不与人交往，就好像是在冷落王后和她的家族。乔治总是在他自己朋友们的簇拥下，总是和他挑选的人在一起，而他们就在身边保护他，简直就像害怕在威斯敏斯特宫的高墙内会被袭击。

他来大厅用餐，跟我们一样，但他一旦坐下，众目睽睽之下，甚至都不假装进食。菜肴放在他面前，而他只是怒目而视，就好像受到了羞辱，连刀叉都不拿起来。他看着仆人，就好像害怕饭菜被下毒了。乔治让每个人都知道他只在自己的房间里吃自己厨师烧的食物。

一天中无论何时，克拉伦斯公爵的房间大门总是紧闭，层层防卫，就好像他觉得有某人会攻击房间，绑走伊莎贝尔。我去探望她时，必须在双层门外等着别人叫我的名字，然后门后会有人叫出指示，让守卫们放低长矛，让我进入。

“他表现得像个傻瓜，”我丈夫评价道，“这么疑神疑鬼就像是一场闹剧，如果爱德华忍下来，那是因为他的懒惰和对乔治的纵容，王后肯定不会忍的。”

“他是真的觉得自己有生命危险吗？”

理查德皱起了眉：“安妮，我真的不知道他是怎么想的。自从我告诉他我看出了他叛国的企图之后，他就不再和我讨论爱德华了，但他和许多别的人讨论。他说王后的坏话——"

"他说她什么了？"

"他不断地说国王坏话。"

"是，但他说什么了？"

理查德转身看向直棂窗外。"我不能复述，"他说，"我不会屈尊复述的。这么说吧，他说了对一个男人来说最难听的话，对一个女人来说最糟糕的事。"

我没有逼他，因为我知道他总是很注意他的尊严。另外，我不需要问，我能猜。乔治会说，他的兄长爱德华是个私生子，靠诽谤和羞辱自己的母亲，来显示出自己应该成为国王。还有，他会说，伊丽莎白是靠巫术上了国王的床，他们的婚姻是不圣洁，是无效的，而孩子也都是私生子。

"而且我担心乔治在从法国的路易那里拿钱。"

"每个人都在从法国的路易那里拿钱啊。"

理查德急促地笑了笑。"但都没有国王多。不，我说的不是抚恤金，我的意思是路易悄悄地付钱给乔治，让他这么表现，召集人，企图篡位。我担心路易会付钱给乔治，让他争取王位。一个再次陷入内战的国家，对路易来说是再好不过了。天知道乔治在想什么。"

乔治想的事情一如往常——如何在任何情况下获得最大的利益。但我没有把这想法说出口。"国王怎么想？"

"他一笑而过，"理查德说，"他嘲笑乔治是条不忠的狗，而我们的母亲会替他说话，毕竟，乔治除了诅咒怒视之外做不了什么。"

"那王后怎么说？"我知道她会反对任何对她孩子的诽谤，会为她的儿子战斗至死，而她的建议将左右国王。

"没说什么，"理查德嘲讽地回答，"或者说，她什么都没和我说。但我觉得如果乔治继续这么表现，她会视他为她的敌人，她儿子的敌人。我可不想成为她的敌人。”

我想起了漆盒中的纸片和用血写着的两个名字：“我也不想。”

我后来又去了克拉伦斯的房间，那里大门敞开，他们正向外搬盒子，从塔中阶梯一直搬到马厩院子。伊莎贝尔坐在炉火边，旅行斗篷披在肩上，手扶着她的大肚子。

“出什么事了？”我走进房间，“你在干什么？”

她站起身。“我们要走了，”她说，“陪我走到马厩院子。”

我拉住她的手，让她留在房里。“你不能这样旅行。你要去哪里？我以为你是要去厄贝尔待产？”

“乔治说我们不能待在宫里，”她说，“不安全。我们在厄贝尔不安全。我要去图克斯伯里修道院待产。”

“那里都快到威尔士了！”我惊恐而讶异，“伊茜，你不能去！”

“我必须去，”她说，“帮帮我，安妮。”

我让她挽着我，靠在我身上，走下蜿蜒的石梯，走到了寒冷明亮的马厩院子。她因肚子的一阵刺痛而倒吸了口气。我确信她不适合去旅行：“伊莎贝尔，别去。不要这样旅行。如果你不想去自己家，来我家。”

“我们在伦敦不安全。”她小声说，“她想要毒死乔治和我。她将下了毒的食物送来我们房间。”

“不！”

“她干了。乔治说我们在宫里，甚至在伦敦都不安全。他说王后的仇恨太危险了。安妮，你也应该离开。让理查德带你回米德尔赫姆。乔治说她会让爱德华与他的两个兄弟为敌。他说她会在今年圣诞节攻击我们。她会召集大家一起过圣诞，然后指控两个兄弟，把他们抓起来。”

我吓坏了，几乎说不出话来。我抓住她的双手：“伊莎贝尔，这毫无疑问是疯话。乔治在自己梦中造出了一场战斗，他一直在说国王的坏话，质疑他的王位继承权，更暗地里议论王后。危险是他自己制造出来的。”

她不带幽默感地笑了：“你这么认为？”

乔治的骑兵统领带来了她的骡车。侍女拉开了门帘，我帮她在柔软的垫子上坐下。女仆将热砖放在她脚下，厨房男孩带来了一盘火热的煤。

“是的，”我说，“是的。”我试图压抑自己对她的忧心，她已临近生产，却要穿越田野在泥泞的路上旅行。我不能忘记，她曾经在临产时旅行，那次的结局是死亡、心碎和一个夭折的儿子。我靠近骡车，小声地说：“国王和王后决心要过一个快乐的圣诞，炫耀他们的新衣和一堆孩子。他们沉醉于虚荣和奢侈。没有危险，我们两个都没有危险，我们的丈夫也是。他们是国王的亲生弟弟，是王室公爵。国王爱他们。我们很安全。”

她的脸庞因紧张而泛白。“我的小狗死了，就因为它偷吃了原本在我菜肴中的一块鸡肉。”她说，“我告诉你，王后设计要害死我，还有你。”

我吓坏了，说不出话。我只是握住了她的手，用自己的双手温暖她：“伊茜，别这样。”

“乔治知道，我必须告诉你。他从她家中的某人那里得到了一个确切的警告。她会将这两兄弟逮捕并处决。”

我吻了吻她的双手和脸颊：“亲爱的伊茜……”

她搂住我的脖子，拥抱我。“去米德尔赫姆，”她对我耳语，“为了我，我需要你这么做。为了你的安全，我正在警告你。为了你的儿子，为了他的安全。看在上帝的分上，走。离开这里，安妮。我发誓他们会把我们全杀了的。她不会停止，直到你我的丈夫和我们都死去。”

天气变得越来越黑暗寒冷，整个冬天我都在打听伊莎贝尔分娩的消息，想着她在图克斯伯里修道院的客房中等待孩子的降临。我知道乔治会给她找来最好的接生婆，会有医生在附近待命，还有人陪伴她为她打气，奶妈也等在一边，房间会温暖而舒适。我希望自己也能在一旁陪着她。王室公爵孩子的出生是一件大事，乔治绝对会认真对待的。如果是个男孩，那他就有了两个继承人，和他的哥哥国王一样。尽管如此，我还是希望我能和她一起去，我还是希望他允许她待在伦敦。

我去找理查德时，他正坐在他自己房中的桌前。我问他自己能不能去图克斯伯里陪伊莎贝尔，他一口回绝了我。“乔治的家已经成了叛国的中心，”他断然说，“我已经看到一些在他的授意下写成的宣传小册子。它们质疑我兄长的合法身份，称我母亲是一个妓女，我父亲被戴了绿帽。它们说爱德华与王后的婚姻是无效的，他的儿子都是私生子。乔治所说的这些太可耻了。我不能原谅他，爱德华也不会姑息此事，他将不得不对他采取行动。”

“他会对伊莎贝尔做什么吗？”

“当然不会，”理查德不耐烦地说，“这关她什么事？”

“那我为什么不能去陪她？”

“我们不能与他们往来，”理查德说，“乔治令人忍无可忍。我们不能被人看见和他在一起。”

“她是我的姐姐！她什么事情都没做。”

“也许圣诞节之后吧。如果爱德华没有在此之前逮捕他的话。”

我走向大门，手握上了铜环：“我们可不可以回米德尔赫姆？”

“不能在圣诞宴会前走，这会侮辱国王和王后。乔治突然离城已经够耻辱的了。我不能让事情变得更糟。”他犹豫了一下，准备签字的笔停在了一份文件的上方，“为什么？你想爱德华了？”

“我害怕，”我小声对他说，“我害怕。伊莎贝尔告诉了我一些事，她警告我……”

他没有试图安慰我，也没有问我伊莎贝尔的警告是什么。后来，当我回想起这件事时，这是最糟的部分。他只是点头。“你无须害怕，”他说，“我会守护我们，而且，如果离开，那就会表现出我们也在害怕。”

在十一月，我收到了伊莎贝尔的一封信，水迹斑斑，因洪水淹没道路而耽搁了。这封欢欣鼓舞的信足足有三页长。

我是对的，我生了个男孩。他胖瘦适中，四肢纤长，体格壮实，就像他父亲那么英俊。他胃口很好，我已经可以下床走动了。生产过程迅速顺利。我告诉乔治我会再这么生一个！他要多少我就生多少！我已经写信给国王和王后了，他们送来了一些祝贺的寝具。

乔治最终还是会去宫中过圣诞节，因为他不想示弱。国王的盛宴之后，他会在沃里克和我会合。主显日前，你一定要来看看孩子。乔治说，你在回米德尔赫姆时一定要顺路来拜访我们，不能拒绝，而且你也可以这么告诉你的丈夫，这是乔治说的。

雨下得太频繁，我感觉自己都不在乎禁足这件事了，虽然现在也待得有点烦了。我会在十二月办感谢礼，然后就回家。我等不及要带着一位新生的理查德回沃里克城堡了。父亲会很高兴的，我会永远是他最爱的女儿，给了他第二个外孙，他在的话应该已经开始为这孩子设定宏伟的计划了……

等等，等等，三张皱巴巴的信纸的空白处都被写上了后来添加的东西。

我把信放在一边，将手放在了自己柔软的腹部，就好像手的温暖可以孵化出一个新生儿，就像壳中的小鸡。能够安全生下又一个婴儿，伊莎贝尔应该感到高兴和自豪，我也为她高兴。但她应该想到她的话会怎样打击我的：她的妹妹，只有二十岁，在结婚近五年后，育儿室中却仅有一个小男孩。

她的信中却不全是夸耀，信末写的话，表明了她并没有忘记对王后的恐惧。

注意你在圣诞宴上吃的东西，我的妹妹。你知道我的意思。

伊茜

会见厅的门开了，理查德和他的几个朋友走进来，准备陪我和侍女们去用餐。我站起身，朝他微笑。

“好消息?”理查德看了看我身旁桌子上的信。

“哦，是的!”我保持着笑容，“非常好。”

1476年圣诞节当日

伦敦　威斯敏斯特宫

圣诞季到了，王室家族在珠宝和新购的鲜艳面料中闪耀夺目，那是他们用了不小的一笔钱从勃艮第购得的。爱德华在金色和彩色布料的包裹下，扮演着国王的角色，而王后总是在他身侧，就好像她天生就属于那里，而不是一个幸运的新贵。

在这个一年中最神圣的日子里，我们早早地起床，去国王的教堂中做弥撒。我洗了个舒服的桶浴。木桶覆盖着最好的布滚进了我的房间，放置在炉火前。女仆带来了一壶壶的热水，倒在我的肩上。我用理查德从摩尔商人那里买来的玫瑰花皂洗头和身体。

他们用热毛巾把我裹起来，然后摆出了我今天的礼服。我会穿饰有貂皮的深红色天鹅绒礼服，那皮毛漆黑有光泽，和王后的一样好。我有个新的头饰，紧紧贴着头发，在耳边绕着金色的线圈。我坐在温暖的火前，让她们把我的头发梳干，盘起来，戴上头饰。今年夏天时，在我的指导下，侍女们为我绣了一条新的衬裙。她们从宝物室拿来了珠宝盒，我挑了串深红色的红宝石项链来搭配礼服。

理查德来我的房间陪我去做弥撒，他身着黑色，他最喜欢的颜色，看上去英俊快乐，我问候他时，感到了一股熟悉的欲望。也许今晚他会来我的房间，而我们会制造另一个孩子。格洛斯特公爵多一位继承人还有比圣诞节更合适的日子吗？

他向我伸出手臂，他属下的骑士们都衣着华丽，护送我的侍女们去了国王的教堂。我们排队等候，国王经常让我们等候；但他进来时，侍女中传出了一阵沙沙声和吸气声。他身着白色和银色，领着王后。她与他一样穿着白色和银色，在教堂的阴影中闪耀，就好像是被月色笼罩。她浅金色的头发在王冠下盘起，从礼服领口露出赤裸的脖子。方形的领口很低，覆着一层最好的蕾丝。他们的孩子跟在他们身后，先是威尔士亲王——他现在已经六岁了，每次来宫中都比上一次高，穿着与他父亲相配套的服装。在他之后，保姆拉着小王子的手，仍然穿着他装饰着银色和白色蕾丝的婴儿服。接着是像父母一样身着银色和白色的伊丽莎白公主，庄重地拿着一本象牙的祈祷书，向各处微笑，一如既往地镇定早熟。在她身后，是其余的孩子们，美丽、高贵、衣着华丽的三个小女孩，和刚出生的孩子，我无法不用嫉妒的目光看她们。

看着这个优美的王室家庭走过，我确保自己在微笑，正如宫中其他人一样。王后灰色的目光扫过了我，我感觉到了她眼中的寒意和精明的算计，就好像她知道我羡慕，就好像她知道我害怕；然后牧师走了进来，我可以跪下，闭上眼，不让自己去看他们了。

我们回到自己的觐见室时，有个人在紧闭的大门前等候，他的斗篷湿漉漉的，还带着泥渍，被扔在了石头窗台上。我们的护卫把他拦在了门外，等我们回来。

“你是谁?”理查德问。

他单膝跪下，拿出了一封信。我看见了一枚红色的封蜡。理查德撕开封蜡，读了第一页上的几行字。我看见他的脸色阴沉了下来，他看了我一眼，又继续看信。

"怎么了?"我顿时有了种说不出的害怕。我惊恐地想到，这也许是一封从米德尔赫姆寄来的信，我们的儿子出事了，"怎么了，理查德？我的大人？我求你了……"我急促地呼吸，"告诉我，快点告诉我。"

他没有立刻回答我，而是转头向他手下的一位骑士点了点头："等在这里，留住这信使，我等下想要见他。不要让他跟任何人说话。"

他拉住我的手臂，带着我穿过觐见室，穿过我的私室，直走进了我的卧室，在那里没人会打扰我们。

"怎么了?"我小声说，"理查德，看在上帝的分上，怎么了？是我们的儿子爱德华吗?"

"是你的姐姐。"他说，那微弱的声音让这句话听上去几乎像是个问句，就好像他不能相信自己读到的事情，"是关于你的姐姐。"

"伊莎贝尔?"

"是的，亲爱的，我不知道该怎么告诉你。这是乔治写给我的信，他让我告诉你；但我不知该怎么说……"

"怎么？她怎么了?"

"我亲爱的，我可怜的爱人。她死了。乔治的信上说她死了。"

那一刻，我突然失聪了。然后我听见了，那话语回荡在我的卧室里，就好像是一串铃铛不停作响。我的卧室，就在两个小时前，我还在这里穿礼服选宝石。"伊莎贝尔?"

"是的。她死了，乔治说。"

"但怎么会的？她很好，她写信跟我说的，说这次分娩很顺利。她的信里充满着骄傲。她很好，她非常好，她叫我去看……"

他停顿了一下，好像有了答案，又不想说出来："我不知道她是怎么死的，所以我要去和信使谈话。"

"她病了吗?"

“我不知道。”

“她有产褥热？她大出血了吗？”

“乔治没有说。”

“他说了什么？”

那一刻，我以为他会拒绝回答我，但接着他展开了信，将它摊平在桌上，拿给了我，看着我读信时的脸。

弟弟和安妮妹妹：

我心爱的妻子伊莎贝尔今天早晨过世了，愿上帝保佑她的灵魂。我十分肯定，她是被王后的密探毒死的。保护好你的妻子，理查德，保护好你自己，我确信，我们都处在危险中，这危险正来自我们兄长那个虚伪的家庭。我的孩子还活着。我为你和你的家人祈祷。烧了这封信。

1476年12月22日

理查德从我手中拿过信，靠近了炉火，将它推进了红色的余烬，站在一边直至信纸发黑卷起并突然烧了起来。

“她知道这事会发生的。”我发现自己在颤抖，从指尖直至双脚，就好像这封信吹出了一股冰冷刺骨的疾风，我浑身发冷，“她说这事会发生的。”

我的膝盖软了，理查德扶我坐在床上。“乔治也说过，但我没有听他的。”他简洁地说。

“她说王后在她家安插了一个间谍，在我家也是。”

“我不怀疑这点。这几乎可以肯定是真的。王后不相信任何人，她付钱给那些聪明的仆人。我们都是这样，但为什么她要毒死伊莎贝尔？”

“复仇，”我凄惨地说，“因为她把我们的名字写在了一张漆盒里的纸片上，就藏在她的珠宝当中。”

"什么?"

"伊莎贝尔知道的，但我不愿听，她说王后已经发誓要向杀了其父的凶手报仇，就是我们的父亲。伊莎贝尔说她用血将我们的名字写在了一张纸片上并藏了起来。伊莎贝尔说，有一天我会突然听说她死了，她是被毒死的。"

理查德将手放在了腰带上，他本来佩剑的地方，就好像他认为我们必须为了我们的生命而战斗，在这里，在威斯敏斯特宫中。

"我没有听!"她逝去的噩耗突然击中了我，我颤抖着抽泣了起来，"我没有听她的！还有她的宝宝！还有玛格丽特！还有爱德华！他们没有母亲了！而且我没有去陪她！我告诉她她是安全的。"

理查德走到门边。"我要去和信使谈谈。"他说。

"你不让我去陪她!"我发火了。

"结果也是一样。"他冷冷地说，转动了门把。

我颤颤悠悠地站了起来："我也去。"

"如果你不哭的话。"

我狠狠地擦干了脸："我不会哭的，我发誓不会哭。"

"我不想让这个消息现在就传出去，不能随便传出去。乔治也会写信给国王，宣布这一死讯。我不想我们哭哭啼啼的。你必须保持沉默，必须冷静。你必须去见王后，然后什么也不要说。我们会表现得就像并没有反对她的想法一样。"

我咬紧牙关，转向他。"如果乔治是对的，那王后杀了我的姐姐。"我不再颤抖也不再哭泣了，"如果乔治的指控是真的，那她就是在计划要杀了我。如果这是真的，那她就是我的死敌，而我们正住在她的宫殿里，吃着她的厨房里送出来的食物。我并不是在控诉什么，也没有哭。但是我会保护我和我的家人，而且我会让她为姐姐的死付出代价。"

“如果这是真的。”理查德平静地说。

这句话就像是一句誓言。“如果这是真的。”我同意道。

1477年1月

伦敦　威斯敏斯特宫

整个宫廷穿着深蓝色丧服以哀悼我的姐姐，我尽可能地待在自己房间里。我受不了看到王后。我真心相信，她那张美丽的脸，就是谋杀了我姐姐的凶手的脸。我同样担心自己的安全。在我们与乔治碰面并知道更多情况之前，理查德拒绝再讨论这件事。但他派了得力助手詹姆斯·提利尔爵士去米德尔赫姆保护我们的儿子，检查家中的每个成员，特别是那些并非约克郡土生土长的人，并保证爱德华在吃任何东西前，都有人为他试吃。

我命令在我的私人房间中为我单独准备食物，我足不出户，用餐前也尽量不和王后同桌。一阵突然的敲门声把我从椅子上惊起，我稳下心神，扶住壁炉旁的桌子。门口的护卫打开了门，宣布乔治来了。

他穿着最深的蓝色走了进来，面容苦涩悲伤。他握住我的手吻了吻。我抽回手后发现他的眼中带着泪水。

“哦，乔治。”我小声地说。

他的自命不凡不见了，变得消瘦而清俊，沉浸在悲痛中。他将头靠在雕花烟囱上。“我还是不能相信。”他静静地说，“当我看到你在这里，我还是不能相信她没有和你一起待在这里。”

“她写信给我时还说自己很好。”

“她之前是很好，”他急切地说，“之前很好。而且那么开心！还有那个孩子，一个美丽的孩子，一如往常。但后来她突然虚弱了，几乎一夜之间就不行了，早晨就去世了。”

“是发烧吗？”我急切地希望他回答“是”。

“她的舌头是黑色的。”他告诉我。

我看着他，惊呆了。这是毒药的明确迹象：“谁会这么做呢？”

“我让我的医生调查了她的下人，我们的厨房。我知道王后在伊莎贝尔的分娩室中安排了一个女人，好报告给她我们生的是男孩还是女孩。”

我吸了口气，满心恐惧。

“哦，那没什么，我几个月前就知道此事了。她也会安排一个仆人盯着你。”他说，“还会在你们家中安排一个男人，有可能是在马厩那里，他会警告她你们是不是要出门；也有可能安排在大厅，监听你们的谈话。自从我们第一次去她的宫廷，她就派人监视我们了。她也会一样监视你，她不信任任何人。”

“爱德华信任我的丈夫，”我抗议道，“他们爱彼此，对彼此忠诚。”

“那王后呢？”

他嘲笑我的沉默。

“你会和国王说这件事吗？”我问，“你会指出王后的罪孽吗？”

“我觉得他会出价收买我，”乔治说，“而且我知道那价码会是什么。他希望封住我的口，希望我别碍事。他不希望我指控他的妻子下毒害人，指出他的孩子是私生子。”

“嘘。”我看了一眼门口。我走到壁炉旁，靠近他，像阴谋家一样与他交头接耳，我们的对话就像无声的烟雾一般从烟囱飘走了。

“爱德华希望我离开，到一个没办法散布反动言论的地方。”

我很震惊：“他会做什么？他不会监禁你吧？”

乔治苦笑。“他会命令我再婚。”他预测，“我知道这是他的计划。他会让我去和勃艮第的玛丽结婚。她的父亲死了，我们的姐妹玛格丽特成了寡妇，是她提议这个婚事的。玛丽是她的继女，她可以把玛丽嫁给我。爱德华觉得这是让我离开这个国家的一个方法。”

我感觉到，泪水顺着我的脸颊滑下。“但是伊莎贝尔才死了没一个月，”我哭了，“你能立刻就忘记她吗？她刚被埋葬几周，就会有一个新妻子占了她的位置吗？那你的孩子们呢？你会带他们去佛兰德斯吗？”

“我会拒绝他。”乔治说，“我绝不会离开我的孩子们，绝不会离开我的国家，更绝不会放过杀害了我妻子的凶手。”

我哭泣着，失去她太痛苦了，乔治不得不续弦这个想法也太令人震惊了。没有她，在这个危险的宫中，我觉得很孤独。乔治搂住我颤抖的肩膀。“妹妹，”他温柔地说，“我的妹妹。她是那么爱你，那么想要保护你。她让我保证，我会警告你，也会保护你。”

一如往常，我必须在晚饭前一小时待在王后的房间里，等着国王和他的侍臣们与我们会合，一起去大厅。王后的侍女们认为我的安静是出于悲伤，她们让我一个人待着。只有玛格丽特·斯坦利夫人带我去了一边，告诉我她为我姐姐的灵魂和她的孩子们祈祷。斯坦利夫人与她的新婚丈夫托马斯最近才来宫中。我被她出乎意料的善意感动了，我试着微笑，并感谢她的祈祷。她将自己的儿子亨利·都铎送去了国外，为了他的安全，因为她不信任这位国王的照管。年轻的都铎是兰开斯特家的一位有前途的青年。她不允许他在这个国家被约克监护人抚养长大，虽然她现在嫁给了一位约克爵士并深受国王和王后的喜爱，但她仍然不相信这个王室家庭，不愿意让儿子回来。宫中所有人中，她最能理解侍奉国王的同时要心怀畏惧，她知道这种感觉——向王后行屈膝礼却不确定她是不是你的敌人。

理查德和他的兄长国王一起走进来，两人都笑容满面。他执起我的手，领着我入席用餐，我走近他，悄悄告诉他乔治来了并向我保证他会找出杀害我姐姐的凶手。

“他要怎么在佛兰德斯做到这些呢？”理查德挖苦地问。

“他不会去的，”我说，“他拒绝去。”

理查德爆发出一阵大笑，声音很响，以致国王回头冲他笑道：“在笑什么呢？”

“没什么。”理查德回答他的哥哥，“没什么。我的妻子刚刚告诉我一个关于乔治的笑话。”

“我们的公爵？”国王问道，冲我微笑，“我们的勃艮第公爵？我们的苏格兰王子？”王后也大笑起来，并拍着国王的手臂，就好像在责备他公开嘲笑自己的弟弟，但事实上她灰色的眼睛闪闪发亮。我似乎是唯一一个不懂得这有什么好笑的人。理查德把我拉到一边，让去用餐的队伍超过我们。“那不是真的，”他说，“正相反。是乔治希望成为勃艮第公爵。他希望成为欧洲最富裕的公爵之一并娶勃艮第的玛丽为妻。如果不是她，那就是苏格兰公主。只要他的下一任妻子有钱并拥有一个国家，他并不特别在意是谁。”

我摇头：“他告诉我他不会娶的。他在为伊莎贝尔哀悼。他不想去佛兰德斯。是国王想让他离开王国，闭上嘴。”

“胡说。爱德华绝不会允许这种事情的，他不信任乔治去做佛兰德斯的统治者。勃艮第公爵拥有的土地非常多。我们没人信任乔治，不会让他拥有这么大的权力和这么多财富。”

我小心翼翼地问：“谁告诉你的？”

越过他的肩膀，我能看见王后在主桌就座，正扫视着整个大厅。她转过头看见我与丈夫交头接耳，于是靠近国王说了一个词，两个词，然后他也转头过来看我们了。就好像她指出了我，就好像是在警告他当心我。当她的凝视冷漠地扫过我时，我颤抖了起来。

“怎么了？”理查德问。

“谁告诉你乔治想去佛兰德斯或者苏格兰，而国王不允许的？”

“王后的弟弟，安东尼·伍德维尔，里弗斯爵士。”

“哦，”我只说，“那一定是真的。”

她俯视着大厅，看着我，然后给了我一个美丽而神秘的微笑。

宫廷中流言四起，每个人似乎都在谈论我、伊莎贝尔和乔治。大家都知道，在经历过一场痛苦的分娩后，我的姐姐突然死了，人们开始怀疑她是不是被毒死的，如果是，又是谁干的。谣言愈演愈烈，而且越来越详细、越来越可怕，因为乔治拒绝在大厅中用餐，拒绝与王后交谈，在她经过时脱帽但不鞠躬，并在自己身后交叉手指。好让每个站在他身后的人都看到，他用这个手势以对抗巫术。

他是在用自己的方法恐吓她。她看见他时，脸色都会变得苍白，她会看一眼自己的丈夫，就好像是在问他自己该怎么应对这疯狂无礼的行径。她会看向自己的弟弟，安东尼·伍德维尔。他以前见到乔治通过走廊，不向任何人打招呼时，总会大笑起来；但现在他会仔细检查乔治，就好像对待敌人一般。宫廷完全被分成了两派，一派从里弗斯的长期得势中获得了好处；另一派则恨他们，愿意在任何事情上面怀疑他们。越来越多的人观察着王后，就仿佛在猜测她到底有多大的权力，又将会获得多大的权力。

我每天都能看到乔治。我们住在伦敦，但我渴望回到米德尔赫姆的家。可是路上太泥泞了，难以成行，而且米德尔赫姆那里还下雪了。我必须待在宫廷，虽然每次走进伊丽莎白王后的房间，在行屈膝礼的同时，她都带着一种隐隐的敌意，而她的女儿伊丽莎白公主则总是收回裙摆，和她的女巫外祖母当年一模一样。

我现在害怕王后，而她知道。我不知道她的权力范围或者她能对我做什么。我不知道她到底有没有介入我姐姐的死，或者一切只是伊莎贝尔的惊恐想象。而现在轮到我了。我独自面对着这些恐惧。独身一人在这个快乐、美丽、轻浮的宫廷中，感觉糟透了。我不能对我的丈夫说，他听不进任何反对他哥哥爱德华的言语。我不敢跟乔治说，他在我们的一次秘密会面中，发誓要抓住杀害姐姐的凶手并摧毁她，当他说到那名凶手时，总是用“她”，然后大家就会知道那个恶毒邪恶的女人的罪行。

乔治来到我们伦敦的家巴纳德城堡，来向他的母亲公爵夫人告别，她第二天就要去福瑟临黑了。他与公爵夫人关起门待了好一会儿，他是她最宝贝的孩子，而她对王后的敌意众所周知。她并没有阻止他说他哥哥和王后的坏话。公爵夫人是个见多识广的女人，她发誓说王后通过魔法才和爱德华结婚，而且顶着英格兰的王冠继续使用着黑魔法。

乔治穿过大厅时看见了我，我正站在自己的房门前，他匆匆忙忙地走了过来：“我希望能和你谈谈。”

“很高兴见到你，哥哥。”我退回房间，他也跟了进来。我的侍女们移至一边向乔治行屈膝礼。他是个英俊的男人，而我这时突然意识到他是个单身汉了。一想到可能得看着别的女人坐上伊茜的位子，我就得用手撑住窗台才能保持稳定。她的孩子将会跑进另一个女人的怀里，叫她“母亲”。他们那么小，会忘记伊莎贝尔是多么爱他们、她希望他们成为什么样的人。

“理查德告诉我你不会娶勃艮第的玛丽。”我小声对他说。

“不，”他说，“但你猜谁要娶苏格兰国王的妹妹？有人提议让我娶苏格兰公主，但你猜谁是国王属意的人选？”

“不是你？”我说。

他急促地大笑：“我的哥哥已经决定，把我放在身边更安全。他不会把我送去佛兰德斯或者苏格兰。苏格兰公主会嫁给安东尼·伍德维尔。”

现在我震惊了。王后的弟弟，一个乡绅的儿子，居然能娶王室成员？她还有什么做不了的？我们就这样任里弗斯们予取予求吗？

看到我震惊的表情，乔治笑了。“一个格拉夫顿小庄园主的女儿，坐上了英格兰的后位，而她的弟弟则坐上了苏格兰的王位。”他冷冷地说，“这是一场登峰冒险。伊丽莎白·伍德维尔会将她的旗帜插在山顶。接下来呢？她的弟弟会成为主教吗？为什么他不能成为教皇？她到何时才会停下？她能成为神圣罗马帝国的皇帝吗？”

“她是怎么做到的？”

他深色的眼睛注视着我，让我想起，其实我们都知道她是怎么实现目的的。我摇摇头。“国王太爱她了，什么都听她的，”我说，“他现在会为她做任何事情。”

“而我们都知道，这个女人是如何在众多女子中脱颖而出，捕获了国王的心的。”

1477年1月

伦敦　巴纳德城堡

圣诞节结束了，但很多人还是待在伦敦，被恶劣的天气困住了。往北的道路无法通行，米德尔赫姆仍因大雪封城。我认为那里很安全，有风暴的看顾、北方大河的守卫和暴风雪的护盾。而我的儿子，在厚厚的城墙后、熊熊的炉火前安全而温暖，面前摊着我送去给他的礼物。

一月中旬，我的房门外传来了一阵轻轻的叩门声，很轻微的“嗒嗒嗒”声，是乔治在敲门。我转向我的侍女们。“我要去教堂，”我说，“自己一个人去。”她们屈膝行礼，我则离开了房间，拿着祈祷书和念珠，走向了教堂的门。我感觉到乔治在我后面几步，我们一同溜进了阴暗空荡的教堂。一个牧师正在教堂一角聆听告解，一对乡绅夫妇正在咕哝着他们的罪孽。乔治和我走入了一个黑暗的凹室，我这才看向他。

他看上去就像黑暗中的溺水者那般惨白，双眼空洞。他温文尔雅的好相貌不见了，看上去像是个走投无路的男人。“怎么了?”我小声说。

“我的儿子，”他断断续续地说，“我的儿子。”

我第一个想到的是我自己的儿子，我的爱德华。上帝保佑他在米德尔赫姆城堡安全无事，在雪地里滑雪橇，看伶人演出，品尝圣诞麦芽酒。上帝保佑，他强壮健康，不被瘟疫或毒药所侵。

“你的儿子？爱德华?”

“我的孩子理查德。我的小宝贝，我亲爱的理查德。”

我用手捂住自己的嘴巴，在手指下，我能感觉到自己的嘴唇在颤抖："理查德?"

伊莎贝尔的遗孤由他的奶妈照顾，这个女人照顾过玛格丽特和爱德华，就像母亲一般地用乳汁喂养了他们。伊莎贝尔的第三个孩子也没有理由会在她的照料下出什么事情的。"理查德?"我重复道，"不是理查德吧?"

"他死了。"乔治说。我几乎听不见他的低语。"他死了。"他哽咽了，"我刚收到了从沃里克城堡送来的信。他死了，我的儿子，伊莎贝尔的儿子。他去天堂与他母亲在一起了。上帝保佑他的灵魂。"

"阿门。"我小声说。我能感觉到自己喉咙里的哽咽，眼睛里的刺痛，我想要扑倒在床上大哭一周，为我的姐姐、我的小外甥和这残酷的世界，就是它夺去了一个又一个我爱的人。

乔治摸到了我的手，紧紧地握住："他们告诉我，他突然就死了，毫无征兆。"

不顾自己的悲痛，我后退一步，挣脱了他的手。我不想听他接下去要说的话："毫无征兆?"

他点头。"他很健康。胃口好，体重增加，开始能整晚睡觉。我让贝茜·霍奇斯做他的奶妈。如果我知道他不太好，我决不会离开他的，为了他，也为了他母亲。但他很好，安妮。如果我有任何怀疑，我绝对不会离开他的。"

"婴儿很容易突然出事的，"我无力地说，"你知道的。"

"他们说，他上床睡觉的时候还很好，但在黎明前就死了。"他说。

我瑟瑟发抖。"婴儿们有可能会在睡觉时死去的。"我重复道，"上帝保佑他们。"

"没错。"他说，"但我必须弄明白，他是不是自然死亡，他的死有没有疑点。我现在就出发去沃里克。我一定会找出真相，如果我发现他是被谋杀的，有人在他睡觉时往他的小嘴巴里滴进了毒药，那我一定会让他们偿命。不管他们是谁，不管他们地位多高，不管他们的名字有多伟大，不管他们和谁结的婚。我发誓，安妮。我要为我的妻子报仇，特别是如果那女人还杀了我儿子的话。”

他朝门走去，我抓住了他的手臂。“立即写信给我。”我小声说，“寄给我点什么，水果或者一些带着讯息的东西。用这种方式传递信息，这样我能明白，但别人都不会知道。一定要告诉我玛格丽特是不是安全，还有爱德华。”

“我会的。”他保证，“并且如果需要的话，我会给你预警。”

“预警?”我明知故问。

“你也处于危险之中，你的儿子也是。我认为，毫无疑问，这不仅仅是对我和我家人的攻击，不仅仅针对我，虽然它击碎了我的心；这是对拥王者的女儿和他外孙们的攻击。”

他说着这话时，我感到一阵发冷。我离开时，脸色和他一样惨白，我们就像是教堂阴影中窃窃私语的两个鬼魂。“对拥王者女儿的攻击?”我重复，“为什么有人要攻击拥王者的女儿?”我问道，虽然已经知道答案，“到今年春天，他已经去世六年了。他的敌人已经都忘记他了。”

“有一个敌人还没忘。她在一张纸片上用血写下了两个名字，藏在她的珠宝盒中。”他说，不会说明“她”是谁，“你知道吗?”

我凄惨地点了点头。

“你知道那两个名字是谁吗?”

他等着我摇头。

“鲜血写道：‘*伊莎贝尔和安妮*’。伊莎贝尔已经死了。我毫不怀疑她计划你将是下一个。”

我害怕地摇头。“复仇?”我说。

“她想要为她父亲和弟弟的死报仇。”他回答，“她已经暗自发过誓了。这是她唯一的愿望。你的父亲夺去了她的父亲和他的儿子，她也夺去了伊莎贝尔和她的儿子。我相信她也会杀了你和你的爱德华。”

“快点回来，”我说，“回宫里来，乔治。别把我一个人留在她的宫廷里。”

“我发誓。”他说，然后吻了吻我的手，离开了。

“我不能去宫里。”我直接对理查德说。他站在我的面前，身着深色天鹅绒，正准备去威斯敏斯特。我们被召到那里去用餐，“我不能去。我发誓我不能去。”

“我们已经同意了，”他平静地说，“我们说好了，直到知道谣言的真相前，你都会应王后之邀出席宫中活动，表现得好像什么事都没有发生过。”

“事情发生过了，”我说，“你应该已经听说了吧，小婴儿理查德死了！”

他点头。

“他很健康，生下来的时候很强壮，而现在，出生仅仅三个月后，他就死了？无缘无故地在睡梦中死了？”

我的丈夫转身面向炉火，用穿着靴子的脚把一根柴火踢进去了一点。“婴儿很容易死。”他说。

“理查德，我觉得她杀了他。我不能去宫中，坐在她的房间里，让她看着我，怀疑着我知道点什么。我不能去晚宴，不能吃她的厨房做出来的食物。我不能去见她。”

“因为你恨她？”他问，“我最爱的兄长的妻子和他孩子们的母亲？”

“因为我怕她。”我说，“而也许你也该怕她，甚至爱德华也该害怕。”

1477年4月

伦敦

乔治回到伦敦，然后就立刻到他母亲的房子里来见理查德。我的侍女们告诉我，这两兄弟一起进了理查德的会议室，关上了门。过了一会儿，理查德的一位心腹男仆来了，叫我去见他们。我留下我的侍女们，任她们兴奋地猜测，穿过大厅来到了理查德的房间。

步入房间时，我惊讶于乔治的外表。他比离开时更单薄了，消瘦的脸上满是倦意，看上去像是一个工作过度的人。理查德抬起头看见我，向我伸出手。我站在他的椅子边，握着他的手。

“乔治从沃里克带来了坏消息。”理查德简短地说。

我等着。

乔治看上去很严肃，远比他的实际年龄二十七岁要苍老：“我找到了杀害伊莎贝尔的凶手。我已经逮捕并审判了她。她被判有罪，已经处以极刑。”

我觉得自己的膝盖发软，理查德从椅子上站起身，让我坐在椅子上，“你必须得勇敢，”他说，“还有更糟的。”

“什么更糟的？”我小声问。

“我也找出了杀害我儿子的人。”乔治的声音单调而冷酷，“我将他也送上了法庭，陪审团判定他有罪。他已经被处以绞刑了。至少这两人不会对你和你的家庭造成危险了。”

我抓紧了理查德的手。

“我审问了杀害伊莎贝尔的人，”乔治平静地说，“她的名字叫安卡瑞特，安卡瑞特·端诺，是我妻子房间的女佣。她服侍伊莎贝尔用餐，在伊莎贝尔分娩时给她带去酒。”

我闭上了眼睛一小会儿，想着伊莎贝尔接受着服侍，却不知道是一个凶手在照顾她。我知道我应该在那里的，我应该看出那个仆人到底是什么人。

“她被王后收买了，”他说，“天知道她监视了我们多长时间了。但是当伊莎贝尔分娩并快乐自信地认为她会生下又一个男孩时，王后命令她的仆人使用那些药粉。”

“药粉？”

“意大利药粉，毒药。”

“你确定吗？”

“我有证据，陪审团判定她有罪，并判处了死刑。”

“现在仅仅知道安卡瑞特说王后是她的雇主。”理查德插话说，“我们不能就此肯定王后命令她杀人。”

“还有谁会伤害伊莎贝尔呢？”乔治坦率地说，“难道她不是被所有认识她的人所爱戴吗？”

我盲目地点头，眼中充满了泪水：“那她的小儿子呢？”

“伊莎贝尔死后，她的侍女们一解散，安卡瑞特就去了萨默塞特。”乔治说，“但她把药粉留给了她的朋友约翰·瑟斯比，沃里克的一名男仆。他把药粉喂给了婴儿。陪审团判定他们两人均有罪，他们都被处死了。”

我颤抖着叹了口气，抬头看理查德。

“你必须保护自己，”乔治警告我，“不要吃从她的厨房中做出来的东西，只喝你自己酒窖里的酒，让他们在你的面前开瓶。不要信任任何仆人。

这些就是你所能做的全部事情了。除非雇佣我们自己的女巫，我们不能保护自己对她的巫术免疫。如果她用黑魔法对付我们，我不知道我们能做什么。”

“王后并没有被证实有罪。”理查德固执地说。

乔治突然笑了起来：“我失去了一位妻子，一名被王后怨恨的无辜女人。我不需要更多证据了。”

理查德摇了摇头：“我们不能分裂，”他坚持道，“我们是约克家族的三兄弟。爱德华有一个标志，天空中的三个太阳。我们已经经历了这么多，不能在现在分裂。”

“我忠于爱德华，我忠于你。”乔治发誓，“但爱德华的妻子是我的敌人，她也是你妻子的敌人。她从我这里夺去了一个男人所能拥有的最好的妻子，还有我的孩子。我要确保她不能够再次伤害我。我会雇佣试吃者，会雇佣卫兵，还有，我会雇佣一个巫师，来保护我免受她邪恶法术的伤害。”

理查德从炉火边走开，望向窗外，就好像能在夹着雪花的雨中找到答案。

“我会把这些告诉爱德华。”乔治慢慢地说，“我不知道我还能做什么了。”

理查德向他约克子孙的责任感屈服了：“我会和你一起去。”

理查德没有具体告诉我三兄弟会议的情况：爱德华指责乔治滥用法律，安排了陪审团，罗织罪名处死了两名无辜的人，而乔治则回答他的兄弟，伊丽莎白·伍德维尔谋杀了伊莎贝尔和她的孩子。理查德只告诉我，乔治与爱德华之间的嫌隙宽阔且致命，而他对一位兄长的爱，使得他对另一位兄长的忠诚岌岌可危。他害怕这件事会给我们所有人带来的后果。

“我们可以回米德尔赫姆吗?”我问。

“我们去宫里用餐,”他阴沉地说,“我们必须去。爱德华必须看见我站在他那边，王后不能看出你在害怕她。”

我的双手开始颤抖了，所以我将它们背在身后:“求你了……”

“我们必须去。”

王后来用餐时，脸色苍白，紧咬下唇；她投射到乔治身上的目光足以击倒一个软弱的人了。他向她深深鞠躬，带着嘲讽的尊敬。如此华丽的宫廷鞠躬，一个轻浮的人都可以把这当作是一场笑话了。她背朝着乔治的桌子，不断地和国王说着话，就好像是在防止他哪怕只有一眼停留在他兄弟身上。她在用餐时紧紧靠着国王，在看表演时坐在他的身旁，不让任何其他人接近他，尤其是乔治。乔治靠着墙壁站着，盯着她，就好像想把她也拖上审判台。整个宫廷都为这个丑闻而兴奋，为那两场审判而害怕。安东尼·伍德维尔走到哪里都将拇指放在剑带上，好像随时准备跳起来捍卫他姐姐的名誉。没人再嘲笑乔治了，甚至是那些轻浮粗心的里弗斯家的人。事情严重了：我们都等着看国王的行动，他是不是会再一次被那个杀人的女巫所左右。

1477年5月

伦敦　巴纳德城堡

“我不害怕。”乔治告诉我。我们坐在巴纳德城堡我私室中的炉火旁。非季节性的雨水正顺着窗户流下，天色铅灰。我们靠得很近，并不是为了取暖，而是出于恐惧。理查德在宫廷里，与他的哥哥爱德华商议，试图调停他的哥哥们，试图平衡王后给出的邪恶的建议，试图终止从厄贝尔传来的无休无止的流言。在那里乔治手下的人说，一个私生子坐上了王位，一位国王被女巫下了咒，一个现行投毒者就在王室中。理查德相信两兄弟是可以和解的。理查德相信约克家族将屹立不倒，不管里弗斯家、不管他们的死神王后做些什么。

“我不害怕，”乔治说，“我有自己的力量。”

“力量?”

“我有一个巫师，可以在她的咒语之下保护我。我雇了一个预言家，名叫托马斯·伯德特，还有另外两个牛津大学的天文学家，都是非常老练非常严肃的学者，他们已经预见了国王的死去与王后的倒台。伯德特追溯了王后的影响，他能看见她的道路穿越过我们的人生，就像是一条银色黏液留下的痕迹。他告诉我该做什么，向我保证里弗斯一家会亲手将自己推翻。王后会将她的儿子亲手交给他们的刽子手。她将结束自己的生命。”

“预言国王的死亡是违法的。”我小声说。

“毒死一位公爵夫人也是违法的，而王后逃脱了惩罚。我倒要看看她打算怎样对付我。我现在全副武装准备对付她，我不怕她。”他起身离开，“你一直戴着十字架吗?”他问，“你戴着我给你的护身符吗？你的口袋里一直放着念珠吗?”

“是的。”

“我会让伯德特写一条咒符让你随身携带，用高深的法术困住她。”

我摇摇头。“我不相信，也不会相信这种事情。我们不该用魔法来对抗她，”我说，“那意味着我们和她一样坏，我们要做些什么？要做到什么程度？召唤恶魔？呼唤撒旦?”

“我本应该召唤撒旦本人来保护伊莎贝尔，来对抗她的。”他苦涩地说，“因为王后的投毒者，我失去了心爱的妻子；因为她的同谋者，我失去了我的孩子；而在那之前，因为女巫的风，我已经失去过一个儿子，我的第一个儿子。她用魔法，用黑暗巫术。我们必须以其人之道还治其人之身，用她自己的武器来对付她。”

有人敲门。“克拉伦斯公爵的信!”门外有人呼喊。

“这里!”乔治喊道。信使走进房间，我的丈夫理查德也跟在后面走了进来。

“我不知道你在这里。”他对乔治说，皱着眉头瞥了我一眼。他决心要在这两兄弟之间的斗争中保持中立。乔治没有回答，反复阅读着信。然后他抬起了头。“你知道这事吗?”他对理查德说，“或者你参与了这件事？你是来逮捕我的吗?”

“逮捕你?”理查德重复，“为什么我要逮捕你？除非没完没了的闲话、无礼和忧郁是一种罪行，如果是那样的话，我倒是应该逮捕你。”

乔治根本没有回应这个玩笑：“理查德，你知道这事吗？是或者不是?”

“什么事？信上怎么说?”

“国王已经逮捕了我的朋友托马斯·伯德特，我的保护者和导师。他被逮捕并指控犯有叛国和巫蛊。”

理查德一脸严肃：“该死，他这么做了？”

“逮捕我最亲密的顾问？是的。这是在威胁我。”

“别这么说，乔治。别让事情更糟。我知道他想过要这么做，我知道你逼他逼得太过分了，他不知道该做什么。”

“你不警告我？”

“我警告过你，你的指控、散布诽谤言论和侮辱的行为一定会引起麻烦的。”

“他是在悼念他的妻子！”我抗议道，“他知道她是被谋杀的。他又能怎么做呢？”

“理查德，你一定要支持我。”乔治转身面对他，“我当然得有顾问保护我不受到王后的诅咒，保护我免遭毒药和魔法。为什么我不能？整个宫廷都知道她对我的妻子做了什么！我干的事和你一样。”

“并不是！我没有指控王后谋杀。”

“是没有，但你有没有派人守卫你的房子？你的厨房？你的妻子？你的儿子？”

理查德咬着嘴唇：“乔治——”

“弟弟，你必须站在我这边对付她。她已经夺走了我的妻子，并且盯上了我。她也会谋杀你的妻子，然后杀了你的。她是个可怕的女人，怀着深深的敌意。理查德，我叫你一声弟弟，希望你能站在我这边。我求你不要抛下我，让我一个人面对她的敌意。除非我们三个人和我们的孩子全都死了，不然她不会停手的。”

“她是王后。”理查德说，“而你这么做也没有任何意义。她很贪婪，天知道，她对爱德华的影响也太大了，但是……”

乔治急行至门口。“国王不会伤害无辜之人一根头发的，”他说，“这是她干的。因为安卡瑞特的死，她要报复我。他们想要用我忠诚仆人的性命来抵他们的间谍和投毒者的命。但是她自己不敢动我，我是个王室公爵——她难道以为可以把我的仆人投到一般的监狱里去吗？”

乔治赶去营救伯德特，却没能救成。王室调查了伯德特和他的同事——乔治雇佣了另外两个顾问，也许更多——揭露出了一场涉及巫术和预言、威胁和恐惧的阴谋。许多明智的人都对此一字不信；但托马斯·伯德特、约翰·斯泰西博士和他的牧师托马斯·布莱克都被判叛国罪，处以极刑。托马斯·布莱克被爱德华的赦免从绞刑架上救了下来，但另外两人却被处刑了，他们在最后一刻依然宣称自己是无辜的。他们拒绝用忏悔来换取痛快一死和保留后代的继承权的特许。相反，他们像不愿保持沉默的无辜之人一样走上了绞架，大喊着他们只不过是在做研究，没有犯任何罪行，王后利用他们的研究成果来对付他们，并要杀他们灭口。

在威斯敏斯特的国王顾问会议上，乔治流着泪，宣称自己是无辜的，宣称死者是无辜的，并让他的发言人朗读他们在绞刑架上的发言——即将去见造物主的人的强有力的证词，说他们的任何罪名都是被捏造的。

“这是宣战的布告。”理查德简短地说。我们肩并肩骑马穿行在伦敦的街道上，去宫里参加宴席。王后又要分娩了，准备迎接又一个婴儿；这是她离开前的祝贺宴。她将离开这个充斥着关于巫术、魔法和毒药的流言的宫廷。她一定感觉到了，她努力维持的宁静和优雅已经崩溃了。她一定觉得自己被识破了，隐藏在她女人外表下的是一条怪鱼，已经从她的皮肤下露出了尾巴。

这是一个炎热的五月午后，我身着华丽的红色丝绸，马也佩戴着红色皮革的马鞍和缰绳。理查德穿着一件新的黑色天鹅绒上衣，上面有着白色的刺绣。我们是要去晚宴，但我已经吃过了。我现在已经不再吃任何从王后的厨房中送出来的食物了，当她看向我时，会看见我拿着叉子准备用餐，切开面包，涂抹酱汁，然后就把盘子放到一边。我假装在吃她厨房的食物，她也假装并没有看见我什么都没吃，我们心照不宣。我觉得她只要有机会就会给我下毒。我们都知道，我不像乔治或我姐姐，我没有勇气公开挑战她。我的丈夫决意要做她的朋友。我是一个在她的恶意手到擒来的猎物。

“宣战的布告?”我重复，“什么?”

“乔治公开说，爱德华不是父亲的亲生儿子和继承人。他告诉每个人，爱德华的婚姻是巫术的产物，他的儿子则是私生子。他说爱德华阻止他娶勃艮第的玛丽，是因为他知道乔治会用她的军队重申对英格兰王位的所有权。他说很多人都会为他揭竿而起，他比国王更受爱戴。他正公开地向每个人重复以前他私下里说的那些话。这就像战争宣言一样糟。爱德华将不得不让他闭嘴。”

我们骑到了威斯敏斯特宫的庭院，传令官通报了我们的头衔，号手吹响了欢迎的乐声。旗手降下了旗子，以宣布王室公爵与公爵夫人的到来。我的马站着不动，两个穿制服的仆人帮我下了马。随后，我跟上了等在门口的理查德。

“国王会怎么让他的弟弟闭嘴呢?”我追问道，“现在伦敦有一半人都在说着一样的事情，爱德华怎么能让那些人都闭嘴呢?”

理查德让我挽住他的手臂，向走廊上的蜂拥至马厩院子的人们微笑。他领着我走向前。“爱德华能让乔治闭嘴。至少，我认为他会被迫这么做。他会给乔治下一个最后通牒，然后将以叛国罪起诉他。”

伴随着叛国罪的是死刑，爱德华国王将杀死自己的亲弟弟。我震惊地停下脚步，觉得自己头晕脑涨。理查德抓起我的手。我们站了一会儿，手拉着手，就好像我们在这个可怕的新世界中只能彼此依偎。我们忽略了经过的仆人或者匆匆走过的朝臣们，理查德看着我的眼睛，我又一次觉得自己成了孩子，在一个我们不能理解的世界中创造自己的命运。

“王后告诉爱德华，如果乔治依旧逍遥法外，她在分娩时会觉得不安惶恐。她要求为了自己的安全逮捕他。爱德华必须满足她，她将他孩子的生命与他弟弟的生命对立了起来。”

“太残忍了！”我轻轻吐出这句话，而理查德第一次没有为他的哥哥辩护。他年轻的脸庞紧张阴沉。

“天知道我们会怎么样，天知道王后会把我们怎么样。我们是约克的儿子，在爱德华的眼中，我们本该是天空中的三轮太阳。我们怎么能被一个女人分裂？”

我们步入威斯敏斯特宫的大厅，理查德抬手回应人群的欢呼和鞠躬。人们聚集在大厅和走廊，看着贵族们到达，“你吃东西吗？”他小声地问。

我摇头。“我再不吃王后厨房的食物了，”我低声告诉他，“自从乔治警告我以后。”

“我也是，”他叹了口气，“再也不吃了。”

1477年夏

约克郡　米德尔赫姆城堡

我们离开伦敦时，乔治的命运仍然悬而未决。我们几乎可以说是逃离伦敦的，理查德和我朝北骑行，远离了充斥着谣言与猜忌的城市，回到了家。在那里，空气清新，人们畅所欲言，亲切无私；在那里，北方辽阔的天空覆盖着长满苔藓的绿色山丘；在那里，我们可以得到安宁，远离宫廷，远离伍德维尔家和里弗斯的信徒，远离英格兰王后这一致命的谜团。

我们的儿子爱德华快乐地来迎接我们，作为一个四岁的孩子，他有许多值得骄傲的东西要展示给我们看。他学会了骑马打靶，他的小马是匹熟练稳定的小动物，熟知自己的工作，能够以轻快的步伐、准确的角度，让爱德华的小长枪击中靶子。他的老师笑着表扬了他，看了我一眼，看到了我满满的骄傲。爱德华也开始学习拉丁语和希腊语了。“太难了！”我朝他的导师抗议。

“越早开始学越容易。”他向我保证，“他已经可以用拉丁语祈祷和跟着念弥撒了。这就是建立在那些知识的基础上的。”

他的导师放了他的假，让他能和我一起骑马出去，我给他买了一只小小的灰背隼，这样他就可以用自己的鸟和我们一起狩猎了。他就像是一个小小的贵族，骑着匹结实的小马，手腕上停着只漂亮的鹰。他骑了一整天，一路上都精神奕奕，虽然他在回家的路上睡着了两次。理查德的身边跟着他的大猎犬，胳膊里抱着他的小儿子。而我则牵着小马。

晚上，他和我们一同在大厅用餐，坐在主桌，我们两人的中间，俯视着挤满了美丽大厅的士兵、守卫和仆役。从米德尔赫姆来看我们用餐的人带走了我们晚餐的剩菜。我听见他们对小主人，我的爱德华的评价：有担当有魅力。用过晚餐，理查德回去了他的私室，坐在炉火旁读书，而我则和爱德华一起回育儿塔，看着他脱下衣服上床睡觉。就是那一刻，当他洗得干干净净，香喷喷的，当他的脸蛋像他的枕头套那样光滑苍白，就是我吻他的那一刻，我知道什么是爱一个人胜过爱自己的生命。

他会在睡前祈祷，他的保姆教他背诵短小的拉丁祈祷文，虽然很难明白它们的意思，但他会认真地在祈祷中加上我和他父亲的名字。有一次，他睡在床上，黑色的睫毛软软地趴在他的小脸蛋上，我在他的床边跪下，祈祷他能健康强壮地成长，祈祷我们能护他周全。他无疑是全约克郡最珍贵的男孩——不，是全世界。

夏日的每一天，我都与我的小儿子一同度过，在阳光普照的育儿室中听他朗读，与他一同骑马穿过沼泽，在河边一起钓鱼，玩接球，在内院中打球，直到他累了，睡在我的大腿上，让我给他读睡前故事。这些日子对我来说很轻松，我胃口很好，在华丽的四柱床上、理查德的怀抱中睡得也很好，我们就像依旧处在结婚第一年的爱人似的；我在早晨醒来，听着田凫在荒野上啼鸣，看着叽叽喳喳的家燕和岩燕在每条梁上用泥土筑巢。

但我们没怀上孩子。我着迷于我的儿子，但也想要另一个孩子，渴望另一个孩子。木摇篮就放在育儿塔楼梯的下面。爱德华应该有一个能够一起玩的弟弟或者妹妹，但并没有。我可以在斋戒日吃肉，教皇送来一封信，给了我特别许可，可以在四旬斋期或是斋戒日的任何一天吃肉。用餐时，理查德会把羔羊最好的部位、肥肉、烤鸡的皮切给我，但还是没有血肉组成的小生命产生。在那些激情的长夜里，我们以一种极度的渴望紧紧拥抱，但我们还是没有造出孩子；我的身体里没有孩子。

我本以为，我们会在北方度过整个夏天和秋天，也许去巴纳德城堡，或者去看看谢里夫哈顿的重建工作，但是理查德从兄长爱德华那里收到了一条紧急的消息，召他回伦敦。

“我必须去，爱德华需要我。”

“他病了吗？”我突然为国王感到了一阵恐惧，那一刻我觉得不可思议：她会毒死自己的丈夫吗？

理查德很震惊，脸色苍白：“爱德华很好。但他太过分了。他说他要阻止乔治没完没了的指控，他已经决定要治乔治的叛国罪。”

我把手放在喉咙处，觉得自己的心都快跳出来了：“他不会……他不能……他不会处死他吧？”

“不，不，只是指控他，然后抓住他。当然，我会坚持给予乔治尊重，让他待在伦敦塔中自己平时的房间里，在那里他的仆人可以把他服侍得很好，然后在我们达成一个协议之前，让他保持安静。我知道爱德华必须让他安静下来的。乔治完全失去控制了。显然，他只想要娶勃艮第的玛丽，这样他就可以从佛兰德斯发动一场对英格兰的侵略。爱德华现在有证据了。就像我们猜测的那样，乔治从法国拿了钱。他和法国一起在密谋反对自己的国家。”

“这不是真的，我发誓他没想要娶她。”我郑重地说，“伊莎贝尔才刚下葬，乔治都快疯了。还记得他刚来宫里告诉我们时的样子吗？他亲口告诉我，那是爱德华的计划，想要把他弄出国去，但被王后禁止了，因为她想把玛丽嫁给她自己的弟弟安东尼。”

理查德年轻的脸上笼罩上了一层担忧：“我不知道！我再也分不清楚真假了。一个哥哥的话与另一个的话相反。我向上帝祈祷，让王后和她的家族别来蹚治国的浑水。如果她只是专心生孩子，让爱德华随意统治的话，那这一切都不会发生了。”

“但你必须得去……”我可怜巴巴地说。

他点了点头。“我必须去，以确保乔治不被伤害。”他说，“如果王后反对我的兄长，除了我有谁会为他辩护呢？”

他转身走进我们的卧室，仆人正在将他的骑马装收进一个袋子里。“你什么时候回来？”我问。

“尽快。”他的脸上忧虑重重，“我必须确保事态不再扩大。我必须从王后的愤怒下救出乔治。”

1477年秋

约克郡　米德尔赫姆城堡

我和儿子一起度过了夏天，迎来秋日。我派人去找来了约克的裁缝，为他定制冬衣。经过一个夏天，他长高了，新马裤的长度得好好地改一下。鞋匠也带着新靴子来了。虽然很担心，但我还是准许爱德华骑大一点的马儿了。那匹与他配合得很好的小马会被带出去放牧。

当理查德回来告诉我，我们必须去宫里过圣诞时，简直就像是宣布我要坐牢了。伊丽莎白王后生完孩子了，成为了又一个新生男孩的母亲，这是她的第三个了。就好像是要为她的胜利增光添彩，她让自己的小儿子爱德华和一位伟大的女继承人订婚了，王国里最富有的小女孩，安妮·莫布雷，我的表亲，伟大的诺福克财产的继承人。小安妮本可以是我的爱德华的一个很好的结婚对象。他们的土地可以合并，可以成就一个强大的联盟，我们是亲戚，我和她利益相关。但是我甚至都没有问她家会不会考虑爱德华，我知道伊丽莎白王后不会让像安妮这样的小继承人流落出去的。我知道她会将安妮的财产并入里弗斯家，留给她的宝贝儿子理查德。他们还是小婴儿就得结婚，来满足王后的贪婪。

“理查德，我们不能待在这里吗?”我问，“我们不能在这里过一次圣诞节吗?”

他摇了摇头。“爱德华需要我。”他说，“现在乔治被关押了，爱德华更需要他真正的朋友在身边，而我是他仅有的兄弟了。他有威廉·黑斯廷斯做副手，但不算上威廉，除了她的亲戚，他还能跟谁说话呢？她派人包围了他，而他们一致建议他将乔治流放，禁止他再回英格兰。他没收了乔治的财产，正在瓜分他的土地。他已经下定决心了。”

“但他们的孩子！”我想到了小玛格丽特和乔治的儿子爱德华，“如果他们的父亲被流放了，谁来照顾他们呢？”

“他们会成为孤儿。”理查德冷冷地说，“今年圣诞，我们必须去宫里，为他们和乔治辩护。”他犹豫了一下，“另外，我必须去见乔治，我必须在他身边支持他。我不想抛下他一个人。他在塔里孤零零的，没人敢去看他，他开始害怕将要发生的事情了。我肯定她说服不了爱德华伤害自己的弟弟，但我担心……”他突然住口。

“担心？”我压低声音重复，即使我们此刻安全地待在米德尔赫姆的高墙之后。

他耸了耸肩：“我不知道，有时我觉得自己像个女人一般害怕，或者变得像乔治那样迷信，满口的巫术、法术和其他天知道的秘密。但是……我觉得我是在为乔治担心。”

“担心什么？”我又问了一遍。

理查德摇了摇头，他几乎受不了说出他的恐惧。“一场意外？”他问我，“一场疾病？他吃了什么坏掉的东西？喝多了？我根本连想都不愿去想。她使他变得悲伤恐惧，想要结束自己的生命，而有人又给了他一把刀？”

我吓坏了。“他不会伤害自己的，”我说，“这样的罪孽太重了……”

“他已经不像乔治了，”理查德悲伤地对我说，“他的自信、魅力，你所知道的他，已经不见了。我担心她给了他噩梦，我害怕她正在吸干他的勇气。他说他在恐惧中醒来，看见她离开他的卧室，他说她在晚上将冰水倒入他的心脏。他说他有任何医生都治不好的疼痛，就在他的心口、肋骨下、肚子里。”

我摇头，“这不可能，”我依然坚决，“她不能影响人的头脑。乔治是很悲痛，我也是；他被捕了，这足以使任何人害怕。”

“不管怎样，我得去见他。”

“我不想离开爱德华。”我说。

“我知道。但他在这里会有一个男孩所能得到的最棒的童年，我知道的。这曾是我的童年。他不会孤独的，他有老师和侍女。我知道他会想你，他爱你，但他待在这里总比被拖去伦敦好。”他再次犹豫了，“安妮，你必须同意这点，我不想让他去宫里。”

他不需要再说什么了。一想到王后冰冷的目光落在我的儿子身上，我就不禁发抖。“不，不，我们不带他去伦敦，”我急忙说，“我们把他留在这里。”

1477年圣诞节

伦敦　威斯敏斯特宫

圣诞宴席如以往一样盛大，王后兴高采烈，离开了分娩室，奶妈带着她的新生男孩在宫廷四处招摇，小王子是每一个对话必定提到的话题。当我看见她的儿子和另外六个孩子跟着她到处走时，几乎可以尝到自己嘴中的苦涩。

“她给他起名为乔治。”理查德告诉我。

我倒吸了口冷气：“乔治？你确定吗？”

他的神情严肃：“我很确定，她亲口告诉我的。她微笑着告诉我，就好像我会因此而开心似的。”

这恶毒的嘲弄吓坏了我，她以诽谤罪逮捕了这无辜孩子的叔叔，用一个死刑的罪名威胁他，却给她的儿子起了个他的名字？这是种恶意的疯狂，如果没有更糟的意图的话。

“还能有什么更糟的？”理查德问。

“如果她是想用一个乔治替换另一个呢。”我说得很小声，转过了头，不去看他那吓呆了的表情。

她所有的孩子都聚在宫里过圣诞节。王后到哪里都在夸耀他们，而他们就跟在她身后，跟着她的脚步起舞。最大的女儿，伊丽莎白公主已经十一岁了，和她高挑母亲的肩膀差不多高了，瘦长苗条，就像是四旬斋的百合。她是宫廷的宠儿，深受她父亲的喜爱。威尔士亲王爱德华也在这里过圣诞，他每次回到伦敦，都长得更加高大强壮。他对自己的弟弟理查德很好，理查德还只是个小男孩，但却比我的儿子结实强壮。我看着他们经过，奶妈带着新生儿乔治殿后，都不得不提醒自己微笑赞美。

王后至少知道我的微笑就像她对我冷冷的点头一样逼真热情，她让我吻她光滑的脸颊，我向她问候时，不知道她能不能闻出我呼吸中的恐惧，我手臂下的冷汗；她知不知道我和被她关在塔里的姐夫想法一样；她知不知道我一看见她的幸福和多产就担心起自己的独子，想起自己死去的姐姐。

圣诞宴的末尾，是小王子理查德那令人可耻的虚伪订婚式。他只有四岁，就与六岁的女继承人安妮·莫布雷订婚了。小女孩会继承诺福克公爵的财产：她是他们唯一的继承人。或者说，她曾是他们唯一的继承人。现在理查德王子会得到这些财富，因为王后写了一纸婚约，注明就算小女孩在童年、在他们到达婚龄前、在他们成年前就死去，理查德也能得到她的财产。当我的侍女告诉我这件事时，我控制着自己不要颤抖。我不禁想，诺福克一家签署的是她的死亡证书。如果王后能从安妮的死亡中获得一大笔财富，那这小女孩在这婚约签署后还能活多久？

为这场订婚，他们举办了盛大的庆典，我们都必须参加。小女孩和小王子由保姆抱着，并排站在大厅的主桌前，就像是一对小玩偶。没有一个看到这幅贪婪画面的人，会怀疑这就是王后力量的鼎盛时刻——她如愿以偿了。

里弗斯一家当然高兴地享受着竞赛、盛宴、假面剧和出色的马上长枪竞技。安东尼·伍德维尔，王后心爱的弟弟，戴着白色的头盔、骑着身披黑色天鹅绒的骏马，参加了竞技。理查德和我身着华服，参加了这场订婚仪式，装作高兴的样子；但乔治和伊莎贝尔曾经坐的桌子是空的。我的姐姐死了，她的丈夫不经审判就被监禁了。当王后俯视大厅看见我时，我朝她微笑，而在桌子下面，我交叉起手指以抵抗巫术。

“如果你不愿意的话，我们不需要出席长枪竞技。”理查德那晚对我说。他来到了我宫中的卧室，穿着睡袍坐在壁炉旁。我爬上床，用被子盖住肩膀。

“为什么不需要?”

“爱德华说他不介意我们缺席。”

最近这些日子，在宫廷里越来越重要的却不是国王的意见。“她呢？她介意吗?”

“我不觉得。她的儿子托马斯·格雷是一位挑战者，弟弟是首席骑士。里弗斯家族如日中天。她不会在乎我们去不去的。”

“为什么爱德华说你可以缺席?”我听见了自己声音中的小心翼翼。我们现在害怕着宫廷中的一切。

理查德起身。脱下长跑，拉开被子，在我身边躺下。“因为他看出了，我为乔治的囚禁而心痛万分，而且害怕着即将发生的事。”他说，“我们的兄弟关在伦敦塔中，而英格兰王后又在逼着要处死他，爱德华也没有心情狂欢。抱紧我，安妮，我从骨髓里发冷。”

1478年1月

伦敦　威斯敏斯特宫

他们不经审判就关押了乔治，也不允许访客。虽然他是被关押在舒适的房间中，但当年余下的日子都失去了自由，像一个叛徒。一月，王后终于说服了国王，把乔治推上了法庭，以叛国罪受审。里弗斯们控制了安卡瑞特下毒案中的陪审员，强迫他们说自己始终觉得她是无辜的，即使他们把她送去了绞架。他们声称，我的姐姐死于产褥热，即使上次向他们询问时，他们发誓她是被毒死的。他们现在说，乔治滥用权力，控告安卡瑞特，并将她处死，表现得就好像一位国王。他们说，他利用了王室的地位。他们让他成为了一名叛徒，就因为他惩罚了杀害自己妻子的凶手。一朝之间，他们就高明地否认了谋杀，藏起了凶手王后，使她免罪，把一切责任都归咎于乔治。

王后在这件事上无处不在，建议国王，警告危险，非常甜美地抱怨乔治在他的沃里克小镇里成了法官和刽子手，说这实际上是一种篡权。如果他能命令陪审团，如果他能执行死刑，那他还有什么不能做？难道不该阻止他吗？

最后，国王被打动了，同意起诉他弟弟乔治，而没有人，没有一个人，为乔治辩护。理查德在听证会的最后一天沮丧地回到家里，满脸阴沉。他的母亲和我在大厅见到了他。他将我们带去了他的私室，关上了门，将一干好奇的面孔挡在了外面。

“爱德华已经指控他意图破坏王室及国王的继承权。”理查德看了一眼他的母亲，“有证据表明，乔治告诉所有人，国王出身卑贱，是个私生子。对不起，母亲大人。”

她摆了摆手。“这是个旧谣言。”她看着我，“这是沃里克的老把戏。如果要怪，就怪他吧。”

“而且，他们有证据证明乔治收买了人，在全国各地声称托马斯·伯德特是无辜的，他被国王杀死是因为预言了国王的死期。爱德华听了那些证据，很有说服力。乔治的确雇了人说国王的坏话，他说国王使用黑魔法，每个人都明白这是在指控王后是个女巫。最后，最糟的是：乔治从法国的路易那里收了钱，企图制造反对爱德华的叛乱。他准备发起叛乱，登上王位。”

“他不会的。”他的母亲简短地说。

“他们有法国路易寄给他的信。”

“伪造的。”她说。

理查德叹了口气。“谁知道呢？我不知道。我怕其中的一些——实际上，大多数——是真的，母亲大人。乔治雇了一位佃户的儿子，将他作为自己儿子沃里克的爱德华的替身。他把小爱德华送去佛兰德斯以保安全。”

我深深地吸了口气。这是伊莎贝尔的儿子，我的外甥，而他被送到了佛兰德斯：“为什么不把他送来我们这里？”

“他不敢让孩子留在英格兰，王后的恶意会导致小爱德华的死亡。他们认为这是他阴谋造反的证据。”

“爱德华现在在哪里？”我问。

“王后对那孩子来说很危险。”他的祖母说，“这不是乔治的罪证，这是王后的罪证。”

理查德回答了我：“那孩子即将登船时，爱德华的间谍在港口抓住了他，并将他带回了沃里克城堡。”

“他现在在哪里？”我重复。

“在沃里克，和他的姐姐玛格丽特在一起。”

“你必须和你哥哥谈谈。”塞西莉公爵夫人对理查德说，“你必须告诉他伊丽莎白·伍德维尔会毁了这个家庭。我毫不怀疑，是她毒杀了伊莎贝尔，而她也将毁了乔治。你必须让爱德华看清这一点。你必须救乔治，必须保护他的孩子。爱德华是你的侄子。如果他在英格兰不安全，你就必须保护他。”

理查德对他母亲说：“原谅我，我试过了。但是王后控制着爱德华，他再也不听我的了。我给不了他建议，无法劝他反对她。”

公爵夫人低着头在房中走来走去。第一次，她看上去像是一位忧伤疲惫的老太太。“爱德华会判处他亲弟弟死刑吗？”她问，“我会像失去你的哥哥爱德蒙一样，失去乔治吗？不名誉的死亡？她会将他的头钉在长钉上吗？英格兰是否又会被一匹母狼统治，就像安茹的玛格丽特那么糟？难道爱德华忘记了他的朋友、兄弟是谁了吗？”

理查德摇摇头：“我不知道，他已经撤去了我英格兰王家总管的职务，让我不必裁决判处别人死刑。”

她立刻警觉：“谁是新总管？”

“白金汉公爵。他会照着那位里弗斯妻子的话行事。你会去找爱德华吗？你会去向他申诉吗？”

“当然。”她说，“我会为一个心爱的儿子，去向另一个求情。我本不必这样做的。这都是因为一个邪恶的女人、一个罪恶的妻子，一个坐在王位上的女巫。”

“嘘。”理查德疲倦地说。

“我不会闭嘴的。我会站在她和我儿子乔治之间。我要救他。”

1478年2月

伦敦　巴纳德城堡

我们必须等待。我们从一月等到二月，国会中两个家族的成员都派了代表去恳求国王下判决，都希望能以对己方有利的方式结束这场官司。最后，判决下了，乔治叛国罪成立。叛国是死罪，但国王还是对下令处死自己的兄弟感到犹豫。任何人都不许见乔治，他在狱中申请进行一场决斗审判，这是骑士对不名誉指控的解决之道，是无辜之人最后的抗争。但自称深具英格兰骑士精神的国王拒绝了这个要求。这似乎已不是一个名不名誉，又或者公不公平的问题了。

塞西莉公爵夫人如她所说的一般去看了爱德华，确信自己能让他将死刑改判为流放。但当她从宫里回到巴纳德城堡时，人们不得不帮她走出马车。她的脸色有如自己的蕾丝领子一般苍白，几乎站立不稳。

“怎么样了？”我问她。

在她宏伟的伦敦住所的台阶上，她紧紧抓住了我的手。她以前从没向我伸过手。“安妮，”这是她唯一能说的，“安妮。”

我唤来侍女，将她扶进了我的房间，让公爵夫人在炉火前的椅子上坐下，并给了她一杯马姆齐甜酒。突然之间，她将杯子扔开；它被砸碎在壁炉上。“不！不！”她忽然尖叫，“把它拿开！别靠近我！”

葡萄酒香甜的气味充斥了房间，我跪在她身边，执起了她的双手，觉得她已经疯了。她一边颤抖一边尖叫：“不要酒！不要酒！”

“母亲大人，怎么了？塞西莉公爵夫人？请冷静下来！”

这个女人，在她丈夫谋划着英格兰有史以来最大的一场谋逆时，待在了宫廷里；这个女人，当她的丈夫逃跑、兰开斯特的士兵洗劫勒德罗时，站在了这个镇子集市的十字路口。这不是一个轻易哭泣的女人，这是一个不曾承认失败的女人。但是现在她看着我，就好像被泪水弄瞎了双眼，什么都看不见。然后，她颤抖地呜咽道：“爱德华说，我唯一能要求的就是让乔治自己选择死亡的方式。他说他必须死。那时，那个女人一直在那里，不让我为乔治说一句话。我唯一能做的，就是为他获得了在伦敦塔的住所里的一场不公开的死刑，让他自己选择死法。”

她双手掩面，泪如泉涌，就好像再也停不下来。我扫了一眼侍女们。她们被公爵夫人的这种样子惊呆了，在这位悲伤的母亲身旁无助地站成一圈。

“我最爱的儿子，我的宝贝。”她自言自语，“他必须死。”

我不知道该怎么办。我温柔地扶住她的肩膀：“您想喝些什么吗，殿下？”

她抬头看着我，美丽却苍老的脸上悲伤肆虐。“他选择淹死在马姆齐甜酒中。”她说。

“什么？”

她点点头。“这就是为什么我不想喝它。只要我还活着，就再也不会碰它。我的家里不许有它。今天，他们就要清理酒窖。”

我吓坏了：“为什么他要这么做？”

她笑了，声音苦涩沙哑却响亮持久，就像是石墙屋子里回荡凄凉的钟声：“这是他最后的抗争，让爱德华招待他，让爱德华为他的酒付钱。为了嘲笑国王的正义，豪饮王后最爱的酒。他示意，这是她干的，这是她给他下的毒，就好像杀死伊莎贝尔的毒药。他嘲笑审判，嘲笑自己的死刑判决，嘲笑自己的死亡。”

我转身面向窗户，向外看去。“我姐姐的孩子会成为孤儿。”我说，“爱德华和玛格丽特。”

“孤儿和乞丐。”塞西莉公爵夫人尖刻地说，擦干了自己苍老但仍显精明的脸。

我回头看她：“什么?”

“他们的父亲因叛国获罪。叛徒的土地会被夺走。你觉得谁会得到他们的土地?”

“国王,”我呆呆地说，“国王。当然，也就是说是王后和她那数不清的家人。”

我们身负重丧，但却不能穿蓝色。乔治，无比英俊的公爵死了。正如他要求的那样，在一桶王后最爱的酒中淹死了。这是他对毁了他家族的女人的最后一次尖刻华丽的挑衅。她自己再也没有喝过这种酒，就好像她会在甜酒中尝到来自他肺中的痰。我希望能在炼狱里见到乔治，告诉他他最后成功了。他毁了王后对酒的胃口。真希望上帝能把她也淹死。

我去了宫廷，等待与国王谈话的机会。我和王后的侍女们一起坐在她的房间中，聊着天气、下雪的可能性。我欣赏着王后本人画下的式样、侍女们制作的精美花边，赞美她的艺术品位。在与她寥寥数语的对话中，我保持了愉快而礼貌的态度。从表情上或姿势中，即使是手的方向和皮拖鞋中脚摆放的位置，我都不会让她看出，我认为她是个凶手，用毒药杀害了我姐姐，用政治杀害了我的姐夫。她是个杀人犯，也许甚至是个女巫，夺去了所有我爱的人，除了我的丈夫和儿子。要不是我丈夫与国王的关系，我毫不怀疑她也会从我这里夺走他们。我永远也不会原谅她。

国王面带微笑，愉快地走了进来，像往常一样，他叫着侍女们的名字，向她们打招呼。轮到我时，他作为一位兄长吻了吻我的双颊。我小声地对他说："陛下，我想向您请求一个恩典。"

他立刻向她瞥了一眼，我看到他们交换了一个眼神。她半起身，就好像要打断我，但我早已做好准备。我不奢望能不经女巫的允许就得到什么东西。"我想要我姐姐的孩子们的监护权，"我飞快地说，"他们正在沃里克的育儿室中。玛格丽特四岁，爱德华快三岁。我非常爱伊莎贝尔。我想要照顾她的孩子们。"

"当然，"爱德华轻松地说，"但你知道他们没有财产吗？"

哦，是的，我知道，我心想。因为你判处乔治叛国罪，抢走了他的所有东西。如果监护他们能获得任何利益，你妻子早就自己做了。如果他们很富有，她早就一纸婚约将他们与自己的孩子订婚了。"我会抚养他们的。"我说。

理查德向我走来，点头表示同意："我们会照顾他们。"

"我会在米德尔赫姆抚养他们长大，和他们的表兄、我的儿子一起。"我说，"如果陛下您同意的话。这对我来说，会是一个巨大的恩典。我爱我的姐姐，我答应过她，如果她发生了任何事，我会照顾她的孩子们。"

"哦，她觉得自己会发生意外吗？"王后假装关心地问，来到国王身边，钩住了他的手臂，美丽的脸庞显得一本正经，"她害怕分娩吗？"

我想起伊莎贝尔警告我的话，如果哪天我听说她突然死了，就应该知道她是被毒死了。凶手就是站在我面前的这个美丽的女人，傲慢自大、恣意妄为，竟敢用我姐姐的死来戏弄我。"分娩总是很危险的，"我小声地说，否认了伊莎贝尔被谋杀的真相，"每个人都知道。在分娩前，我们都会祈祷。"

王后盯着我看了一会儿，就好像她要挑战我，看能否把我逼得说出些叛逆或造反的话。我能看出我丈夫的紧张，就好像是在准备一场战斗，他靠近了兄长一点，就好像想从挽着他手臂的女恶魔那里拉回他的注意力。然后，她露出了她可爱的微笑，以她惯有的诱人模样，抬头看着她的丈夫。“我觉得我们应该让那两个克拉伦斯孩子和他们的姨妈住在一起，您同意吗，陛下？”她甜美地问道，“也许这能安慰失去亲人的他们。我可以保证，安妮妹妹会是她小外甥们的好监护人。”

“我同意，”国王说着，对理查德点了点头，“我很高兴能帮上你妻子的忙。”

“告诉我他们的情况。”王后转身时冲我说，“真遗憾她的婴儿死了。他叫什么名字？”

“理查德。”我温柔地说。

“以你父亲命名的？”她说出了她杀父弑弟的仇人、关押她母亲的人、她一生的仇敌的名字。

“是的。”我不知道我还能怎么回答。

“真遗憾。”她重复道。

1478年3月

伦敦　巴纳德城堡

我想我赢了。那天晚上和第二天白天，我默默地庆祝自己的胜利。我无声地庆祝，不带一丝微笑。我已经失去了姐姐；但她的孩子们将会由我照顾，我会视他们如己出。我会告诉他们，他们的母亲是一位美人，他们的父亲是一位英雄，而伊莎贝尔让我来照顾他们。

我写信去沃里克城堡，告诉他们一旦道路情况适宜，就送两个孩子去米德尔赫姆。几周后，因为大雪和暴雨的耽搁，我收到了城堡的回复，他们告诉我玛格丽特和爱德华已经启程了，被包得好好的，和他们的保姆一起乘坐两辆马车出发了。一周后，米德尔赫姆传来消息，他们平安到达了。伊莎贝尔的孩子们被我安置到了我们最好城堡的厚墙之内，我发誓要保证他们的安全。

我去找丈夫时，他正在巴纳德城堡的觐见厅中听取请愿。我耐心地等待数十个人陈述他们的愿望和不满，理查德听得很仔细，并公平地对待每一个人。理查德是一位伟大的领主。就像我的父亲一样，他明白，每个人都有权各抒己见，如果领主能保护人民，那么每个人都会献上他们的忠诚。他知道，财富并不是土地，而是在土地上工作的男男女女。我们的财富和力量取决于服侍我们的人民的爱戴。如果他们肯为理查德做任何事，就像他们肯为我父亲做任何事一样，那他就有了一支随叫随到的军队，服从任何命令。这才是真正的力量，这才是真正的财富。

最后一个人结束了请愿，屈膝向理查德表达谢意，然后离开了，我的丈夫从签字文件中抬起头，看见了我："安妮?"

"我也来见你，请你帮忙。"

他笑了，走下高台上的宝座。"你可以叫我做任何事，在任何时间，不需要专门到这里来。"他搂着我的腰，我们一起走到窗边，俯视着房子前的庭院。在高墙之外，伦敦的市场嘈杂依旧，在那之外，是威斯敏斯特宫，而王后就坐在那高墙内，大权在握，深不可测。在我们的后方，理查德的书记官清理掉了请愿者们带来的文件，带走了放着羽毛笔、墨水和封蜡的写字桌。没有人偷听我们的谈话。

"我来问你，我们是不是能回米德尔赫姆了。"

"你想和你姐姐的孩子们在一起?"

"还有我们的小爱德华。但不仅仅是如此。"

"怎么了?"

"你知道的。"

他四下看了看，确保没人能听见我们谈话。我发现，国王的亲生弟弟居然不敢在自己家中说话："事实上，我觉得乔治的判断是对的，安卡瑞特收了王后的钱，毒死了伊莎贝尔，甚至可能杀了那婴儿，因为她恨伊莎贝尔和我，希望为她父亲报仇。这是世仇，而她正在对我父亲的孩子们下手，伊莎贝尔和她的儿子理查德。我确信下面就会轮到我和孩子们。"

理查德的视线没有离开我的眼睛。"这是对王后的严重指控。"

"我只私下里对你说。"我回答，"我不会公开指责王后的。我们都看到了乔治的下场。"

"乔治的罪是背叛国王，"理查德提醒我，"有确切无疑的证据显示他有罪。他对我说过谋逆之言，我亲耳听见他说的。他从法国人那里拿钱，计划了一起新的叛变。"

“毫无疑问，他是有罪的，但他之前都会被原谅。”我说，“如果只是爱德华本人，绝对不会让乔治受审的。你知道，这是王后的建议。你母亲去亲自求饶的时候，她说是王后坚持要处死乔治。王后视乔治为妨碍了她的统治地位，不能忍受他的指责。他指控她是个谋杀犯，而为了灭口，她杀了他。这不是因为他反叛了国王，这是因为他对王后的敌意。”

理查德无法否认这点。“而你怕？”他小声地问。

“伊莎贝尔告诉我，王后的珠宝盒里有两个用鲜血写成的名字。”

他点点头。

“伊莎贝尔相信，那是我们的名字，她和我的。她相信王后要杀了我们，为她的父亲和弟弟报仇。”我握住他的手，“理查德，我敢肯定王后想杀了我。我不知道她会怎么做，是毒药，还是伪装成一场事故，或是街上的随机暴动。但我肯定她会设法杀了我，我非常害怕。”

“伊莎贝尔是在沃里克被毒死的，”他说，“她离伦敦很远，但那也救不了她。”

“我知道。但我觉得在米德尔赫姆比较安全。在这里，她在宫里可以时时看到我；你和她又争夺着爱德华的喜爱；而每当我走进她的房间，都会让她想起我的父亲。”

他犹豫了。

“你自己也告诫我不要吃王后厨房里弄出来的食物，”我提醒他，“在乔治被逮捕前。在她处死他之前。你自己也警告我了。”

理查德的神情凝重。“的确，”他说，“那时我觉得你有危险，现在也同样。我同意我们应该回米德尔赫姆，应该远离宫廷。我在北方有许多事务要办，爱德华将乔治在约克郡的土地都给了我。我们会离开伦敦，只在万不得已的情况下回宫里来。”

“你的母亲呢？”我知道，因为乔治的死，她也永远不会原谅王后。

他摇了摇头："她说了谋逆的话，她说如果爱德华要立这样一个女人为后，那他当年就不应该登上王位。她说伊丽莎白就像她母亲一样，是个女巫。她要离开伦敦，去福瑟临黑生活。她也不敢留在这里。"

"我们将成为北方人。"我想象着未来的生活，远离宫廷，远离恐惧，远离时尚危险的娱乐。这些娱乐现在看来，总像是王后和她的兄弟姐妹们手腕和阴谋的粉饰。这个宫廷已经失去了纯真，不再是快乐的了。这是一个杀手的宫廷，而我很高兴能与他们相隔万里。

1482年夏

约克郡　米德尔赫姆城堡

我们的生活并不像我希望的那样平静。国王命令理查德带领英格兰军队对抗苏格兰人。苏格兰和英格兰之间的条约破裂了，安东尼·伍德维尔发现自己没有得到许诺给他的苏格兰王室新娘。结果，带领里弗斯复仇的任务落到了理查德身上。他带着一小支主要由我们北方人组成的英格兰军队打了胜仗，赢下了贝里克城，并攻进了爱丁堡。这是一次伟大的胜利；但就算如此，还是没能让宫廷明白，理查德是位杰出的战士，是他父亲的优秀继承者。没过一个月，我们就听说，里弗斯们在宫中抱怨说，理查德本该走得更远，赢得更多。

我听说，在这件事上，伊丽莎白悄悄地嚼过舌根。我咬紧了牙关。如果她能说服她的丈夫，这场对抗苏格兰的胜利是一场失败的谋反，那么他们就会召唤理查德去伦敦解释。而上一位被指控谋逆的约克兄弟，没有辩护就上了法庭，最终在一大桶王后最爱的酒里淹死了。

为了安慰自己，我去了教室，坐在后面，看着孩子们费力地学着拉丁语法，背诵着很早以前我和伊莎贝尔在加莱的教室中学过的动词。就算现在，我几乎还能听见伊莎贝尔的声音，听见她得意洋洋地背完，一字不差。我的儿子爱德华九岁了。坐在他旁边的是伊莎贝尔的女儿玛格丽特，今年也要九岁了。她的身边坐着她的弟弟爱德华，我们都叫他泰迪，他才七岁。

他们的老师停下了讲课，说他们可以休息一会儿，来向我问安。他们三个聚集到了我的椅子旁。玛格丽特靠着我，我抱着她，看着那两个英俊的男孩。我知道，这三个就是我所有的孩子了。我只有二十六岁，本该准备再生个半打孩子，但他们看来不会有了，没有人，没有医生、接生婆或牧师能告诉我为什么。没有其他孩子了，这三个就是我的孩子。玛格丽特，就像她的母亲一样美丽，充满激情，她是我的宝贝，是我唯一想要的最完美的女儿。

“您还好吗，母亲大人？”她讨人喜欢地问。

“我很好。”我拂开她眼前不伏贴的棕色头发。

“我们能玩游戏吗？假装我们在宫里？”她问，“你能扮成王后，让我们觐见你吗？”

我曾经和姐姐一起玩的这个游戏，在今日对我来说有些太讽刺了。“今天不玩。”我说，“而且也许你不用练习。也许你们这些孩子都不会去宫里。也许你会像你父亲一样生活，做一位伟大的领主，生活在自己的领地，远离宫廷和王后。”

“我们不去宫廷过圣诞吗？”爱德华问，小脸蛋愁眉不展，“父亲说过，我们三个今年必须得去宫里过圣诞呢。”

“不，”我暗自许诺，“如果国王下了命令，你们的父亲和我会去；但你们三个会安全地待在这里，待在米德尔赫姆。”

1482年冬

伦敦　威斯敏斯特宫

“我们没有选择。”停在王室觐见厅外时，理查德对我说，“我们必须来参加圣诞盛宴。你把孩子们留在家里已经够糟的了。看起来就像是你不放心他们待在伦敦似的。”

“我是不放心，”我坦率地说，“她还在王位上一天，我就不会把他们带来。我不会让她得到伊莎贝尔的孩子。看看莫布雷家的孩子，嫁给了理查德王子，财产都归了里弗斯家族，然后在九周岁前就死了。”

理查德冲我皱眉：“别说了。”

我们面前的大门开了，一阵喇叭声通报了我们的到来。理查德微微有些畏缩，每次我们造访，这个宫廷都变得比上一次更壮观华丽。现在每位贵客的到来，都会有喇叭和大声的介绍通报，就好像我们不知道，英格兰一半的有钱人都是她的兄弟姐妹。

我看见，爱德华走在朝臣当中，比其他人高一头，现在有点发福了，他会很快越来越胖的。王后坐在金王座上。王家的孩子们，从还在母亲脚下爬的新生小婴儿布丽吉特，到现在已经是位十六岁年轻女性的大公主伊丽莎白，都穿着精致，坐在他们的母亲身边。爱德华王子像他的父亲一样英俊，有一头秀发，已经是个十二岁的大男孩了。他从威尔士回来过圣诞，正和他的监护人安东尼·伍德维尔下着象棋，后者俊秀的脸庞正充满了困惑。

没人能否认，他们是全英格兰最美丽的一家人。伊丽莎白那著名的脸蛋变得更精致更优雅，岁月洗去了她的青涩，取而代之的是真正的美丽。今年，她失去了她十五岁的女儿玛丽公主，还失去了三子乔治，就在她处死他同名叔叔的第二年。我不知道失去这些孩子，是不是能让她稍稍停下那无休止的野心和报复。悲伤染白了一缕她的金发，也使她变得更安静更周到。她还是穿得像位女王，身着金色的长袍，细腰上绑着金色的腰带。我进门时，她对安东尼·伍德维尔耳语了几句，他抬起头，两人都朝我露出了一样的迷人做作的微笑。在长袍厚厚的袖子下，我能感觉到自己的手冷得发抖，就好像她的视线是一阵寒风。

“前进！”理查德说，他以前也这么说过一次。我们走进房间，向国王和王后鞠躬，爱德华愉快地向他亲爱的弟弟问候，而王后也不太热情地欢迎了这个她私下里称之为叛徒的男人。

对宫里的其他人来说，圣诞宴会是一个接近王室的好机会，他们能尝试建立友谊和暧昧关系，将来有一天也许能得到回报。始终有人围绕着国王的兴趣打转，他依旧拥有财富和职位可以作为礼物送出。但对王后和她的家族来说，这些行为更明显。她的兄弟姐妹，甚至是她第一次婚姻的儿子，控制了宫廷，垄断了接近国王的机会。她允许他有情妇，他甚至还会拿她们出来炫耀；她允许他宠爱陌生人。但王室最好的礼物只会给她的家族和亲信。她并不自己出面，从不在任何讨论上发言，从不起身，从不大声说话，但整个宫廷的权力都握在她的指尖。她的弟弟安东尼、莱昂内尔和爱德华玩乐似的审视着宫廷中来来去去的人，就好像他们是纸牌老千，盯着一张桌子，正等着某个傻瓜来玩。她第一次婚姻的儿子托马斯和理查德，由国王授予了爵位、充实了财产，控制着王室宫殿人员的出入。没有什么事情能瞒住他们，没有什么事情可以不经过她的微笑许可。

王室成员总是衣着鲜亮，王室的房间总是华丽耀眼。爱德华无视船只城堡、港口和海防，把所有的钱都浪费在了他家族的宫殿里，特别是王后的大房间。只要是她说新喜欢上的地方，他就会大肆装潢。理查德用一支自己拼凑的部队去保卫国家，对抗苏格兰，而爱德华则把大笔财富花在了绝不会上战场的新式竞技盔甲上。外表上看来，这是一位迷人完美的国王，我认为这是他现在唯一能做的了：表面功夫。他看上去像一位国王，说起话像一位国王，但他并不像一位国王那样统治国家。权力掌握在王后手中，而她看起来、说起话来正如她一贯的样子：一个美丽的女人，因爱结婚，全心全意地为她的孩子们付出，同时也是一位迷人的朋友。她令人难以抗拒，一直如此。只看外表，没人能看出这是一个最无耻的阴谋家、一个众所周知的女巫的女儿，她美丽白嫩的双手上沾满了鲜血，纤细白皙手指的指甲上布满了血迹。

十二天的圣诞盛宴本该是宫廷有史以来最盛大的庆典，但圣诞节刚过，勃艮第就传来了消息，王后的亲戚马克西米兰公爵骗了她。为了自己的利益，正如她一样，他与法国的路易谈和了，将自己的女儿嫁给了国王的儿子，并将勃艮第和阿图瓦作为她的嫁妆送给了他。

理查德被愤怒和担忧冲昏了头。勃艮第一直是我们用来压制法国的一股重要力量。送给法国的这些地方——勃艮第和阿图瓦——应该是英国的，而且支撑着爱德华和他宫廷开销的抚恤金也将一并失去。

在这绝望的时刻，我躲在袖子后面嘲笑着王后，她的女儿与法国王子订过婚，现在发现自己被抛弃了，且取而代之的还是她母亲那边的一位表亲。伊丽莎白公主看上去满不在乎，依旧和兄弟姐妹们在冰冷的花园中游玩，或是与宫廷中的人到河边的寒冷沼泽地去狩猎。但我肯定她一定意识到自己被法国人羞辱了，她失去了成为法国王后的机会，更未能完成她父亲的野心。当然，这是最糟的：她没能在她父亲的计划中好好扮演自己的角色。

在这场危机中，是理查德提出了建议，王后对此毫无头绪。理查德告诉他的哥哥，他将在春天再次出征苏格兰。如果能击败他们，并让他们为我们效力，那就可以与之结为盟友、再次进攻法国。理查德将这个建议带去了议会。作为报答，他们给了理查德一大笔财富：整个坎伯兰郡的土地。另外，他可以保有任何他攻占下的西南苏格兰土地。全都是他的。这是一大礼，这是他应得的领土。第一次，爱德华真正意识到了他弟弟为自己做的一切，并给了他北方的大片土地。理查德在那里深受爱戴，而我们的家也在那里。

爱德华在议会上宣布了此事，但我们是在宫里听说的。两兄弟手拉手回到了王后的房间，爱德华宣布理查德可以在北面设立一个议会，来协助他统治大片土地。我看见了王后听到这个消息时那震惊的表情，她迅速地扫了一眼她弟弟安东尼。很明显，国王并没有事先询问她，她的第一个想法就是怎么才能推翻这个议案，而她的第一个同盟就是她的弟弟安东尼。安东尼比他姐姐更富外交技巧，他上前恭喜理查德获得了这笔巨大财富，微笑着拥抱他，然后转身吻我的手，说我会成为一位白雪中的公主。我微笑着敷衍几句，但我觉得自己已经看得够多，也懂得更多。我看出来国王并不在所有事情上信任她；我看出王后会抓住一切机会对国王施加影响，而她现在总是依赖自己的弟弟作为同盟，即使是在想反对国王的时候。还有更多——从姐弟之间快速交换的眼神里，我知道他们两人都不喜爱或信任理查德，就像我们不信任她。更糟的是，他们怀疑害怕他。

国王清楚地知道她不会喜欢这个决定，他握住她的手，对她说："理查德会帮我守着北方，而且——上帝保佑——有理查德年轻的力量做我的臂膀，能让这个国王比现在更伟大。"

她的微笑一如既往的甜美。"在您的领导下。"她提醒他。我看见安东尼·伍德维尔动了动，就好像想说些什么，但最终他朝他的姐姐微微摇了摇头，沉默了。

“他也会成为西面边境的守护者。而当我的儿子坐上王位时，理查德会为他守着边疆，成为他的顾问和保护者，这样我在天堂就会很高兴了。”

“啊！陛下，不要说这种话！”她惊呼，“您的儿子在很多年之内都不会坐上王座的。”

不知道是不是只有我一个人感到了不安，听着她的话一阵颤抖。

这句话判了他死刑。我肯定，我敢发誓。她判断国王对理查德的喜爱正逐渐增加，无视于她的苦心经营，他信赖理查德胜于她的家族。她也许让自己的弟弟安东尼成了王子的监护人、威尔士的实际统治者，但给理查德的土地远胜于此。理查德被授予了军权，被赠与了英格兰北部几乎全部的土地。她知道，如果国王写遗嘱，会被封为摄政王。她认为，国王把国家的北面给了理查德，是准备划分国土：里弗斯家族统治威尔士和南部，而理查德则统治北方。我相信，她看见了自己的权力正渐渐流失，她认为国王偏爱他的弟弟，知道理查德将会守住与苏格兰的边界，会守住北方。我相信她觉得理查德是他的真正继承人，并且在北方土地上的权力和威望会越来越大。而她一得出这个结论，就会毒害国王、她自己的丈夫，让他不能再继续偏爱理查德，让理查德不能再继续发展势力，威胁到她。

我并不是一下子想到所有这些的。事实上，当我骑马离开伦敦时，感觉松了口气。每当我们将主教们甩在身后时，我都会这么觉得。我带着愉快的心情，向北面，向我的儿子和小外甥、外甥女行去。但同时，我有一种挥之不去的奇怪感觉，王后朝她弟弟的那迅速一瞥，对我们意味着不好的事情，对任何其他人来说都意味着什么不好的事情，但我没再想下去。

1483年4月

约克郡　米德尔赫姆城堡

我站在城堡墙外的干草甸旁，看着孩子们练习骑术。他们有三匹强壮的马，由这里土生土长的良种野马育种而来，它们正带着他们一路小跑越过一组跳栏。马夫将跳栏越设越高，但每一位骑手还是漂亮地跳过去了。我的任务是裁定何时对泰迪来说太高了，而玛格丽特和爱德华可以继续，然后宣布一个获胜者。我已经挑了半打毛地黄的茎，编成了一顶胜利者的花冠。玛格丽特表现得干净利落，冲我露出了一个胜利的微笑；她是个勇敢的小女孩，敢带着她的小马跳越任何障碍。我的儿子跟着她越过跳栏，没有她跳得漂亮，但比较果断。我想不久我们就该给他一匹大马了，他得开始在成人骑士的比武场上学习枪术了。

突然，教堂响起了一阵刺耳的钟声。白嘴鸦和丑陋的黑乌鸦从城堡的椽子下一涌而出。我警觉地转身，孩子们拉住了马，看着我。

“不知道什么事。”我回答他们疑惑的神情，“小跑回城堡，快点，现在。”

这不是警钟，听上去是警告但却持续地响着，这意味着死亡，家中有人死了。但是是谁呢？有一刻，我以为他们发现母亲死在房中，用丧钟来宣布这场数年前就宣布过的死亡。但显然，他们会先来告诉我的吧？我提起长裙，让双脚自由，使我可以稳稳当当地沿着石阶跑向城堡大门，跟着孩子们进入内庭。

理查德站在通往大厅的台阶上，人们围绕在他的身边。他的手里拿着一张纸；我看见了王家印章，第一个希望是自己祈祷应验了，王后死了。我跑上台阶站在他身边，他的声音因悲伤而哽咽："是爱德华。爱德华，我的哥哥。"

我喘着气，等待钟声慢慢停止，全家人都看着我的丈夫。三个孩子从马厩跑进来站好，正如他们应该做的，站在我们身前的台阶上。爱德华脱下了帽子，玛格丽特帮泰迪脱了帽子，露出了一头卷曲的头发。

"从伦敦传来的噩耗。"理查德清晰地说，好让每个人，即使是从田里跑来的劳工都能听到，"国王陛下，我尊敬高贵的哥哥，去世了。"人群中引发了一阵巨大的骚动。理查德点了点头，好像是在表示他明白他们的不敢置信。他清了清嗓子。"他病了几天，然后过世了。宫里已经为他办了最后的仪式，我们将为他不朽的灵魂祈祷。"

许多人都画起了十字，一个女人低声地抽泣着，用围裙遮住了眼睛。"他的儿子爱德华，威尔士亲王，将继承其父的王冠。"理查德提高了嗓门，"国王已死！天佑吾王！"

"天佑吾王！"我们都重复道，然后理查德拉起我的手臂进了大厅，孩子们跟在我们的身后。

理查德送孩子们去教堂，为他们国王伯伯的灵魂祈祷。他迅速而果断，有条不紊地进行着一切需要做的事情。这是命运的时刻，而他是位金雀花家族的王子——他们总是在危机中或者机遇来临之际保持最佳状态。一个战争的孩子，一位士兵、司令官、西线的守护者，他已经设法让他哥哥的部队为这一刻做好了准备，这一刻他的兄长已不在，而理查德必须保护他的遗产。

"亲爱的，我必须离开你，必须去伦敦。他会立我为摄政王，而我必须确保他王国的安全。"

"谁会威胁它呢?"

当然是从那个被诅咒的五月起，引诱国王并对他施咒，每天威胁着英格兰和平的女人。但他没有将这话说出口。相反，只是一脸严肃地看着我说："除了其他显而易见的威胁之外，我还担心亨利·都铎的进犯。"

"玛格丽特·斯坦利的儿子?"我怀疑地说，"一个在博福特家和都铎家的夹缝中被养大的男孩？你不可能怕他吧。"

"爱德华怕他，他招待他的母亲，希望把他作为朋友带回来。他是兰开斯特家族的继承人，虽然血统不正，而爱德华登基时又把他流放了。他是个敌人，而且我不知道他有什么盟友。我不怕他，但我要去伦敦，保护约克家族的王位，不留一丝可乘之机。"

"你必须和王后合作。"我提醒他。

他冲我微笑。"我也不怕她。王后不会给我下咒或下毒。她不再重要了。她最多也不过发表言论反对我；但是没有一个人会听她的。失去我哥哥对她也是损失，虽然等到她被打倒时，她才会明白这点。她是位太后，不再是国王的主要顾问了。我将必须与她的儿子合作，但是他同样也是爱德华的儿子，我会确保他明白我作为叔叔的权威。我的任务是要掌握他，捍卫他的继承权，确保他登上王位，就像我哥哥希望的那样。我是摄政王，是他的监护人，是他的叔叔，同时也是整个王国和他的保护人。我要让他处在我的监管下。"

"我要去吗?"

他摇了摇头。"不，我会和我的挚友以最快速度骑马过去。罗伯特·布拉肯伯里已经出发，去为我们准备一路上替换的马匹了。你等在这里，直到我把伊丽莎白·伍德维尔和那些该死的里弗斯家的所有人赶去温莎默哀。

等我得到王室的印玺，控制住英格兰时，就派人来找你。”他微笑着说，“这是我最重要的时刻，也是最悲伤的时刻。到那男孩长大前，我会像位国王那样统治英格兰一段时间。我会解决与苏格兰的战争和与法国的谈判。我会确保这片土地得到正义公平，好人能得到土地，而不是便宜里弗斯家的人。我会把里弗斯们赶出他们的办公室和宏大的房产。我会用这些年在英格兰刻下我的印记，让人们知道我是一位好的守护者、一个好兄弟。然后我会教小爱德华，告诉他，他的父亲是一个如何伟大的人，要不是那个女人他本还会更加伟大的。”

“你一派人来找我，我就会来伦敦的。”我保证说，“而在这里，我们会为爱德华的灵魂祈祷。他是一个大罪人，但也是位值得敬爱的人。”

理查德摇了摇头。“他将那个女人捧上高位，却被她背叛了。”他说，“他是个爱情的傻瓜。但我会保证把他最好的遗产传给了他儿子。我会让那个男孩成为我父亲真正的孙子。”他停顿了片刻，“至于她，我会把她送回她来的村子。”他在这不寻常的痛苦时刻发誓道，“她会在一个修道院中度过余生。我们都已经受够了她和她那些数不清的兄弟姐妹。里弗斯家族在英格兰完蛋了，我会扳倒他们的。”

理查德当天就走了。他在约克停了一下，和全城的人向他的侄子宣誓效忠。他告诉约克的人，他们向先王的儿子效忠就是纪念已故的国王。然后他会向伦敦骑去。

之后我就再没有听见他的消息了。对此，我并不感到惊讶，他正在去伦敦的路上，除了行程的耽搁和春日的烂泥，还能写信说些什么呢？我知道他正与年轻的白金汉公爵亨利·斯塔福德会面，他还是孩子时，就被强迫娶了凯瑟琳·伍德维尔。为了服从他的妻子和王后，他违背自己的意愿，定下了乔治的死刑判决。我知道，国王的真正朋友威廉·黑斯廷斯写信让乔治立刻去伦敦，并警告他要小心王后的敌意。这些伟大的领主将聚集起来保卫小爱德华，他父亲王位的继承人。我知道里弗斯们会想要围着孩子，不让其他人接触到他，但谁能拒绝理查德，国王的弟弟，被命名为英格兰的保卫者的人呢？

1483年5月

约克郡　米德尔赫姆城堡

在五月中旬，我收到了丈夫的亲笔来信，用他的私人印章密封。我离开了喧闹的屋子，把它拿到自己的房间，透过明亮的玻璃窗读了起来。

我侄子的加冕典礼会在六月二十二日举行，但除非是我亲笔写信，否则你不要来伦敦。除了对里弗斯效忠的人、他们的亲戚和朋友之外，任何人在伦敦都不安全。现在她露出本相了，我已经做好了最坏的打算。她拒绝成为太后，希望自己称王。我将会视她为敌人，而且我没有忘记我哥哥乔治，你姐姐和他们的孩子。

我走到厨房，那里壁火日夜不熄，我把信揉成一个纸团，扔进了发光的木柴下面，等着它燃烧殆尽。除了等待，我什么都不能做。

外面的马厩院子里，孩子们正在看蹄铁匠为马上马蹄铁。一切都是那么安全寻常：煅炉的火焰，一片刺鼻的气味中，从蹄上冒出的滚滚浓烟。我的儿子爱德华正抓着他新马的马笼头和缰绳，而蹄铁匠正用手指抓着马膝盖和马掌之间的位置。这是一匹漂亮结实的矮种马。我摆出对抗巫术的旧手势交叉起手指，一阵凉风从门口吹了进来，我颤抖了起来。如果王后暴露出本性，而我的丈夫已做好最坏的打算，那她对我和我家人的敌意将显露无遗。也许，刚刚的一阵风就是她为了对付我而召唤来的瘟疫风。也许现在，她就在对我丈夫持剑的手臂下诅咒，削弱他的力量，贿赂他的盟友，毒害人们的思想，让他们反对他。

我转身走向教堂，跪下祈祷理查德能够坚强地对抗伊丽莎白·伍德维尔，对抗她召集起来的亲戚、女人和强大的友人。我祈祷他行动果断有力，祈祷他利用手边一切的武器，她毫无疑问会不顾一切地将她的儿子放上王位，把我们全部打倒。我想起安茹的玛格丽特曾经教我，有时候你必须不择手段来守住自己的地位，我希望我的丈夫已经为此作好准备了。我无法得知伦敦发生了什么，但害怕一场新战争的开始，而这次会是国王真正的兄弟对抗虚情假意的王后。而我们必须——我们不得不赢。

我等待着，派了一个护卫带着一封信去找理查德，祈求更多的消息。我提醒他要小心王后的诅咒。

你知道，她有力量，保护好自己，对抗它们。努力保护你哥哥的遗产和我们的安全。

我待在米德尔赫姆城堡，每天下午都和孩子们在一起，担心着从伦敦吹来的热瘟疫风和不知会从何处飞来的冷箭，确保新马训练有素，而爱德华可以控制它。如果我能将儿子抱在手臂中，就像他以前还是婴儿时那样，我将永不放手。在我的脑海里，毫无疑问，王后灰色的眼睛正在注视着我们，而她的思想则对抗着我的丈夫，她正策划着我们的死亡，并正为此施法。这是我们与她挑明了的最后的战争。

1483年6月

约克郡　米德尔赫姆城堡

每天晨祷之后，我都会站在南塔的顶部，面朝南方观察通往伦敦的路。然后我看见，半打骑兵的身后，颠簸的道路上扬起了一阵尘土。我招来女仆："把孩子们叫到我房间，出动卫兵。有人来了。"

她警觉地急忙下楼，这举动告诉我，我不是唯一一个知道我丈夫身处危险的人，他还没有确保他的侄子能顺利登基，危险随时会降临到我们身上，降临在这里，我们最安全的家。

我听见闸门咔嗒咔嗒地放下，吊桥则吱呀吱呀地吊了起来，人们奔跑着去守卫城墙。到大厅时，孩子们正等着我。玛格丽特紧紧地抓着她弟弟的手；爱德华则佩着他的短剑，脸色苍白却神情坚定。他们三个都跪下请求我的祝福，当我将手放在他们温暖的头上时，我为他们三个担心得都快哭出来了。

"有骑士来城堡，"我尽可能平静地说，"也许是你父亲的信使，但时局不稳，所以我不敢冒险。这是我找你们来的原因。"

爱德华站起身："我不明白，国家这么不安定吗？"

我摇头。"我说错了。这个国家很和平，正等候着你父亲作为摄政王来合法统治，"我说，"是宫里不安定，我认为王后想要把她的儿子当作傀儡。她也许会尝试把自己立为摄政王。我为你父亲担心，他被与国王的约定绑住了，一定要将爱德华王子夺过来，并教导他如何治国，将他送上王位。

如果王子的母亲是敌人，那你父亲就必须迅速有力地判断和行动。”

“但王后会做什么呢？”小玛格丽特问我，“她能做什么对抗我们呢？对抗我们的叔父大人？”

“我不知道。”我说，“所以一有人来，我们就要准备承受一场攻击。但我们在这里是安全的，士兵们强壮有力，训练有素，城堡的其他人对我们也很忠实。整个英格兰的北方都会支持你父亲，就好像他是国王本人一样。”我试着朝他们微笑，“我可能只是太紧张了。但是你们的外祖父一生都始终保持戒备随时准备迎战。如果他不知道拜访者是谁，他就会拉起吊桥。”

我们等待着，倾听着。然后我听见守卫队长质疑的大喊声和不甚清晰的回复。我听见吊桥的锁链放下的声响，“哐”的一声，它碰到了护城河那头的地面。闸门也尖叫着被抬了起来。

“我们是安全的，”我对孩子们说，“他们是带来消息的朋友。”

我听见脚步声从石阶到了大厅，然后护卫们打开了门，罗伯特·布拉肯伯里爵士，理查德的童年好友，微笑着走了进来。“我很抱歉，如果惊扰到您，我的夫人，”他跪下，呈上了一封信，“我们尽快赶来了，也许应该先派人来告诉您，这是我的队伍。”

“我认为有必要小心一点。”我接过了信，示意侍女给罗伯特爵士倒一小杯麦芽酒。“你们退下吧。”我对孩子们和侍女们说，“我要和罗伯特爵士谈话。”

爱德华犹豫了：“我能问问罗伯特爵士，我的父亲是否安然无恙吗？”

罗伯特爵士转身对他弯下腰，和这个十岁的小男孩处在了一个高度。他温柔地对三个孩子说：“我离开伦敦时，你的父亲很好，做得非常好。”他说：“他安全地保护着爱德华王子，也将确保时机一到，就让他登上王位。”

孩子们向我鞠躬后离开了房间。我等到门关上，打开了信。理查德的信一如既往的简短。

里弗斯家族正在密谋反对我们，反对所有英格兰的老贵族们。他们计划用自己取代金雀花王朝的血统。我找到了隐藏的武器，我相信他们正在策划一场叛乱，并要杀死我们所有人。我会反抗他们，保护我们的国家。现在就来伦敦吧，我需要你在我身边，我想要你陪着我。留一个强大的护卫给孩子们。

我小心翼翼地将信折起，收进了我的衣服。罗伯特爵士站着等我与他谈话。

“告诉我，发生了什么。”我命令。

“王后召集了军队，计划将她的儿子捧上王位。领主们会被赶出领地，也不会有摄政王。她打算让儿子坐在王座上，她和弟弟安东尼·伍德维尔则通过那孩子统治英格兰。”

我点点头，几乎不敢呼吸。

“我们的大人救出了爱德华王子，就在他被王后的亲戚从勒德罗带去伦敦的途中。大人逮捕了王后的弟弟安东尼·伍德维尔和她前夫儿子理查德·格雷，并将那孩子置于自己的保护下了。我们到伦敦的时候，发现王后逃跑去了避难所。”

我吸了口气：“她去了避难所。”

“带着她的孩子们一起。这是她心虚的证明。大人让王子待在伦敦塔的王室房间中，准备为他加冕，议会根据他兄长的遗愿，已经宣布大人是护国公。王后拒绝出席加冕，也拒绝将王子和公主们放出避难所参加他们兄弟的加冕仪式。”

“她在那里干什么呢?”

罗伯特爵士做了个鬼脸。“毫无疑问，她在避难所的掩护下密谋推翻护国公。她的弟弟已经命令舰队出航去了公海；我们正准备迎接一轮从水上来的进攻。”他看了我一眼，“大人相信，她正躲在避难所中施行巫术。”

我在面前画了个十字，然后摸了摸口袋中的护身符，这是乔治留给我用来对抗她的巫术的。

“他说他执剑的手臂很疼、刺痛发痒。他觉得她试图让他变得虚弱。”

我发现自己紧握着双手：“我们能做什么来保护他吗?”

“我不知道，”罗伯特爵士不快地说，“我无能为力。而小王子一直在找自己的母亲和前监护人安东尼·伍德维尔。显然，一旦他加冕，就会要求他们出席，而他们就会通过小王子来统治英格兰。我个人的意见是大人将王子认作自己的养子，暂缓加冕，直到他和那个家族达成协议。他个人的安全就指望这点了。如果王后的儿子坐上王位，那她又会掌权。她一定会反对大人，反对您和您的儿子。如果她能通过儿子进行统治，那大人的死期也就不远了。”

想到她对理查德、我和孩子们无声无息的恶意，我的膝盖就发软了，不得不倚靠在石质壁炉上。

“请放心，”罗伯特爵士鼓励道，“我们知道危险，已经全副武装起来，准备对付她。大人会从北方召集来他最信任的人们，传召他们去伦敦。他手上有王子，不管她要做什么，他都准备好了，直到与她达成协议为止，他能一直看管王子，并决定加冕的时机。”

“他说，让我去找他。”

“我受命护送您。”罗伯特爵士说，“明天一早我们是否就启程?”

“是的，”我说，“破晓就走。”

孩子们到马厩院子中来为我送行，跪着请求我的祝福，我亲了每一个人。离开他们是很困难，但带他们去伦敦则更加危险。我的儿子爱德华笔直地站着，对我说："我会照顾我的表弟和表妹，母亲大人。您不需要为我们担心。无论发生什么事，我都会为父亲保卫住米德尔赫姆城堡。"

我笑了，让他们知道我为他们自豪，但转身离开他们上马实在是很难。我用手套的背面擦去眼泪。"我会尽快给你们写信的，"我说，"我会每天都思念你们，每晚为你们祈祷。"然后罗伯特爵士做了个手势，我们的小队伍穿过吊闸拱门，走过了吊桥，南下向伦敦走去。

这一路上，每一次停留我们都会听说一些新鲜但自相矛盾的传言。在庞特佛雷特，人们说加冕仪式被推迟了，因为议员们和王后合谋叛国。在诺丁汉，我们在城堡中过夜时，人们说她会让她的弟弟安东尼·伍德维尔坐上王位，而更多人说，她要立他为护国公。在北安普敦郡外，我听见有人发誓说，王后已经把她所有的孩子都送去了佛兰德斯，她小姑玛格丽特那里，因为她害怕亨利·都铎会来抢夺王位。

在圣阿尔本兹城外，一个小贩与我同行了几英里，他告诉我，他的一个最受人尊敬的客户说，王后不是王后，而是一个给国王下了咒语的女巫，他们的孩子也不是真正的继承人，而是魔法的产物。他的包里有一部新民谣叫《梅露西娜的故事》：水女巫假装成凡人，从领主那里得到了孩子，然后被揭穿真身为水中精灵。听他精力充沛地唱那首民谣毫无意义，而听那些传言也是很愚蠢，只会让我对王后的恶意更加恐惧，但我忍不住。更糟的是，这个国家中的所有人都在做着同样的事情，我们都听着传言，想知道王后究竟会怎么做。我们都祈祷理查德能阻止她让儿子坐上王位，阻止她的弟弟控制王子，并防止国家再次陷入战争。

我们经过了巴尼特，在那里，我父亲反抗王后和她的家族这件事依旧被人们铭记。我去了人们在战场边建造的小教堂，为他点了一根蜡烛。在外面的某处，在成熟的谷物下面，是那些被就地掩埋的他的属下们；在外面的某处，埋葬着“午夜”，为了我们而献出生命的马。现在，我知道，我们正面临着又一场战斗，而这次，我父亲的女婿是——必须是——拥王者。

1483年6月

伦敦　巴纳德城堡

我下马走上台阶，跑进了我们的房间。一瞬间，理查德的手臂就紧紧地抱住了我，我们紧拥着彼此，就好像刚从一场海难中幸存下来。我们拥抱彼此，就和年少时、私奔结婚时一样。再一次，我记起，他是唯一一个能保护我的男人，而他抱着我，就好像我是他此生唯一想要的女人。

“我很高兴你在这里。”他咬着我的耳朵。

“我很高兴你没事。”我回答。

我们后退了一步，看着彼此，就好像不敢相信我们一起经历过了这么多危险岁月。“发生了什么事？”我问。

他看了一眼门，是关着的。“我发现了一部分的阴谋，”他说，“我发誓他们的爪牙遍布伦敦，但我至少已经抓住了他们的尾巴。爱德华的情妇伊丽莎白·肖尔充当了伊丽莎白·伍德维尔和国王的朋友威廉·黑斯廷斯之间的中间人。”

“但我以为是黑斯廷斯找你来的？”我插嘴道，“我以为他希望王子脱离里弗斯家的控制？我以为他提醒你尽快赶来？”

“的确。我刚来伦敦的时候，他告诉我他害怕里弗斯家的势力。现在他转投敌人了。我不知道她是怎么控制他的，但是正如其他人一样，他也被她施法下咒了。无论如何，好在我发现得及时。她已经组建了一个密谋者的团体来反对兄长的遗言和我。他们有黑斯廷斯，也许有罗塞勒姆大主教，一定有莫顿主教，也许还有托马斯·斯坦利大人。”

“玛格丽特·博福特的丈夫？”

他点点头。这对我们来说是坏消息，因为斯坦利大人以“总是站在胜利者”那边而闻名；如果他反对我们，那我们的机会就很小了。

“他们不想让我来给男孩加冕并成为他的首席顾问。他们希望他在他们的手里，而不是我。他们想要从我这里把孩子带走，恢复里弗斯家的权力，以叛国罪逮捕我。然后他们会为他加冕，或者宣布安东尼·伍德维尔作为护国公来摄政。这个男孩已经成为了一个奖品，又或者是一枚棋子。”

我摇摇头：“那你会怎么做？”

他冷冷地笑了：“还用问吗？我会以叛国罪逮捕他们。密谋反对护国公是叛国罪，我就像是国王一样。我已经抓住了安东尼·伍德维尔和理查德·格雷，也会逮捕黑斯廷斯和主教们，还会逮捕托马斯·斯坦利爵士。”

一声敲门声传来，侍女带着我的衣物箱走了进来。“不是这里，”我的丈夫命令他们，“公爵夫人和我会睡在城堡背面的房间里。”

他们屈膝行礼，然后退下了。“为什么我们不住在平时的房间里？”我问。我们通常都住在能俯视河水的美丽房间里。

“城堡的背面比较安全，”他说，“王后的弟弟已经带着舰队出海了，如果他沿着泰晤士河北上轰炸我们，我们可能会被直接击中。这栋房子从没建过防御工事，但谁又想得到我们会面对自己舰队从河上发动的攻击呢？”

我从宽敞的窗户望着窗外我喜爱的河上景色，大船、渡轮、小划艇、驳船和平底船全都悠闲地穿行着。“王后的弟弟会攻击我们？从我们的河，泰晤士河？在我们自己的房子里？”

他点点头。“这是一个奇怪的时代，”他说，“每天早晨我醒来时，都试图搞明白她见鬼的究竟在计划些什么。”

“谁站在我们这边？”这是我父亲经常会问的一个问题。

“白金汉已经被证实是一位忠实的朋友；他痛恨他们强迫他娶的妻子和整个里弗斯家族。他有大笔的财产和许多人。我也可以依靠北方所有我的人、约翰·霍华德、我个人的朋友、我母亲的亲友，当然还有你那边的亲戚，所有内维尔家的……”

我专心地听着。“这些不够。”我说，“而且大多数都扎根在北方。她能调动所有的王室家族，以及她安置在各个重要位置上的家人。她能从勃艮第，自己在欧洲的亲戚那里得到帮助。也许她已经和法国国王达成同盟了？法国更愿意支持她，而不是你，他们会觉得一个女人掌权对他们更有利。而一旦苏格兰人知道你在伦敦，他们也会找机会起兵的。”

他点点头。“我知道，但我的手上有王子。”他说，“这是我的王牌。记得那时候老国王亨利的事吗？如果你控制了国王，那就没有异议了。你握有力量。”

“但他们能拥立另一位国王。”我提醒他，“那是我父亲当年对你们兄弟做的。亨利被控制了，但他加冕了爱德华。如果她让她的另一个儿子坐上王位怎么办？即使你手上有真正的继承人。”

“我知道。我必须把她的另一个儿子也掌握在手中。我必须控制住任何可以成为国王的人。”

理查德的母亲和我一起坐在巴纳德城堡背面的房间里。透过敞开的窗户，繁忙街道上的烦人嘈杂声和伦敦炎热空气中的臭味飘了进来，但是理查德让我们不要走近面向河流的凉爽花园，绝对不要靠近河边的窗户。我们也不能没有武装护卫的陪同，就去街上。他不知道里弗斯家有没有雇佣刺客来行刺我们。公爵夫人脸色苍白焦虑；她手上拿着针线活，但走针毫无章法，随着窗外街道中任何轻微的响声，把它拿起又放下。

“我希望上帝让她死。”她突然说，“让一切结束。她和她那些来历不明的孩子。”

我沉默了。这与我自己的想法太接近了，我不敢承认。

“自从她迷住了我儿子爱德华，我们没过上一天太平日子。”她说，“因为她，他失去了你父亲的爱，失去了一个可能会给我们和法国带来和平的体面婚姻。他把她那强势的血统带来了我们家，抛弃了家族的荣耀，而现在她要把一个来历不明的儿子放上我们的王位。她叫爱德华杀了乔治，我知道的，我知道是她在劝他。爱德华自己绝对不会下死刑的命令。是她的奸细杀了你姐姐。而现在她正在计划谋害我唯一一个还活着的儿子理查德。如果他也被她的诅咒所害，那她就已经夺去了我所有的儿子。”

我点点头，不敢开口说任何话。

“理查德病了，”她喃喃自语，“我发誓一定是她干的。他说他的肩膀痛，不能入睡。如果她正在他的心脏上绑绳子，那该怎么办？我们应该警告她，如果她胆敢动他一根头发，我们就杀了她的儿子。”

“她有两个儿子，”我说，“她有两次登上王位的机会。杀了爱德华王子唯一的后果，就是将王位送给了理查德王子。”

她惊奇地盯着我，不知道我这么强硬。但她没有意识到，我看过自己的姐姐在痛苦中尖叫，试图在女巫的妖风中生下一个孩子，又死在了女巫的毒药下。就算我曾经有过一颗柔软的心，它也已经因频繁的惊吓而碎裂了。我还有一个儿子要保护，有他的小表亲们要保护，我有一个夜晚来回踱步的丈夫，持剑的手总让他从睡梦中痛醒。

“理查德会掌握住另一个男孩的。”她说，“我们必须把里弗斯家的两个继承人都抓到手。”

那天傍晚，理查德进来向我和他的母亲打招呼，显得心不在焉。我们穿过大厅去用晚餐，理查德入座时，他的人欢呼致意，而他则冷冷地向他们点点头。所有人都知道，我们很危险；这里感觉像是一栋被重重包围的房子。他坐下时，用右手撑着椅子，但突然软了下来，他跌坐在椅子上，紧紧抓着自己的肩膀。

“怎么了？”我焦急地低声问。

“我的手臂，”他说，“没有力气了。她在向我施咒，我知道的。”

我藏起恐惧，向大厅中的人们微笑。会有人去向躲在避难所阴暗墙壁后的王后通风报信。他们会告诉她，她的敌人很脆弱。她离得并不远，就在河的下游，威斯敏斯特教堂的黑暗房间中。我几乎可以感觉到她就在这大厅中：像是一道带着病毒的冰冷气息。

一个银碗被呈到了理查德面前，他将手在其中浸了浸，又拿亚麻布擦干了。仆人从厨房拿来了食物，将菜肴布到了每一张桌上。

“今天非常忙。”理查德小声对我说。他的母亲从另一侧凑过来听，“对于我之前怀疑的黑斯廷斯与王后之间的阴谋，已经有证据了。他的情妇是中间人。莫顿也参与其中了。我今天在议会上控告并逮捕了他们。”

“干得好。”他的母亲立刻说。

“你会审判他们吗？”我问。

他摇了摇头：“不，来不及了。这是战争必要的牺牲。我已经在伦敦塔砍了黑斯廷斯的头。莫顿交给了白金汉公爵亨利·斯塔福德处理。罗塞勒姆和托马斯·斯坦利，我会先把他们当嫌疑犯抓起来。已经命人去他们家里搜查证据了，如果发现他们在密谋对付我的话，我就会处死他们。”

一个仆人为我们上了一道炖鸡。我等他走开后，低声说：“砍头？威廉·黑斯廷斯？不经审判？就这样？”

她的母亲冲着我勃然大怒。“就这样！”她重复道，“为什么不就这样呢？你觉得王后让我儿子得到一场公平的审判了吗？你觉得她让乔治死的时候，有过公平的审判吗？”

“没有。”我承认她说的是事实。

“好了，不管怎么样，已经做了。”理查德说，切着一条白面包，“如果黑斯廷斯与王后结盟反对我，那我就不能把王子放上王位。一旦他被加冕为王，可以自由地选择自己的顾问，他们会把他从我这里带走，接着把我的死刑状放在他面前。他也一定会签字的。我很明白，王子他却完完全全是他们的孩子，他完全是供他们使唤的。我必须把安东尼·伍德维尔、理查德·格雷和他们的亲戚托马斯·沃恩全部处死。他们都有可能命令王子反对我。他们死了以后，我才安全。”他看着我惊骇的脸，“这是我可以加冕他的唯一方法。”他说：“我必须毁掉他母亲的亲友。我必须使他成为只有一个顾问的国王，也就是我。当他们全死了，我就只需要面对她了。这阴谋就被破坏了。”

“你必须蹚过无辜之人的鲜血。”我直接地说。

他毫不动摇地看着我的眼睛。“为了将他放上王位，”他说，“为了让他成为一位好国王，而不是他们的爪牙——是的，是的，我必须这样。”

在黑暗的避难所中，王后施着法术，念着咒语，反对着我们。我知道她会这么做。我几乎能感觉到她的恶意，就像是河面的薄雾一般抵着巴纳德城堡的背面房间的螺栓窗。我从侍女那里听说，王后将自己的二儿子交给了他的朋友和亲戚鲍彻红衣主教照顾。红衣主教向她发誓说孩子是安全的，然后将小男孩理查德带来了伦敦塔中的王室房间，和准备加冕的他的哥哥爱德华关在了一起。

我不敢相信事情就这样发生了。即使我们把两个男孩都捏在了手里，即使我们把他们带去米德尔赫姆城堡并视如己出，王子仍不是普通的孩子。他不能被当作一般的养子。他是个十二岁的男孩，被当作国王抚养长大，爱着自己的母亲，绝对不会背叛她。他由他的舅舅安东尼·伍德维尔教育、训练和指导；绝不会将爱与忠诚转向我们。我们对他来说是陌生人，他们也可能告诉过他，我们是敌人。他们从婴儿时起，就控制了他，他完全是他们的孩子，现在没有什么可以改变这一点。她已经将他从我们——王子的真正家人——这里赢走，就好像她把丈夫从他兄弟那里赢走了一样。理查德将要为一个注定成为他最致命的敌人的男孩加冕，不管我们待他有多好。理查德将会使伊丽莎白·伍德维尔成为英格兰国王的母亲。她将会得到我父亲的称号：拥王者。我毫不怀疑她会做我父亲会做的事情：等待时机，然后将敌人们慢慢地全部消灭。

“我还能怎么做呢?”理查德问我，“除了将这个视我为敌人的男孩加冕为王，我还能怎么办呢？他是我哥哥的孩子，是我的侄子。即使我认为，他是作为我的敌人被抚养长大的，为了不失去荣誉，我还能做什么呢?”

他的母亲在炉火边抬头倾听。我感觉到她深蓝色的眼睛注视着我。这是个站在勒德罗的中心、等着坏王后的军队冲破大门的女人。这是个无所畏惧的女人。她朝我点点头，就好像批准我说出一件事，一件显而易见的事。

“你最好自己坐上王位。”我简单地说。

理查德看着我。他的母亲微笑地放下了针线活。这几天她都没有好好缝过一针。

“做你兄长做过的事。”我说，“不是一次，而是两次。他不止一次地在战场上从亨利那里夺来了王位，而亨利比里弗斯男孩的继承权正统得多。

那个男孩都还没有加冕，也没有被确立。他只是一位王位继承人，而你是另外一位。他也许是国王的儿子，但只是个孩子。他甚至都不是国王合法的儿子，只是个私生子，许多私生子中的一个。你是国王的弟弟，一个男人，已经做好统治国家的准备了。从他那里把王位夺过来。对英格兰而言，这是最安全的情况，对你的家庭来说，这是最好的情况，对你来说，这是最好的事。”我觉得自己的心脏突然因为野心而剧烈地跳动了起来，我父亲的野心——我最终还是应该成为英格兰的王后。

“爱德华指定我做护国公，不是他的继承人。”理查德冷冷地说。

“他并不知道王后的本性。”我热切地说，“他到死都中着她的咒语，被她欺骗了。”

“那个男孩甚至不是爱德华的后嗣。”他母亲突然插话。

理查德抬起手阻止她继续说话：“安妮不知道这件事。”

“她该知道的。”她尖刻地说，转向我，“爱德华和一位女士结过婚，你的一位亲戚——埃莉诺·巴特勒。你知道吗？”

“我知道她是一位……”我想了想合适的词，“宠儿。”

“不止是他的情妇，他们秘密结过婚。”公爵夫人坦率地说，“和伊丽莎白·伍德维尔的情况一样。他宣誓结婚，在某位乡野牧师的见证下说了誓言……”

“并不是什么乡野牧师，”理查德插嘴道，凝视着炉火，一只手搭在壁炉上，“斯坦灵顿主教为他和埃莉诺·巴特勒举行了仪式。”

他的母亲对此耸了耸肩：“所以，这场婚姻是有效的。相比之下，和那个伍德维尔女人的仪式则是由一个无名无姓，也许根本没有圣职的牧师见证的。他和伊丽莎白·伍德维尔的婚姻是无效的。这是重婚罪。”

“什么？”我没能理解这一切，插嘴道，“母亲大人，你在说什么？”

“问你的丈夫，”她说，“斯坦灵顿主教亲口承认了这件事，不是吗？”

她向理查德求证，“主教眼睁睁地看着爱德华抛弃了埃莉诺夫人，让她去了一所女子修道院，什么都没说，而爱德华奖励了他的缄默。但当主教看到里弗斯家的人要让他们的男孩——一个私生子——坐上王位时，他去找了你的丈夫，把知道的一切都说出来了：爱德华在与伊丽莎白·伍德维尔秘密结婚之前，已经成婚了。即使是一位有资格的牧师主持的，即使这个仪式是有效的，它依然什么都不是。爱德华已经结过婚了。那些孩子，所有那些孩子，都是私生子。没有里弗斯家族，没有王后。她是一个情妇，而她的私生子都是冒牌货。就是这样。”

我惊讶地转身看向理查德：“这是真的吗？”

他窘困地快速看了我一眼。“我不知道。”他说，“主教说他为爱德华与埃莉诺夫人举行了一个有效的结婚仪式。他们都已经死了。爱德华承认伊丽莎白·伍德维尔是他的妻子，她的儿子是他的继承人。难道我不应该尊重我兄长的意愿吗？”

“不。”他的母亲直截了当地说，“如果他的意愿是错误的话。你不必把一个私生子优先于你自己放上王位。”

理查德转身背对炉火。他的手扶着自己的肩膀：“为什么你以前不说这件事？为什么我先从斯坦灵顿主教那里听说这件事？”

她拿起针线活：“有什么好说的？所有人都知道我恨她，她恨我。爱德华还活着的时候，称她为妻子，承认了那些孩子，我说什么又有什么不同呢？任何人说又有什么不同呢？他让斯坦灵顿主教闭嘴了，我为什么要说出来呢？”

理查德摇了摇头。“自从爱德华登基以来，就一直有这些流言。”

“但没有流言是针对你的。”他母亲提醒他，“自己坐上王位吧。除了伊丽莎白·伍德维尔的家人和她收买的人，全英格兰没有一个人会拥护她的。每个人都知道她是个什么东西——一只狐狸精，一个女巫。”

“她会成为我一生的敌人。”理查德说。

“那就让她一辈子待在避难所里。”她微笑地说，自己看上去倒真像是一个女巫，“把她关在圣地，让她永不见天日，还有她的那些小巫婆女儿们。逮捕她。把她关在那里，和她的私生子一起永远隐居。”

理查德转向我：“你认为呢?”

房间里一片寂静，他们等着我的决定。我想起杀死自己伟大战马的父亲，想起他为了让我坐上英格兰的后位而战死疆场。我想到了伊丽莎白·伍德维尔，我人生的痛苦之源，杀害我姐姐的凶手。“我认为，你比她的儿子更应该继承王位。”我大声地说，心想：而我也比她更应该坐上后位，我将成为，我本就该成为，英格兰的安妮王后。

他依然犹豫：“坐上王位，这是很大的一步。”

我走到他身边，拉起了他的手，就像要再一次拉起手，说出对彼此的誓言。我发现自己在微笑，感觉到自己的脸颊微微发烫。在决定性的一刻，我真的是我父亲的女儿。“这是你的宿命。”我告诉他，能听见自己的声音里充满着坚定，“你的出生，你的志向，你的教育，这所有的一切都决定了你是英格兰这时最好的国王。做吧，理查德。把握机会。这是我与生俱来的权利，也是你的。让我们抓住它，让我们一起把握住它。”

1483年7月

伦敦塔

又一次，我身处伦敦塔的王室房间中，透过狭长的玻璃看着月光在黑色的河水上铺上了一条银色的小路。又一次，我意识到了夜晚的安静和远处传来的乐声。此时是我们的加冕典礼前夜，我离开了庆祝晚宴，来到这里祈祷，看着湍急的河水匆匆流向大海。我将要成为英格兰王后。又一次，我小声对自己说出了那个誓言，最早父亲对我说过的誓言。我将会成为英格兰的安妮王后，明日我将加冕。

我知道，她会站在她的小窗旁，望着避难所之外的黑暗，美丽的脸将被悲伤笼罩，她会为她的儿子祈祷，知道两人都已经落到了我们手中，而两个人都不会成为国王。我知道她正在诅咒我们，手中紧紧攥着一些沾血的破布，用蜡制作一些人像，捣碎草药将它们在火中燃尽。她的全副心神都会集中在伦敦塔，正像今晚的月光在水面上铺出的银色小路，直直通向他们的房间。

他们的房间，她儿子们的房间。他们都在这里，两个男孩，和我一起在伦敦塔中，就在上面一层楼。我只要走上一层石阶，告诉他们的守卫让开，就能直走进他们的房间，看见他们睡在一张床上，苍白的月光洒在他们苍白的脸上，睫毛在脸颊上投下深深的阴影，小小的温暖的胸膛在白色的蕾丝睡袍中起伏，如婴儿般深深地沉睡着。王子只有十二岁，上嘴唇微微有点泛白，瘦长的双腿在床上舒展开来，就像一匹小马。他的弟弟理查德下个月就十岁了；与我的爱德华同年。我怎么能看着他却不想到我自己的儿子呢？他是个快乐的小男孩，即使睡着的时候，也在为一些美梦露出微笑。这些男孩现在起由我来照顾，他们会成为我们的养子，直到长大成人。我们将不得不把他们关在米德尔赫姆堡或者哈顿堡，总之是我们某个北方的府邸，在那里可靠的仆人们会把他们严加看管。我已可以预见，我们不得不把他们永远关起来。他们将从女巫的男孩变成囚犯。我们永远不能让他们离开。

他们对我们而言永远都会是威胁。如果有人不满或者质疑我们的统治，他们将会成为焦点。伊丽莎白·伍德维尔将会花一生的时间，试图把他们从我们手上抢回去，试图让他们重登王位。我们将把最大的威胁安置在自己的家中。他们的父亲爱德华国王就绝不会容忍这样的危险。我的父亲也是。他曾经抓住过爱德华国王，但后来让他溜走了，并重新登上了王位。父亲在那时说，下次不会有选择的机会了，抓住他就要杀了他。爱德华从父亲那里学到了这一点。当他抓住老王亨利时，保障了他的安全，但那只是因为还有一个兰开斯特继承人。我的前夫爱德华王子的死是他父亲的死亡通知书。当爱德华国王发现他可以灭绝兰开斯特家族时，果断这么干了：他杀死了亨利国王，而他的弟弟乔治和理查德则协助了这场谋杀、弑君。他们意识到，只要亨利国王还活着，总会成为叛乱的焦点，他们的威胁。死人才真正安全。毫无疑问，我心中知道，伍德维尔男孩活着对我们很危险。其实，两个孩子也不该活着受罪。只是我软弱的温柔和理查德对兄长的爱让我们决定留他们一命。不管是我父亲还是理查德的哥哥都不会是这样软心肠的傻子。

我将皮毛大衣裹得更紧一些，虽然今夜很暖和，但从敞开的窗户吹进来的河风还是带着深深的凉意。我想到，如果伊莎贝尔看到我现在的样子，一定会笑的。我正穿戴着她的皮毛，正是伊莎贝尔曾经装饰在礼服胸口，后来又不得不还回去的那无价的白鼬毛皮。伊莎贝尔会大笑着庆祝我们的胜利。我们今晚赢了，我们最终赢了。当年在伊丽莎白·伍德维尔加冕的晚上，就在这同样一座塔中，那个扮王后玩的小女孩，明天将戴上后冠。

母亲曾对我耳语的那些质疑都不重要了。不管我的婚姻是不是有效，我的加冕仪式都会由大主教用圣油完成。我将成为英格兰王后，将最终获得宁静。理查德在上帝面前娶我为妻，现在他将在全世界面前立我为后。我不再需要担心他爱不爱我了。他私下给了我戒指，而公开地给了我王冠。我将会成为安妮王后，正如父亲所愿。

我拿开皮毛，把它扔在椅子上，就好像它不值一文。我现在有满满一橱的皮毛，有最好的珠宝，每年会收到一大笔钱来维系王后应有的生活。我将与之前的王后一般，活得盛大隆重。我得到了伊丽莎白所有的礼服，会将它们全部改成我的尺寸。我钻进床上温暖柔滑的被子里，大大的床有着黄金顶盖与红色的天鹅绒帐幕。从现在开始，我身边只会有最好的东西，我也只要最好的东西。我身为拥王者的女儿，明天父亲对我的期望就会实现，我会成为王后。等我的丈夫死去，我们的儿子爱德华，拥王者的外孙，将成为国王，而沃里克家族就将成为英格兰的王室家族。

1483年夏

王室出巡

我们一路上在每一次停留时受到的欢迎，告诉了我们做了正确的事。整个国家都陷入了狂欢，深深地松了口气，战争的危险已经免除了，我的丈夫带领我们走向了和平。理查德召集了他信任的人聚集一堂。白金汉公爵亨利·斯塔福德将他的伍德维尔妻子留在了家中，作为英格兰宫务大臣领着理查德进入大教堂。约翰·霍华德从里弗斯手中为我们夺回了舰队，受封为新的诺福克公爵，成为了第一次受此头衔的霍华德族人，并得到了他赢回来的船只，被任命为水军提督。我的亲戚诺森伯兰伯爵被授予任期一年北境看守的职位。我们没有带卫兵就出行了，但非常安全，因为我们知道英格兰没人不欢迎我们。我们的敌人或死或困于避难所中，里弗斯男孩们也被安全地关在伦敦塔中。我们停留的每一个城镇，雷丁、牛津、格洛斯特，人们都举行庆典欢迎我们，并向我们宣誓效忠。

里弗斯家族让自己变得如此遭人怨恨，人们会欢迎任何强有力的统治者，只要不是那个吞噬了英格兰的家族的男孩。但更棒的是，人们拥护了又一位金雀花家族的男人坐上王位：我的丈夫，看上去与他同名且深受爱戴的父亲如此相似，他的兄长将国家从沉睡王和坏王后的统治中救了出来，而他现在则从另一个野心勃勃的女人手中救出了国家。

甚至没有人问起我们留在伦敦塔中的男孩们。没人想要记起他们或他们仍然潜伏在阴暗避难所中的母亲。就好像整个国家想要忘记那数月的恐惧，担心着将发生的事，没有人知道谁会成为国王的那几周。现在，我们在人们的注视下，在上帝的任命下，加冕了一位新王。在炎热的夏日里，他和我正一同骑马穿越英格兰。太阳毒辣的时候，我们会在树下野餐，进入那些美丽的英格兰城镇，让那儿的人欢迎他们的救世主。

只有一个人问起我里弗斯男孩们的事。他们被留在安静的伦敦塔中，想要见仅仅在上游处三英里避难所中的母亲。罗伯特·布拉肯伯里爵士，现在成为了造币局局长和伦敦塔的治安官，看守王子是他的职责。操着一口生硬的约克郡口音的他，成为了唯一一个向我提起王子们的人："那些里弗斯家的私生子该怎么处置呢，殿下？既然现在我们抓着他们，控制住他们了？"

他是个诚实的人，我几乎在任何事情上都信任他。我挽着他的手臂，在牛津大学美丽的庭院中散步。"他们没有未来，"我告诉他，"他们既不是王子也不是成年人。我们必须永远关着他们。但是我丈夫知道，我也知道，他们永远会给我们带来危险。他们只要存在着，就是危险的。只要他们活着，对我们就是威胁。"

他停下，用率直的目光看着我。"上帝保佑您，您希望他们死吗，殿下？"他简单地问。

我表示有些反感，摇了摇头。"我不能这样希望。"我说，"不能这样对待两个男孩，两个无辜的男孩子。"

"啊，您太善良了……"

"我不能这样希望，但他们会过着怎样的生活啊？他们会永远成为囚徒。即使放弃了对王位所有的继承权，还是会有人替他们争取。如果他们活着，我们怎么能安全呢？"

我们正要去约克。在那里，我们的儿子——现在是爱德华王子——将要被封为威尔士亲王。这是对这座城市的赞美，正是它由始至终地支持着理查德，也比这个国家的任何其他地方都要爱戴他。我们踏入这座城市的城墙时，迎接的排场是所见过最盛大的。在高耸的约克大教堂中，在他的表亲爱德华和玛格丽特的注视下，我的儿子爱德华走上前，拿起了威尔士亲王的金权杖，戴上了小小的金王冠。他走到了教堂外的台阶处向人群致意，欢呼声让鸟儿飞上了蓝天。我在胸前画了个十字，小声地说："感谢上帝。"我知道父亲正在看着他的外孙被封为威尔士亲王，而在天堂，他知道他的斗争终于结束了，胜利了。拥王者的外孙成为了王子。将会有一个沃里克男孩坐上英格兰的王位。

我们会在北方待上一段时间，这里永远都会是我们的家，因为我们在这里比在其他地方都要幸福。我们会重建哈顿的宫殿，孩子们将安全地住在那里，远离伦敦的疾病与瘟疫，远离威斯敏斯特教堂下的潮湿房间，在那里，失败了的王后阴魂不散。我们会在英格兰北部造一座新的宫殿，媲美温莎或格林威治的宫殿。而宫廷的财富则会分给我们的朋友和友邻，我们信任的北方亲友。我们将会创造一个北方的黄金城，大到足以匹敌伦敦城。国家的中心将在这里，国王和王后，土生土长的北方人将住在这些高高的绿色山丘之间。

爱德华，他的表亲玛格丽特、泰迪和我一起去了米德尔赫姆，我们快乐地一同骑马行进，就好像是出来游玩一样。夏天里余下的时间，我会和他们待在一起，我是英格兰王后，也是我自己时间的主人。冬天，我们会一起回伦敦，我会让孩子们和我一起待在格林威治。爱德华必须有更多的导师，在骑术上也要增加练习。我们必须塑造他的体格力量，因为他依旧是一个单薄的男孩。时机到来时，他必须准备好成为国王。几年内，他会住到勒德罗去，然后他的议会会统治威尔士。

在我们北上前往米德尔赫姆的途中，理查德离开了我们，在几个人的保护下往南边去了，在他们中，有我们的老朋友詹姆斯·提利尔爵士——他现在被封为了近卫军首领阁下，还有弗朗西斯·洛弗尔、罗伯特·布拉肯伯里等等。理查德亲吻祝福了孩子们。他抱着我，低声让我等天气转好就去找他。我的心中满是对他的爱意。我们终于胜利了，终于得到了祝福。他让我成为了英格兰王后、得到了命中注定属于我的东西，而我给了他一个王子和继承人。我们一起完成了父亲的心愿。这是真正的胜利。

在前往南方的路上，理查德写了封潦草的信给我。

安妮：

里弗斯现在就像是受了伤的蛇一样，比以往更加危险。他们攻击了伦敦塔，想要救出里面的男孩，虽然最终失败了，但我们赢得很艰难，也没能逮捕任何人，他们都消失了。安妮，我告诉你，我非常严格地看管着她，我认为没人能够在她的黑暗避难所中出入，但她不知怎样还是组织起了一支小小的军队攻击我们。她的军队没有制服或徽章，来去如同幽灵，现在没人能告诉我，他们在哪里。有人召集了军队并付了钱，但是是谁？

我们依然看管着男孩们，感谢上帝。我将他们转移到了塔中更深处的房间。但我对她隐藏力量的程度感到震惊。她将等待时机，再次爆发。她能招募多少人？有多少在我们的加冕典礼上欢呼的人给她送去了人和武器？我被出卖了，我不知道该相信谁。烧了这封信。

“怎么了，殿下？”小玛格丽特在我身边，她深蓝色的眼睛迷惑地看着我惊愕的脸。我抱住她，她靠在我身上，身体温暖而柔软。“不是坏消息吧?”她问,“国王,我的叔叔,没事吧?”

“他有忧虑,”我想着那躲在黑暗中的邪恶女人,正是她让这个小女孩成为了孤儿,“他有敌人。但他坚强又勇敢,还有好朋友会帮助他对抗坏王后和那些所谓王子的私生子们。”

1483年10月

约克郡　米德尔赫姆城堡

我满怀信心地对玛格丽特说了那些话，但我错了。我丈夫的朋友比我以为的要少，比他以为的要少。

几天后，又一封匆忙涂就的信来了：

最虚伪的朋友，最邪恶的叛徒——白金汉公爵是这个世界上最不忠实的生物。

我放下了信一会儿，几乎不忍心继续读下去。

他已经与两个邪恶的女人串通一气，他们都一样邪恶。伊丽莎白·伍德维尔已经引诱他加入了她那一方，而她和玛格丽特·博福特也结成了一个女巫同盟。玛格丽特·博福特在我们的加冕典礼上捧着你的裙裾，总是对你那么好，那么爱你，更是我忠实的朋友托马斯·斯坦利的妻子。我甚至封了他做大臣。

这是莫大的欺骗与虚伪。

玛格丽特让她的儿子亨利·都铎与里弗斯的女孩伊丽莎白订婚了，现在他们都来对抗我们，纠集了亲信，让亨利·都铎从布列塔尼驾船前来。白金汉公爵亨利·斯塔福德叛变了，加入了他们的阵营，而我原本全心全意地信任他。他现在在威尔士起兵，不久就会进军英格兰。我要马上出发去莱斯特。

最糟糕的是，比以上这些更糟糕的是，白金汉告诉所有人，王子们已经死了，是我杀的。这就意味着里弗斯家族会为了将都铎和伊丽莎白公主放上王位而战斗。这意味着这个国家——和史书——都会认为我是一个谋杀犯，杀害孩子的凶手，一个杀害了自己兄长儿子和亲人的暴君。我不能忍受这种对我名誉的侮辱，这是个会遗臭万年的诽谤。为了我和我们的王位祈祷吧。

理查德

我做了他要求的事情。我一言不发地直接去了教堂，双膝跪下，盯着圣坛上方的十字架，一眨不眨地凝视着它，就好像上帝能消掉我刚才那封信带来的不幸。我们曾经以为这些人都是朋友，英俊迷人的白金汉公爵，总是胜利的托马斯·斯坦利爵士，还有他的妻子玛格丽特。我刚到伦敦的时候，她对我那么友善热情，带着我去了王室衣橱，帮我挑选加冕仪式的礼服。所有这些都是假的。我多年来爱戴敬仰的莫顿主教，也是虚伪的。但有句话一直在我的耳边回响，我咕哝着圣母玛利亚，我一遍一遍重复念着祷词，就好像它们能淹没那句话：白金汉告诉所有人，王子们已经死了，是我杀的。

我起身时，天已经黑了。秋天天暗得特别早，牧师拿着蜡烛进来，整个家里的人都跟着他进来做晚祷，我只觉得冰凉刺骨。他经过时，我低下了头，但立刻又起身离开了教堂，步入了寒冷的傍晚空气中。一只白色的猫头鹰嚎叫着从头顶擦过，我低下了头，就好像这是一个路过的幽灵，正召集力量对付我们的女巫的警告。

白金汉告诉所有人，王子们已经死了，是我杀的。

我想过，如果王子们死了，就没有别人能继承王位了，我丈夫的王位会坐得很稳当，而我的儿子会在上帝认为适合召唤我们时，登上王位。现在我知道了，每个人都是拥王者。王座永远不会是空的，因为总会有人想要得到王冠。而新鲜的继承人就像田里的杂草一样，一听说国王驾崩的流言，就会疯狂滋长。

白金汉告诉所有人，王子们已经死了，是我杀的。

而现在，另一个年轻人，自称是王位继承人，不知从什么地方冒了出来。亨利·都铎，兰开斯特家族的玛格丽特·博福特和都铎家族的埃德蒙·都铎的儿子，消失在人们视野中很久了，本该被遗忘了。他已经多年没有踏上过这个国家，他的母亲很早就送他出了国，以保证约克家族不会对他虎视眈眈。当爱德华在位时，这个男孩离成为继承人有许多步，但即便如此，爱德华本也可能把他带到伦敦塔中，让他悄悄死去。这就是为什么玛格丽特·博福特让他待得远远的，非常谨慎地不让他回来。我甚至可怜她思子之情。当乔治想要把他的孩子送走时，她甚至向我表示同情。我以为我们理解对方，我以为我们是朋友。但所有这些日子，她时刻都在等待。等待着，想着她的儿子可以回来，成为英格兰国王的敌人，不管这国王是爱德华或者理查德。

白金汉告诉所有人，王子们已经死了，是我杀的。

亨利·都铎通过兰开斯特家族的血脉，拥有王位的继承权，他的母亲不再是我的朋友了，而是背叛者和竞争者。她将会与我们开战。她会告诉所有人，王子们已经死了，而我的丈夫谋杀了他们。她会告诉所有人，下一任继承人是她的儿子，他们应该推翻这样一个暴君、弑君者。

我沿着阴暗的台阶上了北塔，我曾经多次和理查德一起走过这里，在一天结束时傍晚的夕阳中，快乐地聊着孩子们、土地和北方的统治。现在这里阴暗寒冷，月亮已经升起，在远方的地平线放出银色的光芒。

白金汉告诉所有人，王子们已经死了，是我杀的。

我不相信我的丈夫会下令处理他的侄子们。我绝不会相信。他安全地坐在王位上，已经宣布他们是私生子。我们出行期间，甚至没有人提到他们。他们被遗忘了，我们被接受了。我与伦敦塔的看守谈过话，说过不希望他们死，但我知道我曾经想过。而那位伦敦塔的守卫，他们的狱卒，说我很善良。理查德绝不会下令杀死两个男孩；这点我敢肯定。但是我知道，我不是唯一爱着理查德，希望保证他安全的人。我知道，我不是唯一认为两个男孩必须死的人。

是不是我们的一位忠实的朋友堕落到了这样的罪孽中，在我们的监管下杀死一个十岁的男孩和他十二岁的哥哥？在他们睡觉时？或者更糟糕，有人做了这件事，希望能取悦我们？是不是有人以为这是我的希望？以为我跟他在牛津大学的花园中散步，然后命令他这么干？

1483年冬

约克郡　米德尔赫姆城堡

我等待着消息，理查德明白我的焦虑，几乎天天给我写信。他告诉我军队召集的情况：人们涌来支持他，而王国中的大贵族们也支持他们的国王对抗曾经是盟友的公爵。他的童年伙伴弗朗西斯·洛弗尔一直没有离开他。虽然妻子玛格丽特·博福特加入了伊丽莎白·伍德维尔的密谋，但托马斯·斯坦利爵士加入了理查德这边，并宣誓了忠诚。我想，这就说明了，前王后对真正的好人的影响是很小的。她可能赢得了玛格丽特·博福特——因为她对儿子的野心和对王位的渴望——但她赢得不了始终对我们忠实的托马斯·斯坦利爵士。我不会忘记，托马斯·斯坦利是只领头羊，带领羊群，让每个人都跟随他。他在我们这边就证明他计算过我们胜利的可能性比较大。我们的好朋友约翰·霍华德，也依旧忠诚。理查德写信告诉我，霍华德压制住了苏塞克斯和肯特的骚乱，避免反叛我们的战争爆发。

然后，上帝保佑了我们。就是这样简单。上帝站在我们这边了。他降下大雨洗去了人们脑中的叛乱和心中的愤怒，一天又一天，冰冷的冬日雨水倾泻如注，坚硬如冰雹，在肯特集结的人们心平气和地回家了，想要出发去苏塞克斯的人发现道路无法通行。伦敦市沿河的房子都遭了大水，除了不断上涨的河水之外，市民们什么事都不关心。上涨的河水还威胁到了伊丽莎白·伍德维尔居住的地势低洼的避难所。她收不到叛乱的消息，只能等待，信使们都被变成沼泽了的道路困在了原地，逐渐失去了希望。

上帝也将雨水送去了威尔士。在仲夏时，它们流过草地的小山溪时那么可爱，但现在，全都变得汹涌湍急。黑色的溪水倾倒下山，注入更大的溪流，然后又注入河流。奔流的洪水冲破堤坝，注入塞汶河，河水越涨越高，直到冲破了所有的河堤，在山谷中蔓延数里，孤立了一个又一个城镇，淹没了河岸边的村庄，而最棒的是，虚伪的白金汉公爵被困在了威尔士，他的士兵们则像水中的糖人一般融化不见了，他的希望也成了泡影，他本人从自己本该领导的人们那里逃走了，仆人背叛了他，为了一点点小奖励就把他交给了我们。

上帝将雨水送去了海峡，那里的海水变得黑暗，充满危险，亨利·都铎不能出航。我知道那是怎样一幅情景，从港口望出去看见涌动的深色海水和白色巨浪。在内陆温暖干燥的米德尔赫姆城堡中，我一想到亨利·都铎就忍不住笑了。他此刻一定正站在岸边，祈求着好天气，而大雨则势不可挡地打在他年轻的赤褐色的头上，即使是那个希望成为他岳母的女人，女巫伊丽莎白，也不能阻挡暴风雨。

天气转好了一阵子，他勇敢地出了航，穿过了波涛汹涌的海峡，但他的希望已经被长时间的等待冷却了，甚至都没有登陆。他看了一眼他想要占为己有的海岸，却没有勇气踏上潮湿的沙滩。他收起了湿透的船帆，调转了船头，搭着一阵寒冷的风驶回了布列塔尼。如果要我说，他应该永远待在那里，像所有觊觎王位的人一样，死于流放。

理查德从伦敦写信给我。

结束了。一切都结束了，只剩下抓出叛徒、处罚他们了。我很高兴，威尔士对我保持了忠诚，而南方海岸也没有向亨利·都铎提供一个安全的港口，没有一座城镇向叛军打开城门，没有一位男爵或者伯爵违抗我。我的王国对我很忠诚，我会从轻处罚或者放过那些被牵涉到的人，这就是一场里弗斯家族和他们错误选择的新盟友亨利·都铎的垂死挣扎。那个男孩的母亲玛格丽特·博福特，不会放弃她儿子的权利，但她的余生将被软禁，由她的丈夫托马斯·斯坦利看管。我已将她的财产都交由他保管，我想，对一个雄心勃勃的女人来说，这种惩罚已经足够了。他会紧紧看着她，不让她见仆人和朋友，甚至她的牧师也不能去听她忏悔。我已经击碎了她与里弗斯的联盟。

我没有拔剑就胜利了。这场轻松的胜利就是我的无罪辩护。这个国家并不希望恢复里弗斯家的统治，更不想要一个陌生人亨利·都铎的统治。玛格丽特·博福特和伊丽莎白·伍德维尔被看作是两个愚蠢的母亲，一同为她们的孩子密谋，其他就没什么了。白金汉公爵是一个叛徒和虚伪的朋友。未来，我会注意我交的朋友，但是你可以看出，虽然过去的几周很艰苦，胜利却是压倒性的，这更巩固了我们的王位。上帝保佑，当我们回顾这一切时，一定会很高兴，我们这么容易就确立了王室的地位。

来伦敦吧，我们要将圣诞节办得和爱德华、伊丽莎白那时一样盛大，和我们真正的朋友、忠实的仆人们一起。

1483年11月

伦敦　威斯敏斯特宫

我们筹备着自己的圣诞晚宴，理查德发誓这将是伦敦前所未有的盛宴。人们开始陆续到达宫中，我们分配了他们的房间，告诉他们在娱乐活动中的角色，让他们学习新的舞步。理查德来找我，并在衣帽间发现了我，我正浏览着曾经属于其他王后们的礼服，现在它们全是我的了。我计划拆开两件漂亮但过时了的金色和深紫色礼服，重新做成一件，用新式样分成两层，将紫色的袖子做得短些，好露出里面的金色，在腰上系上金色的编织腰带。我的两侧放着大捆大捆的布料，可以用来做新礼服，还有皮毛和天鹅绒，可以做新斗篷和理查德的外套上衣。他看起来有些局促不安，但这些日子以来，他看起来总是这样。王冠太重，而他无人可信。

“你能先不管这些吗？”理查德疑虑地看着这些贵重衣料堆成的小山。

“哦，当然。”我提起裙子，小心翼翼地在地板上找出了一条路，“我的衣橱女官比我更知道该怎么做。”

他拉着我的胳膊走到了主衣帽间旁的一个小小的区域，衣橱女官常常坐在这里，检查她负责的皮毛、礼服、长袍和鞋子。温暖的火苗在壁炉里燃烧，理查德坐在桌旁的椅子上，我坐在了靠窗的位子，等待着。

“我做了个决定。”他沉重地说，“我不会草率决定，还是想和你商量一下。”

我等着。这是关于那个伍德维尔女人，我知道。我可以通过他抓着自己的右臂的姿势看出来，肘部和肩膀之间。现在，这已经成为了他的老毛病，没有医生能诊断出病因。虽然没有证据，但我知道，这痛苦是她造成的。我想象她将一块布在自己的手臂上打结，直到它刺痛麻木，然后希望这痛苦出现在他的身上。

“是关于亨利·都铎。”他说。

我在座位中愣了一下，我没有想到这个。

“他打算在雷恩大教堂举行订婚仪式，宣布自己是英格兰国王，并与伊丽莎白订婚。”

那一刻，我忘记了那女儿，只想到了那充满恶意的母亲：“伊丽莎白·伍德维尔?”

“她的女儿，约克公主伊丽莎白。”

爱德华最喜爱的女儿那熟悉的名字，出现在了这个舒适的小房间中，我想起了那个女孩，肤如凝脂，有着她父亲那种迷人的微笑。“爱德华曾说过，她是他最珍贵的孩子。”理查德小声地说，“当我们不得不从佛兰德斯一路打回家时，他说他做这些都是为了她，即使其他所有人都死了，只要能再见到她的笑容，一切危险都值得。”

“她被宠坏了，”我说，“他们去哪里都带着她，而她总是走在前面。”

“现在，她已经长到我肩膀那么高了，而且还是个美人，真希望爱德华能够看见她，我甚至觉得她比她母亲当年还要美丽。她已经是个成熟女人了，你会认不出她的。”

我渐渐感到有一些愤怒，我意识到丈夫在谈论现在的她。他去见过她，他去见过伍德维尔家的女人们，去见过伊丽莎白。我在这里，为圣诞做着准备，庆祝我们得势的时候，他却溜去了她选择的黑暗小屋。“你见过她了?”

他耸了耸肩，就好像这无关紧要。“我必须去见一见王后。”他说。

我才是王后。他去拜访了一次那伍德维尔女人，似乎就忘记了我们所珍视的一切。我们已经争取到的一切。

“我想要去问问她儿子的事。”

“不!”我尖叫出声，然后用手捂住了嘴，不让别人听见我在与我的丈夫、国王争论，“陛下，我求求你。你怎么能做这种事呢？为什么你要做这种事?”

“我必须知道。”他担忧地说，“他们同时告诉了我白金汉的背叛和谣言。两者都一样糟糕。我有一次写信和你说过的。”

白金汉告诉所有人，王子们已经死了，是我杀的。

我点点头：“我记得，但是……”

“我一听说他们已经死了，就立刻派人去了伦敦塔。他们只告诉我，两个男孩不见了。我一到伦敦，就去了塔里。罗伯特在那里——”

“罗伯特?”我问道，就好像我已经忘记了伦敦塔治安官的名字。罗伯特·布拉肯伯里，当我说起那两个孩子应该被杀掉但我又不忍心下命令时，他曾经用率直的目光看着我并说，“啊，您太善良了”。

“布拉肯伯里。”他说，“一位真正的朋友。他对我很忠诚，会为了我做任何事情。”

“哦，是的。”我能感觉到自己腹中的恐惧，就好像灌下源源不断的冰水，“我知道他会为你做任何事的。”

“他不知道男孩们发生了什么。他是伦敦塔治安管，但他不知道。他只说，当他到达塔里时，两个孩子已经不见了。所有的守卫都说，他们晚上将他们安置在床上，彻夜不离大门，然后早上他们就不见了。”

“他们怎么离开的?”

他以前的活力回来了："嗯，一定有人在说谎。一定有人买通了守卫。"

"但会是谁呢？"

"我本以为，也许王后带走了他们。我希望是她带走了他们，这是我去见她的原因。我对她说，我不会去追他们，甚至不会去试图找到他们。如果她把他们偷运去了什么地方，他们能安全地待在那里。但是我必须知情。"

"她怎么说？那个伍德维尔女人？"

"她跪在地上，心碎地哭泣。我毫不怀疑，她失去了自己的儿子，并且不知道他们身在何处。她问是不是我带走了他们，还说如果他们死了，她会诅咒杀了他们的人，不管是谁，她的诅咒会夺去谋杀者的儿子，他的血脉也将断绝。她的女儿也加入她一起诅咒。她们太可怕了。"

"她诅咒我们？"我透过冰冷的嘴唇吐出低语。

"不是我们！我没有下令处死他们！"他突然愤怒地冲我大喊，声音在小房间的木质镶板间回荡，"我没有下令处死他们！每个人都觉得是我干的。你也这么觉得吗？我自己的妻子？你认为我会那么做吗？你认为我会在自己的眼皮底下，杀死我的亲侄子吗？你觉得我会做这种大逆不道、毫不光彩的事情吗？你认为我是个双手沾满鲜血的暴君？你？全世界最清楚我的为人的你？知道我此生都将我的剑与心献给了荣誉的你？你也觉得我是个杀手吗？"

"不，不，不，理查德。"我抓住他的手，摇着头，发誓我知道他绝不会做这样的事情。我在他盛怒下不知道该说什么，眼泪也流了下来，我不能告诉他——上帝啊，不能告诉他——不，不是你，但也许是我下令处死了他们。也许是因为我不慎的言论，说出的想法导致的这一切。我的罪孽，会把那个伍德维尔女人的诅咒引到我的爱德华头上，导致我们像她一样失去儿子，断绝血脉。那一刻，当我觉得自己是在保护我们，当我对罗伯特·布拉肯伯里说出那些话时，我毁了我的未来和我父亲想要的一切。我将英格兰最危险的女巫的敌意引到我亲爱的儿子头上。如果罗伯特·布拉肯伯里认为我是在给他下命令，如果他认为那就是我的命令，如果他做了他认为对理查德最好的事情，那就是我杀了她的儿子，而她的诅咒将会实现，我毁掉了自己的未来。

“我没有必要下令杀了他们。”他说。听在我耳朵里，他的声音是一种无罪的哀鸣，“我安全地关着他们，宣布他们是私生子。这个国家支持我加冕，我的出巡很成功，我们在所有地方都被接受承认了。我本打算把他们送去哈顿，让他们安全地待在那里。这是我要重建它的原因。过几年，等他们长大成人，我会释放他们，并承认他们是我的侄子，命令他们前来宫廷为我们服务。让他们待在我的眼皮底下，像王室亲戚那样待他们……”他停顿了一下，“我打算做他们的好叔叔，就像我对待乔治的儿女一样。我本打算照顾他们的。”

“那不可能！”我叫道，“只要她还是他们的母亲。乔治的孩子是一回事，伊莎贝尔是我至亲的姐姐；但那伍德维尔女人的孩子只会成为我们最致命的敌人。”

“我们永远也不会知道了。”他站起身，揉了揉上臂，好像它麻掉了，“现在，我们永远也不会知道那两个男孩会变成怎样的人了。”

“她是我们的敌人。”我再次强调，奇怪他怎么傻到忘记了这一点，“她把她的女儿许配给了亨利·都铎。他准备侵略英格兰，让伍德维尔家的私生女坐上王后的宝座。她是我们的敌人，你应该把她拖出避难所，关在伦敦塔里，而不是秘密探望她。别去找她，你胜利了，你才是国王。别去见她的女儿，那个被宠坏了的傻子。”我看见了他脸上深深的愤怒，一时住了口。“被宠坏了的傻子，”我挑衅地重复，“你告诉我还能是什么——一个无与伦比的公主?”

“王后不再是我们的敌人了。”他简单地说，就好像所有的愤怒都烧完了，“她已经将怒火转移到了玛格丽特·博福特身上。她怀疑是她，而不是我，绑架或者杀了小王子们。毕竟，他们的死让亨利·都铎成了下一任继承人。谁会从男孩们的死中得益最大？只有亨利·都铎，兰开斯特的下一位继承人。一旦她知道我是无辜的，就只能怪罪到都铎和他母亲身上了。所以她转而反对叛乱，而且她会否认这场订婚、会反对他的继承权。”

我张大了嘴：“她改变立场了？”

他嘲讽地笑了笑。“我们可以和平共处，她和我。”他说，“我已经承诺可以将她释放，软禁在某个我选择的地方，她也已经同意了。她不能一辈子待在避难所里。她想要出去。那些女孩子脸色苍白，就像是阴影里的小百合。她们需要出去，到田野上去。年长一些的女孩简单精致，像是珍珠的雕像，如果我们让她自由，她会像玫瑰一样绽放的。”

我能尝到自己嘴里嫉妒的味道，就像胆汁冲上了舌头，我快恶心得吐了。“那这朵玫瑰会在哪里绽放呢？”我尖刻地问，“不要在我的房子里。我不会让她待在我的屋檐下。”

他看着炉火，接着将他黝黑的脸转向了我。“我认为我们可以让三个年纪最大的女孩来宫里，”他说，“我觉得她们可以服侍你，如果你同意的话。这些是爱德华的女儿，约克的女孩，她们是你的侄女。你应该像爱小玛格丽特那样爱她们。我觉得你可以把她们放在眼皮底下严加看管，然后等时机成熟，我们就给她们找些好丈夫，让她们安定下来。”

我向后靠上了石窗框，感受着肩膀的冰凉触感。“你想要她们来和我住？”我问他，“伍德维尔的女儿？”

他点头，就好像我会觉得这是个好主意。“你不可能找到一个比伊丽莎白公主更漂亮的侍女了。”他说。

“伊丽莎白小姐。”我咬着牙，纠正他，“你宣布了她的母亲是个妓女，她是个杂种。她是伊丽莎白·格雷小姐。”

他笑了笑，就好像他已经忘记了：“哦，是的。”

“那她们的母亲呢？”

“我会将她安置在乡村。约翰·纳斯菲尔德是个值得信赖的人。我会将她和年纪比较小的女孩们安置在他家，他可以替我看管她们。”

“她们会被囚禁？”

“她们会被看得很紧。”

“关在房子里？”我追问，“锁起来？”

他耸了耸肩：“我想，纳斯菲尔德觉得怎么样合适就怎么样吧。”

我立刻明白了，伊丽莎白·伍德维尔又会再次成为一栋漂亮乡村寓所中的夫人，而她的女儿们会作为侍女生活在我的宫里。她们将会像空中快乐的鸟儿一样自由，伊丽莎白·伍德维尔又再次胜利了。

“什么时候？”我以为他会说春天，“四月？五月？”

“我想，那些女孩们可以立即就来宫里。”他说。

我果断冲他发火了，从窗口的位子上跳了起来。“这是我们作为国王和王后的第一个圣诞节。”我的声音气得发抖，“我们将在这个宫廷，给这个国家留下我们的印记，人们会在这里看见我们头戴王冠，会在这里评论我们的着装、娱乐活动。这是人们开始传颂我们宫廷的时刻，它会像卡米洛特一样美丽、快乐、高贵。你想要让伊丽莎白·伍德维尔的女儿们在我们的第一个圣诞节坐在这里享用圣诞晚宴？为什么不干脆告诉所有人，其实什么都没有改变？你代替爱德华坐在王位上，但里弗斯们依然控制着宫廷，女巫依然占着统治地位？我姐姐、你哥哥、他们的小婴儿的鲜血还沾在她的手上，而没有人指控她？”

他靠近我，抓住了我的胳膊，感觉到我正浑身发抖。“不。”他温柔地说，“不。我没这么想。这是不可能的。这是你的宫廷，不是她的。我知道，你是王后，我知道的，安妮。冷静。没有人会破坏属于你的时刻。她们可以圣诞节后再来，等所有的协议都正式办妥。我们不需要她们这么早来让这次盛宴扫兴。”

他让我平静了下来，一如往常：“扫兴？”

“她们会扫兴的。”他用甜美的声音哄着我，“我不想让她们来。我只想和你在一起。她们可以在牢房里待到圣诞节后，只有当你觉得时间合适，我们才会释放她们。”

他的触摸让我平静了下来，就像是一匹温驯的母马。“很好，”我吸了口气，“但不能在圣诞前。”

“是的。”他说，“直到你觉得时间合适。你来判断何时，安妮。你是英格兰王后，不需要让任何你不想要的人来服侍你。你周围应该只有你喜欢的女性。我不会强迫你接受你害怕或是讨厌的女人。”

“我不怕她们，”我纠正他，“也不嫉妒她们。”

“当然。”他说，“不需要有任何原因。等你准备好了以后，再邀请她们。”

我们在伦敦过圣诞节，没和孩子们在一起。其实直到十一月的最后一天，我都希望他们能来。爱德华的身体还不错，但家庭医生建议，他还不够强壮，不能应付糟糕路况下的长途跋涉。他们说他应该待在米德尔赫姆，在那里，家庭医生非常清楚他的健康状况，能好好照顾他。他们说，在这种恶劣天气下长途旅行会损害他的健康。我最后一次看见他的时候，想到了理查德小王子，他们俩同年，但理查德却比爱德华高出一头，有着红润的脸颊，充满活力。爱德华的生活没什么激情，他不常要求什么。他会安静地坐下来读书，乖乖地上床睡觉。早晨，他总是会赖床。

他胃口还不错，但厨师们为了送上美味佳肴和诱人酱汁费尽了心思。我从没见过他和玛格丽特、泰迪一起去厨房偷剩下的糕点吃，或是求面包师给一个新鲜出炉的面包卷。他从不偷奶油吃，也从不把装饰菜和烤肉统统吃完。

我试着不去为他担心；他愉快地做作业，和表弟表妹们一起骑马，和他们一起玩网球、射箭、滚球，但他总是第一个停下玩不动的，或者是走开坐一会儿，或者笑着说他要喘口气。他并不强壮，并不结实，事实上，他就是那种让人觉得他会是在一个远方巫婆的诅咒下度过一生的孩子。

当然，我不知道她有没有诅咒过我的儿子。但有时，他坐在我的脚下，将头靠在我的膝盖上，我会摸着他的头想，既然她的诅咒已经影响了我的生活，那如果它落在我儿子头上，也不会令人惊讶。而现在，理查德说了女巫伊丽莎白和她的学徒女儿的新诅咒，会降临到杀害她们王子的凶手头上之后，我就更加害怕里弗斯家的恶意会针对我和我的儿子了。

我命令米德尔赫姆的医生每三天给我寄一封信，告诉我孩子们的情况。这些信件在越过冬雪绵绵的北方和交通迟滞的南方道路后，会告诉我，爱德华精神很好，正和他的表弟表妹们玩耍，享受着寒冷的天气，乘雪橇，滑冰。他很好。我可以放心。他很好。

即使少了孩子们的出席，理查德还是决定要在宫里过一个快乐的圣诞节。我们是一个胜利者的宫廷；每个来用餐，来跳舞，或只是来观光的人都会知道我们统治下的第一个圣诞节非常快乐。他们知道我们曾经被挑战，加冕后的第一周就接受了前王后本人的挑战，还有一个来路不明的男孩自称为王，但我们得到了支持。了解这些之后，就会觉得我们的圣诞盛宴更加美妙。英格兰不想要亨利·都铎，英格兰已经忘记了里弗斯男孩们，满足于让伍德维尔王后待在避难所里。她完蛋了。那场统治已经结束了，而这个圣诞节宣布了我们统治的开始。

我们每天都有娱乐、狩猎、划船、辩论、竞赛和舞蹈。理查德下令找来了最好的音乐家和剧作家，诗人们为我们写下诗歌，而教堂则充满着合唱团圣洁的歌声。每天宫里都会有新的娱乐活动，每天理查德都会给我一个小礼物——一枚珍贵的珍珠胸针或一副熏香的皮手套，三匹新马被送去北方给孩子们，或者是一份奢华的大礼——一桶从西班牙运来的橘脯。他让我沐浴在礼物中，每晚都会来我的大卧室与我一起过夜，他将我包裹在臂弯中，就好像只有这样紧紧地抱着我，才能相信他真的让我做了王后。

我有时会在夜里醒来，看着床上的挂毯，上面织着神与女神获得胜利后懒洋洋地躺在云上的场景。我觉得我也应该感到胜利，我处在父亲希望我在的位置上了。我是这片土地上最伟大的女人，再也不需要担心踩到谁的裙裾，因为现在所有人都走在我后面。但当我因这个想法而微笑时，不禁又想起了住在约克郡的寒冷山谷中的儿子，他那瘦小的身躯和苍白的皮肤。我想起了那个依然住在避难所里的女巫，这个圣诞节她会庆祝自己即将被释放。我抱住理查德，摸着他右臂，轻轻地帮他在睡梦中舒展一下，看看它是否真的如他以为的已经废了。我不知道。伊丽莎白·伍德维尔是一个值得我同情的战败的寡妇，还是我家人和我的和平生活的最大敌人？

1484年3月

伦敦　格林威治宫

伦敦的春天来得很早，比我们北方的家早了好几周。早上一醒来，我就能听见公鸡打鸣和奶牛的低哞，它们被赶着穿过街道来到河边的草地。随着春天的到来，议会通过了一项法律，认定爱德华在与伍德维尔女人的虚假婚姻之前，已经娶过一个妻子了，所以他们的孩子都是私生子。这是一条议会通过的法律，所以必须被执行。伊丽莎白·伍德维尔成为了名副其实的伊丽莎白·伍德维尔，或者她也可以跟着第一任丈夫，唯一真正的丈夫姓，成为伊丽莎白·格雷夫人，她的女儿们也可以跟着他姓。理查德提出了他与那伍德维尔女人之间的协议，她会被释放，和两个小女儿一起由约翰·纳斯菲尔德爵士看管，她们将住到他位于威尔特郡黑茨伯里的美丽的乡村寓所中。

爵士定期给理查德送来报告，我曾看见过一封，上面写着王后——出于笔误，他称她为王后，就好像我不存在，就好像那条法律没有通过——骑马、跳舞、指挥一支当地音乐家组成的乐团，去当地的教堂，教育女儿，参与家庭农场的经营，改换牛棚，移动蜂窝，建议他如何装潢，并在一个私人花园中种上了她最喜欢的花。他的信显得激动而满足。她看上去似乎是陶醉于重新做一位乡下妇人。她的女儿们自由自在地奔跑，约翰爵士给了她们小马，她们在威尔特郡到处驰骋。约翰爵士信的语气很放纵，就好像他很享受一个美丽女人和两个有活力的小姑娘将他的房子搞得天翻地覆似的。最重要的是，他报告说，她每天都去教堂，也没有收到秘密消息。我本该高兴的，她既没有策划阴谋也没有施法下咒，但我不能摆脱希望她依然在避难所中的想法，或者像她的儿子一样被锁在伦敦塔里，或者像他们一样消失。我坚信如果她和她的丈夫一起死了，或和她的儿子们一起失踪了，我会终于获得平静，而英格兰将获得和平。

三个年纪较长的里弗斯女孩趾高气昂地来了宫廷，就好像她们的母亲并没有叛国似的。理查德告诉我，她们会在教堂与早餐前来向我致敬，我特意将自己安置在了格林威治宫的美丽房间中，背朝着明亮的窗户，穿着深红色的礼服，戴着一顶深红蕾丝装饰的头饰。我的侍女们在我周围坐着，将不友善的目光投向了渐渐打开的门。没有女人希望她的旁边有三个漂亮的女孩，更何况这些里弗斯女孩还在找丈夫，就像里弗斯的女孩们一贯的样子。另外，宫里的一半人曾经向这些女孩们下跪，另一半则在她们还是婴儿时亲吻过她们的小拳头，发誓她们是世界上最美丽的公主。现在，公主成了新王后的侍女，再也不会戴上王冠了，每个人都急切地希望她们明白她们已今非昔比，每个人都悄悄地希望她们会误会，会出丑。这是一个残酷的宫廷，如同所有的宫廷，我的房间中没有人有任何理由去爱那些曾高高在上的伊丽莎白·伍德维尔王后的女儿。

门打开了，她们三人走了进来。我一下子明白了为什么理查德会原谅她们的母亲，并命令这三个女孩来宫廷——因为他对兄长的爱。最大的伊丽莎白，现在十八岁，是她母亲精致的美丽和她父亲的热情的魅力最完美的结合。在任何地方，我都能认得她是爱德华的女儿。她拥有他从容的优雅：环视着房间微笑，就好像在问候朋友们。她也继承了他的身高：就像是爱德华被她母亲迷住那地方所生长的橡树，颀长苗条。她也继承了他的发色：她母亲的头发太浅了，几乎是银色，但这位伊丽莎白的头发更深一点，和她父亲一样，像是麦田，金铜相间，一绺卷发从头饰中掉了下来，绕成一个小卷垂到了她的肩膀上。我想象了一下她将蜂蜜色的卷头一股脑儿放下来的样子。

她穿着绿色的长裙，好像她就是春天本身，来到了这个疲倦成年人的宫廷。裙子式样简单，有着长长的袖子，没有佩戴金腰带，而是在细腰上挂着一条绿色的皮带。我想她母亲应该没有钱给来宫中的女孩们买金饰和珠宝。伊丽莎白·伍德维尔也许抢走了国库里一半的金钱，但叛乱是很费钱的，她已经把所有的钱都用来武装士兵对抗我们了。她的女儿伊丽莎白公主——或者应该是说，伊丽莎白·格雷小姐——戴着一顶干净的帽子，一点不招摇，一点不像她以前戴的小王冠。那时，她是父母最溺爱的长公主，是法国王储的未来妻子。她的妹妹跟在她身后。塞西莉是另一个美人，只不过这位里弗斯女孩有着深色的头发和深色的眼睛。她露出了一个快乐的微笑，充满自信，穿着适合她的深红色裙子。她们中最小的小安妮最后一个进来，穿着像近海一般的浅蓝色，像她最大的姐姐一样美丽，但比较安静，没有另两个那满满的自信。

她们在我面前站成一排，就好像是在参加阅兵，我希望自己能把她们送回禁闭室。但她们在这里，我要迎接她们，不是作为侄女而是作为养女。我从王座站起身，侍女们也站了起来，昂贵衣裙的沙沙声没有让伊丽莎白难堪。她从一位看向另一位，就好像在对这些衣料估价。我能感觉到自己脸红了。她是在一位以美丽著称的王后的宫廷里长大的，我不用看她那轻蔑的微笑就可以知道，她觉得我们很单调。即使我穿着红色的礼服，与她记忆中的母亲相比也只是个暗淡的王后。我知道，对她来说，我什么也不是，永远只是个影子。

“欢迎你们三位，伊丽莎白，塞西莉和安妮·格雷小姐。”当我以她母亲的第一任丈夫的姓氏称呼她时，我看见伊丽莎白的眼睛眨了眨，她将不得不习惯这点。议会已经宣布她是个私生子，而她父亲的婚姻是重婚。她必须习惯被称为“格雷小姐”，而不是“殿下”。

“你们会发现我很好相处。”我愉快地说，就好像我们从没见过，就好像我从没有数十次地亲吻过她们冰冷的脸颊，“这是一个快乐的宫廷。”我坐下，向她们三个伸出手。她们一个接一个屈膝行礼并亲吻了我冰冷的手指。

正在我觉得欢迎仪式已经差不多完成时，门打开了，我的丈夫理查德选择在这一时刻前来。当然，他知道女孩们会今晨来觐见。所以他来确保一切顺利。我微笑迎接，藏起了自己的愤怒。

“国王来了……”

没人听我说话。门开了，伊丽莎白一转身看见了我丈夫，就立即起身，轻快地跑向他。

“陛下，我的王叔！”她说。

她的妹妹们尾随着她，快得就像鼬鼠。“我的王叔！”她们一起说。

他朝她们微笑，拉近伊丽莎白，吻了吻她的双颊。“正如我想的，你看上去很美。”他对她说，又吻了吻另外两个女孩的额头。“你们的母亲还好吗？”他闲聊般地问着伊丽莎白，就好像他每天早上都会询问一个女巫和叛徒的健康，“她喜欢黑茨伯里吗？”

她傻傻地笑了。“她很喜欢，我的王叔！”她说，“她写信给我说她换了所有的家具，并且造了个花园。约翰爵士发现他的租户挺麻烦的。”

“约翰爵士会发现他的房子大大改善了。”他向她保证，就好像这无理大胆的女孩需要什么保证似的。他转身面对我：“你一定很高兴你的侄女来了吧。”他的语调提醒我，我必须同意。

“我很高兴，”我冷冷地说，“非常高兴。”

我不能否认，她们是漂亮的女孩。塞西莉是个爱嚼舌根的傻瓜，安妮几乎不出教室，我肯定她每天早晨都要上希腊语和拉丁语课，伊丽莎白很完美。如果你能写下英格兰公主所应该具备的品质，那她一定全部吻合。她饱览群书，她的舅舅安东尼·伍德维尔和她的母亲确保了这一点，一出摇篮，就有制书匠卡克斯顿为她献上的最新印制的书。她能熟练地说三种语言，并能阅读四种。她会演奏乐器，唱歌时有着出人意料的甜美低音。她能做一些很精致的针线活，我相信她能毫不困难地制作一件衬衣或缝制一条漂亮的花边。我从来没有见过她下厨，因为作为英格兰最伟大的伯爵的女儿，现在的王后，从来没有什么理由去厨房。但她经过避难所的磨炼，作为一个乡下女人的女儿，告诉我她会做烤肉和炖菜，以及美味的原汁菜点和甜食。她跳舞时，没人能把眼睛从她身上移开；她随着音乐舞动，就好像它激发了她的灵感，半闭着眼睛，让身体回应音符。每个人都想和她共舞，因为她让任何舞伴看上去都变得优雅。当她在一出戏剧中扮演一个角色时，会全身心地投入，学习台词、表演，就好像自己也相信着这些故事。对她照顾的两个妹妹来说，她是个好姐姐，她也会给住在威尔特郡的妹妹们寄小礼物。她是个好女儿，每周都给母亲写信。她是位完美的侍女，我挑不出错来。

那么，她既然有这么多显著的优点，我为什么还是讨厌她呢？

我能回答这个问题。第一，因为我是愚蠢的、有罪的，我嫉妒她。当然，我明白理查德是怎么看着她的，就好像他的兄长回来了，只不过成为了一个年轻、充满希望、快乐、美丽的女孩。理查德的言语无可指摘，除了一位叔叔该说的话他从不多嘴。但他看着她，就和整个宫廷的人看她的眼神一样，她是眼前的一道风景，让他打心底里快乐。

第二，我觉得她的生活很轻松，所以她能一天大笑个五六次，就好像每天的循环都是一件趣事。这轻松的生活让她很美，她经历过什么让人皱眉的事吗？在她身上，发生过什么会在脸上刻下失望，在骨髓中刻下悲伤的事吗？我知道，我知道她失去了父亲和亲爱的舅舅，他们被赶下了王位，她还失去了两个心爱的弟弟。但每当我看着她用毛线翻花绳，或是在河边奔跑，一点儿也不忌讳地为安妮编制水仙花王冠时，我也会忘记这一切。在我看来，她似乎完全无忧无虑，而我则嫉妒她那么轻易就能享受生活中的快乐。

最后，我不可能会爱伊丽莎白·伍德维尔的女儿，永远不会。在我的一生中，这个女人都像地平线上的一颗邪恶彗星那般隐约闪烁，从我在她的加冕晚宴上见到她、认为她是全世界最美丽的女人的那刻起，一直到后来我意识到她是我的敌人、是杀害我姐姐姐夫的凶手。不管伊丽莎白为了能让她的女儿进入我的宫里，表现得如何友善，都不能迷惑我，没有事情再能迷惑我，让我忘了她们是我敌人的女儿，而且，就伊丽莎白公主来说，她本身就是我的敌人。

我毫不怀疑，她是个间谍，是来离间我们的。她的未婚夫是亨利·都铎。虽然她母亲公开宣布改变心意了，但这对我来说没有意义，我怀疑，对公主或亨利来说，也不怎么要紧。她是敌人的女儿、敌人的未婚妻。为什么我不能认为她是我的敌人呢？

所以，我就是这么认为的。

北方山上的雪融化时，我们也离开伦敦回家了。我很高兴能离开，但必须装出不情愿的样子，以免冒犯了伦敦的商人和市民，他们都前来宫中与我们道别，人们在我们走过时夹道欢送。我觉得伦敦是一座喜欢里弗斯的城市，我能听见，当后面的三个伍德维尔女孩骑马经过时人群爆发出的响亮掌声。伦敦居民喜欢美人，而伊丽莎白热情的美丽让他们为约克家族欢呼。我微笑挥手回应人们对我的致意，但是我知道，他们对我只有对王后的尊重，而不是对一位漂亮公主的由衷喜爱。

一路上，我骑得很轻快，将侍女们都落在了后面，这样就不用听见她和她妹妹们的喋喋不休。她的声音，如乐音般甜美，让我不悦。我骑在前

面，护卫们紧随其后，这样就可以不用听见她或看见她了。

理查德从队伍的最前面骑了回来，与我同行，就好像她没有在我们身后微笑聊天似的。我瞟了一眼他严肃的侧脸，不知道他是否在听着她说话，会不会停下马，落后几步，与她并肩前行。然后他开口了，我意识到嫉妒让我变得担忧多疑，而我本该享受着他的陪伴。

“我们会在诺丁汉城堡待一个月，”他说，“我打算重建你在那里的房间，让你住起来更舒适。我会沿用兄长之前的建造规划。然后，你想的话，可以去米德尔赫姆，我随后就到。我知道你急着想见孩子们。”

“感觉已经过了好久。”我同意道，“但我今天还从医生那获悉，他们很好。”我说的是三个孩子总体上的健康情况。我们从不承认泰迪就像只小猎犬那么强壮，当然比较聪明一点，玛格丽特从不生病，而我们的儿子爱德华，却长得很慢，对他的年纪来说太瘦小，也太容易疲倦了。

“那很好。”理查德说，“过了今年夏天，我们就可以把他们全带去宫廷，让一家人团聚。伊丽莎白王后总是随身带着她的孩子们，公主告诉我，她在宫廷度过了一个最快乐的童年。”

“格雷小姐。”我微笑着纠正他。

1484年3月

诺丁汉城堡

我们在傍晚时分到达了诺丁汉城堡，落日让塔楼逆光灰暗，后面的天空却是桃红色和金色相间。我们靠近时，城墙上响起了一阵号角声，卫兵们涌出了守卫室，在吊桥两侧列队欢迎。理查德和我肩并着肩骑在马上，回应着士兵们的欢呼和人们的掌声。

我高兴地下马，走向了新王后的房间。我听见了身后侍女们的窃窃私语，但我无法分辨出里弗斯女孩们的声音。我想，这不是第一次了，我必须学着不去看她们，必须努力减少她们对我的影响。如果我能让自己不在乎她们，不管用什么方式，那我就不会去看理查德是不是在注意她们，或者年纪最大的女孩伊丽莎白是不是在对他微笑。

我们在诺丁汉住了好几天，在美妙的森林中狩猎，享用猎杀的野味，一天晚上，一个信使来到了我的房间。他看上去风尘仆仆，一脸心碎的倦容，我知道一定是发生了什么可怕的事情。他的手颤抖着拿着一封信。

“怎么了?”我问他，但是他摇着头，就好像无法言语。我朝四周看了看，发现伊丽莎白目不转睛地看着我，那一个冰冷的瞬间，我想起了她和她母亲对杀害塔中王子们的凶手的诅咒。我试着向她微笑，但我知道自己其实抿着嘴，苦着脸。

她立刻走上前来，我看见她年轻的脸上满是同情。“能为您效劳吗?”她简单地说。

“不，不，只是从家里来的信。”我说。我想，可能是母亲死了，也可能是那两个孩子中的一个，玛格丽特或者泰迪，摔下了马，折断了一只手臂。我意识到，我拿着信却没有打开它。那个年轻的女人看着我，等着我打开信。我有了一种奇怪的想法：她已经知道信里的内容。我看了看侍女们，她们陆续意识到我正拿着一封家里来的信，却不敢打开它。她们一言不发，聚了过来。

“也许没什么。”我打破了房间中的沉默。信使抬起头看着我，就好像想要说什么，接着却用手捂住了眼睛——就好像春天的阳光太明亮了——然后又低下了头。

不能再拖延了。我把手指放在了蜂蜡下面，它轻而易举地脱离了信纸。我打开它，看见署名的是医生。他只写了数行字。

殿下：

我非常遗憾地告诉您，您的儿子爱德华王子在今晚因持续高烧而过世了。我们竭尽全力却依然无济于事，为此深感悲痛。我会为您和国王陛下祈祷，请您节哀。

查尔斯·莱纳

我抬起头，却什么也看不见。我意识到自己的眼中蓄满了泪水，努力眨了眨，却还是什么也看不见。“去请国王。”我说，紧紧抓着信，这时有人碰了碰我的手，我感觉到了伊丽莎白手指的温暖。我禁不住想到，王位继承人现在是泰迪了，伊莎贝尔那滑稽的小男孩。他之后，或许会是这个女孩。我拿开手，不让她碰我。

一会儿，理查德就出现了，他跪在我面前，好看清我的脸。“怎么了？”他小声说，“他们说你收到了封信。”

“是爱德华，”我能听见自己的悲伤快要爆炸的声响，但仍然深深吸了口气，告诉了他这世界上最坏的消息，“他发烧死了。我们失去了儿子。”

日子一天天过去，但我已经没有了概念。我去了教堂，但不能祷告。宫廷中人人的穿着都是那么深邃的蓝色，几乎已经是黑色了。没有人游戏、打猎、奏乐或大笑。我们的宫廷沉浸在悲伤中，全都麻木了。理查德看上去老了十岁；我不必看镜子也能知道自己脸上悲伤的痕迹。我不在乎，我不在乎自己看上去怎么样。早晨，她们为我穿衣，就好像我是个木偶。晚上，她们脱下我的长袍，让我可以上床躺着，在一片寂静中，我感觉到泪水渗出了紧闭的眼皮，打湿了枕套。

我觉得很羞愧，他死了，就好像这是我的错，或者我本可以做些什么。我觉得很羞愧，自己没有生育出一个强壮的男孩，像伊莎贝尔的儿子，或者像那些从塔中消失了的英俊的伍德维尔男孩。我只生了一个男孩，只有一个珍贵的王储，只有一个孩子能继承理查德的胜利。我们只有一个王子，不是两个，而现在他也不在了。

我们匆匆地离开了诺丁汉，前往米德尔赫姆城堡，就好像回到家就能发现儿子还像我们离开时一样。我们到那里时，他小小的身体放在教堂中的棺材里，而另外两个孩子则跪在一旁，因失去了表哥而迷茫，因家中的改变而迷茫。玛格丽特扑进我的怀里，低声说：“对不起，对不起。”就好像她，一个十岁的小女孩，应该能救他一样。

我不能安慰她，说我不怪她。我不能安慰任何人。我与任何人都无话好说。理查德命令孩子们立刻去哈顿堡生活。我们两人都再也不想来米德尔赫姆了。我们举行了一个小小的葬礼，看着棺材进入了黑暗的墓穴。我们为他的灵魂祈祷，又付钱给牧师让他一日两次为他祈祷。做了这些事之后，我还是无法平静。我们将为他那小小的无辜灵魂建一个教堂。我感觉不到平静，感觉不到任何东西。我觉得自己永远也感觉不到任何东西了。

我们尽快离开了米德尔赫姆，去了达勒姆，在那里的大教堂为我的儿子祈祷，虽然并没有什么区别。我们又去了斯卡伯勒，我看着起伏的海水，想起了伊莎贝尔失去第一个孩子的事情。在分娩中失去一个孩子不算什么，如果是和失去一个长大了的孩子相比的话。我们回到了约克。我不在乎，在哪里又有什么区别？人们都只是看着我，好像不知该说什么。他们不用烦恼。没什么好说的。战争夺去了我的父亲，伊丽莎白·伍德维尔的奸细夺去了我姐姐，而现在她的诅咒又夺去了我儿子。

天气变得越来越暖和，在早晨，她们开始给我穿上丝绸而不是羊毛的礼服。她们陪着我去用餐，将我像一个木偶般安置在主桌，摆上春天的羔羊肉和新鲜水果。晚餐越来越喧闹了，乐师们在那封信之后第一次又开始演奏。我看见理查德瞟了我一眼，猜测我是不是介意，在看见了我的一脸呆滞后，有些畏缩。我不介意，我不介意任何事。如果他们愿意，他们可以演奏一首号笛舞曲；我再也不会介意任何事情了。

那天晚上，他来了我的房间，没有对我说话，只是抱着我，紧紧地拥我入怀，就好像两颗破碎的心若是能靠近一些，那两个人的痛苦就能减少一点。那没有用。我们在痛苦中肩并肩躺着，而不是睡在城堡的两端，这让我的卧室成为了悲伤的中心。

清晨时分，我醒了，而他试图和我做爱。我就像块石头一样躺在他身下，一言不发，一动不动。我知道，他想的是我们必须再生一个孩子；但我不敢相信我们能得到那样的祝福。十年都没有孩子，如果我充满希望和爱的时候都没有怀上第二个儿子，那在自己如同行尸走肉的现在，又怎么会怀上呢？不，我们只被赋予了一个儿子，而现在他已经走了。

里弗斯家的女孩儿明智地离开了宫廷，去探望母亲。我很高兴我暂时不必见到她们，她五个漂亮女儿中的三个。除了理查德听见的诅咒，我无法想别的事情。她们母女发誓，夺走她们儿子和继承人的人也将失去自己的孩子。我不知道这是不是证明了，罗伯特·布拉肯伯里听从了我给他的暗示，在他们的床上，毁了这两个健康英俊的男孩子，将他们的头衔给了我可怜夭折的儿子。又或者是我的丈夫当面对我撒了谎，毫不犹豫，毫无内疚。他会不会瞒着我就杀了那两个孩子？会不会杀了他们，然后却对我否认？他是不是也向他们的母亲说了这样的谎话？她的魔力能不能看穿他的谎言，从而夺去我的儿子来复仇？爱德华之所以会死于刚刚脱离危险的童年时的春天，女巫的诅咒是不是唯一的解释？

我觉得是这样，当然是这样。经过了漫长的不眠之夜的反复困扰，我认清了这个事实。爱德华很脆弱，瘦小，纤弱，但他不容易发烧的。我认为她的诅咒找到了他，灼烧了他的血管、肺和他那可怜的心脏。我认为伊丽莎白·伍德维尔和她的女儿杀了我儿子，为她们自己的损失报了仇。

理查德在晚餐前来到了我的房间，护送我们去大厅，就好像一切都未曾改变。但我只需要看着他就知道，一切都变了。他的脸庞坚强如昔，却多了严厉，甚至是残酷。从他的鼻子到嘴角，生出了两道深深的法令纹，而额头也生出了两条深深的皱纹。他不再微笑，当他冷酷的脸庞看着我苍白的脸庞时，我想我们两个人都再也不会微笑了。

1484年夏

诺丁汉城堡

在夏日的炎热中，里弗斯女孩们回来了，骑着马，就像是一支自信的美人组成的小小骑兵队，快乐地接受着国王手下所有英俊年轻人的欢迎。显然，他们都非常想她们。她们三人走进我的房间，向我微笑着深深屈膝行礼，就好像她们觉得我能友好地回应似的。我勉强地询问了她们的旅途和她们母亲的健康，但即使是我也能听出自己声音中的淡薄漠然。我不关心这一切，我知道伊丽莎白会写信给她的母亲，说我苍白麻木。我希望她会回复说，杀死我儿子的巫术，也已经快让我的心脏停止了。我不在乎。伊丽莎白，母亲也好，女儿也好，再不能对我造成伤害了。她们已经夺走了每一个我所爱的人；整个世界唯一还留在我身边的只有理查德。她们会把他也夺走吗？我被悲伤紧紧包裹，已经不在乎了。

看来，她们会夺走他。在凉爽的傍晚，伊丽莎白会和理查德在花园中散步。他喜欢她在身边，而善于见风使舵的朝臣们总是会立即赞美她谈话中婉转的智慧和她走路时的优雅姿态。

我从城堡高处的房间窗户里望着远在下方的这两人，他们在河边漫步，有如一幅浪漫的骑士淑女图。她很高挑，几乎和他一样高，他们走在一起，头靠得很近。我百无聊赖地猜想他们这么开心地在聊些什么，她大笑、停下，将手放在喉咙上，然后挽起他的手臂继续散步。在这个距离，从我所在的窗户看下去，他们是一对佳偶：很相配。毕竟他们的年龄差不了多少。

她十八岁，他也只有三十一，都拥有约克家族的魅力，而且现在这魅力完全用在了彼此的身上。她像她母亲一样是金发，他像他英俊的父亲一样是深色。我看见理查德拉起她的手，将她拉近了一点，在耳边低语。她微微一笑，转过了头，就像大多数美丽的十八岁姑娘一样喜欢卖弄风情。他们走得离其他人很远，这样就可以装作他们两个人是单独相处。

上一次，我看见宫中的人走在国王后面，小心翼翼地控制着脚步的速度，是在爱德华与他的新情人伊丽莎白·肖尔挽着手散步的时候，那时他的王后伊丽莎白正禁足准备分娩。她从禁足中出来的那一刻起，那个婊子肖尔就从宫廷中消失了，我们再也没有看见过她。想到国王当时对他妻子害羞道歉的温柔以及她直直盯着他的灰色眼睛，我就笑了。看到现在宫廷中人再一次缓慢地走路，对我来说还挺新奇的，只不过这一次，他们是为了给我的丈夫一些隐私，让他和他的侄女单独散步。

他们为什么要这么做？我事不关己地想，将额头抵在厚厚冰凉的窗玻璃上。为什么朝臣们那么彬彬有礼地保持距离？除非他们认为她是他的情妇，除非他们认为这些河边傍晚散步的举动是我的丈夫在勾引他的侄女。他已经忘记了自己的人生准则，忘记了他的婚姻誓言，忘记了尊重我，他的妻子和他死去儿子的母亲。

会不会是朝臣们看得比我更清楚，理查德已经走出了悲伤，从心痛中恢复，可以重新生活，可以重新呼吸，可以再次看到身边的世界了——而在他的世界里，他看见了一个漂亮的女孩，正准备握着他的手，听他说话，对他演讲中有趣的地方发笑？朝臣们是不是认为理查德会和他哥哥的女儿上床？难道他们真的认为他这么邪恶，会夺去自己侄女的贞操？

我在这个想法上停了停，轻轻重复着“侄女”和“贞操”两个词语，但我真的无法让自己在乎这个，就像我不能让自己在乎起明天的打猎和今天晚餐的菜肴一样。伊丽莎白的贞操和伊丽莎白的幸福，我完全不感兴趣。

一切事情就像发生在很远的地方，发生在别人的身上。我不会说自己不幸，这个词语不适合形容我现在的阶段；我会说，对这个世界而言，我已经死了。我不在乎是理查德勾引他的侄女还是反过来。不管怎么样，对我而言，伊丽莎白·伍德维尔用一个诅咒夺去了我的儿子，现在又将用她女儿的引诱夺走我的丈夫。但我知道自己没法阻止她。她总能如愿以偿。我所能做的，只是将发热的额头抵在冰凉的玻璃上，希望自己没有看到这个，或者任何一切。

整个宫廷并不是全都在虚伪地和国王调情或者和我一起哀悼。理查德每天早上都与他的顾问们一起，任命特派员去各郡募款，防止布列塔尼的亨利·都铎的侵略，准备舰队去与苏格兰打仗，骚扰行驶在海峡中的法国船只。他就这项工作来问过我，有时我可以给他建议。我的童年是在加莱度过的，而理查德奉行的与苏格兰讲和、与法国武装和平的方针，与我父亲如出一辙。

他在七月去了约克建立北方的地方议会，英格兰北部在很多方面都与南部完全不同，而理查德是——也永远都会是——他们的好领主。他离开前，到我房间来，并把侍女们都遣走了。伊丽莎白走出去时，回头冲他笑了笑，而这一次他没有注意到。他拿了一个凳子，坐到了我的脚边。

“怎么了？”我漠不关心地问。

“我想和你谈谈你的母亲。”他说。

我有些惊讶，但也没提起兴趣。我完成了手中的针线活，将针刺进了绣了花的丝绸，然后放到了一边：“怎么？”

“我认为，可以从我们的看管中释放她了。”他说，“我们不会回去米德尔赫姆——”

“不，决不。”我很快地回答。

“那样的话，我们就能关闭那个地方了。她可以拥有自己的房子，我们可以提供她的日常开支。我们不需要一座大城堡来安置她。”

“你认为她不会说攻击我们的言论？”我决不会提到我们的婚姻问题。他可以认为我现在完全信任他，就像当年一样。虽然现在我无法让自己在乎这事了。

他耸了耸肩：“我们是英格兰的国王和王后。法律规定不能说任何攻击我们的话。她知道的。”

“而你也不害怕她要把自己的土地拿回来？”

他又笑了：“我是英格兰国王，她不可能打赢官司。如果她真想要回一些地产，我也可以给她。我负担得起。等她死了以后，你还是会得到它们的。”

我点头。无所谓，反正现在也没有人能继承我的遗产了。

“我只是想确保你不会反对放她自由。你有没有什么建议，她应该住在哪里呢？”

我耸了耸肩。那年冬天，还有四个人住在米德尔赫姆，玛格丽特和她的弟弟泰迪，我的儿子爱德华和她，我的母亲，他们的外祖母。为什么死亡带走的不是她，而是她的外孙，这怎么可能？“我失去了一个儿子。”我说，“怎么还会在意一个母亲？”

他别开了头，让我看不见他痛苦的表情。“我知道，”他说，“上帝的旨意向来深不可测。”

他站起身，向我伸出手。我起身站在他身边，抚平了衣裙上精致的丝绸。

“这颜色真漂亮。”他第一次注意到了它，“你还有这种丝绸吗？”

“我想应该有。”我讶异地回答，“我记得他们从法国买了一卷。你想要用这个做一件外套吗?"

"这个应该很适合我们的侄女伊丽莎白。"他轻轻地说。

"什么?"

他看着我惊呆的脸笑了:"这很适合伊丽莎白的肤色，你不觉得吗?"

"你希望她穿上和我配套的礼服?"

"时不时吧——如果你也同意的话。"

这荒谬的念头将我从死气沉沉中刺醒:"你在想什么?如果你让她穿和我一样好的丝绸，整个宫廷都会觉得她是你的情妇。他们会说得更难听。他们会说她是你的妓女，会说你是个色鬼。"

他点点头，对这些难听的词完全不动声色:"正是。"

"你想要这样?你想要让她蒙羞，让你自己蒙羞，然后让我颜面尽失?"

他拉起我的手:"安妮，我亲爱的安妮。我们现在是国王和王后，必须把这些个人情感抛开，必须记得我们一直被瞩目着，人们试图解读我们行为中的含义。我们必须演一场戏。"

"我不明白。"我平平地说，"我们在演什么?"

"那个女孩不是订婚了吗?"

"是的，与亨利·都铎订婚。你和我都知道，他去年圣诞自己公开宣布了。"

"那如果全世界都知道她是我的情妇，是谁成了傻瓜?"

我慢慢明白了:"哦，他。"

"那些人之所以支持这个不知名的威尔士人，玛格丽特·博福特的威尔士儿子，就是因为他与伊丽莎白公主订婚了，英格兰最伟大国王最爱的女儿，想象一下。他们会说，支持都铎并不会让约克的公主坐上王位。因为约克的公主在她叔叔的宫廷里，崇拜他，支持他，作为他统治的装饰品，就像是她父亲统治的装饰品。"

“但一些人会说她就像个妓女。她会蒙羞的。”

他耸了耸肩：“他们也这么说她母亲。我们还通过了一条这么形容她母亲的法律呢。不管怎么样，我没想到这件事会让你心烦。”

他是对的。没有什么事能让我心烦，尤其是羞辱里弗斯女孩。

1484年冬

伦敦　威斯敏斯特宫

布列塔尼的亨利·都铎的威胁吸引了整个宫廷的注意力。他只是一个年轻人，如果是其他疑心病不那么重的国王，可能不会在乎亨利从母亲的家族那里继承来的对英格兰王位微弱的继承权。但现在是位约克的国王坐在王位上，理查德知道都铎在策划着一次入侵，向保护了他多年的布列塔尼公爵寻求支持，向英国的宿敌法国要求帮助。

玛格丽特·博福特，他的母亲，我曾经的朋友，依照理查德的指示，被她的丈夫监禁，此刻正在她的乡村别墅中生着闷气；而他的未婚妻约克的伊丽莎白现在离宫廷的第一夫人只差一步之遥了，她每晚在这座宫殿、她童年的家中翩翩起舞，手腕上戴着闪亮的手镯，头发在金色的发网下闪烁。当我们每天早上坐在房间里俯瞰冬日灰色的河水时，她似乎都能收到礼物。每天早上都有人敲门，小听差会给她带来一些东西。现在，每个人都叫她伊丽莎白公主，就好像理查德没有通过那条法令，宣布她是私生子，让她跟随她母亲的第一任丈夫姓。她咯咯笑着打开礼物，然后会内疚地飞快看我一眼。礼物并没有附上留言，但我们全都知道这些珍贵的礼物是谁送的。我还记得去年，理查德在圣诞期间的十二天里，天天给我礼物。但是我并不在意，我现在已经不在乎珠宝了。

这个圣诞节是她快乐的顶峰。去年，她是我们发善心饶过的不光彩的小女孩，被称为私生子，叛徒的妻子，但今年她的地位势不可挡地向上涨，就像是汹涌水流中的廉价轻盈的软木塞。我们现在一起去试衣服，就好像我们是母女或者姐妹。我们站在衣帽间，他们在我们身上钉上丝绸、金布和毛皮，我看着巨大的镶银穿衣镜，看见了自己疲倦的脸和褪色的头发，和旁边那微笑着的美人穿着同样鲜艳的颜色。她比我年轻十岁，当我们穿着相似的衣服，站在一起，这年龄差距就更明显了。

理查德公开送给她和我配套的珠宝，她戴的发饰就像是一顶小小的金色王冠，小耳朵上戴着钻石，脖子上戴着蓝宝石。宫廷在圣诞节很华丽，每个人都穿着他们最好的衣服，每日玩耍嬉戏。伊丽莎白跳着舞参加了所有的项目，她是狂欢的王后、游戏的冠军、盛宴的女主人。我坐在椅子上，穿着华丽的衣衫，沉重的王冠压在前额，挤出一个宽容的微笑。我的丈夫当着我的面去与宫殿中最美丽的女孩跳舞，手拉着手去别处聊天，然后又面红耳赤地带着她回来。她看了我一眼，就好像想要道歉，就好像希望我不要介意。宫里所有的人，英格兰越来越多的人，认为他们是恋人，而我被抛弃了。她优雅地面对了羞耻，但我能看出，她被欲望所驱使，进退维谷。她不能对他说不，不能拒绝自己。也许她是恋爱了。

我也跳舞。我让理查德领我去跳缓慢庄重的舞蹈，其他的舞者跟随我们在光滑的地板上旋转。理查德总是适时地引导我，让我的脚步不受音乐节拍的干扰。就只是去年圣诞，这个宫廷还是盛况空前：一位新王刚登基，能瓜分新的财富，购买新的宝物，展示新的礼服。当我的儿子发了一点烧，而就因为这一点小烧死去时，我不在他的床边，不在那座城堡，甚至都不在那个郡。我在宫廷庆祝。我不认为现在有什么可以庆祝的。

圣诞节当日，我们依旧当它是个宗教节日，要去教堂好几次。伊丽莎白很虔诚，双眼低垂，用一条绿纱巾裹住了她的金发。理查德从教堂陪我一起走回来，手拉着手。

“你累了。”他说。

我对生活本身感到累了。“不，”我说，“我很期待圣诞节剩下的日子。”

“有一些令人不悦的谣言，我不希望你去听它们，那些不是真的。”

我停下，整个宫廷的人都在我们的身后停了下来。“退下。”我转过头说。他们消失了，伊丽莎白看了我一眼，就好像她觉得自己可以不服从。理查德对她摇了摇头，于是她微微地向我行了个屈膝礼，然后走了。

“什么谣言?”

“我说过，我不希望你听的。”

“那我最好从你这里听到，这样我就不会听别人说了。”

他耸了耸肩：“有人说，我准备抛弃你，娶伊丽莎白公主。”

“那你的恋爱游戏已经成功了。”我说，“是爱情，还是演戏?”

“都是，”他阴沉地说，“我必须让人们不信任她和都铎之间的婚约。他今年春天肯定会入侵。我必须削弱约克派对他的支持。”

“你小心不要削弱了内维尔派对你的支持。”我精明地提醒他，“我是拥王者的女儿。很多北方人支持你仅仅是出于对我的爱。即使是现在，我的名字在那里有着特殊的意义。如果他们认为你怠慢了我，就不会对你效忠了。”

他吻了吻我的手：“我不会忘记的，我永远不会忘记。我也永远不会怠慢你。你是我的心，即使是一颗破碎的心。”

“还有更糟的消息吗?”

他犹豫了：“还有关于毒药的传言。”

听到他提起伊丽莎白·伍德维尔的武器，我当场僵立在原地：“谁在说毒药的事?”

“从厨房传出的流言。一盘菜撒了，一条狗舔了之后死了。你知道宫里的人是多么大惊小怪。”

“谁的菜?”

“你的。”

我什么都没说，什么都感觉不到，甚至都没有惊讶。多年来，伊丽莎白·伍德维尔一直是我的敌人，即使是现在，她被释放并平静地住在威尔特郡，我还是可以感觉到她的灰色眼睛凝视着我的后颈。她还是将我看作是杀害她亲爱父亲和弟弟的凶手的女儿。现在她将我看作她女儿的绊脚石。如果我死了，那理查德可以从教皇那里获得赦免，娶自己的侄女伊丽莎白。约克家重聚了，伍德维尔家的女人会再次成为王太后和下一任英格兰国王的外祖母。

“她从不停下。”我小声地自言自语。

“谁?”理查德似乎很吃惊。

“伊丽莎白·伍德维尔。我可以认为是她涉嫌企图毒死我吗?”

他大声地笑了出来，是以前那种冲动任性的笑声，我已经很久没有听过了。他拉起我的手，吻着我的指尖。“不，他们没有怀疑她。”他说，“不过这不要紧。我会守护你。我会保证你的安全。但是你必须休息，亲爱的。每个人都说你看上去很累。”

“我很好。”我冷冷地说，暗自对自己发誓：我好得足以不让她的女儿坐上我的王位。

1485年1月

伦敦　威斯敏斯特宫

这是第十二夜，主显节盛宴，是长长的圣诞庆典的最后一天，今年的这天似乎长得永远也不会结束。我穿着特别定制的红金礼服，而伊丽莎白穿着她的红金礼服，在每一个小细节上与我配套，跟在我后面走进了觐见厅，站在我的椅子旁边，仿佛是在向世界展示老王后与年轻情妇之间的对比。有一场假面剧，讲述了圣诞节和主显节的故事，有音乐和舞蹈。理查德和伊丽莎白一同跳舞，现在他们的脚步配合得是如此默契。她继承了她母亲所有的优雅，没有人能将视线从她身上移开。看见理查德对她表现出的热情，我又想问，什么是爱情？什么是做戏？

第十二夜，在全年的所有夜晚中，是让人改变立场模糊身份的夜晚。我一度是拥王者的女儿，被当作英格兰未来最伟大的女性之一抚养长大。现在我是王后。这应该能让父亲和我都满意了，但每当想到我们付出的代价，就会觉得命运耍了我们。我朝房间中的所有人微笑，让他们知道我很高兴，我丈夫在和他的侄女跳舞，盯着她涨红的脸。我必须展示给所有人看，我很好，那些伊丽莎白·伍德维尔阴险地滴在我的食物里、酒里，或者我手套上洒的香水里的毒药，并没有慢慢地杀死我。

舞曲结束了，理查德坐回到我的身边。伊丽莎白去和她的妹妹们聊天了，理查德和我头戴王冠，出席这个季节最后的盛宴，让所有人都知道我们是英格兰的国王和王后，将我们的盛况传播到最远的郡。身边的一扇门开了，一个信使走进来，递给理查德一张纸。他粗略地读了读，然后对我点了点头，就好像他的一场赌博已经被证实了。

“什么事?”

他小声地说。“都铎的消息。今年的圣诞他没有宣布订婚的消息。这一轮我赢了。他失去了约克公主，失去了里弗斯派的支持。”他冲我微笑，“他知道不能宣称她是他的妻子了，所有人都相信她是我的，我的妓女。我从他那里偷来了她和她的支持者。”

我俯视着长长的房间，看着伊丽莎白和她的妹妹们练习着舞步，不耐烦地等着音乐重新开始。一群年轻男子围在她们身边，希望她能与他们跳舞。

“你毁了她，如果她现在已经成为了闻名全国的残羹剩饭、国王的婊子的话。”

他耸了耸肩：“如果你觊觎王位，就要付出代价。她知道这点。而她的母亲，是所有人中最明白这点的。但是还有别的——”

“别的什么?”

“我得到了都铎进犯的具体日期。他今年就会来。”

“你知道？他什么时候来?”

“就这个夏天。”

“你怎么知道的?”我悄声说。

理查德笑了：“我在他摇摇欲坠的宫廷里安插了一个间谍。”

“谁?”

“伊丽莎白·伍德维尔的长子，托马斯·格雷。他也是我的人了。她向我提供了一位非常好的朋友。”

1485年3月

伦敦　威斯敏斯特宫

理查德为入侵做着准备。我为死亡做着准备。伊丽莎白为一场婚礼和加冕仪式做着准备，她安静地充满敬意地服侍着我，除了我之外，绝对没有人能看出这件事。我的感觉极其敏锐，随时警戒着。只有我看出了她从花园散步回来时脸颊上的光芒，她理着头发，就好像有人将她拉向他，然后弄歪了她的发饰；只有我看出了她的披风没有系上，就好像她解开了它们，好让那人抱住她温暖的腰，将她拉近。

有人帮我尝酒，有人试吃我的食物，但随着天色一点点地明亮，阳光一点点地温暖，我还是一点点地衰弱了。在我的窗外，一只黑鸟在苹果树上筑巢，每个黎明都欢乐地歌唱。我睡不着，夜里或白天都一样。我想起我的少女时代，理查德走过来，把我从贫困和屈辱中救了出来；我想起我的童年时代，伊莎贝尔和我还是小女孩，玩着扮王后的游戏。令我难以置信的是，现在我二十八岁，身边没有了伊莎贝尔，而我也不再有任何成为王后的渴望。

我带着一种洞察一切的同情看伊丽莎白公主。她认为我正在慢慢死去，我相信不是她在我的枕头上洒下的毒药。她认为我正死于某种消耗性疾病，等我消耗殆尽时，理查德就会出于爱情让她成为王后，每天都会是一场盛宴，每天她都会有一条新裙子，每天都会是一场庆祝她回到宫殿的庆典。她将作为她母亲的继承人回到这座童年住所，成为下一位英格兰王后。

她认为他不爱我，也许认为他从来就没有爱过我。她认为自己是他爱的第一个女人，而且他会永远爱她。她将每日舞蹈，永远被疼爱，永远美丽，就像她母亲曾经那样。

这离成为英格兰王后的现实差太远了，让我不由得大笑，直到开始咳嗽，必须捂住疼痛的侧腹。不管怎样，我了解理查德。现在，他也许是她的，他也许真的曾经引诱她，有可能已经和她上了床，并享受了她在他臂弯中喘息的快感；但他不是个傻瓜，不会为了她拿自己的王国冒险。他把她从亨利·都铎那里抢了过来，这是他的野心，而他已经成功了。他不会愚蠢到冒险得罪我的亲族、佃户和支持者。他不会抛弃我娶她，不会将里弗斯家的女孩放到我的位子上。我怀疑连她母亲都能得出这个结论。

我发现我必须为自己的死亡做准备了。我并不害怕。自从我失去了儿子，我已经对自己的灵魂感到厌倦了，我想，当它终于到来的时候，这将是一场长眠，不用担心做梦，不用担心醒来。我已经准备好躺下睡觉了。我累了。

但我还有些事情要做。我派人找来了罗伯特·布拉肯伯里，理查德的好朋友，他一早来了我的房间，整个宫廷的人这时都出去打猎了。我的女仆让他进来，然后我挥手叫她退下。

“我必须问你件事。”我说。

他为我的外表惊呆了。“任何事，殿下。”他说。他的脸上快速地闪过了一丝疑虑，显然对我有所隐瞒。

“我向你提起过一次王子们，”我太累了，无法粉饰我的语言，只想知道真相，“伦敦塔里的里弗斯男孩。我那时知道为了确保我丈夫安全地坐在王位上，他们应该被处死。你说我太善良了，下不了命令。”

他跪在我面前，将我瘦小的双手握在他的大手中：“我记得。”

“我快死了，罗伯特爵士。”我坦率地说，“我必须知道在最后的仪式中，我应该忏悔的事情。你能告诉我真相。你按照我的愿望动手了吗？你是不是一如往常地为了保护理查德而动手了？你是不是把我的话当作了命令？”

长时间的沉默。然后他摇了摇他的大脑袋。“我下不了手，”他平静地说，“我不会下手的。”

我放开他，靠向了椅背。他向后坐在了自己的脚跟上。“他们活着还是死了？”我问。

他耸了耸他那宽厚的肩膀：“殿下，我不知道。但如果我要找他们的话，我不会从塔里着手的。他们不在那里。”

“那你会从哪里着手？”

他垂下眼睛，看着膝盖下的地板。“我会在佛兰德斯的某处开始找，”他说，“他们的姑姑，约克的玛格丽特家附近。你丈夫的家族一旦担心孩子的安全，就会把他们送去那地方。理查德和乔治在小时候就被送去了佛兰德斯。克拉伦斯公爵乔治也曾经想送他的儿子去。如果金雀花家的孩子有危险，他们一直都是这么做的。”

“你觉得他们逃跑了？”我低声说。

“我知道他们不在塔里，也知道在我的看管下，他们并没有被杀。”

我将手放在自己的喉咙上，那里能感觉到自己的脉搏。毒素积淀在我的血管里，充斥了整个肺部，让我几乎不能呼吸。如果能喘得上气，我会大笑的，爱德华的儿子还活着，而我的却死了。那也许理查德在找继承人的时候，不会是伊丽莎白公主，而会找到一个里弗斯家的男孩。

“你肯定吗？”

“他们没有被埋葬在塔里，”他说，“我可以肯定。而且我没有杀死他们。我不觉得那是您的命令，而且不管怎样，我都不会服从这样一条命令。”

我颤抖着叹了口气：“所以，我的良心是清白的？”

他鞠了一躬：“我的也是。”

我回到卧室，听见狩猎的人回来了。我无法忍受他们说话的噪声或看到他们的笑脸。女仆帮我睡上床，然后门打开了，伊丽莎白公主悄悄地溜了进来。“我来看看您是否需要些什么。”她说。

我在绣着华丽刺绣的枕头上摇了摇头。“没什么。”我说，“没什么。”

她犹豫了：“要我离开吗？还是陪您坐一会？”

“你可以留下。”我说，“有些事情我应该告诉你。”

她站在床边等我说话，双手紧握，年轻的脸上警惕却又耐心。

“是关于你的弟弟们……”

她的脸一下子明亮了起来。“是什么？”她轻轻说。

没人会认为这是一张悲伤的脸。她知道些什么，我就知道，她母亲一定做了什么，计划了什么，或者用什么办法救走了他们。她可能一度觉得他们死了，然后诅咒杀了他们的人。但这是一个等着听见关于弟弟们的好消息的女孩。这不是一个被丧亲打击了的女孩，她知道他们是安全的。

“我认为，我不比你知道得多。”我狡猾地说，“但我一直相信，他们并没有在塔里被杀，也没被关在塔里。”

她除了点头什么都不敢做。

“我猜你是发过誓要保守秘密吧？”

再一次，她只敢微微地动了动头。

“那也许你这辈子会再次看见你的爱德华。而我将在天堂看见我的。”

她在我的床边跪下。“殿下，我祈祷您能好起来。”她认真地说。

“无论如何，你可以告诉你母亲，我并没有害过她的儿子，”我说，“你可以告诉她战争结束了。我的父亲杀了她的父亲，我的姐姐死了，她的儿子和我的儿子被埋葬了，而我也要去了。”

“我会告诉她这条口信，如果这是您的愿望。但是她不怨恨您，我知道的。”

“她有一个漆盒，”我小声地说，“里面有一张纸？纸上用她的血写了两个名字？”

女孩看着我的眼睛。“我不知道。”她镇定地说。

“那两个名字是伊莎贝尔和安妮吗？”我问，“她是我和我姐姐的敌人吗？这么多年来，我害怕她是正确的吗？”

“是乔治和沃里克。”她简单地说，“那张纸是我外祖父的最后一封信。他在被砍头的前夜给外祖母写了封信。我的母亲发誓会报复害死他的乔治和您父亲。这就是那两个名字，没有别的了。而且她也已经报了仇。”

我靠在我的枕头上，笑了。伊莎贝尔不是死于伍德维尔女人的诅咒，我的父亲死在了战场上，乔治也已经被她处决了。她并没有给我下咒。她的儿子是安全的，这件事她可能已经好多年前就知道了。所以也许我的儿子并不是死于她的诅咒。我没有将她的诅咒带到他的身上。我不会害怕了。也许我也不是死于她的毒药。

“这些都是谜。”我对伊丽莎白公主说，“安茹的玛格丽特教我成为王后，也许我也教会了你怎么做王后。这是真正的命运之轮。”我用食指在空中画了一个圆，命运之轮的标志。“你可能会爬到很高，也可能会沉到谷底，但你几乎不能自己扭转命运的车轮。”

房间开始变得很暗。我不知道现在的时间。“试着做一个好王后。”我对她说，虽然这些话现在对我来说毫无意义，“已经晚上了吗？”

她起身走向窗户：“不，还没到晚上。但是发生了些很奇怪的事。”

“告诉我你看到什么了。”

“要帮您到窗边来吗？”

“不，不，我太累了，就告诉我你看到了什么。”

“我看见太阳被挡住了，就仿佛有人将一个盘子从它上面滑过去。”她用手挡在眼睛上方，“太阳还是很明亮，但是有个黑色的圆形物体穿过了它。”她看着床，因为目眩而眨着眼睛。“这意味着什么?”

“星球的运动?”我猜测。

“河水非常平静。渔船都被拖到岸边了，人们拉着船，好像担心会有巨浪。非常安静。”她听了一会儿，“所有的鸟儿都不唱歌了，连海鸥都不叫了，就仿佛夜晚马上要来了。”

她朝下看了看花园：“伙计们都从马厩和厨房里出来了，他们都抬头在看天，想看看它。您觉得，会是一颗彗星吗?”

“它是什么样子的?”

“太阳就像是个金环，黑色的圆盘遮住了它，不过边缘像火一样在燃烧，太亮了看不清。但其他东西都是黑的。”

她从窗边退了回来，我看见小菱形窗格外就像晚上一样漆黑。

“我去点些蜡烛，”她急急忙忙地说，“太黑了，就像半夜一样。”

她从壁炉处接了火，点燃了我两侧床头柜上烛台里的蜡烛。她的脸色在烛光中看来很苍白。“这意味着什么?”她问，“是不是意味着亨利·都铎要来了？或者是陛下赢了？不会是——会吗？——世界的终结?”

我不知道她是不是对的，这是不是世界末日，理查德是不是英格兰最后一位金雀花家族的国王，我会不会今晚就见到我的爱德华。

“我不知道。”我说。

她回到窗边。“太暗了，”她说，“从没有这么暗过。河水昏暗，所有的渔民都在岸边点燃了火把，所有的船只都被拉进来了。厨房伙计们又回去了。就好像每个人都在害怕这黑暗。”

她停顿了一下。“我觉得好像变亮了一点，好像越来越亮了。不像是黎明，而是一种可怕的光，寒冷的黄色的光，我以前从没见过。就好像黄色和灰色糅在了一起。”她停了停，“好像太阳被冻坏了一样。越来越亮了，太阳从黑暗后面出来了。我能看见树和河对岸了。”她停下倾听，“而且鸟儿也开始唱歌了。”

我窗外的黑鸟发出了尖锐的叫声。

“就好像这个世界重生了，”伊丽莎白惊奇地说，“真奇怪。那个圆盘离开太阳了，太阳又在天空中发光了，所有一切都暖洋洋的，就像是又一个春天。”

她回到床边。“新生的感觉，”她说，“仿佛一切可以从头再来。”

我因为她的乐观而笑了，年轻而愚蠢的希望。“我想我现在该睡了。”我说。

我做梦了。梦见我在巴尼特的战场上，父亲正在对他的人说话。他高高地骑在他的黑马上，头盔夹在胳膊下，每个人都能看见他勇敢的脸和他的自信。他告诉他们，将带领他们走向胜利，英格兰真正的王子正准备启航穿越海峡，而他会把安妮带来，英格兰的新王后，他们的统治将会是和平而富饶的时代，被上帝所眷顾，因为真正的王子和王妃将会回到他们的王位。他带着深深的爱意和骄傲说着我的名字“安妮”。他说他的女儿安妮会成为英格兰的王后，而她将成为有史以来最好的英格兰王后。

我看着他，像生命一般耀眼，自信地笑着，大权在握，他向他们保证好日子会来的，只需要坚守，忠诚，然后就会赢。

他翻身下了马，抚摸着马脖子和它大大的黑色脑袋，拉了拉黑色的马耳朵，马儿信任地转过头，耳朵也转向前听他说话。“其他指挥官会要求你们徒步战斗，会要求你们战斗到死。”他告诉他们，“我知道，也听到过。

我曾经参加过这样的战斗，指挥官命令他的人战斗到死，但自己却逃之夭夭。”

人们纷纷同意。他们知道这样的战斗，他们的指挥官就这样背叛了他们。

“别的指挥官会要你们死守、战斗至死，但一旦战况不利，他们就会召来马匹，然后逃跑。你们会被留下单独面对敌人的冲锋，你们会失败，你们的伙伴会失败，但他们会用马刺刺着马逃跑。我知道，我和你们一样都见过这样的战斗。”

人群又纷纷同意，这次是那些及时逃跑了的人，他们都还记得未能及时逃跑的同伴。

“让这成为我对你们的承诺。”他拿起了他伟大的长剑，小心翼翼地摸着马的肋骨，将锋利的剑尖顶在两根肋骨之间，对准了心脏。人群中传出了一阵不敢置信的低语声，我在梦中大叫：“不，父亲！不！”

“这是我对你们的承诺，”他坚定地说，“我不会逃跑，留下你们面对危险，因为我没有马。”他将剑刃深深地插入了马儿的胸腔，“午夜”的前腿跪下了，后腿也跪下了。它转头，用那双美丽的黑色眼睛看着父亲，就仿佛明白，仿佛它知道，这是父亲必须要做的牺牲。这是一个承诺，承诺父亲会与他的人一起战斗，同生共死。

当然，他和他们一起死了。那一天，在巴尼特的战场上，他为了让我成为王后与他们一起死了。当我孑然一身时，终于明白，这是一顶多么空虚的王冠。我陷进床里，再一次闭上了眼睛。我想，今晚我就会见到我亲爱的父亲了，拥王者沃里克，还有小王子，我那小小的儿子，爱德华，也许，在超越我想象的绿色田野间，“午夜”正再一次转过身去吃草……

·全书完·

作者手记

这本历史小说的主角被她自己的传记作家预测，她的一生不可能被记录，因为缺乏资料信息。但对我们所有人来说，幸运的是，历史学家迈克尔·希克思发现了许多关于安妮·内维尔的非常珍贵的资料，即使历史对女性往往甚少笔墨。

我们从希克思和其他历史学家那里知道，她与堂表之战（又在数个世纪后的19世纪被称为玫瑰战争）的大部分参与者都有亲戚关系。我在这本书中的假设是，也许她为了自己的权益，也参与了这场战争。

她是沃里克伯爵的女儿。他在有生之年都被认为是位“拥王者”，是操纵英格兰王位争夺者们的非凡人物：先是支持约克公爵理查德，然后是其嗣子爱德华，接着是其次子乔治，最后又是他们的敌人亨利六世。沃里克为兰开斯特家族战死，活着时却曾是约克家族的一位重要支持者。

安妮虽然只是一位年轻的女孩，但却与她的父亲一起经历了这些改变效忠对象的迂回曲折。她参加了约克家族新王后的加冕宴会，目睹了她父亲逐渐被王室排挤，而宫廷则被里弗斯家族和他们的拥护者把持。正如小说中描述的一样，安妮与父亲一起逃跑流亡去了法国，并作为他的新王后候选人回到英格兰，率领着兰开斯特的军队，嫁给了他们的威尔士王子，又在一年多后嫁进了她的敌对家族——约克。正是此时，我认为这位年轻女子，在失去父亲和丈夫、被母亲抛弃之后，开始掌握自己的命运。没有人知道真相——安妮究竟是怎么从她姐姐和姐夫的保护，或者说是监禁中，逃出来的。关于她与理查德的相爱与结婚，我们并没有确切的事实，但有一些很美好的版本。我对于这些故事的版本，就是将安妮作为事件的中心来描述。

我觉得很有趣，能站在沃里克女孩们的角度，将约克宫廷描述成一个阴谋中心、恐惧根源。写作这个关于对手和敌人们的系列，一部分的乐趣就在于，能站在一个完全不同的角度，重新开始叙述故事。作为一名历史学家，当我从我最爱的伊丽莎白·伍德维尔转变到我的新女主角安妮·内维尔的立场上时，所有已知的事实看上去都很不一样了。当伊丽莎白作为反派角色时，伊莎贝尔的死亡和乔治的死刑判决，突然变成了一个非常阴暗的故事。

这个故事中，我另外想特别指出的是对理查德三世声名的描述。正如这本书和《白王后》中所写的，我并不同意莎士比亚及其效仿者们几个世纪以来对他名誉的抹黑，但是我也不否认他篡夺王位的罪行。他也许没杀王子们，但如果不是因为他篡位，男孩们也不会离开母亲的保护，被关入伦敦塔。我对两个王室男孩遭遇的猜测是我下一本书的主题，那会是他们的姐姐、理查德的秘密情人、约克的伊丽莎白公主的故事：《白公主》。

参考书目

Amt, Emilie. Women’s Lives in Medieval Europe. New York: Routledge, 1993.

Baldwin, David. Elizabeth Woodville: Mother of the Princes in the Tower. Stroud: Sutton, 2002.

———. The Kingmaker’s Sisters: Six Powerful Women in the Wars of the

Roses. Stroud: History Press, 2009.

———. The Lost Prince: The Survival of Richard of York. Stroud: Sutton, 2007.

Barnhouse, Rebecca. The Book of the Knight of the Tower: Manners for Young Medieval Women. Basingstoke: Palgrave Macmillan, 2006.

Castor, Helen. Blood & Roses: The Paston Family and the Wars of the Roses. London: Faber and Faber, 2004.

Cheetham, Anthony. The Life and Times of Richard Ⅲ. London: Weidenfeld & Nicolson, 1972.

Chrimes, S. B. Lancastrians, Yorkists, and Henry Ⅶ. London: Macmillan, 1964.

Cooper, Charles Henry. Memoir of Margaret: Countess of Richmond and Derby. Cambridge: Cambridge University Press, 1874.

Duggan, Anne J. Queens and Queenship in Medieval Europe. Woodbridge: Boydell Press, 1997.

Field, P. J. C. The Life and Times of Sir Thomas Malory. Cambridge: D. S. Brewer, 1993.

Fields, Bertram. Royal Blood: King Richard Ⅲ and the Mystery of the Princes. New York: Regan Books, 1998.

Gardner, James. "Did henry Ⅶ Murder the Princes?" English Historical Review Ⅵ(1891).

Goodman, Anthony. The Wars of the Roses: Military Activity and English Society, 1452–97. London: Routledge & Kegan Paul, 1981.

———. The Wars of the Roses: The Soldiers' Experience. Stroud: Tempus, 2006.

Gregory, Philippa, David Baldwin, and Michael Jones. The Women of the Cousins' War.London: Simon & Schuster, 2011.

Griffiths, Ralph A. The Reign of King Henry Ⅵ. Stroud: Sutton, 1998.

Grummitt, David. The Calais Garrison, War and Military Service in England, 1436–1558. Woodbridge: Boydell & Brewer, 2008.

Hammond, P. W., and Anne F. Sutton. Richard Ⅲ: The Road to Bosworth Field. London: Constable, 1985.

Harvey, Nancy. Elizabeth of York: Tudor Queen. London: Arthur Barker, 1973.

Haswell, Jock. The Ardent Queen: Margaret of Anjou and the Lancastrian Heritage. London: Peter Davies, 1976.

Hicks, Michael, Anne Neville: Queen to Richard Ⅲ. Stroud: Tempus, 2007.

———. False, Fleeting, Perjur'd Clarence: George, Duke of Clarence, 1449–78. Stroud: Sutton, 1980.

———. The Prince in the Tower: The Short Life & Mysterious Disappearance of Edward Ⅴ. Stroud: Tempus, 2007.

———. Richard Ⅲ. Rev. ed. Stroud: Tempus, 2003.

———. Warwick the Kingmaker. London: Blackwell Publishing, 1998.

Hipshon, David. Richard Ⅲ and the Death of Chivalry. Stroud: History Press, 2009.

Hughes, Jonathan. Arthurian Myths and Alchemy: The Kingship of Edward Ⅳ. Stroud: Sutton, 2002.

Hutchinson, Robert. House of Treason: The Rise and Fall of a Tudor Dynasty. London: Weidenfeld & Nicolson, 2009.

Jones, Michael, K. Bosworth 1485: Psychology of a Battle. Stroud: Sutton,

2002.

Jones, Michael K., and Malcolm G. underwood. The King' s Mother: Lady Margaret Beaufort, Countess of Richmond and Derby. Cambridge: Cambridge University Press, 1992.

Karas, Ruth Mazo. Sexuality in Medieval Europe: Doing unto Others. New York: Routledge, 2005.

Kendall, Paul Murray. Richard the Third. New York: Norton, 1955.

Laynesmith, J. L. The Last Medieval Queens: English Queenship, 1445–1503. Oxford: Oxford University Press, 2004.

Lewis, Katherine J., Noel James Menuge, and Kim M. Phillips, eds. Young Medieval Women. Basingstoke: Palgrave Macmillan, 1999.

MacGibbon, David. Elizabeth Woodville (1437–1492): Her Life and Times. London: Arthur Barker, 1938.

Mancinus, Dominicus. The Usurpation of Richard the Third: Dominicus Mancinus Ad Angelum Catonem De Occupatione Regni Anglie per Riccardum Tercium Libellus. 2nd ed. Translated by C. A. J. Armstrong. Oxford: Clarendon Press, 1969.

Markham, Clements R. "Richard Ⅲ: A Doubtful Verdict Reviewed," English Historical Review Ⅵ(1891).

Maurer, Helen E. Margaret of Anjou: Queenship and Power in Late Medieval England. Woodbridge: Boydell Press, 2003.

Mortimer, Ian. The Time Traveller' s Guide to Medieval England. London: Vintage, 2009.

Neillands, Robin. The Wars of the Roses. London: Cassell, 1992.

Phillips, Kim M. Medieval Maidens: Young Women and Gender in England,

1270–1540. Manchester: Manchester University Press, 2003.

Plowden, Alison. The House of Tudor. London: Weidenfeld & Nicolson, 1976.

Pollard, A. J., Richard Ⅲ and the Princes in the Tower. Stroud: Sutton, 2002.

Prestwich, Michael. Plantagenet England, 1225–1360. Oxford: Clarendon Press, 2005.

Reed, Conyers. The Tudors: Personalities & Practical Politics in Sixteenth Century England. Oxford: Oxford University Press, 1936.

Ross, Charles Derek. Edward Ⅳ. London: Eyre Methuen, 1974.

———. Richard Ⅲ. London: Eyre Methuen, 1981.

Royle, Trevor. The Road to Bosworth Field: A New History of the Wars of the Roses. London: Little Brown, 2009.

Robin, Miri. The Hollow Crown: A History of Britain in the Late Middle Ages. London: Allen Lane, 2005.

Seward, Desmond, The Last White Rose. London: Constable, 2010.

———. Richard Ⅲ: England's Black Legend. London: Country Life Books, 1983.

Simon, Linda. Of Virtue Rare: Margaret Beaufort: Matriarch of the House of Tudor. Boston: houghton Mifflin, 1982.

St. Aubyn, Giles. The Year of Three Kings: 1483. London: Collins, 1983.

Storey, R. L. The End of the House of Lancaster. Stroud: Sutton, 1999.

Vergil, Polydore. Three Books of Polydore Vergil's English History: Comprising the Reigns of Henry Ⅵ, Edward Ⅳ and Richard Ⅲ. Ed. Henry Ellis. 1844. Reprint Whiteish, MT: Kessinger Publishing, 1971.

Ward, Jennifer. Women in Medieval Europe 1200 – 1500. Essex: Pearson